被偷走的女孩

THE STOLEN GIRLS

THE STOLEN GIRLS IS A GRIPPING AND PAGE-TURNING THRILLER THAT WILL LEAVE YOU BREATHLESS.

a novel

派翠西亞・吉布妮——著 吳宗璘——譯

Patricia Gibney

本書純屬虛構之作。除了明顯屬於公共範疇的名稱之外，所有的姓名、角色、公司、機構、地名、事件，都是出於作者之想像或是供作虛構用途。與在世或離世的真實人物、事件或是地點之任何類似之處，均屬巧合。

獻給艾登
真正的戰士，維繫和平者
我的丈夫、好友
願你安息

序曲

科索沃，一九九九年

男孩喜歡位於自己與祖母家之間這條小溪的寧和氣息。雖然山坡流水轟隆作響，但其實今天很平靜。沒有槍彈或是砲擊。他把桶子浸入湧泉的時候，張望四下，確定只有他一個人。他覺得聽到遠方傳來汽車聲音，回頭看了一眼，蜿蜒道路上一片揚塵，有人來了。他拉起水桶，水滴噴濺而出，刺耳煞車聲與吵鬧人語，逼得他迅速狂奔。

當他快要到家的時候，他丟了水桶，整個人平趴在地面上，碎礫劃破了赤裸皮膚。他之前與爸爸一起工作，把襯衫掛在某塊空心磚的凸出生鏽鐵釘上頭。他們想要修復他祖母房子的砲彈損痕，男孩知道這終究徒勞無功，但是爸爸很堅持。他十三歲，很清楚知道不要強辯。反正，能夠遠離嘮叨的媽媽與妹妹，和爸爸廝混一整天，讓他很開心。

他靠著手肘和膝蓋爬過泥地，進入路邊的長長灌木草堆，距離家裡只剩下幾公尺，但感覺卻像是一點多公里那麼遠。

他豎耳傾聽。聽到了笑聲，之後是尖叫聲。媽媽？莉亞？不！他向無雲遮擋的艷陽發出祈求，然而，得到的唯一回應是照射皮膚的灼燙熱氣。

更粗野的笑聲。是士兵嗎？

他慢慢前進，一次只有幾公分的距離。男人們在大吼大叫。他能做什麼呢？爸爸是不是待在太遠的地方而無法伸出援手？他是否隨身帶槍？

男孩繼續往前爬。到了柵欄邊的時候，他撥開高大的棕色野草，身體斜靠在兩根柵柱之間。某輛漆有紅十字的綠色吉普車，其中一個車門大大敞開。四個男人都穿著軍人制服，長槍隨便掛在背後，長褲褪到腳踝附近，光溜溜的屁股在空中懸晃，彎著身體。他知道他們在做什麼，他們曾經強暴了住在山腳下的朋友的妹妹，然後殺了她。

他強吞無用的淚水，靜靜觀看，母親與莉亞在尖叫。兩名士兵起身，整理衣裝，另外兩名士兵接替他們的位置，爆出更多的笑聲。

他的牙齒緊咬拳頭，忍著啜泣。他的可麗牧羊犬謝普大聲吠叫，一直在士兵旁邊歇斯底里地繞圈圈。男孩定住不動，然後，他嚇了一大跳，使得門牙撞上指骨，因為傳出了升起又下降的迴盪槍響，他忍不住大叫。原本在光禿禿樹梢上的鳥兒瞬間飛起，融為一體，然後又飛向四面八方。謝普動也不動，躺在院子裡的克難鞦韆下面，那是爸爸在他們小時候、把輪胎掛在某根樹枝下面的克難品，其實他們還是孩子，但已經再也不玩鞦韆，戰爭爆發之後，再也沒有了。

士兵之間爆發衝突。男孩想要搞清楚他們在說什麼，但是他的目光無法移開布滿塵土的裸體，她們還活著，尖叫成了低聲嗚咽。爸爸在哪裡？

當這些人戴上外科手套的時候，他緊盯不放，宛若被催眠了一樣。最高的那個從他掛在屁股的老式刀鞘裡拔出一把長鋼刀，然後，另一個也做出相同的舉動。男孩嚇得不敢動，怔怔望著士兵蹲在他母親後面，把她拖到胸前，另一個抓住十一歲的莉亞，鮮血從她的大腿之間汩汩流出，他好想拿衣服蓋住她的裸體，但只能拚命壓抑這股衝動。他默默流下泉湧淚水，覺得自己充滿了無力感，是個廢物。

其中一個男人揚起他的刀子，它在陽光照耀之下閃閃發亮，從莉亞的喉嚨直接切到腹部，另一個男人也對母親做出相同的事。她們的身體在抽搐，鮮血噴湧，飛濺到施暴者的臉龐。他們將戴著手套的雙手伸入體腔，撕裂器官，整條雙臂都在滴血。另外兩個士兵拿著鋼箱往前衝，她們的身體應聲落地。

男孩睜大雙眼，滿是驚恐，盯著士兵們迅速將他摯愛母親與妹妹的器官放入箱中，啪一聲關上的時候，他們還哈哈大笑。其中一個從口袋裡掏出麥克筆，在箱子側面隨手寫了幾個字，而另一個則轉身，狠狠踢了莉亞一腳，她的身體在顫晃。然後，他直視男孩的藏身之處。

男孩屏息，目光死盯著那個士兵，現在，他已經完全感受不到恐懼。他已經準備就死，已經半起身，但那男人卻又轉身面向同伴。他們把箱子放入吉普車，跳上去，揚起一片碎石塵土，返回山路上。

他不知道自己在那裡待了多久，最後，有隻手緊緊捏住他的肩膀，把他擁入懷中，他凝望著一對心碎的雙眼，並沒有聽到瘋狂奔跑或是大吼大叫的聲音。媽媽與莉亞破碎的身體已經在他心底流下永久的烙印，他知道那幅景象永遠不會褪色。

爸爸把他拖向那兩具殘軀旁邊。男孩盯著母親的雙眼，她在祈求一死。爸爸掏出手槍，把他妻子的臉轉向熱燙水泥地、朝她的後腦勺開了一槍。她的身體抽搐了一下，不動了。

爸爸爬向莉亞的時候，他哭了，流下豆大無聲之淚，他也對她開了槍。男孩知道她其實已經死了，他想要對爸爸大吼，但他的聲音卻淹沒在一陣混亂之中。

「我必須要這麼做！」爸爸大叫，「拯救他們的靈魂。」他把那兩具屍體拉入屋內，然後是謝普。他的腳步充滿決心，匆匆把一桶汽油倒入屋內，然後又丟了乾蘆葦火把。他拿起槍，高舉面向男孩。

沒有恐懼的話語與動作，還沒有。男孩動也不動，最後，終於看到父親那扣住板機、充滿勞動污痕的顫抖手指，本能逼使他開始狂奔。

爸爸大聲叫喊：「救救你自己吧！快跑！兒子，千萬不要停下腳步！」

他一邊前進，一邊回頭張望，他看見父親將槍口對準自己滿布皺紋的前額，扣下板機，然後倒入熊熊烈焰之中，如皺縮掉落的木材突然著火。

男孩站在柵欄邊，凝望自己熟悉的生活在熊熊燃燒，宛若天光一樣燦亮。沒有人來幫忙，這場戰爭逼得大家都只能自求生路，他猜，住在這條路上其他家戶的人都躲起來了，恐懼不已，等待自己的命運揭曉。他不怪他們，反正，他們在這裡也無計可施。

過了一陣子之後，太陽西沉，夜星閃爍，宛若什麼事都不曾發生。他連一件襯衫都沒有，開始了漫漫孤獨的下山旅程。

他不知道自己要去哪裡。

他沒有地方可以去。

他不在乎。

他慢慢行走，一步接著一步，石頭穿破了涼鞋的脆弱鞋底。他繼續走，最後已經雙腳流血，涼鞋如同心臟一樣解體崩裂。他繼續走，終於走到一個他再也感受不到痛苦的地方。

二〇一五年五月八日，星期五夜晚

拉格慕林

1

最讓她害怕的是黑暗，什麼都看不到。然後是聲音，輕掠而過的聲響，接下來一片靜寂。

她側身，努力想要挺成坐姿，但她放棄了。一陣沙沙躁動，有東西吱吱而過。她發出尖叫，回音返盪。她啜泣，以雙臂緊緊抱住自己的身體，冷汗浸濕了單薄純棉襯衫和牛仔褲。

一片黑暗。

她這樣窩在自己的臥室裡，聆聽她母親在底下的廚房與他人在一起時的朗笑聲，已經有太多的夜晚都是如此。如今，她想起這些夜晚，覺得好奢侈，因為那並非是真正的黑暗。街燈與月光透過薄如紙的窗簾投射出陰影，讓壁紙變得栩栩如生。

她的老舊家具宛若雕像一樣，矗立在昏暗的墓園之中。她的衣服成疊堆在角落的椅子上面，當車輛駛過路面，燈光穿透窗簾的映亮時刻，衣物有時宛若出現了呼吸起伏。而當時她覺得那是漆黑？不，現在她的身處之地，才是一片漆黑的真正定義。

要是有手機就好了，她的生活與它緊密相連——她那些臉書與推特的網友們，也許可以幫忙她。但願手機在身邊，真的。

門開了。走廊的光亮害她必須閉上雙眼，遠方傳來教堂的鐘聲。她在哪裡？離家不遠嗎？鐘聲沒了，傳來刺耳笑聲。電燈亮了，赤裸燈泡隨風晃動，她看到了某個男人的身影。

她貼住潮濕的牆面，赤裸腳跟在地板上頻頻摩擦，她發覺有人揪住她的頭髮，痛苦刺痛了她的每一個毛囊。她不在乎，只要能夠活著回家，被他拔光頭髮也沒有關係。

「拜……拜託……」

那不像是她自己的聲音，顫抖的高頻，再也沒有平常的青少女傲氣。

一隻粗糙的手把她拉起，她的髮絲與對方的手指纏結在一起。她瞇眼盯著他，想要把對方的模樣記下來。他比她高，戴了灰色針織帽，兩條細縫露出了充滿敵意的雙眼。她一定要記得這雙眼睛，為了之後，為了終獲自由之身的時刻。一股決心慢慢進入心中，她挺直腰桿，正面迎向他。

他大吼，「什麼？」

他的口臭害她胃部一陣翻攪，而且他的衣服散發出派翠克街甘迺迪肉鋪後方的屠宰場氣味。每逢春天到來，許多羔羊都被他們以子彈或利刃或是各種殺戮手段而殺害。那股氣味，死亡，附著在她制服一整天的噁膩臭氣。

他的臉越靠越近，不禁讓她全身顫抖。現在還有比一片漆黑空無更可怕的感覺，這是她有生以來第一次真正需要母親。

「讓我走，」她大喊，「回家，我要回家，拜託你。」

「小可愛，妳逗得我哈哈大笑……」

他靠近她，距離如此貼近，他被羊毛面罩蓋住的鼻子已經黏住她的鼻頭，他的噁心氣息從毛織針腳中傳透而出。

她想要後退，卻無路可逃。當他抓住她的肩膀、把她推向門口的時候，她屏住呼吸，努力忍住嘔意。

他對著自己大笑，「你的冒險第二階段開始了！」

她一跛一跛地進入空無一物的走廊，她的血也跟著緩緩滴落。挑高的天花板，剝落的油漆。巨大鑄鐵暖氣管的投影，佔奪了她的踉蹌步痕。一道巨大的木門阻擋了她的去路。他的手滑過她的腰，把她摟向自己，她動彈不得。他彎身，推開了那道門。

她被迫進入某個房間，滑倒在濕答答的地板上，整個人跪癱。

「不，不……」她猛然轉身，接下來會發生什麼事？這是什麼地方？窗戶裝有阻光的有機玻璃，地上鋪滿了潮濕的厚重塑膠布，牆面有一條條的污漬，她覺得看起來像是乾涸的血。她看到的一切都在對她尖聲喊叫著「快跑！」。不過，她卻以四肢匍匐前進，眼前只看到他的靴子，上面沾有泥團或是血塊，抑或是兩者兼而有之。他把她拉起來，逼她繼續移動。

他拉轉她的身體，逼她面向他。

他扯掉面罩。原本只透過細縫看到的雙眼，現在與粉紅薄唇連結在一起。她目不轉睛，他的臉龐就像是等待塗繪猙獰的畫布。

他問道：「再跟我講一次，妳叫什麼名字？」

「什——什麼意思？」

他咆哮，「我要聽到妳自己說出來！」

她看到他手中的刀子，整個人軟癱在布滿血跡的塑膠布上面，然後在他面前匐匍倒地。這一次，她很樂意見到黑暗降臨，當它悄悄滑落之際，她的眼後出現微星閃動，她低聲說道：「梅芙。」

第一天

二〇一五年五月十一日星期一

2

牠們又開始了，喧鬧歡欣。女低音與男高音互相競鳴，椋鳥與斑尾林鴿的對決。鳥糞飄落在敞開的窗前，差點就弄髒了玻璃。

洛蒂．帕克開口，「靠……」這是她的口頭禪髒話，她自己很清楚這是一語雙關❶。她關緊窗戶，整個空間變得更加悶熱，但她依然聽得見牠們的聲響。她整個人撲倒在汗濕的被褥，又一個汗水之夜。下個月她就四十四歲了，把盜汗歸咎為更年期作祟，至少也要是六年之後的事，至少她是這麼盼望，所以這一定是酷熱的關係吧。

她沒睡好，雙眼乾澀，然後，手機的鬧鐘響了。

該起床，該工作了。

洛蒂．帕克不知道自己該怎麼面對今天。

「我的鑰匙呢？」半個小時之後，她在樓梯下方對上頭大喊。

沒有回應。

距離她家八百公尺、位於拉格慕林中心的大教堂鐘聲響了八次，她遲到了。她把包包裡的東西全倒在餐桌上，太陽眼鏡——必需品；皮包——空空如也；收據——塞得太滿；提款卡——領不出錢；手機——隨時可能會響。贊安諾，這是她的小幫手，沒看到鑰匙。

雖然她明明下定決心，絕對不能成癮，但還是剝開錫箔包裝，吞了一顆藥丸。現在哪能管那麼多，她幾乎一整夜都沒有睡，現在需要一點東西提神。她滴酒不沾已經有好幾個月之久，所以吞顆藥丸算是次佳選擇，也許是更好的選擇，她灌了一杯水。

樓梯吱嘎出聲。幾秒鐘之後，她的二女兒克洛伊衝入廚房。

「媽媽，我們得談一談。」

她叫洛蒂媽媽，只是為了要展露敵意。

「沒問題，但不是現在，」洛蒂回道：「我得去上班了，要是我找得到鑰匙的話。」

她又翻找了桌面上的殘餘物件。證件、梳子、防曬乳、兩歐元硬幣，沒有鑰匙。

「妳就只給我這句話？」

「天吶，克洛伊，別逼我，拜託。」

「沒有，媽媽，我才沒有。尚恩像是行屍走肉，凱特……不像是自己了。我自己也一團糟，而妳還在瘋婆子狀態，就得要回去上班了。」

洛蒂無助地盯著女兒，而且一直緊閉雙唇，就怕自己講錯話。最近她不管說什麼，這十六歲女兒的反應如果不是擺臭臉就是大發雷霆，而且，克洛伊還沒說完。

❶ shit，亦指鳥屎。

「妳必須要做點什麼啊！這個家快完蛋了，最關鍵的探長太太做了什麼？她要回去上班。」

克洛伊把一頭亂糟糟的金髮往後撥，盤在頭頂，然後以髮圈紮好。髮絲亂翹，鬆脫的髮尾垂落臉龐。洛蒂想要撫整女兒的髮絲，卻被她閃開了。

洛蒂癱坐在椅上，「我一直很努力……」她在偵辦上一起案件的時候，家庭遭遇不幸，之後的這幾個月，她一直在努力修補，覺得現在已經有了大幅改善。怎麼可能會走調？「過去這幾個月來，我一直陪你們待在家裡。之後外婆會過來，等到妳和尚恩放學的時候，晚餐就已經準備好了。她也會注意凱特。我還能做什麼？妳也知道我得工作，我們需要錢。」

「我們需要妳。」

她該講什麼話回應？她心想，要是換作亞當，他一定知道該怎麼說，她記得亡夫具有找出合適措辭的天賦，不過，他永遠不會回來了。到了七月，他過世就已經整整四年，而少了他的日子，依然讓她過得辛苦。

克洛伊拿起學校的背包，「而且我痛恨這種小鎮鬼地方，我還有希望逃脫嗎？」她狠狠甩門出去了。

「要不要我載妳一程？」洛蒂對著鬼影講話。

靠！沒有鑰匙。現在她得要走路去上班。她伸手朝餐桌一揮，卻意外把包包裡的所有東西全掃到地上。

門鈴響了，她嚇了一跳，趕緊衝到玄關。

她問道：「是不是忘了什麼？」她打開了大門。
不是克洛伊。

3

雖然早晨充滿暖意，但這個女孩卻身穿海軍藍毛衣。

他跟隨她的腳步，兩人足足相距有十五步之遠，他細細品賞她那雙長腿，沒有緊實肌肉，但卻是美麗纖瘦。一頭金髮隨便紮了個亂七八糟的髻，讓她顯得更加高瘦。就青少女的標準來說，那寬鬆制服下的雙乳算是很豐滿。他之所以知道這一點，是因為週末的時候曾經看到她身穿長袖緊身T恤，出現在丹尼酒吧。

在啤酒花園裡狂飲啤酒的一堆熱呼呼肉體之中，完全沒有人注意到他，他與她相當貼近，已經可以碰到她背部的V狀地帶，就在她屁股的上方。碰到之後，他迅速移開手，雖然他很是不捨，想要沿著輕薄棉質小褲裡的脊椎骨繼續下行，讓手指在更低處遊走。那天晚上，她放下頭髮，又長又濃密，還有幾絲髮絡貼住乳房的曲線。每一個細節都讓他記憶深刻，留存心中，可以隨時回味。

現在，她步行速度緩慢，他必須要刻意拉開兩、三步的距離。她漫步於監獄街，然後進入主街，再走個十分鐘，就到達了學校。

他逼自己要全神貫注，緊盯這個最後目標。她需要被拯救，因為他知道為什麼她穿長袖衣服。過沒多久之後，她就會在他的眼眸深處尋索，祈求一場擺脫痛苦的開心解脫。

他露出滿意的笑容，跟著她走在街上，盯著她換肩揹背包，想必她現在一定很熱，熱壞了。

他沉浸在自己的思緒之中，差點沒注意到她停下腳步，轉身。

他低著頭，從她身邊超越過去。

他繼續往前走，速度正常。她是不是注意到他了？他往後瞄了一眼，想要搞清楚為什麼她突然暫停，也許她感覺到他的存在，她會把他視為危險的路西法還是守護天使？他馬上就會知道答案。

到了舊港口的時候，他穿越馬路，避開了在學校大門閒聊的那幾個女孩。他沿著運河岸邊前行，無所事事盯著在死水上方盤旋的蒼蠅。有個溜滑的棕色幽影在深水處潛伏——正在找尋獵物的獵食者？他知道這些水域中有張著大嘴的邪惡狗魚，以尖牙啃咬毫無防備之心的鱒魚與鯛魚。

現在，他的興奮感慢慢褪淡。

現在，他的小魚溜了。

不過，他會繼續摸黑潛行，等待攫取自己的大好機會。他可以像是張大嘴巴的狗魚，堅定不移。

4

洛蒂站在門口，往後退了一步。

待在台階上的年輕女子是個陌生人。穆斯林的白色絲質頭巾裹頭，襯托出憔悴臉龐。她還緊牽著一個小男孩，棕色的眼睛充滿恐懼，仰望洛蒂。充滿裂紋的奶油色假皮外套，搭配棉質上衣與牛仔褲，幾乎無法掩蓋這女子的枯瘦身材。洛蒂發現雖然天氣熱得逼人，但她依然穿著厚重的棕色靴子。

洛蒂疲憊問道：「有什麼需要我幫忙嗎？」

「棕野……」

「你叫桑雅？」

那女子搖頭，「棕野……女士……」她說完之後聳肩。

「哦，意思是女士，我懂妳的意思了。」洛蒂向前，準備要關門，「好，我沒辦法待在這裡，我在趕時間，得要去上班了。」

那女子動也不動，洛蒂嘆氣，這不就是雪上加霜嗎？等一下她就會接到克禮根警司來電大吼，叫她趕快滾去上班。那女子是不是在乞討？她想到了剛剛從包包裡倒出來的那些硬幣，也許可以打發成功。

「悠魯坦姆……拜託。」那女子露出苦苦哀求的神情，那一口殘破英語語氣輕柔，帶有外國腔調。

「我沒有錢，」洛蒂的這句話近乎是實情，「也許之後會有吧。」這就不是真的了。

年輕女子搖頭，把小男孩抱入懷中，「拜託，」她說道：「幫我。」

洛蒂嘆氣，「妳在這裡等我一下。」

她回到屋內，撿起地板上的一個銅板。她轉身的時候，那女子就站在她後面，她家的廚房裡。

「天吶！妳在這裡幹什麼？」她把那枚兩歐元硬幣遞出去，「好，收下吧。」然後她又朝自家大門口揮揮手。

年輕女子拒絕收錢，從牛仔褲口袋裡掏出皺巴巴的信封交給了洛蒂。她搖頭，不肯收下。

她問道：「這是什麼？」難道是那種乞討信嗎？早上的狀況已經夠糟了，現在越來越難纏。

那女子聳肩，小男孩開始嗚咽。

洛蒂感受到某種天性在心中翻攪，她拉了張椅子，示意請那女子入座。男孩爬上她的大腿，把頭依偎在她的絲巾裡。

洛蒂問道：「妳想要什麼？」她把自己散落在地的東西撿起來、全部丟回包包裡。她匆忙傳訊息給波伊德警探，說明自己會遲到，請他先幫忙擋一下。一股罪惡感在她體內隱隱作祟，先前她沒時間陪女兒，現在她卻在招待陌生人。不過，直覺正告訴她，必須要聆聽這女子要說什麼。

女孩劈里啪啦講話，使用的是洛蒂根本聽不懂的語言。

「喂，講慢一點，」她說道：「妳叫什麼名字？」

對方搖頭，聳肩，那模樣讓洛蒂想起了克洛伊。這女子幾歲？進一步端詳，應該是十六歲到二十歲出頭吧，根本就還是個女孩。

「我叫洛蒂，妳呢？」

那雙深棕色的眼眸短暫出現了疑惑，然後，裡面的榛果色斑點發亮，整張臉龐出現光采。

「米莫莎。」女孩微笑，從窗戶鑽入的天光讓她的牙齒閃閃發亮。

洛蒂心想，總算是有點進展了。

女孩指向小男生，「密勒特。」

「好，米莫莎和密勒特，」洛蒂問道：「你們需要什麼？」

也許她應該要招待他們喝茶才對。不行，她需要盡快擺脫他們。她的手機發出嗶嗶聲響，是波伊德，她看了一下簡訊。妳嚴重遲到，克禮根在發火。老樣子。

她的十四歲兒子尚恩，晃進了廚房，「這是誰的啊？」他舉起一隻耳朵參差不齊的破爛兔寶寶。

密勒特伸手搶下那玩具。

尚恩摸弄那小男孩的頭髮，「小弟弟，怎麼回事？」他蹲身，「你為什麼在哭？」

動。

小男生縮在米莫莎的胸前，翻出下唇噘嘴，小小的手指頭不斷在兔寶寶的破損標籤上來回滑動。

「你上學之前，先陪他玩一下好嗎？」洛蒂問道，「克洛伊已經去學校了。」

尚恩點頭，雙手不斷拋玩板棍球，「要不要來玩球？」

小男生以目光尋求母親的認可，那女孩點點頭。密勒特滑下她的大腿，跟著尚恩穿越後門，進入花園。洛蒂盯著他們的身影，她在這一個月當中還不曾聽到兒子一次講出這麼多話。她對著餐桌另一頭的女孩微笑，也許讓她進入屋內還是發揮了一點功效。

米莫莎問道：「妳兒子？」

「對。」

米莫莎說道：「密勒特是我兒子。」

洛蒂心想，這年紀有小孩，也未免太年輕了。

「我英文很破，很難解釋，我用自己的語言寫下來比較容易。」她把那信封遞過去。

洛蒂低垂目光，瞄了一下，封口黏合，信封上面寫的是某種外國語文。

「我怎麼知道這是什麼意思？」

那女孩說道：「找到卡爾翠娜，幫助我和密勒特逃走。拜託，可以幫忙嗎？」

「卡爾翠娜？她是誰？要從哪裡逃走？」

「我沒辦法講太多，我寫了一點。妳可以看一下嗎？」

「沒問題。是不是有人在威脅妳？妳住在哪裡？卡爾翠娜出了什麼事？」

女孩指向那個信封，「都在那裡。抱歉，我不是寫英文。」

「妳怎麼知道我是誰？妳為什麼不去和平衛隊❷……警察局？」

女孩聳肩，「不安全。妳可以幫忙嗎？」

洛蒂嘆氣，「我看看能否找人幫我翻譯，目前我能做的就只有這樣了。」她瞄了一下時鐘，休了將近四個月的假，她第一天回去上班就嚴重遲到。

女孩注意到她的眼神，立刻起身呼喚男孩，尚恩把他帶入廚房，小傢伙的雙頰紅通通。米莫莎對尚恩微笑，握住兒子的手往前走，輕柔的喀擦一聲，關上了門。

洛蒂問道：「有沒有發現他有什麼特點？」

尚恩聳肩，「他是板棍球好手。」他慢條斯理地上樓，準備回到他房間的安全巢穴。

「尚恩，動作快一點，你上課遲到了，千萬不要吵醒凱特。」

洛蒂氣惱搖頭，拿起自己的包包，把米莫莎的信封塞進去，然後才注意到鑰匙掛在門口的掛鉤。她取下鑰匙，走出大門，浸沐在晨光之下。

她將車倒出戶外車道，看到米莫莎和她兒子走到了道路盡頭，就在他們轉過街角之前，有個年紀比較小的女孩加入了他們的行列，她挽住了米莫莎。

洛蒂到達主街的十字路口，四下張望，看到某輛黑色汽車以飛快速度起步離開，它沿著車流外側行進，插進去之後，隱沒無蹤。難道剛剛一直有人在等候她的神秘訪客嗎？

車流出現空檔，她把車切入早晨通勤者的車列之中，心中依然掛記米莫莎和她的兒子。另一個女孩又與這一切有什麼關聯？也許這封信可以釐清一切。

❷ 愛爾蘭警察的名稱為Garda Síochána。

5

天氣這麼熱，並不適合穿毛衣，但現在的克洛伊心煩意亂，沒辦法找到她的長袖襯衫制服。她逼不得已，只能穿上厚重的羊毛材質衣物，一路上都在流汗。

她在唐恩商店停車場對面暫停腳步，擦去額頭不斷冒出的汗珠，對於是否翹課陷入天人交戰。有個男人從她身邊走過去，她知道他在偷瞄她，但她置之不理，她胸臆裡的那股鬱結簡直快要爆炸了。她深呼吸了好幾次，繼續爬坡，始終掛著假笑，一路上與其他女生問好。

她待在舊港的橋面，往下凝望深綠色的運河，態度儼然是若無其事，她很清楚自己無法面對學校。距離考試還有一個月，她知道自己得去上課，但她就是沒辦法，今天不行。

她沿著拖船道匆匆前行，距離校門口永無休止的快樂嘰喳聲響越來越遠，她胸中的鬱結也隨之慢慢鬆懈。她完全沒有注意周遭環境，逕自往前走，一直到了連接運河主道與補給線的小橋才回神過來。她父親曾經告訴過她，這條河被稱為補給河，因為可以靠它供給卡利恩湖的淡水來補充運河水量。天吶，她好想念爸爸。

她左轉，沿著河岸走了幾分鐘之後，窩在高大野草堆裡，一心只注意濃密的蘆葦。她打開後背包，取出鉛筆盒，拿起以白色柔軟衛生紙包住的剃刀。

她知道生命殘酷。他們失去了父親，然後，就在幾個月之前，尚恩也差點喪命。她弟弟再也不可能恢復成原來的模樣，當初，他與凱特的男友傑森在那間可怕小教堂的記憶，徹底玷污了他。凱特雖然努力佯裝一切如常，其實自己也受創，而且克洛伊知道姊姊留下了很深的傷疤。

凱特是不是會怪罪他們的母親？克洛伊希望答案是否定的，但她一直無法擺脫洛蒂多少有錯的那種情緒，她在當下採取行動的速度不夠快，無法救出他們兩人，而且傑森最後死了。

克洛伊擔任修補者的角色，她覺得無能為力。她沒有辦法修補她的家庭，無法修補自己，什麼都修補不成，她開始在手中來回玩弄剃刀。

她抬頭，迎向旭日，任由光束灼燙臉頰，然後，她捲起袖子，挑選了一個乾淨的區塊，然後將鋼片銳利的那一端刺入自己的青春肌膚。緩緩劃下一刀，不要太深，也不要太淺。

看到鮮紅色的血一開始滲泡，然後從白肉之間汩汩流出，讓她的心情也隨之舒緩。一點一滴越挖越深，她覺得好痛，奮力忍住淚水，往後倒在乾草地裡。

蘆葦發出窸窣聲響。她趕緊坐直，四處張望，但一片靜謐。她覺得有人在偷偷盯著她，但是她根本看不到任何人。她放下袖子，收拾自己的東西，全部塞入包包裡。她是不是在幻想？那噪音是否只是水鼠在草叢間找尋食物？啊！她在炎熱天氣之中發抖，沿著碎石路前進，不知道今天該躲到什麼地方。

她盯著手機，先前她已經在推特上發出為生而傷的主題標籤。有人偷偷緊盯她不放的感覺一直拋之不去，她把包包甩揹上肩，開始狂奔。

6

街道狹小，讓工事變得困難，不過，至少那是單行道。右手邊的四樓公寓映照出一道薄影，擋住了晨光。

他上工遲到了，所以必須在老闆到來之前趕進度。星期五的時候，已經裝設了新的水管，隨著街道工程持續進行，他們已經以臨時柏油完成了部分回填，而其他部分只是加了一層薄薄的黏土，上面覆蓋鐵皮。老闆說過，這一招簡單迅速，沒有人會知道箇中差異。現在，他們回頭卸除臨時材料，倒入永久性填料覆蓋水管，然後在路面鋪柏油。

他以手持鑽孔機在黏土路面穿洞，雖然機器發出巨熱，他還是盡量加快速度。灰土揚飛，落下，在壕溝的略深處，有一抹藍吸引了他的目光。他暫停下來，抹去護目鏡裡的豆大汗珠，同時關掉了機器。他把它擱到一旁，摘掉塑膠護目鏡，緊盯不放。是小動物什麼的嗎？他現在沒時間處理這個。

就在這個時候，他瞄到了一小塊白色皮膚與一綹黑髮。他單膝跪地，安全靴讓他得以在滑移的土壤中穩住重心，黑色泥土中冒出了某個頭蓋骨的頭頂。他完全沒想到法醫或警察還是什麼人會想要保留這些泥塊，他只是拚命扒開更多的土。

安德烈·佩托夫奇不是膽小之人。他看過許多屍體：在家鄉的時候看過有人餓死、被施虐致死，還有的是焦屍。這一具屍體也不該讓他懼怕才是，不過，那雪白肌膚，還有因為腐化而出現的淡綠色斑、一頭烏黑頭髮，讓他產生股焦慮，不禁讓他整個背脊顫震不已，而且還觸發了他努力想要忘卻的某個時刻。

佩托夫奇清光了頭顱的最後一抹泥土之後，往後跌坐在那一坨土丘之間，完全無視三十公尺之外因為停車／通行標誌而遭困的駕駛們猛按喇叭，不停吼叫，而且越來越氣惱。

死者閉眼，雙唇緊抿成一條線，像是在微微噘嘴。一開始讓他大驚的是她那從髒污藍衣冒出來的纖細頸項。

「臭波蘭人！」有個男人從車窗探頭出來，「滾回你家吧！」

愚蠢無知的愛爾蘭人，他又不是波蘭人。他握緊堅實的十指，雙拳猛搥自己的額頭。許多人碰地關上車門，踩踏發泡柏油發出了吱嘎聲響。對於五月來說，這天氣實在太熱了，氣象預報員說有熱浪。他早已習慣了炎熱天氣，早已習慣了屍體，早已習慣了暴力。不過，這個女孩躺臥在這種非祝聖之地，被丟棄在繁忙街道的地底，讓他想到了早已死亡多時的另一個女孩。雖然屍身已經開始腐化，但是他卻把她想像成櫻花花瓣，從樹間垂落於人行道，然後進入熱融柏油之中。

他本來以為自己已經拋諸腦後，但是他知道死亡並不認得疆界，它如影隨形緊纏著你。

他再次低頭望著那女孩的死臉，真想知道她的眼珠到底是不是藍色的。

7

警局裡面比外頭更熱。洛蒂．帕克探長伸伸懶腰，拉撐了瘦高身軀，然後又撫平了自己的白色棉質上衣，她辦公室附近的那些工人依然沒有完工的跡象，讓她還是得繼續窩在總辦公室當一陣子的寄生戶。

她開了門，步入熟悉的場景之中，把包包丟到自己辦公桌旁邊的地上，瞄了一下時鐘。剛過九點，遲到了一小時，沒看到克禮根警司，讓人鬆了一大口氣。

「我當初離開的時候明明亂七八糟啊……」整整齊齊的辦公桌讓她嗤之以鼻，手繪風紅色罌粟花圖案的全新馬克杯裡，全都是她的筆。

她望向警探馬克．波伊德，她露出的那種嘴唇弧線，顯示的是某種未開口的疑問。

「妳至少可以對我說聲謝謝吧！」波伊德坐在椅上轉身，棕色眼眸閃動光芒，表露歡迎之意。他的襯衫緊貼精瘦身材，全身上下都看不到汗珠，看起來永遠完美無瑕。

「我是要怎麼找我的密碼？」她把手機放在桌上，把平常黏著便利貼的鍵盤整個翻過來。

「妳得要背起來才是。」

「謝謝你哦，波伊德，你真是幫了大忙。」

波伊德那一頭參雜鐵灰斑痕的深色頭髮，現在剪得更短了。他的臉依然削瘦，還是一臉沒吃飽的模樣，稍微看得出有點招風耳。洛蒂打開抽屜，檔案排得整整齊齊，還依照顏色分類。她才離開這裡幾個月，已經被他的潔癖侵門踏戶。

「探長，歡迎回來，」波伊德佯裝敬禮，「我知道妳想念我，我也是。」

她關抽屜的時候，沒事找事弄得碰碰作響。她打開電腦電源，絞盡腦汁地回想密碼，光是過了四分鐘她就忘了，更何況是四個月。她一邊努力思索，同時還要想辦法聊天，「你還好嗎？自從……」

「傷口癒合得很快，」波伊德打斷她，「至於心理層面，就跟以前一樣慘。」

「我以為心靈受創的是我。密碼呢？」

「黏在馬克杯下面。」

「謝謝。」

「妳家裡的狀況怎麼樣？」

「尚恩回去上學了，嗯，幾乎都有乖乖上學。這是一場連續不斷的戰役，他正在接受心理治療。」補充最後一段話的時候，她還伸手順了一下剛剪的頭髮。

波伊德回道：「妳也該去找心理治療師。」

洛蒂聳肩，「菲爾醫生[3]，你就跟心理治療師一樣厲害。」

[3] 著名心理醫生與電視主持人。

「我的專長啊！」波伊德哈哈大笑，然後又擺出嚴肅面孔，「不過，我說認真的，尚恩是個好孩子，但他吃了很多苦頭。」

「對，的確，但我覺得青少年比我們大人更有韌性。」她希望他不要問起克洛伊與凱特的事，她不想討論自己的子女與他們的問題，她只想要埋首工作，她請了這麼久的假，已經受夠了。

她希望自己不在家時，尚恩與女兒們會平安無事。她已經沒有辦法待在家裡了，過去這幾個月，已經開始慢慢磨蝕她的韌度邊界。她能做的就只有苦口婆心地相勸、洗滌，以及烹煮。至少，她讓孩子戒掉了吃垃圾食物與外帶餐飲的習慣。今天，她想要輕鬆回歸辦公室生活，站穩腳步，從容面對一切。

「布里基街發現屍體。」警探賴利．克爾比在門口探頭進來，一秒鐘之後才出現他的龐大身軀。他把格紋襯衫的袖口拉捲到手肘，汗水珠滴從寬闊額頭淌流而下。一看到洛蒂，他就定住不動，將亂髮往後梳理了一下。

他氣喘吁吁，「天吶，老闆，歡迎回來。」

「涼鞋？」洛蒂盯著他的白襪腳趾頭。

克爾比回道：「我有痛風啊……」

「但白襪子搭配涼鞋？」

「老大，我知道妳想念我，我也是。」

洛蒂問道：「林區在哪裡？」瑪莉亞．林區是她這個小組的另一名核心成員。

「在案發現場。負責埋設新水管的工人挖出了一具女屍。」

波伊德跟著克爾比出去的時候，對洛蒂扮鬼臉，「第一天回來，就有屍體迎接妳。」

洛蒂嘆氣。她從抽屜裡拿出幾個細心整理過的檔案夾，隨便攤在桌面上，然後又從馬克杯裡取出一些筆灑在檔案上頭。現在，她覺得自在多了。

她拿起包包，把手機丟進去，瞄到了先前訪客留給她的那個信封，那個得再等等。

她跟在自己的警探後面邁步離開，現在還有任務得處理。

柏油從地面滲出，早晨的熱氣曬紅了大家的手臂，蒼白臉龐也冒出了雀斑。他們才歷經了有史以來最嚴寒的冬天，洛蒂心想，恐怕接下來還得要迎接最酷熱的夏天。她剛從開了空調的車內出來，就立刻被濕氣所淹沒。她戴上了太陽眼鏡，慶幸剛才已經在自己的蒼白肌膚上塗抹了防曬乳。

她問道：「你有塗抹防曬乳吧？」

「嗯。」波伊德鎖了車，跟在她旁邊。

她側眼打量他。他是不是對她不友善？他戴上了太陽眼鏡，所以無法端詳他的雙眼。他們之間已經形成了某種與相敬如賓牴觸的互動習慣，也許是因為她現在回頭上班，他再也不需要擔任代理探長，再次降回了警探一職。

當他們到達封鎖線外圍的時候，制服員警正忙著重新將車流導引成單行道模式，果然製造出造成整座城鎮回堵的車潮，眾人冒火的速度，就與太陽升起高掛天空一樣快。洛蒂的上衣早已濕透，她又偷偷看了一下身穿棉質涼衫與海軍藍長褲的波伊德，連領帶都沒有鬆開，看起來如此氣定神閒，到底是怎麼辦到的？她搖搖頭，這一直讓她無法參透。

他們從布里基街的犯罪現場封鎖帶下方鑽過去，這是一條支道，蜿蜒經過足球場，過河，繞過購物中心，與主要幹道連結處的路面變得狹窄，交通號誌在道路盡頭不斷發出閃光。左邊是巴雷特酒吧，窗戶全被木板封死，油漆飽受風霜摧殘，然後還有一條死路。右側的那些公寓是經濟起飛時代的產物，如今某些房子的窗戶已經加上了木板條。在那段美好時光當中，她是不是一路夢遊晃過？財神從來沒有向她報到。她抬頭，望向髒兮兮的三層樓建物，心想，也許自己過得好多了。不過，這些公寓給了她一道立即的難題；得問案的對象太多，挨家挨戶詢問得花好幾天的時間。

她四處找尋監視器。有一台破爛的攝影機，靠著它的電線懸晃在酒吧後門上方的牆面。將一頭金色長髮紮成馬尾的警探瑪莉亞．林區，在沿著那條死巷旁邊、挖到一半的壕溝的封鎖圈內不斷奔忙，馬尾也跟著頻頻甩動。有三名身穿反光背心、斜戴安全帽的男子聚在角落抽菸，而制服員警們則忙著做筆錄。洛蒂的目光已經離開了那一大群人，因為她發現林區朝她走來，正在講話。

「……年輕女性。」

洛蒂努力凝神，「什麼？」

林區繼續朗聲唸出自己筆記本中的資料，「我們正在等待犯罪現場鑑識人員過來，才能挖出完整的屍體，法醫已經接獲通知了。」她闔上筆記本，「照這種交通狀況看來，天知道她要多久之後才能趕到這裡。」

洛蒂走向矗立在壕溝上方的臨時帳篷，就連站在外面，也能聞到臭爛腐化的氣味，她小心翼翼，在那一堆丟棄的工具之中找尋前進路徑，「這種天氣太熱了，不能把死屍繼續留在這裡。」

「是對活人來說太熱了……」波伊德站在路邊的某個制高處、盯著壕溝邊緣，「媽的！」

洛蒂與林區異口同聲，「什麼？」

「我的鞋子……」他從黏稠柏油之中拔出一隻腳，然後站上了某顆突出地面的巨石。

洛蒂沒耐心等待鑑識小組到來，她現在就想看到他們得面對什麼狀況。她又瞄了站在角落的那群男子，其中一人開口離開，走到旁邊又點了一根菸。

洛蒂問道：「這個人是誰？」

林區看了一下筆記本，「安德烈．佩托夫奇。是他挖到了屍體。他的手持鑽孔機差點讓死者又死了一次，距離頭部只有幾公分的距離而已，黏土裡面出現一小塊彩色的東西，因而讓他停手。」

佩托夫奇發現洛蒂在瞄他，她立刻閃避目光，很難不注意到他臉上舊傷的肥厚組織，那是從左耳耳垂劃到下唇的疤。

她的注意力又回到了帳篷，「我要進去看個仔細。」她從包包裡拿出保護手套，大步朝帳篷走去，她回頭瞄了一下，看到站在角落的佩托夫奇，不禁心生好奇，怎麼會有人的雙眸能夠承負這麼多的苦痛。

洛蒂翻開帳篷的門布，閃亮光線透入開口。林區已經提供必要的保護衣裝給她，她穿戴了手套、蓋住口鼻的口罩，以及鞋套。地面已經鋪設了鋼板，藉以保護已經遭到破壞的命案現場。

她小心翼翼，不想驚擾一切，蹲在侷促空間裡，首先看到的是受害者的臉龐。深色眉毛，一綹黑色髮絲貼著光滑額頭，沒有外傷。閉眼，如羽毛般細緻的眼瞼皮膚已經因為開始化膿而出現水泡。單耳有銀色耳釘，另一耳的是不是掉了？

這一點，遠比其他的一切更能夠打動洛蒂。無論她見過多少的凶殺案受害者，或者看過多少具屍體，都是這樣的幽微細節讓他們有了人的面貌。

波伊德蹲在她身邊，開口問道：「她是被勒死的嗎？」他也已經穿上了防護裝備，「最好還是等法醫過來。」

「幹，」洛蒂撥開死者額前的深髮捲尾，「天吶，她不過就是個孩子。」

波伊德語氣嚴肅，「我猜是十八歲到二十五歲之間。」

突然有人大叫，害他們兩人都嚇了一大跳。

「給我滾開犯罪現場！」

鑑識小組組長吉姆．麥克葛林站在帳篷入口，怒氣沖沖地盯著他們。

「我知道你看到我很開心，我也是。」洛蒂發覺她其實只見過一身犯罪現場鑑識裝扮的麥克葛林而已。

「現在就給我出去，你們兩個都一樣。」

洛蒂辯解，「我們什麼都沒有碰！」

「探長，妳比大家都清楚。」他從她身邊走過去，開始安置裝備。

波伊德趕緊偷偷溜走，洛蒂則背貼著帳篷牆面。麥克葛林忙著工作，根本沒有理會她，而她緊閉嘴巴，以免自己亂說話。等到他拍完照片之後，開始緩緩掃除受害者胸膛上的黏土薄片，藍色衣裳的領口出現了。

聽到高跟鞋踩踏路面的喀啦聲響，洛蒂就知道珍．多爾來了。這位法醫迅速穿上保護裝備，脫去十公分的高跟鞋，換成軟皮拖鞋，並加上了鞋套。洛蒂側身讓開，身形高出對方一大截。法醫加入麥克葛林的工作行列，兩人打招呼致意。

「年輕女性，沒有撕裂傷或勒痕，」珍以手指撫摸死者的喉嚨，初步評估狀況。

麥可葛林以有條不紊的手法刷撥屍體殘留的黏土，整個屍身慢慢浮現。洛蒂從高處往下看，發現死者衣服的材質是薄棉布，鈕扣沒扣，露出了未穿胸罩的雙乳，藍色靜脈宛若一張道路地圖。

肋骨下方出現了一小塊隆凸。

洛蒂張大嘴巴，「她懷孕了。」

他們周邊的窒悶空氣瞬間變得寒凍，洛蒂發覺自己的濕黏肌膚冒出了雞皮疙瘩。

珍提醒她，「可能只是腐化造成的膨脹。」

洛蒂說道：「我覺得不是這樣。」而且她很清楚珍的判斷也並非如此，她問道：「死亡時間多久了？」

「很難說。屍體未暴露在天然環境之中，腐化速度會比較緩慢。不過，最近異常酷熱，可能是兩天吧。死者也出現了屍僵，所以我想超過了四十八小時。等到我把她送進『死亡之家』之後，就會知道更多細節。」

「死亡之家」，珍進行驗屍的場所，是圖拉摩爾醫院附設的殯儀館，與拉格慕林相隔了四十公里之遠。

「她是在這裡遇害的嗎？」

「探長，我必須要先判斷死因，」珍的語氣中規中矩，「不過，從這裡的泥土與地點看來，我猜測這就是她遇害之處。」

「有消息立刻讓我知道。」

「沒問題。」

洛蒂走出帳篷，進入驕陽之下，她匆匆脫去外衣並丟入棕色證物袋，接著呼喊瑪莉亞・林區。

「吩咐制服員警挨家挨戶問案，一定有人看到了埋屍過程。」她抬頭望向那些加裝了百葉窗的公寓窗戶，「要徹底清查，還有，我要這些包商工人盡快到警局做筆錄。」

「是，探長。」林區開始忙著對那一群待命的警察發號施令。

「看看巴雷特酒吧是否有開通監視器，」她態度嚴肅，盯著在電線下方懸晃的破損攝影機，「還有，克爾比，找人搜查那些滾輪垃圾桶。」她指向那些在巷子裡堆成一排的商用尺寸垃圾箱，腐爛垃圾的臭氣與帳篷內的味道混雜在一起。

克爾比點點頭。

「前四十八小時非常關鍵，」洛蒂說道：「我想我們已經錯失了那段黃金時間。」

8

洛蒂回到警局之後，進了問訊室，加入波伊德的行列。這裡的封閉感就與她記憶中的一模一樣。沒有窗戶，沒有空調，會讓建築師們搖頭嘆氣的空間。而且，重新裝修工程依然還沒有完成。這個案子需要問訊多人，很可能得花上好幾天，她想要先從在現場工作的這些男子開始著手。

安德烈．佩托夫奇坐在以螺栓固定的桌子前面，粗大的手指緊握成拳，棕色雙眸低垂，是疲憊還是恐懼？

洛蒂想要單刀直入，「好，佩托夫奇先生，你來自哪裡？」

「我來自科索沃。」

「你來到愛爾蘭多久了？」

「我來工作，」他說道：「可能有一年吧，也許更久一點。」

「你一直待在拉格慕林？」

「對，也不對。」

洛蒂說道：「你似乎不是很確定。」

「我到了愛爾蘭之後，先在都柏林工作，然後來到拉格慕林。」

洛蒂聽到他吃力唸出她家鄉的發音，露出了微笑。就算能夠輕鬆唸出來，她在自己家鄉過日子就是很吃力。

「為什麼會來到拉格慕林？」

「工作，輸水管工程。」

「你現在住在哪裡？」問訊好花時間。

「席爾角的某個小房間。」

洛蒂知道席爾角那個大社區。多棟公寓大廈以新月狀排列，圍繞在運河與鐵道的周邊。有一些商店、托兒所及診所。低端市場的複合式社區努力要成為高端市場產品，但最後卻慘敗收場。

現在，她的注意力又回到了安德烈・佩托夫奇身上。

「你知道有關你發現的那具女屍的任何線索嗎？」

「不知道。」

「講一下你在挖的那座壕溝，這項工程是什麼時候開始的？」

「三天前，我們在埋設水管。填入……怎麼說呢……暫時性的材質，今天我們回去修補。」

「修補？」

「把路鋪回去，懂嗎？」

洛蒂回道：「嗯。」

波伊德問道：「所以自從星期五之後就沒有人在現場工作了嗎？」

「我們處理不同的街道，然後回去。有交通……管制吧？」

「還有什麼可以告訴我們的嗎？」

佩托夫奇低頭，「我什麼都不知道。」

繼續追問下去，對於案情也沒有什麼幫助，洛蒂覺得心口冒出了那股熟悉的、滋長中的挫敗感。

「你可否同意做DNA採樣？只是要確認是否該把你納入我們的調查範圍。」她心想，這很可能也只是多此一舉而已，畢竟他已經碰觸過了屍體。

他露出防備的神情，「為什麼？我又沒做錯什麼。」

「這只是標準程序，不需要擔心。」

「我不知道，等一下再說好嗎？」

「佩托夫奇先生，要是換作是我，我寧可早早了結。」

「我看不出要這麼做的理由，但隨便你們吧。」

洛蒂指示波伊德安排口腔採檢，以簡單的拭子取樣進行DNA分析。波伊德點點頭，又向佩托夫奇唸出他的證詞做最後確認。

「你現在可以離開了，」洛蒂說道：「我們有你的聯絡方式，可能需要再次找你問案。」

波伊德關掉攝錄器材，開始封緘DVD。洛蒂的目光一路追隨走向門口的佩托夫奇，寬闊的雙肩，反光背心裡的肌肉緊繃。

他轉頭，「小可憐……埋在黏土裡面，還這麼年輕，不該就這麼死了。」他開門離去，悄悄掩上了門。

洛蒂盯著波伊德，他聳肩以對。

「我去找下一個進來。」佩托夫奇離開之後，他也隨即離開了問訊室。

當他們問完了現場工人之後，克禮根警司在門口探頭探腦，「現在，你跟我進去案情偵查室。」

洛蒂跟在他後面，望著他的禿頭發出了閃光。她很好奇他為了要維持這樣的光亮，到底多久就需要剃一次頭？進入案情偵查室後，一股難受的顫慄感湧上整個背脊，因為她想到了自己的上一個案子。同樣的房間，不一樣的謀殺案。獨立告示板貼有受害者死亡時的面部照片，第二個告示板則釘有陳屍地點的粗略區域圖，以及整座城鎮的大型地圖。警察們正忙著打電話，將持續進行中的逐戶問案結果輸入電腦。

克禮根警司伸手搓揉頭部，推高肥厚鼻樑上的眼鏡，開口說道：「帕克探長，你是這起案件的資深調查警官。」他以單眼盯著她，另一隻眼發紅半閉。是感染嗎？希望不會傳染。她為求保險，退後了一步。

「長官，謝謝。」過去的經驗告訴她，在克禮根的面前，話越少越好。在他面前老是講錯話，已經給她招惹了太多次的麻煩。

「不過，所有面對媒體的工作，都交由我先處理，」他提出警告，「我不想要跟上次一樣出包，沒問題吧？」

「長官，我想直接切入重點，瑪莉亞・林區正在處理工作日誌，而波伊德忙著查閱我們剛剛問案的筆錄。」

「克爾比呢？他在做什麼？」

「等一下就會稟報。」她在心中又默默加了前提，等我找到他，我就會告訴你。

「妳也知道我對這種案件的看法，由拉格慕林自己處理，不需要驚動城市層級的警力。不過，自從妳上次那個案子出了可怕的紕漏之後，我不確定我們這次是否能瞞他們這麼久。所以，盡快破案，不要惹出任何麻煩，沒問題吧？」

「是，長官。」她很想知道他的眼睛出了什麼狀況。難道是克禮根夫人發飆痛扁他？

「還有，不要再盯著我。」

洛蒂嘆氣，她寧靜的第一天到此為止。

克爾比坐在自己的辦公桌前，翻閱向公寓住戶們問案的紀錄，一腳擱在某疊檔案的上方，涼鞋放在旁邊。

洛蒂皺鼻，「我剛剛一直在找你。」

「妳不就找到了嗎？」他立刻將腳套回涼鞋裡，「我正準備要把這堆資料帶入案情偵查室。」

「陳屍地點街角的那間酒吧有監視器畫面嗎？」

「老大，讓妳猜猜看。」

「壞掉了？」

「沒錯。」克爾比搔抓那一頭鬈曲亂髮，「為什麼費心裝設了那些器材，卻不好好維護呢？真是讓我百思不得其解。」

「住戶也都沒有嗎？」

「沒有。」

「拉格慕林在那個地點的監視器呢？」她抱持一線希望，「那裡有沒有？」

「不是削減了嗎？還有預算？我不知道，但半數的攝影機都壞了，現在也只剩下主要街道還有而已。」

「真是太好了。」洛蒂盡量壓抑自己的失望之情，卻適得其反。

她花了一整個下午閱讀底下那些警探為她整理的筆錄摘要，波伊德也是，他一邊閱讀，三不五時就把筆在桌面排成一直線。不過，這個女孩可能的身分，或者是誰殺了她，並將她埋在拉格慕林的街道底下，依然沒有任何線索。

下午四點十五分，洛蒂的手機響了。是珍·多爾，法醫。洛蒂仔細聆聽，然後結束電話，「珍的初步報告已經準備好了。」

波伊德說道：「她做事一向警敏……」❹

❹此處使用的片語為no flies，提到了蒼蠅。

「有時候你的措辭真讓我大開眼界。」洛蒂搖頭，拿起自己的包包，「我現在過去圖拉摩爾。」

「需要我……」

「不用，不需要你跟我一起去，我知道怎麼開車。你繼續爬梳那些資料，我要知道死者姓名。」

「什麼線索都沒有，我也變不出來。」

「反正想辦法找出她的身分就是了。」

「是，老大。妳為什麼要大老遠跑到那裡？難道她不能寄電子郵件給妳嗎？」

「難道你就不能做自己的工作？讓我忙我的事？」

洛蒂把包包揹上肩頭，匆匆離開辦公室，以免等一下對他發火。她朝自己的座車走過去，希望冷氣可以正常運作，但機會是微乎其微。

9

洛蒂問道：「妳剛剛說什麼？」

這位法醫又重複了一次，「槍傷。」

洛蒂沮喪搖頭，「不可能。」

「初步報告就是如此。」珍．多爾的語氣精簡專業一如往常。

洛蒂說道：「目前靠初步報告就夠了。」

開了四十公里到達圖拉摩爾，讓她全身冒汗。至少，「死亡之家」很清涼。這裡與她沿路看到的風景相差了十萬八千里，樹木生長茂盛，綠意盎然，草地邊緣有綻放的毛莨花，在令人頭暈目眩的陽光之下，遠方的某處內陸湖波光粼粼。後來，她上了高速公路，到處都是飛馳車輛，還有空氣中揚升的柴油煙氣。現在，她倒是很歡欣接受那種充滿油味的氣息，可以幫忙驅除籠罩在「死亡之家」的惡臭。

她們坐在工作台旁邊的鍍鉻凳子上面。死者躺在她們後面的鋼床，有薄布覆蓋屍身。

「子彈從背後射入，沒有穿透傷口。根據X光顯示，有一顆子彈卡在肋骨裡。我會把它送到實驗室，提供彈道學人員檢視。」

「她是中槍而亡，靠，」洛蒂說道：「拉格慕林上次出現槍擊案，我都不記得是什麼時候的事了。」

「還有，我發現她的後頸可能有咬痕。我已經在那一塊區域採檢唾液，取得模印，我會把影像檔寄給妳。」

「可以從拭子取得DNA嗎？」

「不確定，幾乎沒有任何痕跡，我們就等著看吧。」

「性侵呢？」

「有陰道撕裂傷證據，所以是有可能，但不能下定論。」

「她的衣物有任何線索嗎？」

「沒有，我認為她中槍前沒有穿衣服，傷口看起來非常乾淨，應該是被洗過了。」

「彈孔？他開槍之後還清洗傷口？」

「很乾淨，有人清洗過。我也從她的指甲裡面取得了碎屑。也許會有結果，但不要抱太大的指望。」

「為什麼他要先脫掉她的衣服，朝她開槍，然後清洗傷口，又把衣服穿回到她身上？」洛蒂搖頭，現在她面對的是什麼狀況？

「也許他是《CSI犯罪現場》的瘋狂劇迷。」

「珍，她是誰？」

「洛蒂，這是妳的工作了。我只能告訴妳，她的年紀介於十六歲到二十歲之間，死亡時有孕在身。衡量我們近日的高溫與腐化速度，我推算她是兩天前遇害，最多是三天之前。」

洛蒂想到了佩托夫奇的供詞，他們是在三天前開始挖溝。難道這女孩就是在此之後葬身在街底之下？

「所以我們發現屍體的地方不是她遇害之處？」

「屍斑顯示她是在死後遭到移動。而我們發現的陳屍地點，也不可能讓兇手有餘裕可以脫掉她的衣服、槍殺啊什麼的，她絕對是在別的地方遇害。此外，還有另一個線索。」珍從凳子跳下來，把洛蒂帶到解剖台前面，拉開屍身上的薄布，「有沒有看到那道傷疤？」她指向圍繞在受害者左臀、從腹部往背後的某條弧線。

洛蒂說道：「看到了……」她一直迴避法醫之前取出胎兒的那個開口。

珍說道：「縫合傷口非常整齊。」

「她怎麼了？」

「她動過摘腎手術。」

「為什麼？」

「也許捐給家人？我不知道。」

「是最近動的手術嗎？」

「等到我完成更多檢測之後，會比較清楚狀況。現在，我的估計是一年多前動刀，在我進行第二次解剖之前，就只能說這麼多了。」

「那懷孕呢？」洛蒂問道：「她死亡的時候已經懷孕多久了？我們可以從胚胎驗DNA嗎？」她不知道自己是否要面對一個揮舞手槍的不情願父親，或者是激憤過頭的殺人現場。她的直覺告訴她，這一次截然不同。她相信自己的直覺，大多數時候是如此。

珍移步到第二個解剖台，洛蒂跟了過去，深呼吸，準備好了。她不是那種會大驚小怪的人，也不介意觀看屍體，但尚未出生的寶寶？那又不一樣了。

「這就是她的孩子，死時大約是十八週的胚胎，女嬰。」

珍緩緩掀開白布。洛蒂瞠目結舌，盯著她從未見過的超迷你嬰兒，側身蜷伏在冰冷的鋼板上面。她努力嚥下淚水，鎮定心情。她側頭，發現珍正匆忙擦去自己的淚水。在她認識珍．多爾這段短短的時間之中，這位法醫幾乎不曾流露過任何情緒。

「我這一生執行過多次驗屍，但這個……這個實在令人髮指……」在「死亡之家」的陰冷空氣之中，珍的聲音變得越來越小。

「有時候，我覺得已經沒有任何事物會嚇到我了，」洛蒂說道：「但總是會有更恐怖的事件在等著被挖掘。」她轉身，拿起報告，塞入自己的包包裡。

珍的語氣淡柔，「妳要找出是誰下的手……」

洛蒂沒有回答。不過，當她離開「死亡之家」、與珍道別，準備回到拉格慕林的時候，她的腳步多了一股全新的決心。她開車時只看到那個超級小嬰兒，嘴裡含著自己的迷你蹼狀大拇指，她覺得那將會成為她腦海中揮之不去的景象。

洛蒂把法醫的初步報告丟向波伊德的辦公桌，她覺得他的神色就和自己一樣憔悴。

「我們已經搜查了整個區域，酒吧、住宅，沒有任何遺漏的地方，大家什麼都沒看到。」

「拉格慕林本來就這樣。」

她坐在自己的辦公桌前，回憶從去年十二月拖到一月的那起案件，這是一座沒有人看到任何狀況、幾乎大家什麼都不說、就算開口也絕對不會吐露全部真相的城鎮。

波伊德拿起報告，「所以珍的看法是？」

「受害者絕對是死於槍傷。」

「什麼？槍傷？洛蒂，狀況不妙。」

「我知道。」在拉格慕林，槍械犯罪事件鮮少發生，幾乎根本不存在。她心想，這裡跟大城市不一樣，那裡的黑幫犯罪通常都是靠槍枝解決。「她死掉的時候確定懷有身孕。」

「不會吧！」

「還有，等一下，她先前不知道在什麼時候曾經被摘除了腎臟。」

「天吶，希望那是出於自願。」

「目前很難判斷，珍必須先完成驗屍。」

「懷孕、槍傷，還有一顆腎不見了，想必這女孩一定歷經了什麼恐怖事件……」波伊德搔頭，表情不知所措，洛蒂懂得那種感覺。

「死者在中槍之前赤身裸體，兇手洗淨傷口之後，又為她穿上衣服。」

「為什麼會有人做出那種事？真是瘋了。」

「的確。失蹤人口名單中有人符合她的特徵嗎？」問完之後，她打了一個哈欠，沒想到第一天上工會這麼混亂。

「完全找不到相符的對象。不過，要是她已經超過了十八歲，我猜名單上也不會出現她的資料。」

「她已經死了兩天，搞不好是三天，懷孕十八週。也許某人在某個地方惦記著她，比方說，她小孩的爸爸。」

「也許她沒有告訴任何人，懷孕可能是因為一夜情導致的後果。」

「或者她與有婦之夫交往，出了什麼狀況，於是他射殺她。」

「我們可以發布她死後的照片。」

「你也看到了她的臉，我們不能把腐爛肉身公諸於世。」她從波伊德的手中拿走法醫報告，「反正，現階段不可以。」

他回道：「我只是提出一個想法罷了。」

「愚蠢的想法。」

她知道他想要回辯，但是他們目前在討論事態的嚴重性，不容他多嘴。她說道：「珍還提到根據那女孩的骨骼結構，可能是東歐人，很可能來自巴爾幹。」

「她是怎麼做出判斷的？」

「她念人類學。」

「所以這名受害者是非法移民？」波伊德說道：「這樣一來，我們要查出她的身分就更加困難。」

「她可能是難民或者在尋求政治庇護，」洛蒂說道：「這些人有證件。」

她想起了幾年前司法部將廢棄軍營出租而引發當地抗議的事件。如今那裡已經成為了尋求政治庇護者的直接收容中心。她母親當時曾說這是茶壺裡的風暴，如今一切也的確雲淡風輕了。

波伊德說道：「值得去好好查訪一下。」

「列入明天的必辦事項。」

「沒問題。」

「而且，我們必須要再找佩托夫奇問訊。不過，首先我必須要先召開小組會議，之後才能放大家休息。」

10

當她終於下班回到家的時候，已經過了晚上八點鐘，迎接她的是一片靜默。她的母親蘿絲·費茲派翠克幫忙照顧小孩，早已在許久之前離開。洛蒂心想，最近她們母女兩人迴避彼此的功力都相當高超。

她朝著樓上大喊：「有人在家嗎？」

沒有回應。

洛蒂進入廚房，發出哀號。水槽裡的玻璃杯與碗盤堆得老高，回到了她休長假之前的常態。不過，至少家人都吃飽了。蘿絲以前離開的時候總是把屋子打掃得晶亮，她不知道自己是做了什麼而讓狀況生變。

「有人知道怎麼洗家裡的杯子嗎？」

沒有人應答，又一次自言自語。

一片異常靜默。她突然大驚，衝上樓梯，闖入兒子的房間。

尚恩摘下耳機詢問：「怎麼了？」他迅速敲了一下電腦，螢幕逐漸淡化，成了陽光普照的海灘場景。

洛蒂的表情滿是釋然，「我到家了啊。」

「然後呢？」

「你學校的狀況怎麼樣？」

「跟平常一樣無聊。」她兒子戴回耳機，等待她離開。

她關門之後，心想是否應該檢查他到底對著電腦搞什麼名堂，然後她在凱特房門探頭張望。她的大女兒似乎是睡著了。洛蒂沒管她，瞄向克洛伊的房間。克洛伊坐在她的小書桌前面，塞著耳機，面前有一堆課本，洛蒂在她面前揮揮手。

克洛伊根本沒抬頭，「我在念書。」

洛蒂沒煩她，回到樓下，想看看櫥櫃裡是否還有什麼能煮的食材，什麼都沒有。

她一屁股窩在廚房的扶手椅上，發現爐火上方的油漆出現剝落，這房子需要重新整修。她低垂目光，不想看到累積在天花板正下方牆面的那些小黑點油污。一整天下來，已經耗光了她的所有元氣，也許睡一覺就能夠讓她重振精神來收拾殘局，她閉上了雙眼。

克洛伊鎖好臥室的門，收好耳塞式耳機，把課本放到一旁，從床邊櫃裡取出降噪耳機。她打開窗戶，讓夜風朝身軀飄來，她也在這時候點開了手機裡的音樂軟體。

自從她逃離運河那裡之後，幾乎都待在圖書館裡面聽音樂，眺望窗外。到了下午四點三十分，她慢慢走回家，她知道外婆在這個時候已經離開了。

一股鬱結感緊揪她的心口，她努力勻整呼吸。她想要對母親傾訴自己的感受，這種無助的恐懼簡直要摧毀她的所有思緒。不過，每當她拚命想要說出口的時候，就是講不出來。而且，現在洛蒂回去上班了，也沒有機會和她講話。至於凱特，天知道傑森死掉之後她到底都在想些什麼，她不肯回到大學念書，一天到晚都在哀嘆。

克洛伊望向上臂的新傷口，心想萬一母親發現的話不知道會怎麼樣。恐慌在她的喉間冒升，她想要控制呼吸。吸氣，吐氣，吸氣，吐氣。她需要利刃。對，肉體痛苦也許可以舒緩她腦中亂紛紛的念頭。

她的手機螢幕閃現訊息提醒，她點了一下，為生而傷的主題標籤出現了一則新貼文，她打開之後，沉浸在論壇的世界，舒緩地吐氣，今天晚上，她不需要動用刀子。

午夜時分的荒涼街道，應該不算是慢跑的最明智選擇，尤其現在還有兇手潛伏，不過，洛蒂在扶手椅醒來之後，她需要新鮮空氣與運動釐清思緒，而且還能幫助她今晚順利成眠。

她在心中數算有條不紊的從容步伐。她的手機有計步器，但她懶得設定，反正，她聽說這功能會損耗電池的壽命。她把手機夾在胸罩裡面，經過郡治廳上坡路段的時候，她放慢了腳步，呼吸變成了急喘。雖然她每天下班時都會慢跑，但她覺得自己不夠健康。

她在街道最前端右轉，突然停下腳步，整個人凝凍住。她深吸一口氣，轉身，心跳飛快又全身顫抖，後頭沒人。她又緩緩開始恢復慢跑，她心想，幻覺罷了。

拉格慕林的週一夜晚向來很安靜。沒有從酒吧轉戰夜店的夜貓族，就連丹尼酒吧外的排班計程車也冷冷清清，只有一個司機斜靠著自己的車子抽菸。

被跟蹤的那股感覺，她一直放不下，所以她決定不走中心公園的近路，反而上攻修士街，那裡有兩尊青銅修士雕像，炯炯目光宛若在觀察一切。

這一次慢跑，並沒有發揮釐清思緒的功能。馬路地底的腐化女屍，還有「死亡之家」不銹鋼解剖台上的迷你幼嬰的那些畫面，一直不肯退散。

她望向左側，目光飄向布里基街，發現犯罪現場封鎖帶軟綿綿垂晃在那裡，她走過無人的馬路，站在封鎖線外面。

位於角落的鑑識小組帳篷不斷被風吹得晃動，孤單之姿顯得寂然。公寓鐵門入口停放了一輛警車，有名制服員警站在車旁。他向洛蒂敬禮，而她也朝對方點頭示意，她雙手叉腰，等待呼吸恢復正常。

她問道：「夜晚平靜嗎？」

他聳肩，意思就是：妳覺得呢？

她知道在完成查核一切之前，找人守住案發現場的確有其必要，任何人都可能會進行破壞，兇手甚至可能會回來，但她認為他在目前這個階段應該是逃離了拉格慕林，至少，她希望他不要在這座城鎮四處晃蕩，準備再次出手。不過，無論他在哪裡，他到底是誰，她一定會將他緝捕歸案。那個未出生女嬰的畫面點燃了她心中怒火，絕對不能坐視任何人逍遙法外。

又來了。她轉身，這次非常確定有人就在她的後頭。

她詢問那名警察，「你是否注意到那邊有人？」

「探長，沒有，我沒看到。」

「好，謝謝。」

她覺得自己已經吸飽了陰鬱夜氣，便跑過燈光暗滅的社區學院，準備回家。一想到要洗個冷水澡，上床，就讓她的疲憊四肢變得興奮。

當她開始出現幻想症狀的時候，就大勢不妙了。

11

這個房間太小了，居然硬塞了這麼多人。兩張行軍床，床邊櫃，沒有門的衣櫥。地板木條磨損光禿，油漆龜裂，蜘蛛網佔據了天花板的骯髒角落。

兩個女孩躺在米莫莎．巴爾巴特維奇對面的床，睡得很熟，柔弱的鼾聲劃破了寧靜。她們在房間中央的狹窄通道脫衣服，直接扔在原地，然後就裸身窩在薄被裡面，立刻入睡。

米莫莎頭上那顆無光的電燈泡在搖晃。這裡的夜晚時分不像她家鄉到來得那麼快。傍晚過得溫吞，成了悠緩的黃昏，而且接下來黑暗也從來不曾全然擊潰夜晚。

她整個人縮在底層臥鋪，呵護流血的手臂。她手肘上方出現了兩塊新月狀的破皮。他咬她總是讓她不開心，每次都很痛，但這一次還咬出了血，她希望自己不會因為他的噁臭口水而染病。她今天早上溜走，他就是要特地懲罰她受苦。現在，他又帶走了可憐的莎拉，當初她只是要幫助她與她的小密勒特而已，自願為大門守衛口交。守衛的確放她出去了，但其他人還是追了出來，想必當初他們一定跟蹤她，或是跟蹤莎拉。他們真知道她去了哪裡嗎？她希望不是。現在，她和密勒特又回到這裡，遭到監禁。她逮到了機會，應該要逃跑才是。不過，她又能去哪裡？做了就是做了，她一直閉緊嘴巴，希望莎拉也一樣。

她雙腿之間一直隱隱作痛，無論她在事後如何刮刷，就是覺得還有東西殘留在體內。她努力放下那股痠痛，掛記其他讓她憂心忡忡的事。

她已經好幾天沒有看到卡爾翠娜。沒有人會讓她知道她朋友的行蹤。米莫莎很清楚，這個地方發生了慘事。大多數人都怕得要死而不敢開口，不過卡爾翠娜卻勇敢出聲。現在，她從人間蒸發了。

她現在只能盼望那位女警探會出手幫忙。她覺得去警局太危險，她要怎麼讓他們相信她？所以，她逮住機會，前往他寫給她的那個住址，當時他還給了她那個徽章。那感覺宛若是上輩子的事了，現在她不願想起他。

門開了，莎拉一拐拐地走進來。她站在房間正中央，是一座被月光浸沐的黑色雕像。米莫莎在這年輕女孩身上聞到了同一股可怕惡臭，也就是依然黏附在自己身上的那種味道，莎拉因為幫助她而受到了處罰。

「別哭……」她舉起了手肘，卻因為劇痛而面色抽搐。

她伸出雙臂緊緊抱住自己，凝望窗外，臉頰的淚水發出微光。

「來，躺在我旁邊。」米莫莎伸手，握住莎拉汗濕的手，她轉身，躺在米莫莎身旁。米莫莎摟住她，小心翼翼地不想吵醒窩在牆邊的兒子，她在安慰莎拉，宛若先前在哄撫自己的幼子一樣。

莎拉不斷抽泣，最後終於精疲力竭，不過，每隔幾秒身體就會出現顫抖，米莫莎仔細聆聽那破碎的呼吸節奏，女孩終於入睡，只是斷斷續續。

密勒特翻身，喃喃自語。

她開口，「噓……」

被子隨著她移動而發出窸窣聲響。她伸出食指，溫柔撫摸他的額頭，在他耳邊低聲唱出溫柔的催眠曲。她好愛他，脊椎不禁一陣發麻。她在世間只剩下他而已。她拖著他，一起歷經了漫長而痛苦旅程。難道這一切之所以成為折磨人的惡夢，都是她犯了錯嗎？他是她的兒子，要是她有疏失，她一定會彌補。

她以自己的母語輕聲低喃，「終點到底在哪裡？」

她找不到答案，睡意遲遲不來，她聽到房門開啟的時候，她依然還醒著。當莎拉被拖到地上的時候，米莫莎一度試圖抓住她，而熟悉的粗糙雙手把她推開，莎拉被拉到走廊上，尖叫不止。

房門重重關上，米莫莎緊緊抱住嚎啕大哭的兒子，默默禱告，卑微地懇求垂憐。

「千萬不要讓他們傷害我的密勒特。」

12

他以戴著手套的手，拿起鐵皮，把它塞入壕溝側邊。然後拿起鏟子，迅速挖開鬆軟的黏土。等到挖出符合他預期的深度之後，他走向停放在不遠處的白色廂型車。

早在幾分鐘之前，臨時的「施工中」警示牌就已經放置這條狹窄街道的兩側，確保不會有任何干擾。現在是凌晨四點鐘，拉格慕林正在沉睡中。主街不時傳來的車行震晃，他並沒有放在心上，不會有人走這條路。他的左側是商店後門入口，右邊是汽車拆解工廠，在過去一點是僅住了一半人口的公寓住宅區，大半夜一片死寂。

他迅速瞄了一下周邊環境，再次確認沒有人看到他，然後，他打開車後門的鎖，拖出狹小的斜坡板，推出一個蓋有深綠色帆布的寬版手推車。

他一路推到了洞口，拉開帆布，斜傾推車，讓屍身滾入地中。他把她攤平之後，開始鏟泥土壓住她。軟土一坨坨噗通落下，她的蒼白肌膚也變得越來越深。他完成任務，雖然他十分確定周遭根本不會有人聽到聲響，還是盡量悄聲將鐵皮拖回原地。

他再次環顧四下，然後才撿起帆布，把它放回推車上，然後匆匆前往停放廂型車的那條馬路。他把一切收入車內，拿起斜坡板，收拾路障標誌。他上了車，一邊往前開，一邊自顧自微笑，距離自己的目標越來越近了。

大功告成。

科索沃，一九九九年

他不知道自己已經走了多少天，也不知道自己在灌木叢裡到底躺了多久。不過，他的褲子布滿泥巴，雙腳在流血。他凝望逐漸暗沉的天色，聆聽一輛輛卡車駛過老舊泥路的聲響。他怎麼會不記得了？為什麼他的心中充滿黑洞？

「喂，小伙子，你在下面做什麼？」

他沒有聽到卡車停下來的聲音，他整個人縮成一團，準備迎接槍響。也許，對他來說，這樣就一了百了。他發覺有人抓住他的肩膀，他發出叫喊，宛若無助的狗兒。

「不要害怕，你跟我們在一起很安全。」

一陣微風揚起，吹拂他的赤裸胸膛。他懂一點英文，在學校時學的，那似乎是許久之前的往事了。那男子身著軍裝，另一名士兵坐在他們的巨大卡車裡面，往下怒瞪他們。

那士兵喊他為孩子。不過，他並不是任何人的孩子，每個人都死了。

男孩抬頭仰望士兵，他嚇了一跳，他有張類似爸爸的面孔，在爸爸那個之前……在戰爭之前。

士兵看了一眼他的同僚，「帶他一起吧？」

「好，那就快點。我們從馬其頓一路開車過來，我累死了。」

「上來吧。」

士兵把男孩抱起來，然後由司機把他拉入車內。男孩坐在兩人中間，拚命以手肘擠壓身體，希望可以把自己盡量縮小。

「你很餓吧？」

他點點頭。

「好，這裡有一袋『泰托』[5]洋芋片，是從家鄉寄來的東西。」

男孩希望士兵不要再講話了。他打開袋子，開始大嚼特嚼。他餓壞了，他有多久沒吃東西了？這又是另一個黑洞。

「你的話真少啊！」士兵說道：「你就把它吃光吧！我們馬上就要到小雞農場了。」

男孩乖乖聽令。

[5] 愛爾蘭當地品牌。

第二天

二〇一五年五月十二日星期二

13

鳥兒在唱著只有牠們才知道的曲調。拂曉天光穿過窗台與百葉窗之間的隙縫，宛若鋼刀的一道光束，劃過整張床鋪。

洛蒂墊高枕頭，專心聆聽。那兩隻斑尾林鴿在她家花園的尾端開始一唱一和。她心想，要是現在床邊有杯咖啡就好了。這本來真的有可能實現，亞當準備去上班的時候，習慣在她床邊留下馬克杯，以唇輕撫她的額頭，然後悄悄掩門。然而，他過世已經將近四年，現在身邊只有他的幽魂，讓她困在某種倒帶模式的默片生活之中。

鳥囀聲持續不斷，直接穿入她的意識層，她產生了伴隨記憶而來的那股熟悉不安的孤獨感。這時候也該放下亞當了，不是嗎？大家似乎都覺得她應該找回正常自我。誰知道那到底是什麼。不過，她現在的生活宛若黑白照片，隨著時間而變得越來越暗沉，她努力要為它注入色彩。

她對著被子狠狠捶拳，咬緊牙關忍淚，這樣並不好。她還是很氣亞當，氣他得了癌症；氣他就這麼死去，丟下她一個人帶三個小孩；氣他不給她足夠的時間，讓她詢問沒有他的下半輩子，他希望她要怎麼過下去；氣他面對她悲傷容顏的時候，沒有展現出更堅強的姿態。她大吼，「去你的！亞當．帕克！」

她再次甩開床被，跳下床，擺脫紛亂思緒，衝入淋浴間。當水流從一大坨肥皂泡沫流入排水孔的時候，她知道自己的態度不夠好，她痛斥自己，妳這個女人，堅強一點，她出於自覺，真的就擺出強悍姿態，她比記憶中的自己更勇猛。

她對著布滿蒸氣的鏡子說道：「我就是堅強洛蒂……」

她擦乾身子，穿好衣服，準備面對今天迎面而來的各種挑戰，然後才驚覺自己上班已經遲到，又遲到了。

「妳遲到了。」波伊德狠狠關上某個櫃子的抽屜，上頭堆積的檔案全部滑落在地。

「真的嗎？我很確定我並沒有遲到得很離譜。」洛蒂坐在自己的位子上，打開電腦，「你現在變成誰了啊？我媽媽？」

「妳媽媽最近怎麼樣？」

「波伊德，你不要哪壺不開提哪壺。」她把自己的包包塞入辦公桌下面，抬高那個罌粟花圖案的馬克杯，看了一下自己的密碼，輸入之後問道：「有沒有最新進展？」

「還沒有找出受害者的身分。」他拿起那些檔案，以字母順序重新整理。

洛蒂開口，「你可不可以不要再這樣了？」

「什麼？」

「拚命要把一切搞得井然有序。」

他將檔案放入抽屜，「妳自己是『懶散洛蒂』，並不代表我們每一個人都要向妳看齊。」

「波伊德，拜託你坐下來！」

「好，好吧。」

「我有正事要告訴你。昨天早上，有名帶著小男孩的年輕女子來找我。」

波伊德雙手各拿一個檔案，「妳在說什麼？」

昨天發生了好多事，洛蒂完全忘了那個女孩與那封信的事，一直到今天早上才想起來。她從包包裡取出那個信封，然後又從裡面拿出一張摺好的紙。

她把它交給了波伊德，「是以某種外國語寫下的文字。」

他收下之後，開口問道：「我怎麼會知道上面寫什麼？」

「我們要把它翻譯出來。」

「幹嘛要做這種事？」

她沒理會他，盯著信封裡面，發現底層還夾了東西，嚇了一大跳。她正打算要把它拿出來的時候，克禮根警司正好像鬼一樣站在門口。

克禮根張嘴打算講話，但還來不及講出任何一個字，已經被洛蒂搶了上風，「是，長官，我馬上過去。」她趕緊把信封塞回到包包裡。

克禮根警司有點硬擠進去地坐在他的辦公桌前，「傑米．麥克納利回來了。」

「什麼？波伊德知道嗎？」洛蒂逕自入座，她心想，靠。幾年前，波伊德的妻子潔姬為了麥克納利而離開了他，對於警方來說，這傢伙就是個小咖。她最後一次聽到他們的消息是定居在西班牙。

「我不知道。」他摘掉眼鏡，大力搓揉那隻發炎的眼睛。

洛蒂盯著他，露出了苦笑，「他一定會發瘋。」

「探長，我們都知道波伊德警探絕對不會發瘋，他是警局裡最冷靜的人。」

洛蒂問道：「我應該要告訴他嗎？」如果麥克納利回到了拉格慕林，她想知道潔姬是否也回來了？波伊德該如何處理？她不喜歡自己為了這種事而糾結不已。

「我不在乎由誰告訴他，但我們需要找出麥克納利回來的原因，還有他在搞什麼名堂。」

「長官，我讓克爾比立刻處理。」

「快去吧。」

「他什麼時候到的？」

「我們的線人說是上個星期三，光知道這一點就夠了。」克禮根把眼鏡戴回去，但是手指卻透過鏡面下方繼續搔抓。

洛蒂面色抽搐。

他問道：「妳是怎樣？」

「警司，我覺得你眼睛這樣應該要去看醫生。」

「妳現在害我緊張了。我老婆已經一直對我碎碎念，媽的我不需要也聽妳嘮叨，聽到沒有？」

「是，長官。」

「還有，派人追查麥克納利的下落。」

「我已經知道了。」

洛蒂對克爾比下達指令，一定要全力找出有關麥克納利下落的線索，然後，她坐在自己的辦公桌前，整個人往椅背一靠，開始閱讀堆積如山的筆錄。還有時間可以告訴波伊德有關麥克納利的事，也許潔姬沒有回來。不過，她應該要把麥克納利當成謀殺案嫌犯嗎？他有前科，就他們所知，並不是殺人罪，但有前科就是有前科。他到底在拉格慕林做什麼？

波伊德狠敲鍵盤，「比對失蹤人口名單，還是一無所獲，完全沒有與這女孩類似的人。」

洛蒂說道：「也許某人在某個地方惦記著她。」她的T恤緊黏皮膚，一股汗水匯聚在她的雙乳之間，胸罩的鋼絲嵌壓肋骨，灼痛難忍。今天一大早的那股不安感又回來了，在她的胸中引發焦慮刺痛。她做了好幾次深呼吸，沒有用，她頻頻眨眼，房內的一切逐漸聚焦又失焦。她心想，天吶，我必須要堅強，我可以搞定這種難題，幹。

她的手伸入包包，拉開了小內袋的拉鍊，緊急備用藥丸就放在那裡。她撕開鋁箔，立刻吞下藥丸，再抓起波伊德的礦泉水瓶，潤洗那種粉筆口感。她暗暗向上帝誓禱，最後一顆了，然後，她把水還給他。

波伊德大手一揮，「妳就留著吧。」

洛蒂知道他看到她偷偷吞藥丸，便裝作沒看到他的嘲弄神情。「彈道學小組那裡有消息嗎？」她雖然這麼問，但也知道那得花好幾個星期的時間。

「沒有。」

她嘆氣，看到波伊德把那封信丟到她的辦公桌上。那些異國文字彷彿在嘲笑她一樣。這女孩與她兒子是從哪裡來的？她要怎麼幫助他們？

「我覺得我們得要找到這個米莫莎。她提到自己的朋友失蹤了，所以也許她知道受害者是誰。」

「這種演繹法有點跳躍。」

她在波伊德面前揚了一下那封信，「你翻譯出來了嗎？」

「抱歉，我沒試。」

「沒關係。」她開始把那些文字輸入谷歌翻譯軟體中，但完全看不懂在寫什麼。她起身，開始找波伊德辦公桌上的那一疊紙。

波伊德伸手，想要阻止她亂翻，「喂，我才剛整理好這些資料。」

「我只是要找發現屍體的那名男子的電話號碼，安德烈啊什麼的。」她繼續亂翻，打開檔案夾，紙張被她弄得捲曲凌亂。

「佩托夫奇？」

「對，就是他。」

「妳為什麼想要找他？他不是嫌犯嗎？不是可疑人士嗎？我以為我們今天要再找他問案。」

「他只是發現屍體的人而已。啊，找到了。」

波伊德搖頭，「我猜得到妳打算要幹什麼，希望妳千萬別做出那種事。」

「波伊德，你實在太了解我了。」

「我是認真的，妳這是……」

「自毀前程？我知道。不過，你應該要從這種角度來思考。要是他與這起謀殺案有關，那封信應該會讓他嚇到供出一切，或是講出什麼線索。」她遲疑了一會兒，然後開始在自己的手機裡按下那組號碼。也不知道為什麼，她很想要見到佩托夫奇看完那封信的反應。不論猜對或猜錯，她都打算一試。

波伊德又把自己桌上的檔案疊好，聲響驚人，「妳這是神風特攻隊的任務。洛蒂，妳回來上班才第二天，第二天而已，千萬不要這樣。」

她專注聆聽電話鈴響，掛掉。

「妳是在自毀前程……」

「閉嘴！」過了一會兒之後，她又再次撥打電話。

14

安德烈．佩托夫奇與他的老闆傑克．德爾莫迪上了工務廂型車，前往可魯姆街。現場負責引導車流的交管人員遲到，現在穿越城鎮的車行速度宛若蝸牛在爬動，他們花了半小時的時間才到達新的挖路地點。

這種零碎鋪設管線工程，除了得罪店家息怒之外，還會惹惱了那些不知道接下來哪裡要進行挖掘工程的用路人。佩托夫奇心想，這些包商就像是出現在光滑草坪中的夏日雜草，大家並不樂見，而且還會為自己招惹麻煩。

就在他查看主街的暫時交通號誌的時候，他的手機出現震動。他不認得那組電話號碼，所以直接切斷電話，把手機放回褲子的口袋裡。他抬頭的時候，發現有一名肥胖矮小的男子朝他的方向衝過來。

那個面紅耳赤的男人開口：「喂！你！你以為你在幹什麼？」那一頭紅髮比陽光更搶眼。

佩托夫奇側身，低頭看著對方，聳肩。他往前走，經過那個高度只到他肩膀的男人的身邊，對方抓住他的手肘。

佩托夫奇問道：「有什麼問題嗎？」

「這些卡車要怎麼進入我的車廠？」那男人指向拆車場的倉庫。「鮑伯．威爾，那就是我，還有，那是我的公司。」

佩托夫奇撥開那男人的粗肥手指，大步走向工地。他之前就在卡費爾迪酒吧認識了鮑伯·威爾。某個週末，這傢伙頻頻大發議論，而他只想要平靜地啜飲健力士啤酒。不過，最後威爾的話語已經讓他酒興盡失，所以他把酒杯留在櫃檯，直接回家。他覺得，拉格慕林到處充滿了種族歧視。不過，那僅僅是話語而已，在他的家鄉，他所遇到的種族歧視是發生在AK47步槍的槍管之下。

他收拾工具之後，手機又傳出震動。這一次，他選擇接電話，不想聽到威爾站在路障處對他破口大罵。

那封信放在安德烈·佩托夫奇面前的綠色塑膠皮桌面，旁邊還放了一疊洋芋片。而那兩杯馬克杯則是屬於洛蒂與波伊德的黑咖啡。

洛蒂一直盯著那男子彎頸上的光頭，「你知道這文字是哪種語言嗎？」

當初她說可以在距離工地不遠的地方碰頭，所以他答應會面。雖然是午餐時段，但街角的馬約卡小餐館卻很安靜。老闆路易斯站在櫃檯後面，惡狠狠盯著他們，很可能是責怪包商毀了他的生意。

波伊德雙手交疊於胸前，坐在那裡眉頭深鎖。她應該要自己一個人來才是——她知道他並不贊同這次的行動——但他正處於鑽牛角尖模式，所以她就暫時放他一馬。

「我很忙，」佩托夫奇說道：「老闆不高興。」

洛蒂說道：「佩托夫奇先生，告訴我們上面寫些什麼就是了，波伊德警探會把一切寫下來。完成之後，你就可以回去工作。」

他拿起那張紙，「沒有署名。」

「沒有。」她的態度很粗魯，不想告訴他這封信是從哪裡來的。

他端詳內容，她端詳他。粗壯手指，髒兮兮的破損指甲。黑色長睫毛底下的那棕黑色眼眸，似乎有苦痛蜷伏其中。凹陷的雙頰可能是因為沒吃飽，或者是他與生俱來的。還有那傷疤。洛蒂的背脊冒出一股不安的顫動。把他牽扯進來是不是錯了？波伊德是這麼認為，她盼望不是。上一次的案件給她惹的麻煩已經夠多了，這一次已經無法再讓她重蹈覆轍。

他說道：「這些文字是阿爾巴尼亞文。」

洛蒂問道：「可以唸給我們聽嗎？」

他聳肩。

她繼續催促，「拜託……」

「寫信的人說自己被困住了，無法離開，要尋求妳的幫助，找到失蹤的朋友卡爾翠娜，幫助她逃跑。」

「逃跑？從哪裡逃跑？」

「我只知道上面寫的內容而已。這位朋友卡爾翠娜，已經好幾天不見人影。」

洛蒂轉身，盯著波伊德，難道卡爾翠娜就是他們的那一具年輕女屍？

她問道：「還有別的嗎？」

佩托夫奇搖頭，「需要妳的幫助，就這樣。」他把那張紙推給洛蒂，「我現在可以走了嗎？」

「等等，一定還有說些別的。這個卡爾翠娜是不是懷孕了？」

他的眼神變得暗沉，「我把上面寫的都告訴妳了。」

洛蒂無法從他的鐵青表情看出任何端倪，她問道：「可否告訴我們，你上個週末在哪裡？又做了些什麼？」

「是要逮捕我嗎？」

「只是問一些問題而已。」洛蒂感覺到波伊德的目光朝她直透而來，她就是不肯看他。

佩托夫奇說道：「我一個人在家，可以了吧？我現在要走了。」

「我們還需要從你這裡取得另一份正式筆錄，你千萬不可以離開拉格慕林。」

佩托夫奇站起來，示意要波伊德別擋路。當他起身的時候，洛蒂注意到他比一百八十幾公分的波伊德高出好幾個頭。他走出去，旋轉門吹送而來的微風讓他的反光背心在飄晃。

她看到波伊德望著她盯著佩托夫奇的背影，他緩緩搖頭。

她兇巴巴問道：「是怎樣？」

「大錯特錯，大錯特錯。」他捲起自己的筆記本，放入褲子的口袋，「妳不應該在他媽的炸魚薯條店裡面對嫌犯問案，而且，妳沒有權力給他看那封信。妳根本沒有從他身上得到任何線索，萬一這個米莫莎真的遇到麻煩怎麼辦？妳有想那一點嗎？也許妳的這個建築工人正是麻煩的根源。妳必須要先停下腳步，仔細思索之後再展開行動。」

他走出去，留給洛蒂買單。

錯誤？靠。

「我在想，也許我們這名女性被害者，可能是這個失蹤的卡爾翠娜。」洛蒂跟在波伊德後面，努力想要製造對話。

當他把外套甩到另一邊的肩頭時，洛蒂追上了他。街頭塞滿了無處可去的車輛。施工塵土四處飛揚，夾雜重型機械的噪音。

波伊德又換了一次外套的位置，「那張信並沒有提到她懷孕的事，所以妳的臆測能力跟我是半斤八兩。」

「我並沒有做臆測。」

「但妳卻找嫌犯幫忙。」

「波伊德，我們先別吵了吧。」

「好，但等到克禮根聽到消息的時候，我可不希望自己被壓著打。」他繼續往前走，把她甩在後頭。

她再次追上他，「我們要怎麼查出屍體是否就是這個卡爾翠娜？」

「截至目前為止，並沒有人通報失蹤或綁架案件。」

「我需要找到米莫莎，以便得到更多線索。」

「洛蒂？」

「什麼？」

「千萬不要把這個佩托夫奇扯進來，我們對於他一無所知。」

「他幫我們唸了那封信，不是嗎？」

「妳根本不知道那張字條裡寫了什麼，」

「我會找人翻譯，」她說道：「這一次會正式處理。」

「千萬不要像上次一樣搞出……」

「啊天吶，你有完沒完？」

對於拉格慕林的絕大多數居民來說，關於十二月底時，發生在教堂大理石牆內的那起謀殺案，記憶可能已經逐漸褪淡，但是洛蒂忘不了。它引發了一連串事件，關於她失散多年的哥哥艾迪的私人家族秘密，還有，在充滿了諸多失誤的過程當中，她幾乎失去了兒子。現在，她全身發抖。

波伊德問道：「妳還好嗎？」

洛蒂緊抓雙臂護身，對他的關切置之不理，便匆匆進入警局。她不禁開始懷疑，自己把安德烈．佩托夫奇牽扯進來是否已經犯下了判斷錯誤。

15

洛蒂回到辦公室之後，坐在辦公桌前，閱讀有關這起凶殺案的各種資料，她抬頭，發現克爾比好不容易才從門口擠進來，他把大西瓜緊抱在胸前，他那一頭需要好好修剪的濃密亂髮冒出汗水，從臉龐滑落而下。

波伊德問道：「外頭下雨了嗎？」

克爾比反諷回嘴，「大家今天真是會講笑話。」他把西瓜啪一聲放在自己的辦公桌上，它開始滾動，在落地碎爛之前，他趕緊接住了西瓜。

洛蒂問道：「這是要幹什麼？」

「我想，我們也許可以來一場足球賽。各位先進知道要怎麼切開這東西嗎？」

洛蒂與波伊德異口同聲回道：「查谷歌啊。」

克爾比嗆聲，「媽的……」

克爾比出去找刀子，洛蒂不再盯著他，開口對波伊德說道：「我們一找到米莫莎，就拿死者的照片給她看。」

波伊德將一疊筆錄狠狠摔在桌上，完全沒有理會她。

「老大，我只是在想，這名受害者可能在此尋求政治庇護。」克爾比回來了，手中揮舞著一把從員工餐廳弄來的麵包刀，「他們住在軍營裡面，可能還沒有被通報失蹤。」他彎身，對洛蒂悄聲說道：「沒有麥克納利的蹤影。」

她點頭稱謝。「我們昨天晚上也懷疑有這個可能。為什麼你覺得她應該是那裡的院民？」

「沒有人通報她失蹤吧，對不對？」克爾比準備在他的辦公桌上切西瓜。

「沒有，」洛蒂說道：「所以她應該不是本地人，而且我們也查過了全國失蹤名單。」

「幾個月之前，媒體對於軍營那裡的住宿狀況吵得沸沸揚揚，」克爾比說道：「過度擁擠啊什麼的，」西瓜汁噴得到處都是，「當初軍營關閉的時候，大家都擔心裡面會成了流浪漢的地盤，」他滔滔不絕，今天冒出來的鬍渣還沾到了西瓜籽，「司法部設置了集中營之後，又引發了更多的抗議。」

「集中營？克爾比，你是我見過最沒有政治正確度的人。」

「妳也知道我是什麼意思。」克爾比開始吸吮多汁的果肉。

洛蒂問道：「我們並沒有證據顯示受害者來自這個……他們是怎麼稱呼那地方的？」

「一條龍庇護中心。截至目前為止，我們一直查不出她到底是從哪裡冒出來的。」克爾比遞了一片西瓜給波伊德，但他搖頭婉拒。

洛蒂對著自己的電腦輸入了幾個關鍵字，唸出資料，「一條龍庇護中心網站提到，負責人是退役軍官丹恩・羅素。還有一點也值得注意，這個拉格慕林中心是政府最新的委外執行計畫之一。」

「看來是實驗性質，」波伊德開口，「天知道搞成什麼樣子。」

「就像是集中營一樣，我聽說的狀況是如此，」克爾比大啖西瓜，汁液從他鬆弛唇肉的邊角漏出來，「全部都是婦孺。男性則被安置在另一個中心，隆佛德或是亞斯隆，他們拆散了這些家庭。」

洛蒂沒有理會他們在彼此笑鬧，她對波伊德說道：「我們去拜訪一下羅素先生。」她迫不及待想要擺脫克爾比還有他噁心的飲食習慣。

波伊德對她說了一句，「不知道羅素是否認識妳的亞當……」

16

拉格慕林的軍事營地興建於一八一七年，在近兩百年的歲月之中，幾乎沒有什麼改變。洛蒂與波伊德進入主門旁的某道小門，讓警衛看了一下他們的警證。前方的老舊守衛亭空無一人，而之前曾經在內戰時監禁北愛爾蘭共和軍領袖麥寇恩將軍的監獄，一樣是沒有任何人跡。警衛指引方向，洛蒂與波伊德沿著圓石步道，進入矗立在某座小教堂旁邊標示為「A區」的建築物之中。

他們從木梯拾級而上，前往羅素的辦公室。波伊德問道：「洛蒂，妳還好吧？」

「有一點不太舒服，但我沒問題。」

她敲了敲房門，身處在這種狹窄走道之中，讓她感受到空間幽閉症的壓迫感。

裡面傳出下令聲，「進來。」

客套寒暄之後，洛蒂坐在丹恩．羅素的辦公桌前面，仔細打量這個人。典型的退伍軍人，身穿宛若軍裝的外套，石板灰色澤，黑色領帶，完美無瑕的白襯衫。她把那個死亡年輕女孩的照片放在他桌上，她並不覺得讓他看見死屍照片有任何不妥。

他的目光往下飄，「我不認識她。」他的語氣就如他的外表一樣嚴厲。現在，他抬頭，不再看著照片，而是直視洛蒂。他有一雙海軍藍色的眼眸，年紀比她一開始料想的還要老——可能快六十歲了——細薄上唇頂端還留了一撮鬍鬚。「探長，我很忙，」他說道：「妳得搞清楚，為了配合妳，我得要重新安排今天的行程。」

「我知道，謝謝你，感恩。」洛蒂的語氣很不協調。她心想，趕快告訴我，你到底認不認識照片裡的女孩？這樣一來我就不必再看到你那黑色油頭了。

「妳這是白費功夫。」他的上唇邊角露出一抹微笑。

「抱歉？」

「為什麼妳覺得這個人可能住在這裡？」

洛蒂計算他背後那面牆的照片數目。每當遇到壓力狀況，她就會開始計算數字，給予自己喘息的機會，這來自於她面對某種童年創傷時所產生的自我處理機制。

她終於開口，「你認識這個女孩嗎？我只要問這個問題而已？」

「她死了？」對方的嘴唇低垂。是震驚反應嗎？他當然知道這是屍體照片。

「對，她死了，」洛蒂說道：「遭人謀殺。」

羅素瞇眼，「這裡是妳查訪的第一個地方？」

「我認為她不是本地人，很可能是難民或是尋求政治庇護者，因為還沒有被通報失蹤。我們覺得你可能會認識她，因為她待過這裡，而且……」

「探長，我必須阻止妳繼續說下去，」他揚手，彷彿把她當成了由他管轄的低階士兵，「容我解釋一下，這個中心收容了許多逃離自身國家戰火的絕望民眾，敘利亞、非洲、阿富汗，哪裡都有。他們來自各個不同的戰亂之地。他們在等候文件的時候，留在這裡。在我們找出如何處理他們的狀況的過渡期當中，他們可以得到食物與棲身之地。」他深呼吸，然後吐氣，「我不想要看起來像是在干擾辦案，不過，老實說，妳居然膽敢宣稱這名遇害女子是我們裡面的犯人，我相當吃驚。」

洛蒂任由他咆哮，自己瞄了波伊德一眼。他挑眉，流露疑問，犯人？

她問道：「這是監獄嗎？」

「不，這是直接提供食宿的中心，我想我剛剛已經解釋過了。這是經過政府提案，由我的公司負責營運管理的機構。」

洛蒂問道：「是私人公司？」

「伍德雷克機構經營公司，妳查查看就知道了。」

洛蒂氣得汗毛直豎，「我只是想要確認你是否認識這名受害者。」

他把照片從桌上推回去，「我不認識她，很抱歉。」

「我可以在這裡四處問一下嗎？」洛蒂抱持一線希望，「也許有人認得她。」

「不需要，」羅素拿回照片，「我留下這個，由我來詢問，要是我發現任何線索，我會聯絡妳。」

「謝謝，還有一件事。你知道名叫卡爾翠娜的人嗎？」

他的目光微微閃動了一下，「不認識。難道我該知道嗎？」

「只是好奇罷了。」

洛蒂覺得自己應該無法從他身上繼續挖出任何線索，反正，她給出了自己的名片。雖然這裡只有老風扇通風，熱得要命，但整個房間的氣溫突然變得冰寒。

羅素起身，洛蒂也一樣。

波伊德依然坐在那裡，咬住嘴唇內側，「那麼米莫莎這個名字呢？你有沒有聽過？」

洛蒂踢了他一下，但已經太遲了。她發現羅素在露出珍珠白的牙齒之前，曾經短暫浮現了老鼠夾著尾巴逃走的神情。

「這裡住了一大堆人，」他說道：「我的職責是監管這個機構，這地方很繁忙，我與這些犯人沒有太多的直接互動。」

那個詞彙又出現了。洛蒂很清楚，他認得米莫莎這個名字。

她正打算追問下去，而羅素卻繼續滔滔不絕，「她們來自許多國家，不過，很遺憾，大部分人的長相在我眼中都非常相似，所以我沒辦法說我知道妳講的是誰，抱歉。」

洛蒂語氣堅定，「那們我們得找知道的人好好談一談。」

「不，探長，」他狠狠盯著她，「我會幫妳查核。」

她默默吞敗。目前，她會想辦法靠一己之力建立名單，他們必須登入某個資料庫。她向波伊德示意該離開了，然後，她匆匆跟在他後面，下了木梯，迎向外頭的驕陽。

走到大門外頭之後，洛蒂覺得奇怪，為什麼在軍營裡看不到有人四處走動的跡象。

「安靜得好詭異，」她說道：「你覺得是不是每一個人都被鎖在房間裡？」

「有可能，」波伊德說道：「但羅素這傢伙很難纏。」

「要是找出證據顯示這名死亡女孩是院民，那麼我們就可以拿到搜索票。」

他們穿過了「綠區」，這裡曾經是買賣牛羊的繁忙市場區域，現在成了通往市中心的臨時捷徑。放眼這大片綠地的周邊，全都是一九五〇年代的聯排屋，生鏽鐵絲網裡面的小花園似乎都井然有序，但基本上看起來都缺乏人氣。對於年邁的住戶來說，這天氣太熱了，難怪不敢外出，洛蒂也不怪他們。

她開口說道：「希望剛剛羅素只是情急暴怒。」

他們走過馬路，到達草地邊緣，走向運河人行步橋。

「為什麼這麼說？」

「他把這些院民稱之為犯人。他覺得自己是典獄長嗎？」

「他知道米莫莎這個名字——這一點很明顯。」

「對，波伊德，萬一她住在裡面的話，希望你不要因此給她惹麻煩。」

「如果他認識她，為什麼不承認？」

「他有事瞞著我們，我感覺得出來。」

波伊德斜靠橋邊，點菸，開口問道：「要不要來一根？」

「我很想，但我戒菸了。」

「又戒菸了？」

「閉嘴，給我來一根。」

洛蒂深吸一口菸，站在橋面凝望底下那一泓濁綠色的水。有名男子走過兩側櫻花盛開的拖船道，拉著長繩在遛哈士奇小狗。他向她揮揮手，她也揮了一下手回禮。

「那個人是誰？」

「我不知道。」

兩人默默抽菸。

波伊德終於開口，「妳剛剛怎麼不問羅素是否認識亞當？」

「我才不會讓那畜牲稱心如意。」她狠狠深吸一口菸，「我要去找林區，追查羅素的底細。」

丹恩・羅素等到確認警察已經遠離大門之後，便打了通電話。

三分鐘之後，某個暴牙男站在他的辦公室裡面。

羅素說道：「法提昂，剛剛當地警察來找我，他們發現了一具女屍，跟你有任何關聯嗎？」

「我根本不知道什麼屍體的事。」

「很好，追查那個賤人米莫莎做了什麼，還有要確保她閉上她的大嘴巴。」

法提昂回道：「她靠著她的可愛小屁股賄賂了某個警衛，昨天早上離開了營區。」說完之後他哈哈大笑，引來羅素怒目相視。

「你有沒有找到她？她去了哪裡？她有沒有跟誰說了什麼？」

「我們發現她和她的好友在城鎮的另一頭散步。我已經罵了她一頓，放話要奪走她兒子。」

「我要求行事低調？結果呢？」羅素突然起身，在自己辦公室的木地板來回踱步，「媽的無能的阿拉伯人。」

「他們不是阿拉伯人。」

「反正靠就是一群笨蛋。」羅素繼續來回邁步，頭頂距離風扇只有兩、三公分。

「老大？」

「再次給我好好拷問她。有個警探提到了她的名字，她一定是做了或說了什麼。要是她不肯告訴你，把她送去安雅那裡。逼她的大腿黏在背部長滿痘痘的拉格慕林發情豬哥身上，過個幾天之後，她應該就會轉念開口了。」

「但是我們被交代必須要讓她……」

「不許質疑我！」羅素不再踱步，直接站在暴牙男的面前，「我不相信任何人，」他的鼻孔在噴氣，「就連你也一樣。」

法提昂不敢吭氣。

「是，老大。」法提昂轉身要離開。

「今天就要。」

「老大？那小男生呢？我該……？」

羅素直接以漆皮尖頭鞋為軸心轉身，「我才不管你該怎麼辦事，但你最好要讓他乖乖閉嘴，而且要保證他的安全。你給我好好處理，不准再把事情鬧大。」

「是，老大。」

羅素等到法提昂離開之後，撫平了鬍鬚，拿起那名死亡女孩的照片，把它撕成兩半，送入辦公桌底下的碎紙機。

他的呼吸恢復了正常，盯著那張名片，帕克探長。他知道自己必須要阻擋這種好奇探問的騷擾。要是被她給搞砸的話，他會損失慘重。他伸出手指撫弄名片，對這名字感到好奇。帕克，難道她與士官長亞當．帕克有關係？不會吧？

17

「帕克探長，這次妳惹到誰了？」

洛蒂站在克禮根警司的面前，「長官？」

「我接到司法部RIA來電。」

「你說愛爾蘭共和軍[6]？」

「探長，別跟我耍嘴皮子。我說的是收容與融合事務局。顯然妳惹惱了他們在拉格慕林的統籌人，一個名叫丹恩·羅素的傢伙。」

「長官？真的嗎？我覺得自己很有禮貌。」

「妳有什麼打算？」

「顯然當我踩到有罪者的痛處的時候，他們一定會抱著腳趾跳來跳去，尖叫個不停。」

「妳在說什麼？」

洛蒂深呼吸之後才接口，「我並沒有做出得讓羅素先生聯絡這個單位的舉動。反正，他把管理那個中心的方式當成了私人企業，根據他告訴我的說詞，這是一種全新計畫。」

「探長，妳到底做了什麼？」

「我給他看受害者的某張照片，我想要知道她是否來自他的『機構』，這是他自己說出口的名稱。」

「妳為什麼覺得她是那裡的人？」

「沒有人報案這女孩失蹤，也沒有綁架報案紀錄，沒有目擊者，什麼都沒有。我想，根據我的直覺，如果她不是本地人，也許是靠非法方式來到這裡，或者很可能是尋求政治庇護者。如果真是這樣的話，那麼找一條龍庇護中心問案也很合理。」

洛蒂陷入天人交戰，不知是否要把米莫莎來訪的事告訴克禮根，但最後決定還是不要多嘴，他已經怒氣滿滿。

「直覺？又是妳的什麼感應力？上次害妳跟我惹了大麻煩的那種東西？探長，妳行事要小心，非常小心。我之前努力保住了妳的職位，但我不是很確定能否再救妳一次。」

克禮根是個好人，但洛蒂知道一個人對於狗屁倒灶之事的耐受力畢竟有限，而且，她早就把一大卡車的垃圾丟給他收拾。

他問道：「有沒有麥克納利的下落？」

洛蒂並沒有從克爾比那裡得知進一步的消息。「還沒有，我會繼續追。」

「趕快去辦事，現在回去工作，找出兇手。」

洛蒂一擺脫上司，就立刻想要找出有關羅素的一切。現在，他居然投訴她，他已經成了她的

---

❻ 縮寫為IRA。

眼中釘。

她坐回自己的辦公桌，開始撰寫有關丹恩．羅素的問訊紀錄。她痛恨文書工作，但這是她工作的關鍵職責之一。

她無法專心，喃喃自語，「這傢伙真是讓我很不爽……」

瑪莉亞．林區從電腦前抬頭，開口問道：「誰？克禮根警司？」

「他也一樣。但我講的是丹恩．羅素，位於老舊軍營的一條龍庇護中心的負責人。」影印機嗡響不斷，洛蒂幾乎聽不見自己的聲音，這地方從來就沒安靜過。

「我聽過那個一條龍庇護中心的謠言。」林區鬆開了馬尾，以手指梳理長髮。

「什麼樣的謠言？」洛蒂很有興趣，對於在拉格慕林尋求政治庇護者或是難民人口，她並不是很清楚。

「我丈夫班恩在亞斯隆研究所教書，妳知道吧？」

洛蒂回道：「當然。」

「有些研究生偶爾會當那些難民或尋求政治庇護者的英文老師。他們告訴班恩，那個地方的管理方式簡直就像是犯人集中營一樣。」她拿了髮圈，綁好自己的頭髮。

「丹恩．羅素似乎掌控了一些不當權力，麻煩妳，查核一下他的背景。」洛蒂起身，走向林區的辦公桌。

「沒問題。」

「再請妳幫個忙好嗎？」洛蒂拿起米莫莎信件的複本，「得要把這個翻譯一下。」

「那是什麼？」

「昨天有個驚恐萬分的年輕女子來到我家，給了我這個東西。她幾乎不會講英文，我不確定安德烈．佩托夫奇的翻譯是否準確。」

林區露出不可思議的表情，抬頭看著她，「妳把這封信拿給佩托夫奇看？」

「對。」

「妳覺得這是明智之舉嗎？」

洛蒂心想，妳也覺得這樣不妥。「不管到底是不是明智之舉，反正我已經給他看過了。」

「妳居然找嫌犯處理與謀殺案無關的事件，希望克禮根警司不會發現。」

「要是大家口風夠緊的話，他當然不會知道。」洛蒂直視林區自信的小臉。她心想，要是妳告訴他的話，我一定會知道，因為她很確定波伊德不會出賣她。洛蒂把信交出去之後，開始找尋克爾比的蹤影。

18

附近傳來大教堂的鐘聲，一共有四響。

米莫莎把密勒特拉在背後，走過操場，前往食堂。大門口的警衛對她揮手敬禮，露出竊笑，一股厭惡感朝她襲來。昨天，她做出不得不做的事。有時候，必須要向魔鬼出賣靈魂，並且期盼他會把靈魂回租給妳。她拋開那段記憶，推開大門躲進去。

食堂裡嗡嗡作響，因為到處都是蒼蠅。陽光透過玻璃牆面長驅直入，映亮了那些坐在木桌前的女子。餐盤上的陶瓷餐具發出噹啷聲響，眾人的交談成了柔和的低鳴。米莫莎發現莎拉一個人坐在那裡，朝她走去。

她把密勒特拉上自己的大腿，開口問道：「妳在吃什麼？」下午四點鐘，吃晚餐也太早了一點，但如果現在不吃的話，就得等到第二天早餐才能進食，而且她好餓。

莎拉以叉子捲起稀爛的義大利麵，瘦骨嶙峋的雙肩不斷在抽動。對於她那深膚色的小臉來說，那雙眼睛也未免太大了一點，她的頭髮隨便紮成辮子，纏繞在她的細瘦頸項，她將長條狀的麵條吸吮入口。突然之間，米莫莎的飢餓感完全消失無蹤。

當房間盡頭的玻璃門一打開，兩名警衛朝米莫莎的那張桌子走去的時候，食堂裡的閒聊聲戛然而止。她的全身開始顫抖，她抱住密勒特，把他拉到胸前保護他。

那兩名男子停下腳步，其中一個抓住她的肩膀，把她拖起來。她依然抱著兒子，恐慌感讓她差點無法呼吸。那男人的手緊緊按壓她的肩膀，兩人的骨頭直接碰抵在一起。冰冷的寒顫劃開了她心中的澎湃烈火。他的動作一氣呵成，鬆開了她抓住兒子的雙手，把她拖走了。

密勒特大叫，另一名警衛把他推向莎拉。

米莫莎回頭張望，嚎啕大哭，「莎拉！妳要照顧他！」她看到兒子一陣狂踢，想要跟著她。警衛抓住他的手臂，將他扯向後頭，逼他牢牢坐在莎拉的大腿上面。

當她被拖過操場、被扔入無窗的混凝土房間許久之後，她依然聽得見他在尖叫。

米莫莎躺在一片漆黑之中，強忍淚水，想要知道究竟是怎麼一回事。沒有兒子在身邊，她覺得自己宛若光著身子一樣，她努力豎耳傾聽，因為她什麼都看不見。有腳步聲迫近，本來在房門底下的細窄光束變暗了，因為有人走過來。腳步聲又慢慢消逝。她豎耳傾聽，沒有車流，沒有鳥囀，只有一片死寂，沒有任何聲響穿透堅實牆面。

她躺在地上，只有自己的心跳為伴。

暴牙男狠狠對著桌面捶拳。

「我只要求一件事，」他斥責自己面前的那兩個男人，「你們居然就給我搞砸了。」

「你自己叫我要把那個賤貨米莫莎帶來訊問。」

「沒錯，但不是在坐滿人的食堂和尖叫的小男孩面前。現在，大家都看到了。我要怎麼讓她人間蒸發？太多的目擊者了，你們真是白痴。」

那兩名警衛緊抿雙唇。

「把她帶到審問室，千萬不可以引起騷動。」

「是，老大。」

法提昂在房內踱步，然後，突然在那兩人面前停下腳步。

「處理一下那男孩，我光在這裡就可以聽到他在尖叫。」

他們迅速離開。

那個賤貨米莫莎昨天去了哪裡？她跟誰講過話？他必須要知道，而且越快越好。在這個階段，重要計畫不能出現任何風險——絕對不能讓某個哭哭啼啼的臭婊子和她流著鼻涕的臭兒子搞破壞。不能再犯錯了。不過，他很清楚他老闆的個性，對於已經犯下的錯誤，一定得有人付出代價。

法提昂對著自己的窗面映影，露出了參差不齊的牙齒，他必須確保那個人不是他自己。

米莫莎聽到腳步聲回來的聲響。門開了，日光燈管的琥珀色光束也跟著進入房內。有人伸出粗糙雙手抓住她，把她推出去。

她爬上水泥階梯，沿著光禿禿的磚牆走廊前進，一路上只有裸露燈泡引路。經過了五道門之後，他們站在第六道門的外頭，警衛把她推入某個類似先前那個囚室的房間裡。一張紅色桌面的桌子，加上兩張椅子，讓她聯想到母親多年前的破爛廚房。她立刻拋卻過往記憶，以免它們削減她保持堅強的意志力，她現在得要掛記的是密勒特。她站得直挺，希望這樣的姿勢可以為自己注入勇氣。

那個爆牙男站在房間的正中央。

「妳昨天早上去了哪裡？」他在她身邊走動，距離好近，他不斷移動，身上的麝香味也黏住了她的肌膚。

「我帶密勒特去市中心。冰淇淋，他想要吃冰淇淋。」她的目光四處飄晃，努力壓制自己的恐懼。

「什麼？在早上七點鐘？」那男人大吼，他的某顆牙齒還發出了反光，「給我講實話！」

「我講的是實話。」

他把她推到椅子上，桌上的燈映亮她的臉龐。

「看著我。」他敲打桌面，檯燈在搖晃，米莫莎也是。

「我，看，看不到你。」那股強光讓她什麼都看不見，汗珠從鼻子滴落。她在心中默默向自己發出祈求，妳要堅強，

桌子的另一頭還有個男人坐在那裡，她剛剛並沒有聽到他進來的聲響。因為桌燈光線的關係，她沒有辦法好好端詳這個人，他的雙手擱在塑膠桌面上。她認得這雙手嗎？是不是很熟悉？

刺眼光線害她無法思考。他移動頭部，沒刮鬍子的下巴揚起，對準了她的方向。

他繼續默默監視她，她開口問道：「你是誰？」

對方以她的母語開口，「我是誰，不關你的事。」

她說道：「我已經交代了我的去處。」

她覺得自己認得他的聲音。不過，是在哪裡？他起身，走到了她的背後，她整個人蜷縮在硬邦邦的椅內。他碰一聲把椅子擱在她旁邊，自己坐了下來，帆布長褲距離她的膝蓋僅有十五公分的距離而已。他伸手，手指滑過她的臉頰，不禁讓她為之畏縮。他皮膚的那種觸感，逼得她的血液拚命逃流，想必他一定看得出來她的心快要從肋骨之間飛跳而出。他的手從她的後頸一路往下摸，將她的髮絲扭結成一團。他死抓那坨頭髮不放，硬是把她的臉湊到自己面前，痛楚從她的頭蓋骨炸裂。她聞到他吐納之中的酸氣。她的胃裡有膽汁冒升，她努力忍耐，而她還是看不到他的臉。

「我不喜歡有人礙事。」她的嘴唇，還有她的雙頰，留下了他的唾沫。她努力抬高眼皮，壓下嘔意。「我不喜歡騙子。」他突然放開她，她又摔在椅子裡，「我不喜歡妳。」

然後，她吐了，直接噴到他的襯衫。

她甘願吞下了甩在她下巴的那一巴掌，還有癱倒在地時額頭所受到的重擊，酸液從她的嘴裡冒了出來。

「妳這個婊子，」他怒道：「我一定會讓妳吃苦頭，我要讓妳兒子吃苦頭。」

「不要，拜託不要，」她渾身發燙，「不要對密勒特下手，千萬不要動他。」

水泥地上的三雙黑色靴子聚在一起，然後，同時舉高，對準了她的腹部。

要是這樣的痛苦可以解救她的兒子，她欣然接受；要是能夠抹去她覺得自己認識的那個面孔，那麼她對於在眼後飄遊的星星也欣然接受。

最後，黑暗帶來的解脫，她欣然接受。

19

洛蒂從自己的電腦上方打量波伊德，露出微笑。他側頭，她發現他的嘴唇微微上揚，這是表現疑問的初始訊號。

「我剛剛才發現，你開始蓄鬍了嗎？」柔軟的鬍渣，夾雜著灰斑，與他的短髮很相襯。

「就我所知，這並不違法吧。」他嗆完之後，又繼續工作，淡褐色的眼睛刻意迴避她那雙好奇的綠色眼眸。

她才不會這樣輕易放過他。「有沒有人說這很適合你？」她發現他的雙頰悄悄浮現一抹紅暈。難道波伊德的生活裡出現了女人？她倒是沒想到這一點。

「帕克探長，妳在吃醋……」

他起身，走到她的辦公桌旁邊，她整個人往後一靠，仔細端詳他。一抹陽光悄悄鑽進來，照著他的臉龐。

「反正不管怎樣，我沒差。」這是謊話，她轉頭，大聲敲打鍵盤。

「妳口是心非。」

「滾啦，波伊德。」

「妳明明在吃醋。」他轉動她的椅子，逼她必須正對著他。

「如果我知道要吃誰的醋，那麼也許我可能會吃醋吧！但既然我什麼都不知道，我是要怎麼吃醋？」

「拉格慕林的謎題女王……」他哈哈大笑，又把她的椅子轉了一圈。

她伸腳踩地，停住椅子之後，站了起來。「好，被我說中了吧？是不是有哪個女人告訴你要留鬍子？」

就在那一瞬間，她確定自己看到他眼中冒出了以大寫字母刻出的哀傷，他聳肩，回到他的辦公桌前面，開始整理明明早就排得整整齊齊的那一列檔案。

「洛蒂．帕克，妳傷了我的心。妳明明很清楚，妳對我完全沒有興趣，除非妳……」

「除非怎樣？」突然之間，整間辦公室熱得令人受不了，「除非我喝到爛醉？」她提起了那段過往，怒氣把她的雙頰燒得通紅。

「抱歉，我沒那個意思，我一直不知道該怎麼跟妳相處才好。」

「我剛剛已經講過了……」

「什麼？」

「滾啦，波伊德。」

「好吧。」他把檔案碰一聲丟入抽屜，怒氣沖沖走出去。

洛蒂四處張望，盯著空無一人的那些椅子，還有同樣空無一人的辦公室。她剛剛是不是在吃醋？吃哪門子的醋？或是吃誰的醋？波伊德什麼都沒有承認。為什麼他需要講出來？他對她沒有任何虧欠。她心想，我瘋了，徹頭徹尾瘋了。

波伊德回來了，在門口探頭探腦。

他向她點頭示意，「我們接到了電話。」

洛蒂依然待在原位，「什麼？」

「可能是犯罪現場。」

她狠狠敲了一下鍵盤，然後就匆匆跟過去。不管他有沒有蓄鬍，她發現她需要波伊德；無論之後會出現什麼狀況，她永遠需要他這個朋友。

洛蒂與波伊德好不容易穿過正在進行水管工程的狹窄街道，終於進入拆車場倉庫的大門，見到了老闆鮑伯·威爾，他們走在兩側堆滿五層廢車的碎石步道上，布滿刮痕的金屬在陽光下閃閃發亮。

洛蒂嗅聞傍晚的空氣，吸入了含有機油與橡膠的毒氣。她撩起牛仔褲腰部的T恤、對著自己的汗濕皮膚搧風。

威爾從某個廢車平台下方鑽過去，「走這裡……」

她覺得他們應該得要戴工程帽，但完全沒有人提供。她與波伊德彎身九十度，穿過了平台下方。

「就在那裡。」威爾指向拆車場最遠的那個角落。

牆外的火車站有一列斯里果線的列車正加速駛離，整座拆車場似乎都在搖晃。洛蒂順著威爾的肥胖食指看過去，在地面四處搜尋，終於定睛看到了一坨濃稠的暗色水灘。

「郡治廳不肯讓我拆掉它……」

洛蒂一臉狐疑地看著他。

「我說的是那堵牆。我本來想要好好建一堵新的圍牆，畢竟它年代久遠，不斷坍塌解體，很危險，所以我才有這個念頭。不過，有個垃圾都市規劃師說那跟古蹟啊什麼鬼的有關係，害我花了一大筆錢就是為了要穩住它。不過，還是有洞啊缺口什麼的，媽的就成了大家到車站和席爾角那裡的捷徑。」

洛蒂明白威爾在說什麼。跑趴喝酒很方便，還有殺人也是。她希望他不是在浪費他們的時間，她從他身旁走過去，站在水灘那裡，腳下的柏油冒出來，黏在已經卡在鞋底的那些碎石上。她彎身，在水灘邊蹲下來，戴上手套。她伸出手指沾了一下，仔細研究那一塊鐵鏽色，呼喚波伊德過來。

「就是血啊。」他講出顯而易見的事實，平常他就是這種風格。

她大膽假設，「可能是動物的血跡。」她把手指湊近鼻孔，用力嗅了一下，聞到了金屬腥味。

「我幾個星期前才做過除蟲。」威爾大聲抗議，他的臉孔鮮紅的程度就與他的髮色一樣。

洛蒂站起來，小心翼翼跨過水灘，目光在牆面後頭遊走，要是有人想要攀爬那些頹傾的石頭，輕而易舉。

威爾露出竊笑，「我早就告訴妳，是不是？」

「對，」洛蒂面向他，「謝謝你打電話通知我們。」

「哎呀，看到你們昨天發現了被殺害的女屍，我覺得這是我的責任。」

「這可能沒有任何線索，不過，現在我得把它當成犯罪現場，」她面向波伊德，「我們得要淨空拆車場，馬上。」

波伊德拿起電話，呼叫支援與鑑識小組。

「妳不是認真的吧……」威爾現在看起來很後悔報案。

洛蒂回道：「我非常嚴肅。這個地方晚上有上鎖嗎？」她心想，其實沒什麼太大差別，要進來並不難——爬牆翻過來就是了。

「有上鎖，而且保全車大約每隔五十分鐘就會經過這裡。探長，妳可能猜不到，但這些東西很值錢。」威爾伸出布滿油漬的手，抹了一下他的臉。

「我想也是。」她繞過水灘，手指撫摸古老石牆，原創工藝讓她讚歎不已。

威爾說道：「據說是源於十九世紀。」

「波伊德？」洛蒂把他叫過來，「我覺得這可能是彈孔，麥克葛林必須要看一下。還有，叫制服員警淨空這個地方。」

「唉呀！你們也幫幫忙，」威爾繞著小圈圈踱步，「這是我的公司，你們不能這樣。」

「我當然可以，而且我馬上就要展開行動，」洛蒂說道：「你也一樣，給我出去。」

拆車場老闆邁步離開，沿路碎碎念個不停，洛蒂指向那面牆，「是不是彈孔？」

波伊德仔細檢視痕跡，「有可能，這裡應該是我們的第一犯罪現場。」

「我們的受害者體內有子彈。」

「也許他的第一發失手。」

「我們就讓鑑識小組取模印，挖一下裡面是否有卡彈。」

「洛蒂，妳知道這可能還代表了什麼意思嗎？」

「嗯，別的地方還有另一具屍體。」

「給我離開，」麥克葛林說道：「你們兩個在污染我的犯罪現場。」

洛蒂轉身，「我們還不確定，而且可能最後並不是。」

「探長，妳比大家更清楚狀況。給我穿上防護衣，不然就離開。」

波伊德拉住她的手肘，「走吧，我們在這裡也無計可施。」

聽到這句話，洛蒂也只能同意了。

「鮮血與彈孔。好，那屍體在哪裡？」

洛蒂在臨時廚房的水龍頭底下清洗雙手，而波伊德則按下煮水壺的開關，斜靠牆面，雙臂交疊胸前，緊盯著她，她擦乾雙手。

「你怎麼說？」

他聳肩，「反正一定與躺在停屍間的那個女孩有關。」

「希望是這樣。不然的話，我們可能會有第二個受害人。」

「就我們所知，那裡並沒有屍體。」

「等到清查完整個區域，包括每一輛汽車及汽車零件，我們也許會發現更多跡證。」她拿了兩個馬克杯，開始以湯匙舀咖啡粉。

波伊德搖了一下空空如也的牛奶瓶，「沒有牛奶。」

「一定有。」

「真的沒有牛奶。」

「我講的不是牛奶，」洛蒂說道：「而是在威爾的拆車場裡面。他宣稱有保全，但其實要進去很容易。」

「所以呢？」

「很適合棄屍或者謀殺。」

「那裡位於城鎮的中心點，怎麼可能會有人在那裡開槍？就連將近兩公里之外的地方都聽得到。」

「挑選合適的時間點就可以了。比方說，正好有火車進站或離站的時候——你也聽到了那種噪音。要是手槍配有滅音器，那就只是一聲巨大砰響而已。」

「彈道人員小組會確認到底是什麼狀況。」

「還有，我們需要知道血型。」洛蒂盯著自己杯中的黑咖啡，「還是沒查出我們受害者的身分？」

「沒有。」

她啜飲灼燙的液體，雖然波伊德流露嚴肅神情，但有他在身邊讓她覺得很安心。她瞄了一下手錶，決定收工。

「我準備要回家了。我會下載一些檔案存入隨身碟，回家研究。」

「妳還是喜歡不按牌理出牌？」

她回道：「是啊。」

他的臉轉為淘氣燦笑，「需要幫忙嗎？」

「你永不放棄，是嗎？」

他露出詭異微笑，「洛蒂，相信我，我大有斬獲。」

她把自己的咖啡倒入水槽，她的確相信他說的話。

20

家裡難得整潔，凱特與尚恩已經吃過了東西，正在觀看網飛某個吵鬧又血腥的影片，克洛伊則躲在自己的房間裡，洛蒂太累了，沒辦法和她吵架，所以就隨便她了，然後又為自己煎了培根與蛋。

她吃完東西之後，取出筆記型電腦，插入隨身碟，打開了珍．多爾的驗屍報告。難道這名身分不詳的女孩是在鮑伯．威爾的拆車廠遇害？她很想知道彈道與DNA的報告結果，但恐怕得要等好幾天，甚至是好幾個星期，除非珍動用關係，那就另當別論了，她以前曾經施展過這一招。

洛蒂瀏覽報告內容，跳過了技術性數據，記下了受害者的特徵。有孕在身，營養不良，性活躍，器官和大腦正常。脖子上有咬痕，已經印模，並以拭子採樣。動過左腎切除手術，縫合手法精準，應該是醫界專業人士，或者至少曾經接受過外科手術訓練。受害人年紀在十八至二十五歲之間，依照骨骼結構看來，有可能是東歐人或來自巴爾幹半島。

她闔上筆記型電腦，仔細研究自己的手寫筆記。這女孩的背景是什麼？兇手殺害她的動機為何？她是在什麼時候被摘除了腎臟？原因又是什麼？兇手知道她懷有身孕嗎？難道那是兇手的小孩？這些都是關鍵問題。對於這女孩的一生，她必須要抽絲剝繭，才能夠確認答案，但沒有名字，很難辦到。也許最後他們還是得向社會大眾發布屍照。這樣不妙，如果這表示她必須與「友善冠軍先生」──也就是電視新聞記者卡賀爾．莫洛尼打交道的話，更是一大考驗。也許她應該要把那項工作交給克禮根，這樣應該比較安全。

她累得要命，無法好好思考，她放下工作，上樓準備就寢。她在克洛伊的房間停下腳步，敲門，等待。

克洛伊開口，「走開啦！」

「妳說我們得談一談，我人就在這裡。」洛蒂把手擱在門把上面，但遲遲不敢進去，「妳還好嗎？」

「我很累，晚安。」

洛蒂心想，我也很累。「那就晚安了，」她說道：「早上再聊。」

她進入自己的房間，躺在床上，她不知道自己最後並沒有進去和女兒說話，是否算是糟糕的母親？她覺得不是，要是這樣的話，只會以爭吵收場。最後，在隔壁房間的克洛伊低泣聲之中，她睡著了。

21

那男子在茂盛乾草堆裡稍微動了一下，他躺在那裡已經有一個半小時之久。他調整夜視鏡與望遠鏡的位置，對準了那扇窗戶，然後又恢復成原來的僵直姿勢。鐵軌在他背後，僅僅相隔了一公尺而已，不過他完全不擔心，下一班火車要等到早晨六點鐘才會到來。

星光在高處閃爍，街燈在夜空之中散發黃色光暈。他完全沒有理會周遭環境，專心盯著自己的目標。

百葉窗拉起，窗簾在打開的窗口飄飛，他將裡面的動靜看得一清二楚。雖然她關了燈，但是透過他的高科技設備，他可以看出她的纖細軀體躺在掀翻的床被上面。

他想起了她的青春美貌。每一綹金色髮絲都觸發他體內的電流四竄。她臉龐的滑順光澤，還有她胸脯的起起伏伏——全都是他牢記心中並歸檔，等待日後細細品味的影像。

他不想被撩撥，那並不是他出征的目標。他不是暴風雨。不是，他是暴風雨過後的寧靜。他會為她帶來平靜，而她也會為他帶來平靜。

他不安地移動身軀，鼠蹊部的硬凸害他無法維持這樣的姿勢。在一片寂靜之中，他周邊的野草傳來窸窣聲響，他愣住不動。凌晨四點四十七分，不可能有人膽敢來到這裡，不會進入運河區，當然也絕對不會有人大老遠跑來鐵軌邊。他慢慢放下望遠鏡，轉頭，與某隻明眸狐狸正面相視。他哈哈大笑，小動物驚慌溜走了。

這是預兆，今晚該收兵了。他收拾裝備，把包包甩到肩上，沿著鐵軌匆匆前行，他的手深插在口袋裡面，激烈搓揉自己。他知道只有一種方法可以真正得到解脫，去除心魔。現在，每一次的呼吸都釋放出狂喜低吟，他心想，也許他應該提前對她下手才是。

他對於那女孩的期盼無比狂熱，就在他到家的那一刻，連門鎖都還來不及打開，他的慾念便一次高潮噴發。

今晚他會好好睡一覺。

米莫莎的頭罩散發出一股嘔吐味。她知道自己待在後車廂裡面，不過，車開沒多久之後就停了下來，她覺得，應該還是在這座城鎮裡吧。她在一片黑暗之中發出祈求，拜託，一定要讓密勒特得到照顧，無論他們對我做什麼，拜託要讓我兒子平安無事。她覺得自己聞得到兒子蘋果洗髮精的香氣，恐慌讓她的心口一緊。

為了密勒特，她必須要堅強。

她被拖下車，然後又被人推上台階，進入敞開的大門之內。他們扯開她頭罩的那一刻，她很確定嘔吐物是出於自己的體內。它沿著下巴滴落到胸前，結成了硬塊。她努力讓自己冷靜下來，呼吸變得短淺急促。

一名高䠷女子站在她面前，雙臂交叉於胸口，穿著細高跟鞋的雙腳站成三七步。米莫莎努力想要跪起來。那女子的黑髮頭頂有一條令人畏懼的灰線，飄飛紅色洋裝底下是一坨坨的肥肉與激凸乳頭。

「給我起來。」那女子操持的是米莫莎的母語。

米莫莎站好，開口問道：「是要清洗嗎？」

「除非我下指令，不然不准開口。」對方賞了她一巴掌，害她眼睛底下的皮膚綻裂。她踉蹌後退，一雙粗糙的手緊緊抓住了她，是那個爆牙男。他嘰嘰咕咕講話，轉身離開。

米莫莎立刻就知道這是什麼地方，接下來又會遇到什麼景況，她曾經被迫在這種地方工作過。她跟在那女子後頭，穿過了一道貼有花紋壁紙的走廊，爬上沒有地毯鋪面的樓梯。最上面那一層樓，一共有四道門，有三道門的門把掛了假珍珠手鐲。那女子打開了沒有手鐲的那一道門，叫米莫莎進去狹小的浴室，天花板傳來了柔和的音樂聲。

「給妳兩分鐘撒尿。」

「是要清洗嗎？」

對方一巴掌甩向她的太陽穴。

「要是再膽敢回問，就等著接受處罰，給你兩分鐘。」那女子離開，關上了門。

鑰匙在房門鎖孔裡轉動，米莫莎脫去了髒衣，坐在馬桶上，血尿噴出體外，一陣難以忍受的劇痛，她想起了暴牙男把她帶來這裡之前、曾經對她施暴性侵。

雖然她疼痛不已，但她只想著自己被困在囚室，而她的兒子則被關在另一個地方。

「啊，密勒特，」她大聲喊道：「我對不起你。」

科索沃，一九九九年

蚊子就是不肯放過他，他這輩子一直被它們狠狠摧殘。他拉緊頭上的蚊帳，伸手在空中亂揮。不妙，就是睡不著。他躺在這些士兵宿舍的某張床鋪上面，他們對他很好，一直讓他留在他們身邊。只有一個條件，在他們稟告指揮官之前，他必須要保持安靜。

他猜想，現在應該是凌晨三點鐘左右，但是他並不確定。他聽到周邊有許多老鼠在刮擦地板，他痛恨牠們，希望牠們不要咬爛他的隔簾。他比較害怕的是那些鼠蝨，而不是被人殺害。如果他要靠自己活下去，就必須學習新技能。閱讀、寫作，還有提水，對他一點幫助也沒有。現在的他，能對未來有多少想望？他猜應該不多吧。

門開了，進來的是給他薯片吃的那個士兵。

「睡不著嗎？」

男孩搖頭。

「醫生早上會幫你做檢查。你打算要去哪裡？」

男孩聳肩。他沒有辦法回答，因為他不知道。他從來沒有去過村莊以外的地方。也許他可以說自己要去普利斯提納，搞不好他可以在那裡找到工作。他個頭高大，別人一定以為他超過了十三歲。他抬頭望著那個士兵，對方的藍色眼眸很和善，還有一坨金髮落在他的額前。

男孩回道：「普利斯提納。」

士兵問他，「你叫什麼名字？」

男孩依然保持沉默。

「這裡有一瓶水，拿去喝，然後睡覺。到了一大早，我得把你的事通報給上尉，他會決定該怎麼辦。」

男孩小口喝水，閉上眼後，一陣安靜幽黑襲來，在飢餓老鼠聲響與蚊子嗡嗡鳴叫的陪伴之下，他睡著了。

第三天

二〇一五年五月十三日星期三

22

她把凱特的口紅朝自己的嘴唇抹一下——因為她自己的只剩下一坨管底碎痕而已——還有，以梳子好好整理頭髮，感覺真不錯。回去工作讓她很開心，又有了生龍活虎的感覺，斷然放下了罪惡感。遠離家人，還有他們丟給她的那些麻煩，不能算是好媽媽的特質吧，對不對？不過，她還是得處理，依然需要找克洛伊談一談。她把口紅塞入包包，轉身的時候，看到尚恩進入廚房。

他盯著冰箱裡面，「有什麼東西可以吃嗎？」

「你一大早就起來了，」洛蒂說道：「櫥櫃裡有玉米片。」

尚恩擠壓牛奶紙盒，又搖了一下，「這樣應該夠吧。」然後他拿了碗與玉米片紙盒。

「你今天看起來很帥啊。」

既便是在最輕鬆的時刻，與尚恩的聊天氣氛也相當緊繃。既然他在看心理治療師，她希望他也許更加敞開心胸。要面對自己在一月的時候所經歷的那一切，並不容易，洛蒂知道他需要時間才能夠恢復原來的自我，但至於凱特是否也是如此，她就沒那麼確定了。這孩子退縮在自己的世界裡，看起來一片慘然。洛蒂明瞭悲傷，但她卻找不出能夠安慰女兒的話語。

「還是一樣的醜制服，」他大嚼特嚼，「我剛洗過澡。」

「想必是有喜歡的女孩吧。」

「媽，好嗯哦。」

洛蒂微笑，看著兒子以湯匙把玉米片送入嘴裡，像個小朋友一樣吃得唏哩呼嚕。他的金髮垂蓋藍色眼眸，那雙眼睛曾經明亮閃耀，充滿活力，如今卻毫無神采，緊張兮兮。她好想伸手過去把他的頭髮往後撥，但還是忍住了，只是輕觸了一下他的手臂。

「晚上見，祝你在學校開開心心。」

「媽！有誰能在學校過得開心？」

洛蒂開車去上班的時候，想到了自己的工作。她不知道它對於自己的日常生活造成了什麼影響，現在，有個懷孕的女孩慘遭謀殺，一屍兩命，他們必須將兇手繩之以法。等到她偵破了這起謀殺案之後，她會好好關心自己的子女。

洛蒂一進入辦公室，林區就跳起來，手裡拿著一張紙，得意洋洋。

「我找到一個語言能力很強的技術人員，幫我看了這封信。」

洛蒂坐下來，好心情瞬間消散。她問道：「與佩托夫奇告訴我們的翻譯內容對比，有任何不同嗎？」

「基本上是一樣的。有個名叫卡爾翠娜的女子似乎是失蹤了，寫信的人向妳求援，希望可以幫助她逃跑。」

「不過，要從哪裡逃跑？」

林區撥開臉上的髮絲，「妳知道我在想什麼嗎？」

「信裡提到的那個卡爾翠娜，可能就是我們的這具女屍，不過，上星期的失蹤通報人口名單當中，完全沒有與她特徵相符的人。」

「昨晚我和班恩稍微聊了一下這件事，」林區迅速補充了一段話，「當然，我沒有吐露任何機密細節。他覺得我們應該要確認一下，去妳家找妳的那個女孩是否住在一條龍庇護中心。最近這幾個月，難民蜂擁流竄歐洲，數量大增，她們很可能是來自那裡。」

洛蒂語氣嚴厲，「林區，這些人又不是昆蟲！」

克爾比從他的位置抬起頭來，嘴裡含著未點燃的雪茄，「這政府根本沒辦法供給房屋給自己的人民，何況是移民。」

洛蒂冷冷瞪了他一眼，「要是你想抽雪茄，給我滾出去。」

「老大，抱歉。」

克爾比拖著龐大身軀離開，洛蒂緊握雙拳，搖頭。

林區說道：「他只是說出了其他人的心聲。」

「不要用那種態度，我就可以忍受。還有，我想妳也很清楚，人權團體會譴責妳剛剛使用的那種不當措辭，所以給我注意一下。」

洛蒂與瑪莉亞．林區四目相接，先迴避目光的是她的警探。

「反正，班恩告訴我，他的系所有請翻譯協助難民與尋求政治庇護者。」

「有沒有人正好在軍營裡面？」

「我不知道。」

「妳可以找找看嗎？」

「我會盡量努力。」

「好。妳有沒有挖出丹恩．羅素的過往檔案？」

「正在處理。」林區點了一下電腦上的某筆資料，「等一下，妳看看這個。」

洛蒂衝過凌亂的辦公室，牛仔褲還勾到了某個檔案夾的邊角，她彎身，盯著電腦螢幕。

她快速唸出內容，「梅芙．菲利普斯，十七歲，根據她母親的說法，失蹤日期可能是上個週末，但現在才通報。」她覺得自己的雙頰慢慢失了血色，「不知道她是不是……」

「我們的無名女屍？」

「不知道她是不是跟法蘭克．菲利普斯有親戚關係。」

林區問道：「誰？」

「幾年前逃往西班牙的罪犯。」

林區皺起鼻頭，一臉不屑，「希望她跟那個混蛋沒有任何關聯。」

「給我地址，我去找她媽媽談一談。波伊德人呢？」

「等候妳的差遣。」他進入辦公室，把外套掛在自己的椅背上，捲起袖口，坐下來。

洛蒂挑眉問道：「怎麼回事？」波伊德從來不遲到，從來沒有。

「沒什麼，太熱睡不著。到了五點左右我終於入睡，然後就睡過頭了。」

林區說道：「你需要找個女人……」

波伊德回她，「搞不好被妳說中了。」

「你們兩個給我閉嘴。」她把失蹤人口報告塞入自己的包包，抓住他的手肘，「我覺得你需要新鮮空氣。」

23

米莫莎的眼瞼不斷跳動，她不知道自己在哪裡。她身體痠疼，而且痛感重襲整個頭部。她裸身躺在鋪有床單的床墊上面，雙眼盯著天花板。

她把雙腿抵住胸口，伸出雙臂緊緊摟住，下巴貼著膝蓋，就像是密勒特難過時做出的動作一樣。然後，記憶淹滅了她的知覺，絕望虎視眈眈，隨時可能將她吞沒。她轉移注意力，不再執著於內心苦痛，開始環顧這個空間。床邊櫃，紅色燈罩的燈，有藍色啾啾領結的泰迪熊，孤孤單單坐在光滑的木質櫃面。洗手台，牆面欄杆掛有一條深色的毛巾。厚重印花窗簾緊閉，遮蓋了窗戶。壁紙的壓紋天鵝絨玫瑰似乎正拚命努力逃離它們的荊棘監獄。

她移動疼痛的四肢，下床，想知道在她右側的衣櫃裡是否放了什麼，裡面只有紅色與黑色的薄紗尼龍睡衣。

她頹然倒回床上，不知道他們對密勒特做了什麼。要是沒有了兒子，她該怎麼活下去？只要她確定他安全無虞，也許她就可以忍受被迫吞下的不幸生活。現實感襲身，宛若先前那些狠踢她的鞋子一樣。她期盼自己逃出這個地獄之前，莎拉能夠好好照顧密勒特。

房間很熱，但是她的皮膚卻冒出雞皮疙瘩。這並非她第一次待在妓院，而且，當她待在庇護中心的時候，不也是性侵的目標嗎？她被人救出之前，曾經在普利斯提納遭過這樣的折磨，然後，就在她以為自己安穩無虞的時候，她卻被拋棄了，而且還懷孕。她嘆氣，拚命想要遠離那段記憶。

她本來想要報警，講出自己在中心的受虐狀況，但是卡爾翠娜卻警告她，他們總是會掩蓋那種事，沒有人會相信她。她的唯一希望就是自己交給那名女警的神秘信。

她靠在軟趴趴的枕頭上，專心聆聽在自己狹小空間之外的各種日常聲響。遠方有火車在鐵軌行進，下面遠處傳來小孩在操場的快樂尖叫聲。她還在拉格慕林嗎？她不知道答案，她也不在乎，她只掛念密勒特。她又想到了那個高䠷的女警，期盼她不會把那封信扔到垃圾桶，但她猜測對方應該就是這麼處理了吧。

米莫莎以顫抖的十指蓋住雙眼，努力為自己灌注氣力，對於房門另外一頭會出現什麼，會有誰走進來，會對她做出什麼樣的蹂躪舉動，她已經準備好了。對，她已經準備好迎接一切，但首先她得要確定兒子安全無虞。

鑰匙在鎖孔裡噹啷作響，門開了。

「給我起來。」講話的是昨晚的那個女子。

「我兒子在哪裡？」

「對妳來說，他已經死了。對我們來說，他是資產。搞不好有哪個人喜歡嫩弟弟？給我去洗澡。」

米莫莎任由對方把她帶往某個狹窄走道另一頭的浴室。當流水嘩啦啦打在她瘀血肋骨上的時候，她發誓一定要脫離在外頭站崗、像是大象一樣的女子之魔掌。對方是不是透過門縫在偷看？

「妳要看就隨便妳吧。」米莫莎雖然大喊，但她猜想自己的聲音應該是敵不過蓮蓬頭噴出的水柱。

當鬆軟的手臂抓住她的頭髮，把她拖到地上的時候，她依然在心中不斷唸著那句真言，我會堅強。

安德烈．佩托夫奇睡過頭了，時間是九點二十分，他忘了設鬧鐘。他的老闆傑克．德爾莫迪一定會碎碎念。他緩緩下床，腦中一直有強烈節奏敲打頭蓋骨。他以顫抖的手搓揉剃髮的大光頭，又是一個惡夢連連的難寧之夜。

他打開水龍頭，聽到了在流水暢奔之前的咕嚕嚕聲響，然後把水潑向自己的裸體。

他洗臉，徹底消除了夜倦感，然後刷牙。他穿上工作服，回頭看一眼整齊的生活空間，悄悄掩上了自己私密世界的大門。

24

洛蒂很熟悉梅洛果園街。上一個案子曾經讓她造訪這裡好幾次。她四處張望，心想郡治廳當初命名的時候，裡面一定有哪個成員發揮了詭異的幽默感吧❼。

菲利普斯的屋宅位於聯排屋的底端，靠近某個足球場，這社區唯一需要好好粉刷的就只有這一戶而已。外牆的粗灰泥應該本來是奶油色，如今卻成了飽經風霜的棕褐色，窗簾全部緊閉。

她往內一推，花園鐵門開了，長方形草坪的茂盛之姿，簡直像是等著被收割的牧草一樣。

波伊德說道：「這裡應該要稍微清理一下……」洛蒂按門鈴，他又加了一句，「門沒關。」

她正打算要回應他的時候，發現大門的確露出了隙縫。她怯生生往裡推，看到綠灰色斑痕的油氈地板，正中間已經褪為白色。樓梯被壓縮在右側，欄杆上面塞滿了一大堆的外套。燈是亮著的，八成是昨晚沒關。

她把波伊德拉進來，自己大喊：「有人在家嗎？哈囉？」

短走廊盡頭的那道門後面傳來咳嗽聲，洛蒂敲門，進去了。

「菲利普斯太太嗎？我是帕克探長，這位是波伊德警探。我們可以和妳談一談嗎？」

坐在桌邊的那名女人點頭，布滿焦油的手指夾著菸，她示意請他們入座。

在短暫的車行過程之中，洛蒂一直在想著，到底是什麼樣的媽媽會在女兒失蹤將近五天之後才報案？如今，答案出現在她面前。

洛蒂清完椅子上的麵包屑之後，坐下來，立刻掃視周遭環境，而波伊德仍然站著不動。雖然廚房上方有閃爍的日光燈管，但依然昏暗。蒼蠅在塑膠百葉窗葉片裡滋滋作響。酷熱的天氣，造成水槽下方廚櫃裡散發出的腐爛蔬菜氣味變得更加濃烈——而水槽裡的碗盤則堆得老高，上頭黏有乾涸的食物殘渣。一大群果蠅飛向燈源，不過洛蒂完全沒看到任何水果。

「所以你們找到那個臭女孩了嗎？」菲利普斯太太把伏特加倒入啤酒玻璃杯，出手豪邁。她沒有添加任何配品，直接喝了一大口，打嗝，然後開始小口啜飲。她放下酒杯，整隻手的顫晃清晰可見。

「妳昨天才報警說女兒失蹤，」洛蒂在心中默默數到三，平抑怒氣，「為什麼拖這麼久？菲利普斯太太，可否跟我說更多的細節？」

「叫我崔西就好。細節？什麼細節？」她講話的字句黏成一團。

「妳最後一次見到梅芙是什麼時候？」洛蒂真想拿塊抹布擦桌子，但也只能按耐衝動。她將雙臂緊緊交疊胸前，遠離那一片髒亂。

「我丈夫，那個混帳……」

「他怎麼了？梅芙跟他在一起嗎？」洛蒂希望是這種結局，這樣一來就可以蓋章結案，她再

❼梅洛（mellow）有肥沃之意。

也不需要進入這間破屋。她聽到了流理台的麵包收納盒附近傳來窸窣聲響，她確定自己沒有聽錯。

「我覺得應該不是，」崔西說道：「但一切都是他的錯，當初在梅芙七歲的時候拋棄了我，真的。十年來，我一直自己照顧她，我對天發誓，我盡了最大的努力。我做牛做馬把她拉拔長大，成了彬彬有禮的孩子，她又是怎麼回報我的？」她喝了更多的酒，雙眼變得迷離，「她不見了，離家出走，不知感恩的小婊子……」她頻頻打嗝，後面的話已經聽不清楚了。

洛蒂問道：「我要到哪裡去找妳先生？」

「我想應該是在西班牙馬拉加的某間妓院吧？」

所以這女孩的爸爸果然就是逃到國外的罪犯，接下來狀況就棘手了。

洛蒂努力專注地緊盯崔西．菲利普斯，但目光卻忍不住一直飄向周邊的髒亂環境。邊緣有豆子結塊的鍋子，從擁擠的水槽裡斜插而出。還有酒瓶……她數算灰色仿花崗岩流理台上的空瓶，一共有十一個。在雜亂的桌面中有五個使用了一半的義大利麵醬罐，其中一個塞滿了菸頭，她很確定波隆那肉醬和香菸絕對不能混在一起，那股酸味讓她緊緊皺鼻。她拉回目光，又盯著那個下巴尖細的女子。

洛蒂盯著被菸氣包圍的崔西，不禁心中一凜。這宛若透過哈哈鏡，看到了她自己在亞當過世後那幾個月幾乎成為的那種狀態。白天醉醺醺，與外界完全斷聯，我行我素，周邊的常態逐一瓦解，就像是崔西菸頭掉落的灰燼一樣。

最後她從邊緣被拉了回來，但她知道崔西正站在生存底層的交界地帶，岌岌可危。有誰會救她？不會是梅芙——如果她真的已經逃離了這種即將崩裂的生活方式。

「她從來沒有離開這麼久……」崔西的手中還有菸，但又點了一根，她把第一根浸泡在義大利麵醬的罐子裡，「有時候她會住在朋友家，隨便哪裡都比這裡好，這是她講的話。」她對著廚房大手一揮，煙灰四處飛落，「她現在也應該要回來了。」

「你最後一次見到她是什麼時候？」洛蒂發覺到自己的耐心就跟同情心一樣，正在迅速消失當中。

「星期五早上，她去上學，她現在是過渡年。她說當天晚上要住在……艾蜜莉還是誰誰誰的家裡。有時候她會多住個幾天，所以我其實並不擔心。」

洛蒂心想，其實是喝得太兇而什麼都不管了吧。這就像是拔牙一樣，不過，就崔西露出的臼齒看來，洛蒂相信這女人已經幾十年沒看過牙醫。

「拜託，今天是星期三！為什麼拖到昨晚才報案？」

「我需要生活用品。」

崔西目光低垂，望著自己的顫抖雙手。

波伊德驚呼，「什麼？」

崔西起身，搖搖晃晃地打開了某個廚櫃，空的。洛蒂發現這女子身穿廉價棉質睡衣褲、兩歐元的塑膠夾腳拖。她看起來像是六十歲的人，但可能只是快四十歲而已。一頭深色頭髮油膩扭纏，不經意錯結成了亂七八糟的髮綹，整個人簡直像是沒畫眼線的英國歌手艾美・懷絲。

波伊德問道：「通常都是妳女兒幫妳買東西？」

「對。我……日常用品都沒了。」

洛蒂心想，應該都是伏特加。想必有人幫她買了桌上那一瓶半公升的酒，她懷疑崔西・菲利普斯應該沒有氣力著裝去商店。但話說回來，她很可能乾脆穿著睡衣大膽出門。

波伊德嗤之以鼻，「妳是說伏特加吧？」

洛蒂惡狠狠盯著他。

崔西別過頭去，坐下來。

「妳有沒有打電話給梅芙？」波伊德厲聲問道：「我想她應該有手機。」

崔西把香菸捻熄在塞滿煙屁股的瓶罐裡，又點了一根，狂飲她的伏特加，透過杯緣在打量波伊德。

「你覺得我就是一無是處的酒鬼，對不對？沒錯。但我盡全力照顧那女孩，現在卻淪落到這種……這種下場。」她又喝了一些酒，然後抬頭，「反正，學校昨天傍晚打電話給我，我才知道出事了，無論家裡有什麼狀況，我的梅芙一定會去學校。」又一次深吸氣，然後她朝他們吐出了一大團菸霧，「我每隔五分鐘就打電話給她，完全沒回應，手機沒電了，我不知道她人在哪裡。」

洛蒂本來以為對方會哭得很慘，但完全沒有淚滴，崔西・菲利普斯可能在許久之前就用盡了淚水的配額。

「妳有沒有梅芙的照片？」

崔西把自己的手機交給她，洛蒂盯著破裂螢幕框住的那張蒼白臉孔，一頭長髮，有一顆小小的鑽石鼻釘，有可能是那個死去的女孩。她把照片拿給波伊德看，他點點頭。

洛蒂問道：「可以寄送到我的手機嗎？」

「請便。」

波伊德問道：「梅芙有沒有割除過腎臟？」

「天吶！怎麼會問我那種問題？沒有，當然沒有。」

「我們正在進行側繪，」洛蒂迅速回應，同時檢查自己是否收到了照片，「還有一件事，」她繼續說道：「我一定得問，梅芙會不會懷孕了？」

崔西從裊裊菸氣之中抬起目光，「妳這個臭婊子！就因為我過得比妳窮困潦倒，妳就覺得我女兒水性楊花，妳居然敢問那種骯髒問題，去妳的！」

洛蒂說道：「我不是在評斷人，只是需要了解有關她的一切。」

崔西呼嚕灌酒，無奈點頭，「我回答妳的問題吧，我不知道。」

「可否讓我看一下她的房間？」洛蒂盼望這女孩的整齊度超過了崔西，「她有電腦嗎？」

「有一台筆記型電腦，」崔西指向樓上，「她的房間貼有『滾開』的標籤，我的梅芙不是很有創意。」

「她有男友嗎？」

「就算有，她也沒告訴我。」

「所以妳不確定？」

「我就是不確定，不行嗎？當媽的怎麼可能什麼都一清二楚？」

洛蒂心想，的確，她跟著波伊德離開了令人心情低鬱的廚房，走到了樓上。

梅芙的房間與廚房不一樣，相當乾淨，但是亂七八糟。洛蒂心想，一般青少年都是這樣。地板上到處都是沒翻回正面的運動褲及一堆內褲。單人床，素雅的奶油色床被整個掀翻，彷彿這女孩才剛起床而已。梳妝台擠滿了香水瓶罐、化妝品，各色眼影與眼線筆。

洛蒂開口，「二十七……」

波伊德問道：「什麼二十七？」

「二十七瓶指甲油，這女孩喜歡美甲。」她繼續數算，五瓶香水，六罐體香劑，空氣中殘留著一股花香氣味。洛蒂緊盯著某一個罐子，「衝動」、「森林之花」，她噴了一下。

波伊德開口：「麻煩妳在廚房裡噴一點好嗎？」

房門後面掛有多件外套，牛仔褲四散在地。洛蒂仔細翻了一下衣櫃裡的那些衣架，學校襯衫、裙子，還有幾件上衣。而在最後面掛了一件洋裝，裝在透明拉鍊護套裡面，顯然是格格不入。她把它抽出來，高高舉起。

波伊德挑眉盯著那件在洛蒂手中搖晃的衣服，「對於十七歲的女孩來說，有點太花俏了。」

她想到了自己那兩個女兒的繽紛衣裝，「十七歲的孩子品味總是很獨特。」她拉開了塑膠套的拉鍊。

波伊德趨前，「哇……」

那件衣服從保護套裡滑溜出來，藍色真絲材質，鑲有水鑽的緊身上衣，掛肩式頸帶。

洛蒂檢視在腰線懸晃的標籤，「一百五十歐……」

「她怎麼買得起？」

「或許是有人買給她的。」

「不然就是她偷的。」

「波伊德，你根本不認識這女孩，怎麼可以口氣如此篤定？」

「我見識過她媽媽的模樣。」

洛蒂搖頭，「梅芙可能有打工，我們下樓的時候我會問一下。」她把那件洋裝掛回衣櫥，不過，她已經先扯掉了標籤並放入小型證物袋，然後放入口袋。

她在床上的某個枕頭下方發現了筆記型電腦，便宜的機種，正在充電中。

「這樣危險……」她拔掉插頭，將那台小筆記型電腦放入自己的包包。

波伊德說道：「妳不可以這樣。」

「我會詢問她媽媽。」

堆滿衣服的椅子露出了底下的一疊紙本書，洛蒂注意到中間的位置有張卡片冒出來。是一張生日卡，獻給梅芙，愛妳的爸爸。

她說道：「她爸爸依然與她保持聯絡。」

「我想她和他在一起，」波伊德碰地一聲關上某個抽屜，「換作是我，我也會逃離這個地獄。」

「這個被你稱之為地獄的地方，其實是她的家，而且與跟爸爸一起過著犯罪生活相比，可能還比較好。」她為什麼要幫崔西講話？

「好了，」她把那張卡片放入證物袋，之後萬一需要可以派上用場，「我要詢問崔西有關那件洋裝的事。」

洛蒂推了一下崔西．菲利普斯。

「怎樣？妳要幹什麼？」崔西瞇眼，「哦，是妳啊，妳還在這裡？」

「我可以帶走梅芙的手提電腦嗎？」

「妳要那個做什麼？」

「只是要檢查一下，也許可以讓我們知道梅芙人在哪裡。」

「嗯，好吧。」

「她的衣櫥裡有一件新洋裝，妳知道是哪裡來的嗎？」

崔西坐直身體，目光從洛蒂飄向波伊德，「洋裝？一定是她買的。」

「很貴的衣服。她爸爸給的錢？還是她有在打工？」

崔西似乎搞不太清楚洛蒂在講什麼。難道她一次丟出了太多問題嗎？

「她沒有在打工，但也許我不是很了解自己的女兒。」

「我得要找她的朋友們談一談。」

「什麼朋友？」

「梅芙的朋友們。妳可以給我們名字嗎？」

「艾蜜莉……什麼的，在『園道飯店』打工。」

洛蒂問道：「要不要我指派一名家庭聯絡官來陪妳？」

「我一個人沒問題。」崔西彎曲雙臂放在油膩桌面上，把頭擱在肘間，立刻就睡著了。

洛蒂關上了大門，不知道崔西．菲利普斯多久之後會開始出現自殘行為。

25

洛蒂把梅芙的筆記型電腦放在警局進行分析，並且下令要追蹤那女孩的手機。她不確定梅芙是否真的失蹤了，但至少可以在社群媒體發布消息，也許有人知道她在哪裡。她印出手機裡的那張照片，然後利用影印機放大，把它舉高，與死屍照片進行比對，她瞇眼細看，想知道是否有任何的相似點。

波伊德站在洛蒂身邊，開口說道：「她並沒有割除腎臟。」

「那是她媽媽的說法。不過，反正我覺得梅芙並不是我們這具女屍。」

林區出現了，手裡拿著一張列印文件，「我能夠找到的丹恩．羅素的所有資料都在這裡，不是很多。只有他的服役經歷與退伍日期，還有他成立伍德雷克機構經營公司的年份，一切都沒有問題。」

「我們等著看吧，」洛蒂說道：「妳也查一下這個好嗎？」她把那件洋裝的標籤遞給林區，「查看一下條碼，看看能否追出來源。」

「沒問題。」

洛蒂把林區拉到一邊，遠離波伊德，不想讓他聽到她們的對話內容。洛蒂說道，「去找新的毒品與組織犯罪局的同事，想辦法挖出法蘭克．菲利普斯的藏身之處，我需要和他談一談他女兒的事。」

她回去自己的辦公桌座位，心想不知傑米・麥克納利與法蘭克・菲利普斯是否有任何關聯。要是有的話，克爾比一定查得出來。麥克納利回到了這座城鎮，有女孩被謀殺，還有另一個女孩失蹤，她不喜歡這種巧合。

她仔細閱讀丹恩・羅素寥寥數行的背景資料，思緒突然被打斷，她的眼睛發現了關鍵字詞。她抓起包包走到門口，開口說道：「我要再去找羅素。」

波伊德問道：「要不要我跟妳過去？」

「不需要。你處理梅芙・菲利普斯的線索。把她的照片發布給媒體，看看她的電腦是否有任何回應。追蹤凶殺案的問案紀錄，注意是否有我遺漏的任何重點，然後，你午餐要吃點東西，我在一小時之內就會回來。」

克爾比在門口擋下她，「我已經打電話給鮑伯・威爾拆車場關門的時候負責夜巡的那間保全公司。」

「然後呢？」

「他們只有兩天做一次開車夜巡。根據他們的工作日誌，完全沒有記述任何異常狀況。」

「太好了，所以知道巡邏車夜巡時段的人，就可以為所欲為了。」

「拆車場已經清查完畢，一無所獲。」

「繼續追蹤牆面彈孔的彈道紀錄，還有他們是否從女屍身上的那顆子彈找出了任何線索。」

「我會處理。」克爾比退後，讓她可以離開。

洛蒂這次就趕緊走出去，不讓任何人阻擋她的去路。

她拿出證件，要求與丹恩．羅素見面。保全讓她從大門進去，而且將她到訪的消息以電話通知羅素。

這一次，她仔細觀察周邊環境。空無一物的廣場，這裡曾是軍隊運輸的空地，四層樓的宿舍區和辦公室盤據三側，左側有一個玻璃牆面的廚房。亞當曾經告訴她，在一九二一年的時候，曾經有兩名男子在教堂後面遭到處決，牆上的那些子彈彈孔，令人想起了愛爾蘭歷史的火山爆發時代。她真心盼望那的確已經成了歷史，她可不希望在那裡發現了什麼新的彈孔。這個念頭突然把她拉回到當下，還有威爾拆車場的畫面。她四處張望，某種不安感凝結在心頭。她是不是忽略了什麼？

她進入了A區建物，爬上木梯，敲了敲羅素的辦公室房門。

「帕克探長，有什麼需要我效勞的地方？」羅素帶領她進去，而且還堆滿笑容。

洛蒂心想，太過友善了，她必須要小心。

「羅素先生……」

「叫我丹恩就好，」他打斷她，「還有，請坐。」

她回盯著他，他是怎麼回事？她在他對面坐了下來。

「有關那死亡女孩的照片，我恐怕是無功而返了。她不是這裡的院民，抱歉我幫不上妳的忙。」

他講出這番話，洛蒂並不意外，不過他態度丕變倒是讓她嚇了一大跳，他居然真的在道歉！

她問道：「那麼我們提到的另一個女孩，米莫莎？有人認識她嗎？」

「抱歉，也沒有任何結果。」

洛蒂繼續嘗試，「那麼這個女孩呢？你認識她嗎？」她把梅芙．菲利普斯的照片放在桌面，希望渺茫，但還是值得一試。

他瞄了一下，「不認識。我該知道嗎？她也死了？」

「希望不要。」她看不出他認得她的蛛絲馬跡。

她想到了他們之前做的背景查核，決定要正面對決。

「你在二〇一〇年退役。我覺得你都已經升到了指揮官這樣的層級，應該會想要在軍中追求更高職等才是，為什麼要離開？」

他起身，走到了辦公桌前面，坐在邊緣。他的膝蓋距離她只有幾公分的距離而已，但她不動如山。

他傾身靠近她，開口說道：「跟妳有什麼關係？這是我的私事。」

「我只是覺得很不尋常。」

「妳查過了我的履歷？」

「我只是好奇罷了。」她回視他的雙眸，完全沒有因為那嚴厲的目光而感到任何不安，「所以你當初為什麼要退伍？」

「我已經受夠了軍人生活，想要全新的冒險，所以設立了自己的公司，伍德雷克機構經營公司，然後接下了這份工作。」

「在科索沃之後，你就再也沒有進行任何國外軍旅，為什麼？」

「妳為什麼會有興趣？」

「純粹想知道而已。」

「既然提到了科索沃。妳的姓氏，帕克，倒是讓我有印象。」

「我的亡夫在一九九〇年代末期曾經在那裡服役，搞不好你認識他。」雖然洛蒂對羅素有疑慮，不過，突然之間，她很想要聽到有關亞當的事。

「在我的軍旅生涯中，遇過許多軍人。」

他站起來，走向掛滿照片的牆面，目光不斷飄移。她知道他其實並沒有真的在看照片，只是在考慮要向她吐露多少內容而已，這個人真是混蛋。

他轉身，雙腳張開，站定不動，「我已經離開軍隊好一陣子。但我現在想起來了，我真的記得這個人，很高，體格相當健壯，很不錯的軍人。」

洛蒂說道：「他是個很棒的軍人。」

「對，的確如此，我可以告訴妳一些有關他的事。也許我們可以喝咖啡聊一下？搞不好吃個晚餐？」

洛蒂嚇了一大跳，「你在開什麼玩笑！」

「恰恰相反，我很認真，我覺得妳應該要跟我一起吃頓晚餐。」

她覺得他這段話聽起來像是在威脅。

「我平常吃的不多。」她怎麼會冒出這種話？

羅素問道：「我是不是害妳覺得彆扭了？」他回到自己的辦公桌前面，坐下來。

「完全沒有。」她心想，不過，你在跟我玩愚蠢的噁爛把戲。「不過，你為什麼不好好回答我的問題？告訴我有關亞當的事？」

「我可以坦蕩蕩回答妳的問題，」他露出微笑，「我告訴過妳了，我不認識那名死亡女孩，也不認識米莫莎。好，雖然妳拒絕我的晚餐邀約，讓我大失所望，但我現在得繼續工作。還有什麼需要我幫忙嗎？」

「其實是有的，你這裡是不是有翻譯？」

「對，我們有翻譯。喬治·歐赫拉，很有天分的年輕人。」

「他是不是亞斯隆研究所的員工？」

「不，他是自由工作者。」

「真的嗎？」靠，難得遇到不是羅素的員工的人，她真想要把握機會與對方談一談。

「這樣的人力便宜多了。」

「我想要見他。」

「為什麼？」

「我可能有些工作可以分派給他，要是他在的話，我現在正好有時間。」

羅素豎起十指併攏成塔狀，盯著她，「哦。可惜了，他要星期五才會過來。」

「那我就到時候再過來一趟。」見一下這個喬治．歐赫拉，也許值得一試，搞不好她可以從他身上釐清更多細節，而不是靠羅素。

羅素咬住嘴唇內側的肉，面露狡猾神色。要是有人問她會怎麼描述這傢伙，她會說陰險，或者，這可能是她的幻想，想必是因為熱氣。

她打開房門，對他說道：「要是這裡有不法活動，我一定會查出真相。」

羅素哈哈大笑，洛蒂發覺，要是毫不設防的人遇到那種反應，可能會引發恐懼。不過，她並非如此，這只會強化她的決心，一定要挖出他到底在搞什麼勾當，

因為她十分篤定他有問題。

當她再次到了外頭的時候，她知道第一次來到這裡時到底是因為什麼而心神不寧。這地方空蕩蕩，沒有小孩在奔跑，也沒有看顧子女的婦女，一片寂靜。

她踏著堅定的步伐離開大門，準備回到警局。走到運河橋的時候，她低頭張望，突然有一股莫名衝動，想要赤腳走過有櫻花花瓣鋪面的粉紅色地毯步道。她想要擺脫剛剛在軍營的那種不適感，剛剛羅素是否暗示她，應該要知道亞當的什麼秘密？

當洛蒂離開丹恩．羅素辦公室的那棟建物的時候，那男人移入陰暗角落。他蹲下來，拍了拍狗兒的頭，讓那小傢伙保持安靜。

這警探將會成為一大麻煩。不過，要是他能夠補救，那就不會成為他的障礙。

他只需要加快自己工作的速度。

他不會有事的，但需要緊盯著她。

26

三年前，她足蹬超高細高跟鞋快步走出大門，還刻意甩動背後那一頭黑色長髮，潔姬．波伊德就此離開了馬克．波伊德的生活。

現在，他瞠目結舌，盯著她衝入「書與物」書店。她這一生從來沒碰過書，除了不停抱怨越過自己視線的一切之外，其實平常也沒做些什麼。她很美，不是那種低調風格，而是誇張的美艷。而他一直就是個大蠢蛋，無法掌握她。

她一直喜歡刺激與危險，所以他猜想這就是她與戀人傑米．麥克納利逃往西班牙的原因，這傢伙應該是毒販，誰知道還搞了些什麼名堂。「你這個人真是無聊透頂……」在她離開之前，兩人某次吵架的時候，她曾經說過這種話，而且搞不好被她說中了。不過，他曾經對她深情款款，而且靠著自己僅有的一丁點資源全力付出，他花光了他們積蓄之極限，就為了一場他媽的亞許福德城堡飯店的婚禮。那場婚禮太過豪奢，之後害他們無法付錢買屋。對於潔姬來說，他的一臥公寓配不上她，她每逢週末幾乎都待在都柏林與朋友跑趴，獨留波伊德一人在拉格慕林，最後，愛穿超級細高跟鞋的她突然愛上了獐頭鼠目的麥克納利。

波伊德對於她離家一事隱瞞了好一陣子，不過，拉格慕林雖然是一座大城鎮，但生活圈依然很小，從已婚狀態轉為單身，一定會被人發現。他飽受羞辱與訕笑，差點因為這起醜聞而被迫接受重大調查，他只能靠親近的同事尋求支持。的確有單位詢問他與麥克納利之間根本不存在的關聯，而最後當然是無疾而終。他絕對不是會與罪犯沆瀣一氣的那種人。他表面上接受了接受大家的拍肩安慰，內心則努力想要把潔姬留在過往。把自己的火氣對著單車發洩，像個瘋子一樣狂踩踏板，但這樣並沒有讓他比較好受，只是緩和了心中的空虛感，那股曾經促使他對洛蒂・帕克放電，但最後失敗的那種空虛感。而她的反應就像是跨過一個雨坑，在周邊嬉舞，有時候會把腳稍微沾濕一下，但永遠不會跳進去。

他看到潔姬進入書店，頭髮剪得很短，露出了宛若天鵝的頸項，讓他吃驚得不知如何是好。她為什麼要回來？她的戀人麥克納利又在哪裡？

他站在她察覺不到的位置，盯著她走出店外，拆了一包香菸，任由玻璃紙隨著微風飄飛。她緊張兮兮地張望四周，點菸，深吸一大口。她快步過馬路，右轉，前往布魯克飯店，波伊德忍不住，跟了過去。

當他走入飯店大廳的時候，看到她坐在某個包廂裡面。他斜靠在某根廊柱，緊盯她不放。他心想，她在過去這幾年當中一定經常曬太陽，她變了，而且變化很大。她的皮膚宛若老舊的褐色真皮包包，而且雙眼呆滯無神，但依然維持了完美體態。

她抬頭，兩人四目相接，沒有笑容。他本想要轉身離開，但並沒有這麼做。他走上木階，步伐匆匆，努力不要因而滑倒，他挑了她對面的某張高腳椅入座。

「嗨，馬庫斯。」

波伊德面色扭曲。潔姬從來不曾喊他馬克，這是他的真名。當初她是這麼說的，太常見了，而她並沒有發覺這句話的諷刺性。所以她為他重新命名為馬庫斯，他痛恨這個名字。

「現在，大家都叫我波伊德，」他說道：「潔姬，妳好嗎？」

「我很好。」她把菜單放在桌上，他發現她的手指在抽搐，是因為想抽菸？還是緊張不安？

「是什麼風把妳吹回了拉格慕林？要是妳事先提醒，我一定會幫妳鋪紅地毯。」

「出言諷刺從來就不是你的本性。」

波伊德把口香糖放入嘴裡，大嚼特嚼，「好，妳打算要跟我說什麼？」

「如果你真心想知道，其實跟你完全無關。」

帶著小本子的女服務生走過來。

「我喝咖啡就好，」潔姬說道：「剛剛出現狀況，我沒胃口了。」

波伊德回道：「我不需要點餐。」

他正打算往後一靠，幸好及時想起自己坐在高腳椅上面。他的膝蓋在犯疼，是不是可以鼓起勇氣坐到她旁邊？絕對不行，他應該要直接走人，離開這個還沒有成為前妻的女人。

「西班牙的天氣對妳來說是不是太熱了？」

「你說呢？波伊德警探？我聽某位朋友說你沒當上探長，很遺憾。難道是我不檢點的行為毀了你的名聲？」她交疊那雙長腿，裙子滑到了大腿上方。「你不需要回答。」她露出一抹微笑，她很懂得要怎麼傷害他，也知道要怎麼把他的怒火推升到極致。

波伊德搖頭，「所以妳是拋下了躺在某處日光躺椅的麥克納利嗎？」

「你一開口就是滿滿的問句嗎？除非你要逮捕我，我沒有必要逐一回答。」

「無論他把妳拖到什麼地方，妳都應該乖乖待在那裡，我不想看到妳出現在這裡。」

「就我所知，這明明是一個自由的國家。」

他起身，「妳不介意的話，我想我還是離開比較好。」

「我幹嘛要介意？我又沒有請你來。」

「反正不要出現在我面前就是了。」他趕緊離開，以免等一下大發雷霆，那是宛若火山熔岩大爆發四處溢流、之後會讓他後悔莫及的怒火。

「馬庫斯？」

他在包廂最下面的那個台階停下腳步。

「你也不要出現在我面前。」

「不要再讓我看到麥克納利，」他說道：「還有，妳絕對不會看到我。」

他離開飯店，前往卡費爾迪酒吧，在面對洛蒂之前，他需要來杯啤酒。

潔姬．波伊德很清楚，回到拉格慕林有一定的風險，但是她想要回來，歷經了一番哄騙，還有配合演出了一些她不是很愛的性事活動之後，傑米終於讓步。她早就知道自己很可能會遇到馬庫斯，而且她潛意識之中浮現了某個念頭，認定他應該會出手幫她。就在她陷入沉思之前，傑米一屁股坐在她面前。

「我剛剛看到宛若蝙蝠俠離開的那一位，是否正是波伊德警探？」

「我不知道他是從哪裡冒出來的……」她接下女服務生正好送到她桌邊的咖啡杯。

「希望妳沒有在我背後惡搞。」

「以前認識的人正好看到我，這哪是我可以控制的啊！」當這些話溜出口的那一刻，她知道自己太多嘴了。

「妳剛剛不是在跟他講話嗎？」

「他來找我打招呼，我叫他滾，他就離開了。」她希望傑米可以接受這種說詞，她不想要吵架，不要在這裡，不要在大庭廣眾之下。她迅速轉換話題，「你進行得怎麼樣？」

「我等一下要去那間屋子，看看能否找到什麼。要是妳喝完了，我們就趕快走人，我不想被別人看到。」

她不知道他如果不想要被人看見，為什麼還要出現在公眾場所？她真希望自己可以有足夠的時間喝咖啡鎮定心情，但還是在桌上留下正確數額的錢，站了起來。麥克納利抓住她的手肘，逼她走下台階。

他把她拉到身邊，「不准靠近妳前夫，不然我一定會對付妳，聽到沒有？」講完之後，他還咬了一下她的耳垂。

「傑米，當……當然……」她結結巴巴，「當然。」

27

在下午三點鐘剛過沒多久的時候，波伊德悄悄溜進辦公室，洛蒂抬頭瞄他。

她問道：「午餐去喝酒啦？」

他坐在自己的辦公桌前面，「別管我，就只有這麼一次而已。」

「你是怎麼回事？」她發現他看起來異常邋遢，被汗水浸濕了純棉襯衫。

「我剛剛說了，別管我。」

「隨便你。」只要波伊德出現這種狀況，就完全無法與他溝通。

她瀏覽了自己對梅芙．菲利普斯一案的筆記，考慮要把檔案移交給另一組團隊分析案情，她桌上已經有一堆工作等著她埋頭研究。她根本還無法查出被殺害的女屍是誰，威爾的拆車場沒有任何結果，而且米莫莎與她兒子不知去向。不過，現在有某個女孩失蹤一事，她不能裝作沒看到。

「你從來不會在中午喝酒。」她就是忍不住，波伊德變得陰陽怪氣，簡直像是另外一個人。

他嘆氣，「潔姬回來了。」

嗯，果然。要是有誰能夠逼波伊德借酒澆愁，非潔姬莫屬。他為什麼沒有跟她離婚？一定是還有舊情。如果換作她是波伊德，那麼她懷抱的一定不是舊情，而是一把刀。但她畢竟不是他，而且波伊德心腸柔軟。她心想，靠，當初應該要警告他，把麥克納利的事說出來，現在她心情很糟。

「你看到她了？」

「其實，還講了幾句話。」

她不假思索問道：「什麼意思？她男友跟她在一起嗎？」克爾比依然沒有發現傑米．麥克納利的行蹤，也許波伊德可以透過潔姬知道這名罪犯的某些線索。

他問道：「等等，你知道麥克納利回來了？」

「抱歉，我想要等到我們確定之後再告訴你。克禮根警司接獲情報，說這個人在上個星期三回到了愛爾蘭，克爾比一直努力追查他的下落。截至目前為止，還是沒有發現他。」靠，她把狀況搞得一團糟，「所以……你不知道麥克納利是否跟她在一起。」

「老實說，洛蒂，我根本不在意。」

「鬼扯。」

「哦，放過我吧！我不想討論這件事。」

「為什麼？你別耍笨了。三年前潔姬傷透妳的心，還害你差點丟了工作。」

「我沒有能力滿足她的想望，都是我的錯。」

「對，一開始娶她就是大錯特錯。」

「那是我的選擇。」

「你依然擁有選擇權，千萬不要靠近她。」

「洛蒂？」

「嗯？」

「不要多管閒事。」

「好吧。」洛蒂態度軟化，至少現在是如此。也許她之前應該要提醒波伊德，讓他知道麥克納利回來了。她的判斷錯了嗎？不，她一心努力要保護他。

她問道：「你可以找出丹恩・羅素機構的院民清冊嗎？」看起來波伊德需要某種強迫症類型的任務，才能把他拉回來專心工作。

「我會找司法部確認。但如果這個機構是委外辦理，我不確定他們是否能幫上忙。」

「反正試試看就是了。」

波伊德嘆了一口氣，點點頭。

「一條龍庇護中心有一位語言課程鐘點教師，名叫喬治・歐赫拉……」她才剛開口，波伊德就吐槽，「想都別想。」

「好吧！隨便你，」洛蒂讓步了，「關於我們在梅芙・菲利普斯房間找到的那件洋裝，」她說道：「林區靠著標籤上的條碼查出那是網路專賣品，現在她正在找那間公司要資料，希望可以追出那筆交易來源。」

波伊德挺直身體，「我們不可能查得到。」

「要保持樂觀。你周邊的悲觀主義者已經夠多了，不需要多加你一個。」說完之後，她狠狠拍了桌子一下。

「有線索了！」瑪莉亞．林區從印表機那裡抽了一張紙，「那件洋裝是在四月一日的時候，在dinkydress網站以信用卡完成交易。他們沒有說持卡人是誰，不過，在四月五日以快遞送達梅洛果園兩百五十一號，收件人是梅芙．菲利普斯。」

洛蒂閱讀內容，開口問道：「那件衣服已經到手一個多月了，從來沒穿過。她到底買來要做什麼？這是以她自己的信用卡買的嗎？」

林區回道：「她連銀行帳戶都沒有。」

「有人買給她的。可能是男友，妳看看有沒有辦法叫那間公司給名字。」

「要怎麼叫他們給我？」

「編個理由。我想買那件洋裝的人可能是梅芙的神秘男友。如果我們找到這個男友，就有可能找出梅芙，我們需要集中心力調查馬路地底女屍案。」

林區問道：「好，那我把這個失蹤人口案交給別人嗎？」

「不，我們要優先處理。確定梅芙．菲利普斯是否有護照。還有，我需要找她的那個朋友艾蜜莉談一談，我得要確定梅芙失蹤與這起謀殺案無關。」

波伊德開口，「不太可能吧？」

洛蒂回他，「這是標準作業程序[8]。」

克爾比從堆積如山的文件中抬頭，「只要不是那種有黃銅十字架的木盒就好了[9]。」

洛蒂回他，「一點都不好笑。」她以手指梳理頭髮，心想不知道會不會被克爾比說中了。

艾蜜莉很愛講話，而且精力十足。洛蒂在「園道飯店」找到她，她在放學後的下午都會在那裡打工。

她一屁股坐在兩名警探的前面，粉紅鏡框眼鏡底下的雙眸流露興奮神采。她轉頭的時候，那頭鬈髮的赤褐色染髮部位就會隨之閃現，而這個動作三不無時就會冒出來。

洛蒂開口，「謝謝妳答應跟我們見面。」

那女孩瞪大眼睛，「哦，帕克女士，我差點沒認出妳。克洛伊還好嗎？」

洛蒂想知道克洛伊是否與艾蜜莉是同年級的同學，如果是這樣的話，她認識梅芙嗎？

「她很好，謝謝。」

艾蜜莉回道：「太好了。」

「我們現在很擔心妳的朋友梅芙．菲利普斯。」

「梅芙？為什麼？她做了什麼事？」這一次，在她嘴角下彎的整個過程當中，那頭鬈髮完全凝定不動，「希望狀況不嚴重。」

「我們正在追查她的下落，」這女孩手勢不斷，害她有點頭暈眼花，「妳知道她可能在哪裡嗎？」

艾蜜莉鼓脹雙頰，瞪大雙眼，「應該是在家吧？」

「她不在家裡。妳覺得她會不會跟她爸爸在一起？」

「那傢伙啊，她恨死他了。」

洛蒂沉澱了一會兒之後，繼續問道：「妳最後一次看到梅芙是什麼時候的事？」

艾蜜莉的臉部出現了更多的扭曲動作，長指甲不斷晃跳，終於開口，「我想想看，上星期五在學校的時候吧。」

洛蒂問道：「她沒有在妳家過週末嗎？」

「沒有。嗯，她一直很興奮，應該是有男友吧。她說星期一的時候會跟我講所有的秘密。不過，她這一整個星期都沒來上學。哦靠，希望她沒事才好。」

洛蒂追問：「她不常翹課嗎？」

艾蜜莉扮鬼臉，「對，其實她不太會缺席。我應該要多擔心她，但我得複習功課，又得在這裡打工啊什麼的，忙到不行，」她低頭，「梅芙很少缺課，這一點很特別，因為她母親非常……」

她停頓了一會兒，「我沒有對她母親不敬的意思，但是她喝酒喝得很多。」

---

❽此處使用的片語是tick the box，方框亦有盒子之意。

❾暗指棺材。

「我知道。」

「我想要找梅芙，發簡訊和Snapchat給她，但都沒有得到回應。但我並不擔心，我當初不該神經這麼大條，對不對？她應該平安無事吧？」

洛蒂沒有理會這女孩的問題，繼續問道：「妳知道梅芙男友的事嗎？」

「她只有隱約提到自己在與某人交往，沒有提到名字啊什麼的。我問過她，但是她不願意告訴我。」

「妳確定自從星期五之後就與她失聯了嗎？」洛蒂盼望梅芙曾經與艾蜜莉在一起，或者至少向她透露自己接下來要去哪裡。

「之後有看到她，但就只有一下子而已。我們都在TY，但因為專案的關係，我們的課程分開進行。」

波伊德問道：「什麼是TY？」

「過渡年，」洛蒂向他解釋，「拿到了初中證書之後，學生們可以選擇多花一年的時間從事各種計畫。」她又再次面向艾蜜莉，「妳選擇的是什麼計畫？」

「幫助別人更加了解英語，其實超級無聊的。」

「梅芙也是嗎？」

「對，而且她在星期五的時候一直很興奮。我之前也說過了，也不知道是為什麼。」

「所以之後妳再也沒有看到她？」

「沒有。妳現在開始害我擔心了。妳覺得她人在哪裡？」

洛蒂起身準備離開，「我本來以為妳可能知道，但顯然……」

「等等。」艾蜜莉拉住洛蒂的包包，洛蒂又坐回去。「梅芙經常上網，Tinder和臉書，還有Snapchat與推特，泡在上面的時間比我們久，我猜她男友應該是靠那種方式認識的吧。」

「好，」洛蒂說道：「要是妳又想起其他事情，可以聯絡我。」她遞出了自己的名片。

「嗯，我也會到處問問看，就像是私家偵探一樣。」

「艾蜜莉，我們會好好調查，但要是妳聽到了什麼，記得打電話或傳訊給我。」

「嗯。」女孩的鬈髮晃動得更厲害了，「帕克女士？」

洛蒂停下腳步，「什麼事？」

「有關梅芙的事，妳應該問克洛伊，她們也是朋友。」

到達停車處的時候，洛蒂說道：「給我開。」

波伊德回她，「我來就好。」

「你一定會超標。」

「哦，我三年前就超過了。」

「我講的不是潔姬。」

「我也不是啊。」

洛蒂開了車門，進入裡面，「波伊德，我非常擔心。」

「我想吐，」波伊德扣上安全帶，開始抱怨，「希望我不是得了流感。」

「你成熟一點，都是因為你午餐喝酒又加上天氣熱。現在，我確定梅芙的確失蹤了，只是不知道她離家出走是否出於自願。我需要安排專案小組負責監控。雖然我們正在查凶殺案，但還是得要密切關注這個案子。」

「她一定是和她的網路男友在一起，不需要恐慌。」

「如果是這樣，那麼她一定會告訴她最要好的朋友，」洛蒂發動車子，「十幾歲的孩子都黏在一起，向彼此傾訴一切。要是艾蜜莉不知道梅芙在哪裡，就不會有其他人知道了。」

「克洛伊呢？」

「我晚上會找她談一談，不過，她比梅芙小一個年級，所以她可能也所知不多。」

波伊德搖頭，「妳覺得梅芙被綁架了，是嗎？拜託，洛蒂，不要遽下結論，證據顯示這女孩是逃家。」

「她帶了什麼東西逃家？妳也看到她家的狀況了，她什麼都沒拿。」

「她有個可能相當有錢的罪犯老爸，而妳之所以會陷入恐慌，是因為當初傑森．里卡德失蹤的時候妳判斷失誤。」

洛蒂猛踩油門，幸好後面沒車。她立刻把車子轉向老舊菸草工廠對面的緊急停車處。她扭身，狠狠瞪了波伊德一眼。

「這種話太過分了，真的是太超過。」

被她這樣怒視，他整個人似乎縮成一團，「靠，抱歉，但老實說，難道妳不覺得我講的是真話嗎？」

「波伊德，去你的。」

她咬牙切齒，把油門踩到底，沒看後照鏡就直接轉回車道，一路開回警局。

她之所以這麼氣波伊德，是因為她知道他說的沒錯。

洛蒂打電話給珍．多爾，但是法醫對於受害者體內那顆子彈的彈道分析依然無法提供任何結果。

洛蒂問道：「難道就沒有誰欠妳什麼人情嗎？」

「上次我幫妳把DNA樣本拿去插隊的時候，已經全用光了，」珍問道：「還是查不出身分嗎？」

「沒有，我們現在也有一個失蹤女孩的案子，但我幾乎可以確定這並不是她。我會把她的照片以電子郵件寄給妳，這樣就可以讓妳排除可能性。」

「好，妳就寄過來吧。」

洛蒂問道：「妳覺得我們的死者會不會是在拆車場被槍殺？」

「我正在檢查血跡，」珍說道：「發現某個指甲裡面藏有一片苔蘚。」

「苔蘚？但她當初明明是被埋在黏土與泥巴裡面。」

「我正在進行分析。」

「一有結果就立刻讓我知道。」

「一定。」

「苔蘚……」洛蒂結束電話的時候，又重複了一次，她的頭好痛。她四處張望，發現辦公室裡面只剩下她一個人而已。

28

洛蒂讓波伊德在警局門口下車，而她自己則把車停在後面。波伊德在這時候抓住了在階梯抽菸的克爾比，把他拉到街上，前往酒吧。傍晚五點三十分，酒吧很安靜。

克爾比說道：「別在意老大，她對每一個人都大小聲。」

「不是因為那樣，」波伊德回道：「潔姬回來了。」

「我想也是。」

克爾比啜飲健力士，「好，波伊德，打從你前妻第一次在我面前搖晃奶子的時候，我就知道她是個麻煩人物。」

「雖然名存實亡，但她依然是我的妻子，」波伊德糾正他，「幹，誰要喝這氣泡水。喂，達倫，給我一杯啤酒。」

酒保慢條斯理，倒出了一杯完美的健力士。

克爾比說道：「只要美麗的潔姬出現在你附近的時候，你完全看不見所有的危險事物與罪行。」

「不要假扮哲學家，我不吃這一套。」

「你知道麥克納利回來了嗎？」

「我知道，但我完全沒有看到他，我也沒有跟她鬼混聽她講故事，反正她也不想要跟我講話。」

「過了這麼久之後看到潔姬，感覺是不是很奇怪？」克爾比三大口就喝光了啤酒，他示意要再來一杯。

「奇怪？」波伊德沉思了一會兒，「歷經了三年之久，也許吧。但你問我的話，我會說恐懼。」

「你不怕『鼠臉』麥克納利吧？」

「我比較擔心的是他回到拉格慕林之後所做出的舉動，此人行過之處必定留下麻煩。」

「我們得去找歐洲刑警組織，看看他們能否透露他的行蹤。」

「克爾比，我們又不是中情局的人。」

克爾比哀嘆，「哎……」

「我連潔姬是否還跟他在一起都不確定了。」

「這是你的一廂情願吧？」

酒保達倫送上了啤酒。當波伊德還忙著算錢的時候，克爾比已經拿起酒杯暢飲。

達倫眨眼，「下一杯馬上送過來。」

「克爾比，你真是貪心鬼，」波伊德說道：「反正，我不想說潔姬的事。」

「我沒差，但要是你有機會再尬她，你還是會上吧？」

酒保送上第二杯啤酒。

波伊德開口，「閉嘴，我們喝個痛快吧。」

克爾比舉起酒杯佯裝要乾杯，「為這句話敬你。」

29

克洛伊躺在床上，鮮紅色的耳機緊貼雙耳，身上還穿著制服，她正在玩手機。

洛蒂走入房間，坐在床邊，「聊一下好嗎？」克洛伊嚇一大跳，扯下耳機掛在脖子上，趕緊把手機塞入枕頭下面，洛蒂覺得這等於是答應的意思了。

「都還好嗎？妳似乎一直不開心，為什麼？」

「只是微不足道的小事，妳不會懂啦！」

「我很擔心妳。跟我說說吧？」

「我才不要。妳要幹嘛？」

洛蒂嘆氣，開口問道：「妳認識梅芙．菲利普斯嗎？」

「認識又怎樣？」

「克洛伊，幫我一個忙，回答問題就是了。」

「好，探長，對，我認識她。」

「妳知道她可能溜去哪裡了嗎？」

「不知道，她是擅離職守了嗎？」

「如果依照妳的修辭，我覺得她不是那種會擅離職守的女孩。」

「梅芙很愛演，老是在尋求別人的關注。」

洛蒂認識另外兩個很愛演的女生，正好都住在她家裡。

「所以她搞失蹤不算特殊狀況？」

「其實不是，她在都柏林有朋友，有時候會搭火車北上找他們。她是這麼說的，照顧酗酒的母親讓她很厭煩。」

洛蒂說道：「她從上星期五之後就沒進學校了。」

「我記得她之前不會消失這麼久，通常就是一、兩天。」

「艾蜜莉．寇伊恩覺得她似乎在網路上交了個男友，妳可曾聽說任何消息？」

克洛伊遲疑片刻，其實就只有那麼一下子而已，洛蒂看出來了。

「艾蜜莉是討厭鬼。我跟她或梅芙根本不是同一掛的，她們高我一個年級。」

「我知道。所以妳們是怎麼認識的？」

「我們有時候會在網路上聊天。」

「臉書？」

又是一陣遲疑，然後她開口，「對。」

洛蒂覺得克洛伊在刻意閃避，「如果她想要離家出走，妳覺得她可能去都柏林找這些朋友嗎？」

「我說過我不知道。」

洛蒂起身，走到了門口，回頭看自己的女兒。她是在什麼時候失去了克洛伊？這本來是她可以仰賴的女兒，腦袋清楚的那一個。帕克家中的生活對這個孩子來說，是否太沉重了？最近她的心情顯然發生了變化，是洛蒂開始休假之後嗎？她一整天待在家焦躁不安，害她的子女們也發瘋？不過，她覺得這其實與一月發生的事件有關，或者，也許可以追溯到更早的時候，亞當之死，她知道這對整個家來說是致命一擊。但她覺得克洛伊面對的比其他成員好多了，也許這一點也是她判斷失準。

克洛伊咬住下唇好一會兒，彷彿改變心意，她開口說道：「我本來以為梅芙這週末會住在艾蜜莉那裡。」

「艾蜜莉說並沒有。跟我說，梅芙是怎樣的人？」

「她還不錯啊！」克洛伊說道：「只是有點寂寞而已。我知道妳一定會問，所以我就先說了，她並沒有吸毒啊什麼的。」

「她的這個男友……」

克洛伊聳肩，「她一直在線上，手機緊黏手心，就連在學校也一樣。」

「所以跟妳一樣，」洛蒂微笑，「我們會檢查她的臉書帳號。」

克洛伊發出哀號，「一定要搞到這麼難看？」

「我們也會檢查她可能使用的其他社群網站。」

「隨便妳啦。」洛蒂戴回她的高檔耳機。

「我會找我的手下搜查她所有的網路帳號。不過，妳也可以研究一下，看看是否發現有我們這些老年人沒注意到的異常或詭異狀況。」

洛蒂走到外頭，站在樓梯平台上，後面有耳機傳出的音樂重拍聲響。

她回頭瞄了一眼，「妳也該用吸塵器整理一下房間了……」

克洛伊閉上眼，揮手叫她走開。

對話已經結束。

克洛伊等到確定母親下樓之後，才拿起手機登入，尋找梅芙的臉書帳號。沒有任何更新。她點了一下推特，查看自己的群組，什麼都沒有。她輸入了為生而傷的主題標籤，開始往下滑。自從上星期五之後，梅芙就沒有新貼文。奇怪了，她通常天天都有，有時候還會每隔一分鐘就發文。幸好她們沒有告訴大嘴巴愛蜜莉任何事，因為她鐵定會大聲嚷嚷。她的生活裡已經有太多的衝突，不需要讓母親發現這種事。

她大聲吐氣，日子真難受。她討厭保守秘密，為什麼梅芙要跟她說這些？梅芙想做什麼都可以，就是不該把她捲入其中。

恐慌再次襲身，剖穿她的胸膛。她扯掉耳機，丟向枕頭，整個人坐直。她捲起袖子，以手指撫摸手肘內側，找到了正在癒合中的舊傷痂痕。她用指甲摳起剛長出來的硬皮邊緣，然後把它從皮肉撕開。她看到一坨黑色血泡，然後沉澱不動，她很清楚自己接下來要做什麼。

她下床，在背包裡找尋鉛筆盒，然後又坐回床上。她拿出了包有鋒利工具的衛生紙，專心聆聽，確認沒有人在她房門外頭，她不想看到尚恩探頭探腦，他一定會叫喊媽媽過來。

她的手臂現在沒剩下多少空間。她脫了褲子，沿著大腿內側的柔軟肌膚開始摸索，一片純白，觸感滑嫩。她捏肉，以鋒利又堅硬的刀鋒畫下去，當疼痛刺穿她的那一刻，她的緊閉雙唇發出了微弱呻吟。

她知道這樣不對，但也不知道為什麼，感覺好舒暢。等一下她會在推特發文，希望他會看到。畢竟，當初是他發想了這樣的主題標籤。

她聞到了底下廚房傳來的煮菜香氣，突然之間，她覺得好餓。她知道在吃晚餐之前，她必須整理這一片狼籍，但她依然懶洋洋躺在床上。鮮血不斷從傷口滴流而下，克洛伊想到了梅芙，她到底在哪裡？

尚恩問道：「這是什麼？」

洛蒂回他，「快炒雞肉。」

「雞肉在哪裡？」

「給我吃就是了。」

洛蒂利用最後一次採買時剩下的食材，混煮為雜燴麵條，凱特挑起麵條入口，一臉病懨懨。

「凱特，妳明天可以出去買菜嗎？我會留一些現金和採購清單給妳。」

「沒問題。」

洛蒂問尚恩，「學校怎麼樣？」

「很好啊。」

有時候，家裡的談話會讓她想起自己在訊問某名採取「不予置評」策略的嫌犯。碗盤清理好之後，她決定出去慢跑，也許順便去看一下母親。她回到自己的房間，換上慢跑服之後，她站在樓梯上方，專心聆聽。

尚恩的房間傳出大吼大叫，他正在與網路足球賽的朋友們在吵架。克洛伊的房間靜悄悄，洛蒂已經握住了女兒房門的把手，但最後還是決定就隨便女兒吧，她剛剛說了那些話，已經超過了一晚的上限。

她出門，迎向夜晚的暑氣。

等到她跑到母親家的時候，汗水從背脊淌流而下，浸濕了她的耐吉上衣。她上氣不接下氣，靠在修剪平整的樹籬旁，思索到底該不該進去，也許還是不要比較好。她與母親的關係早有裂痕。至少，自從她哥哥失蹤近四十年、遇害屍體終被發現之後，就某些方面看來，母女關係每況愈下。她今天遇到的麻煩還不夠多嗎？她明天再來探望母親吧。

她還沒來得及轉身離開，大門就開了。

「妳要站在那裡一整個晚上嗎？還是要進來？」

一頭俐落銀色短髮的蘿絲·費茲派翠克站在門口，姿態頗嚇人。洛蒂起身，離開了樹籬。

「我出來慢跑。我得要繼續跑下去，不然我的肌肉會抽筋。」她不需要與母親正面衝突。

「拜託，進來啊。」這是命令。

洛蒂嘆氣，她推開大門，走向玄關，進入這間曾經是她家的平房。自從她嫁給亞當、離家之後，這個地方二十多年來都不曾發生任何改變。她常常在想，不知道自己結婚的目的是不是為了要逃離母親。她穿過走廊，進入熱氣蒸騰的廚房，雖然已經快八點鐘了，依然瀰漫食物的香氣。

她母親拔掉熱水壺的插座，把它拿到水龍頭下方。

洛蒂拉出椅子，坐在餐桌前，「不需要幫我泡茶，我喝水就好。水壺在哪裡？」

「我在幫穆塔太太準備愛心食堂。」

洛蒂往後一靠，挑眉，「真的嗎？」她不知道她媽媽會與她上一個案子的老太太證人有聯絡，「她還住在梅洛果園那裡嗎？」

「當然啊，問這個幹什麼？」

「我正在處理某個失蹤女孩案件，她住在那裡。也許穆塔太太會知道什麼消息？」

「她無所不知，但她的腦袋不清不楚，我不確定妳能否從她口中問出什麼重要資訊。」

「可以幫我問一下嗎？圈內人提供的小小線索總是很有幫助。這女孩名叫梅芙·菲利普斯，她媽媽是崔西，爸爸是法蘭克。」

「那個罪犯？」

「就是他。」

「他多年前就不住在拉格慕林了。」

「我知道。」

「我會詢問穆塔太太有關那一家人的事，要是有任何線索，我會告訴妳。」蘿絲微笑，然後雙唇又抿成一條線，「妳在怪我……」

「怪妳什麼？」

「洛蒂，不管妳怎麼小心翼翼掩飾都一樣，那不是我的錯。妳哥哥艾迪一直是麻煩人物。自從妳爸爸……做了那種事之後……」水龍頭的水聲嘩啦啦進入水壺，淹沒了她最後的字句，「帶著那種恥辱過日子，妳完全無法想像那是什麼樣的生活。」

「那個恥辱就是我爸爸……」洛蒂低聲回應。她忍住淚水，起身走過去，關掉了煮水壺的開關，「我必須知道是什麼原因害他必須如此。工作？也許是他正在經手的某個案件？是什麼逼他拿槍對頭扣下板機？」

她簡直可以看到母親的腦袋正在字斟句酌。洛蒂走回去，坐下來，雙手摀臉，整個空間充滿了令人不安的寂靜，最後是煮水壺再次發出嘶嘶聲響。

蘿絲說道：「有很多妳不知道的事，我想還是別說出口吧！這樣對大家都好。」

洛蒂的聲音從指間傳出來，「妳在說什麼？」

「沒事。我會在白天好好照顧我的這些外孫，確定他們至少可以好好吃一餐，然後，妳也該放下過往了。」蘿絲把熱水倒入茶壺，東張西望尋找壺蓋。

洛蒂的手指揪弄白色純棉桌布，她抬頭瞄了一下母親。當法醫鑑識專家確認裹在亞麻圍裙與數十年前麵粉袋裡的那一坨骸骨，就是她失蹤多年的兒子，曾是如此驚天動地的時刻，而七十五歲的蘿絲．費茲派翠克，一直就是這個模樣。

「我很感謝妳為我的家人所做的一切，真心感激，」洛蒂說道：「但是我心中有這個洞，我覺得唯一的填補方式就是找出真相，我不能置之不理，只有等到水落石出的時候才能放下。總有一天，我會知道我父親為什麼要自殺。」

「當時出了許多事，」蘿絲說道：「我不能告訴妳為什麼他會那麼做，因為我不知道原因。」她背向洛蒂，開始攪動爐子上的那一鍋湯。

洛蒂開口，「很遺憾。」

「我也這麼覺得。」

「而且我真的很愛妳，只是……」

「只是依照妳自己的方式。我知道，洛蒂，我也愛妳。」

「我現在準備回家了。」

「女兒，快回去吧。」

洛蒂疲憊搖頭，讓雙肩抽搐的母親頹然站在爐火前。她直接衝入溫暖黑夜，一直到了灰狗體育館對面的自家道路盡頭才停下腳步。她才剛剛站在人行道邊緣，立刻有引擎聲傳來，一輛黑色房車朝她靠過去。

丹恩・羅素搖下窗戶，對她說道：「在這麼熱的天氣跑步，妳這是在自殺。」

洛蒂瞠目結舌，盯著坐在奧迪座車裡的他。對於臭屁男人來說，會選這款車也很正常。「你在幹什麼？跟蹤我嗎？」

「只是正好經過而已，我要去庇護中心。」

「所以你白天晚上都得工作？」

「有需要的時候就是如此。」

「最近難民湧入，想必你一定忙得不可開交。」她雙手叉腰站在那裡，他傾身移向窗外，沒關引擎。

「中心的空間本來就不足以應付我們當初同意的難民配額，更何況現在還有這一批新的貨源，我們盡量努力。」

新的貨源？洛蒂面色扭曲，他講話的態度像是把人當成了吐司一樣，「你那裡收容了多少人？」

「目前，我們在合理容納範圍之外、又超收了五十四人。」

「你怎麼安排？」她發現他從來就不願好好回答她的問題。

「加行軍床，很擁擠。」

「過度擁擠吧？」

「我私底下給的答案，對。但如果是正式答覆，還不算是什麼健康與安全的問題。」

「你那裡只有婦孺，對嗎？」

「沒錯，男性住在全國各地的其他城鎮。」

「今天下午我在那裡的時候，似乎非常安靜，大家都在哪裡？」

「哦，他們有一大堆的活動。晚餐的事妳決定好了嗎？」

她哈哈大笑，「你很堅持，這已經算是客氣的說法了。」

「當然。」

「羅素先生，我覺得共進晚餐並不恰當。」

「拜託，叫我丹恩。明天晚上怎麼樣？」

她依然站在原地。心想也許可以趁一起吃晚餐的時候、從他那裡收集一些有助釐清謀殺案的線索。一瓶紅酒可能會讓他鬆口，反正她只要一直喝氣泡水，不會有事的。

他繼續施壓，「勇敢一點。」

她說道：「也許可以考慮看看。」

「太好了！」

「我並沒有答應你。把你的電話給我，也許我明天可能會打電話給你。」要玩閃躲的把戲，她也可以。

他從置物箱取出一張名片，在上面草草寫下了字，交給她，「這是我私人手機號碼，期盼接到妳的來電。不過，我們先暫時這樣講定吧，明天七點會來這裡接妳。」她接下名片的時候，他還輕觸了一下她的手。

她走向自家大門的時候，雙手不斷在身上摩擦，覺得被他碰到超級噁心。對於這樣的小小偶遇，波伊德會怎麼說？羅素在玩一場遊戲，這一點她很清楚。不過，她是否能夠在他不知情的狀況下，看穿他的把戲？這是她的任務，她知道自己已經準備迎戰。

30

波伊德與克爾比站在酒吧外面，他們進去裡面，然後又在清朗星空下靠在一起，已經不知道過了多久。波伊德想要點菸卻沒有成功，克爾比幫他點了菸。

克爾比說道：「我知道有個可以騎⑩女人的好地方……」克爾比頭皮冒汗，濃密髮絲也變得濕漉漉。

「我也知道，路口就有計程車招呼站。」波伊德終於成功吸了一口菸。

「你醉得不像話，」克爾比說道：「來吧，我帶你去拉格慕林最好的小妓院。我覺得你應該要好好爽一晚。去他媽的潔姬和……嗯，你知道我在說誰。」

波伊德覺得克爾比講的是洛蒂。他仰頭望向街燈，明明應該只有一個，他卻看成了兩個。對街的外帶中餐館也不斷旋晃，成了三間。天，他是真的喝得爛醉。

他講話含糊不清，「我想我要回家去了……」

「不要掃興，」克爾比走向了高爾街。

波伊德尾隨在後，走在狹小馬路中間，踩的是白線。他之所以跟過去，是因為想要打一砲嗎？

「老天拜託，千萬別讓我在一大早的時候想起這一切。」

波伊德醒來的時候，發現自己坐在某個台階的頂端。背後是一道短小的走廊，不斷有門在開開闔闔。他是怎麼爬上階梯的？克爾比把他拖上來的嗎？他瞄了一下手錶，天吶，凌晨十二點三十五分。

他搖頭，努力回想，發出痛苦哀嚎。卡費爾迪酒吧，喝酒，喝了一大堆，啤酒混烈酒，天吶，他一直在喝烈酒。他迷迷糊糊地張望四周，在走廊盡頭的那扇門，有個女孩半身躲在門後站盯著他。

雖然他的目光不時失焦，但還是可以看出她很美麗，雙眼大如銅鈴，一頭披散黑髮從臉龐落在裸肩。不過，她看起來太年輕了，他突然驚覺不對勁。自己怎麼會在這裡，她怎麼會在這裡，這女孩應該要待在大學或是其他地方，反正不是這裡。

他說道：「我得走了。」

她的目光一臉疑惑，卻依然緊閉嘴巴，雙唇在顫抖，那口紅也未免塗得太多了。

他的胃一陣翻攪，天，他快要吐了。

他沿著牆壁，慢慢挺直背脊，雙腳拖拉了好幾次之後終於站起來。他緊抓樓梯欄杆，穩住重心。

⑩ 亦為搭車。

她伸手。這是要幫忙他？還是要討錢？他得付錢給她嗎？為什麼？他什麼都沒做吧，是不是？沒有，這一點他很確定。他搜找錢包，心想要是洛蒂發現這一切的話一定會念個不停。克爾比最好嘴巴要閉緊一點，不然他一定會狠狠修理克爾比。

「我沒辦法付錢給妳。」在這種刺耳的靜默聲之中，他不喜歡自己的聲音。天吶，他得要離開這裡。

她依然不發一語，站在原地，動也不動。

「這不是妳的錯，」他講話含糊不清，「是我的錯。」他把錢包塞回口袋，然後，小心翼翼，一次一步走下樓梯，進入玄關。他拉開防盜鏈條，打開大門，走出去的時候，溫暖的夜氣朝他迎面而來。

他關門，下樓，期盼這是一場夢。也許是惡夢，但終究只是一場夢而已。

米莫莎靜靜等待，聆聽關大門與下樓的腳步聲，然後，她悄悄溜出自己的房間，到了那男人剛剛站立的位置。他的皮夾掉在地上，她撿起來，趕緊跑回房內，輕聲關門。她本來想上廁所，但一看到他躺在那裡，就忘記了。他喝得爛醉，完全沒有意識，當他醒來的那一刻，恐懼害她動彈不得，時間瞬間凍結。然後，他就這麼走了。

她很慶幸剛剛分派給她的不是他，她怔怔發愣，不知道是哪個女孩差點被他吐了一身。

她走向衣櫃，把那個錢包放在某個櫃架之後，拿出了乾淨的內衣，趕緊回到床上。她渴望那種失去感覺的暢然，而那能夠淹沒害怕與恐懼，不會被打斷的長時間睡眠，是一種恩賜。她緊閉雙眼，門開了，她還沒來得及以手肘撐起自己的身子，又一名客戶解開了褲頭拉鏈，她緩緩脫去內衣，為那個猴急的男人張開雙腿。他呻吟，與她的呻吟交織成了某種節韻，他沉浸在狂喜之中，她在痛苦深淵。

洛蒂睡不著，一直翻來覆去，她瞄了一下數位時鐘：凌晨一點十五分。她起身，再次穿上運動褲與輕薄的連帽上衣。半夜溜出去已經成了她的習慣，壞習慣。她不知道波伊德是不是已經睡了，也許她應該打電話過去。

她迅速跑到城鎮的另一頭，到達他家公寓的時候，已經滿身大汗。她按電鈴的時候，有輛車停在人行道旁邊，車門開了。下來的是潔姬・波伊德，手裡有懸晃的鑰匙。

「唉呀，這不就是搶了馬庫斯工作的女人嗎？」

洛蒂沒有理會對方的訕笑。潔姬看起來疲憊又憔悴。她心想，天吶，話說回來，我又有什麼資格品頭論足？

「嗨，潔姬，什麼風把妳吹回到拉格慕林？」還有，為什麼她會在這種時候出現在波伊德家門口。

「我有些事情要和我丈夫討論，這不關妳的事。」

洛蒂露出譏諷冷笑，「我就讓妳去忙吧。」

她離開門口，潔姬經過她身旁，轉身，夜氣瀰漫著令人生膩的昂貴香水氣味。

「我覺得他不在家，」洛蒂說道：「對了，我聽說麥克納利回來了，他人在哪裡？」

「這當然不關妳的事。」潔姬伸出被啃咬的手指，猛戳電鈴。

「最好是永遠不要看到他的人……」洛蒂說完之後，匆匆走向步道，遠離響個不停的門鈴。

突然之間，她感覺好疲累。

31

克洛伊又看了一次推特，梅芙還是沒有發文。

她心想，明天，要是明天還是沒有任何消息，我就會把一切告訴媽媽。

她插好充電器，將手機放在櫃子上面，然後調整好自己的耳機。她盯著天花板，屋後架高鐵軌駛過的最後一班列車瞬間照亮了她的房間。她真希望能脫掉汗濕睡衣裸睡。但是她家毫無隱私，如果她一整個晚上都緊鎖房門，那麼她媽媽一定會猛敲門，問她萬一屋子失火的話她該怎麼辦。

萬一。

白天的熱氣依然在她房內徘徊不去，逼得她難以呼吸。她解開睡衣扣子，讓窗外的空氣舒緩身體，她心想，只要幾分鐘就好，然後，她隨著耳畔的轟響音樂跟著哼唱。

她一定是幽幽進入夢鄉，因為，突然之間，她因為某種可怕的感覺而驚醒，驚覺有人在盯著她。她穿好上衣，猛力摘下耳機，在一片黑暗之中環顧四下，看著牆上有黑影舞動。她跳起來，拉起窗簾阻擋月光。她又倒回床上，全身冷汗直冒，她看到有人影站在門口。

她尖叫，「媽！快救我！」

「閉嘴啦！笨女人。」

「天吶，尚恩，你把我嚇死了。」克洛伊穿上了連帽衫，朝他衝過去。

他說道：「我覺得我聽到有人出現在前門。」

「那就打開看一下啊！」克洛伊氣急敗壞，但發現他臉龐有受傷的神情一閃而過，立刻態度軟化，「弟弟，抱歉，我過去看看。」

尚恩承受了太多的煎熬，她不該對他這麼嚴厲。她回到房間，拔掉了手機充電線，看了一下時間，已經超過一點半了，這種時候不會有訪客。

她問道：「她在家嗎？」

「誰？」

「母親……媽媽。」

「她出去了。」

她露出微笑，「回去你房間玩你的PS啊什麼的。」

尚恩露出鬆了一口氣的表情，他主動開口，「我跟妳一起去。」

「好啊。」

他們兩人匆匆下樓，克洛伊開了前門。

「這裡沒有人啊。」她赤腳走到屋外，對著馬路四處張望，「沒有人。」

「我真的聽到門鈴在響。」

「你戴著那麼大的耳機，怎麼可能會聽到聲音？」克洛伊指向掛在尚恩脖子上面的東西，

「有可能爆發了第三次世界大戰，而你卻什麼也聽不到，剛剛是你幻聽啦。」

她在尚恩前面，邁開大步上樓，她瞄了一眼母親的房間，沒有人。

「不知道她在哪裡。」

尚恩回道：「可能是在辦案吧。」

凱特走出了房間，「怎麼這麼吵吵鬧鬧？」

「沒事，回去睡覺了，你們兩個都一樣。」

克洛伊關上臥室的門。她躺在床上，不知道是否真的有人站在門口。她還記得在尚恩衝進她房間之前，那種被人監視的感覺。她把床被蓋到脖子，關燈，但就是睡不著。她整晚都在發推特，希望他能夠回覆。他在哪裡？那天晚上，她一直百思不解：梅芙在哪裡？

那男人離開了鄰居花園的陰暗處，自顧自微笑。她的驚恐面容與飄飛長髮看起來好美。也許他剛才應該留在門口，等著她打開大門。抓住她的腰，將她整個人拉入自己的懷抱之中。這個念頭造成一股慾念從胸口延伸到了鼠蹊部，他趕緊跑向可以滿足自己淫念的地方。

32

今天晚上很不一樣。雖然對方什麼都沒說，但梅芙．菲利普斯有預感。她希望接下來發生的事不會讓整個房間血跡斑斑。自從她癱倒在地，被拖回她的房間——她的牢房，她一直不願回想一切。

她在這裡待了多久？幾天？一個星期？她不知道。但現在出了狀況。她房門外頭的走廊一直有匆忙來去的腳步聲。悶沉低語，悄聲講話，然後大吼大叫。講話的似乎是男人，但是她並不確定。她希望他們至少會留燈，下方門縫的微光只能讓人看到陰影而已。

她閉上雙眼，真希望自己有手機，這是她已經發出千次的祈願。艾蜜莉或是克洛伊會想念她嗎？她曾經告訴艾蜜莉，會在星期一的時候講出所有的秘密。今天是星期幾了？不知道，她已經完全喪失了時間感。如果她自己的媽媽沒有發出異狀，克洛伊肯定會發覺不對勁。她是探長的女兒，她會知道該怎麼處理。克洛伊在上學的時候會想念她，上推特的時候會想念她。或者，真的會嗎？梅芙因為自己的絕望困境而落淚。她曾經那麼相信對方，那麼愚蠢。當她擦乾眼淚的時候，她想到了某件微不足道的事而心存感激。截至目前為止，他還沒有傷害過她。不過，多久之後他就會破功？

門開了，發出嘈雜聲響，她立刻衝過去。

「讓我走，我母親需要我。」她把手伸向站在她面前的那個人。

「冷靜，小可愛，今晚是妳的幸運之夜。」

科索沃，一九九九年

在前往普利斯提納的二十公里路程之中，他一直在睡覺。吉普車突然停了下來，害他嚇醒。車門碰一聲開了，上尉跳下車外。

男孩抬頭，望著那棟建物的標誌：Klinikë。周邊多數高樓的牆面都安裝了衛星天線，整個畫面宛若靜脈曲張一樣。數目實在太多了，他數著數著就放棄了。

他的目光緊盯那棟兩層樓的診所，他問道：「上尉生病了嗎？」

「他得去問醫生能否幫你檢查身體。」士兵把座椅往後靠，閉上了雙眼。

男孩也閉眼。他不想要看到將雙腿纏住電線竿，拚命想要吸引士兵注意力的那兩個女孩。

上尉回來了，他向男孩示意要下車，「跟我來。」

男孩一臉祈求，望著他的士兵好友。

「小伙子，最好還是趕快過去，」士兵挺直身軀，「我會在這裡等你。」

男孩爬過座位，下了吉普車。也不知道為什麼，他產生一股異常的恐懼感，甚至比那些男人強暴並殺害他母親與妹妹的時候更驚恐。

他強忍懼意，雙眼盈滿淚水，他仔細閱讀士兵胸前的綠色帆布姓名徽章，他看不懂那些字母的意思，但是那字形卻烙印在他的腦海之中，他知道自己這一輩子都會記住他的朋友，只是，不知道這一輩子能撐多久。

第四天

二〇一五年五月十四日星期四

33

洛蒂走路上班，而不是選擇開車，她想要在失眠一夜之後釐清思緒，但完全沒有用。與自己的案情偵查小組開過晨會之後，她向克禮根警司進行簡報，提供他等一下開記者會所需要的資訊。她很慶幸目前依然是由他面對媒體，因為她還不想馬上與卡賀爾．莫洛尼打交道。

「探長，妳沒有什麼資料，對吧？」克禮根看著那張沒寫幾句話的紙，嗤之以鼻，「有沒有證據顯示這具屍體可能是失蹤的梅芙．菲利普斯？」

「長官，沒有證據，我想不是她。」

「妳應該要把這個失蹤人口檔案交給另一個小組，這樣才能專心找出受害者的身分，畢竟，妳是最資深的警官。」

她心想，不要跟我講那些我早就知道的事。「長官，這個失蹤人口的案子，我會再多留個幾天。」

「幾天之後，就給我交出去，我要向媒體公布照片。」

「梅芙．菲利普斯的照片？」

「不是，我要公布受害死者的照片。我剛剛不是說了嗎？我們必須要知道她是誰。就我看來，妳現在毫無進展，媽的害我根本沒有任何資料可以提供給媒體。」

洛蒂也不得不同意他的說法，「是，長官。」

當她進入通往自己辦公室的走廊時，她一心只惦記著那個有鼻釘的黑髮女孩，梅芙・菲利普斯。

她回到辦公桌前，發現了梅芙筆記型電腦的分析報告。沒有發現任何異常情況，以Word程式撰寫的英文文章，還有以Excel處理的數學作業，這台筆記型電腦並沒有連上網路，想必梅芙一定是用手機上網。洛蒂心想，她的手機在哪裡？

「克爾比，我們有沒有梅芙・菲利普斯手機下落的線索？」

克爾比從他的電腦前抬頭，「得花一陣子，因為是關機狀態。我等一下會編出一些謊言，看看會有什麼結果。」

「她在都柏林的那些朋友呢？有沒有說什麼？」

「我請總部的某位同事全部查訪過了，都是正常小孩，但是他們已經許久不曾與她聯絡。」

「所以這條線就斷了。學校那邊怎麼樣？」

「大家一整個星期都沒看到她的人。校長曾經打電話給她媽媽，這個蠢賤人似乎是不知道自己女兒失蹤。」

「不需要罵人。崔西・菲利普斯有酗酒問題，我不確定你知不知道，但酗酒是一種疾病。」

「老大，抱歉。」克爾比低頭，繼續工作。

洛蒂才不會就這麼輕易放過他。

「找到傑米・麥克納利了嗎？」這個問題讓她想到了波伊德。他早上去哪裡了？也許潔姬終於跟他重修舊好。

「他躲起來了。我們發現他上週三有入境紀錄，之後什麼都沒有。有人發現潔姬・波伊德出現在鎮上，但就是沒有麥克納利。」

「他絕對不會放任潔姬一個人在拉格慕林自由活動，一定在附近，繼續追。」

「馬上處理。」克爾比起身，手裡拿著馬克杯，抖個不停。

「昨晚喝得很兇？」

「可以這麼說。」

「你知道波伊德在哪裡嗎？」

克爾比搖頭，不發一語地溜出門外。

洛蒂舉高雙臂朝天，「這裡到底是怎麼一回事？」

林區抬頭，「想必是因為天氣熱的關係。」

洛蒂打開電子郵件，點開受害女子的驗屍報告，再次仔細閱讀。妳是誰？為什麼沒有人通報妳失蹤了？為什麼兇手要清洗妳的槍傷處？

她詢問林區，「DNA 檢測結果回來了嗎？」

「還沒有。鑑識小組在威爾的牆面裡沒有找到任何一顆子彈，所以開槍的人一定是把子彈帶走了。」

「或者，留在受害者的體內。如若不然，一定有原因。」

「是不是有人在射殺田鼠？也許是鮑伯．威爾自己開的槍。」

「妳真認為如果是他的話，當初他會打電話報警嗎？他不喜歡我們妨礙他做生意。」

「妳說的沒錯，」林區說道：「妳收到了米莫莎那女孩的信之後，還有採取其他行動嗎？」

「自此之後，她就再也沒有和我聯絡。也許當初她只是隨便按門鈴賭運氣。」現在洛蒂想起了這件事，對於自己一直沒放在心上而產生了不安感，「不知道現在她人在哪裡？」

「還有，她跟誰在一起？」

「很可能是當天在我家那條路盡頭等待她的那個女孩，非常神秘。」洛蒂在轉筆，想到了那個星期一早晨的畫面，自從那天之後，出了好多事。

林區說道：「我想知道的是為什麼她會去找妳。」

「我不知道，但有點離奇的是，那封信的語言是阿爾巴尼亞文，而發現屍體的人來自科索沃，阿爾巴尼亞文不正是那國家的官方語言嗎？」

洛蒂大聲說出來之後，讓她陷入沉思，她覺得自己的胃開始翻攪，她說道：「也許我應該再找安德烈．佩托夫奇談一談。」

林區說道：「也許當初妳找他看那封信就不對了……」

「也許妳的工作還不夠多。」

「很多，謝謝。」

「那就趕快上工，讓我忙我自己的事。」

「我只是要說……」

「不要再說了，林區。」

洛蒂把椅子往後推，拿起自己的包包，走出辦公室，以免等一下講出被人視為冒犯的話語。

34

米莫莎起身下床，緩緩走向洗臉盆，她拉開窗簾，讓光線透入房內。有一道阻擋視線的磚牆，距離窗戶大約一英尺。她低頭下望，太高了，沒辦法跳下去，反正這樣的間距也太窄了。

她拿濕布擦去雙腿之間乾掉的精液。為什麼這個地方允許無防護性行為？她覺得，對於那些落魄老人和生嫩年輕人來說，不想戴套，或是在射精前來不及戴套，應該是最主要的誘因吧。

她在衣櫃裡找尋乾淨的內衣，瞄到了昨晚撿到的那名男子的皮夾。她拿出來，打開，以顫抖手指飛快算錢。不到一百歐元的現鈔，銀行提款卡，還有某個證件徽章。她緩緩閱讀字句，驚訝睜大雙眼。警探馬克・波伊德。她的英文不好，但她很確定那幾個字的意思表示他是警察。

要是當初她知道他的身分就好了。他是否會回來找皮夾？希望如此。米莫莎知道這名警探可能是她逃脫囚禁的唯一路徑。尤其，那女警似乎對於她的字條完全沒有採取任何行動，

她得在他回來之前想出辦法。她知道只要他想起自己在哪裡掉了皮夾，一定會回來尋找。可能會等到天黑之後吧，這樣一來就不會被別人看到，當然，如果他肩負官方任務回來這裡，那就另當別論。

她可以在皮夾裡夾字條嗎？但要用什麼當筆呢？而且要寫在什麼上面？她發現小型儲物櫃上面有一些化妝品，眼線筆就可以了。她打開蓋子，為了確定是否行得通，她在掌心畫了一條黑

線。她坐在床上，盯著沉甸甸的窗簾，太厚重了。不過，她的床單是白色純棉材質。

她站起來，這可能是她的唯一希望。不過他喝得爛醉，難道還會記得她嗎？她別無選擇，只能一試。

她拉下包墊的床單，咬住，以顫抖的手猛撕。她感覺到它破了口，聽到撕裂聲。她檢視自己手工傑作的時候，塵蟎在空中飄飛。裂口距離床單邊緣夠近，所以她從另一頭撕下了一小角。然後，她小心翼翼把床單尾巴包回床墊底部，希望沒有人會發現她的破壞痕跡。

她把那布條在床面攤平，拿起眼線筆，以母語寫字，因為她英文不好。完成之後，她不斷摺疊，一直摺到不能再摺為止，然後，塞進錢包，將它放在床下的地板。

她放眼環顧這個宛若墳墓的住所，默默祈禱這個波伊德警探能夠想起自己昨晚到了哪裡。她希望他有足夠的勇氣回來，這恐怕是她再見到兒子的唯一希望。

35

早晨的熱氣被一股怡人微風所取代，空中揚塵的數量也相當驚人。洛蒂以手掩住嘴巴，繞過柵欄，朝那名身穿黃色背心的男子走過去。

他在工地裡起身，站得直挺，以戴著手套的手抹額。他摘掉護目鏡，將安全帽微微向後推。他走出壕溝，「妳不能進來，危險。」

洛蒂希望自己的微笑也許可以消融一點他的敵意，不過，他依然緊抿雙唇，臉色很臭，靠。

「你看過了那封信，以阿爾巴尼亞文寫的那張字條，不知道是否想到其他的事？」

「沒有。」

「你確定你不知道裡面提到的那個女孩？卡爾翠娜？」她仔細端詳他的臉，等待對方做出反應。像大理石一樣，不動如山，連眼睛都沒有眨一下。凝視，沉默，只聽到蒼蠅在熱氣中不斷嗡鳴。

「安德烈，幫個忙好不好？」她希望自己的友善態度也許可以打動他。

「妳為什麼需要幫助？妳是警察，妳自己看啊。」

「我不懂阿爾巴尼亞文，但是你懂。」

「妳想要幹什麼？」

「四處探聽一下吧?問問你的人。」

「我的人?什麼意思?」

洛蒂努力擠出微笑,「我們認為你挖出的那具女屍是外國人。沒有人通報失蹤,我們也不知道她是誰。我們陷入困境。拜託,可以幫忙嗎?」

「沒辦法。」

「沒辦法?為什麼不行?」

「我又不是為妳工作。」他把頭盔往前推並放回額前,戴上護目鏡,又回到了壕溝裡面。

洛蒂揮手趕蒼蠅,離開工地,正當她打算要傳訊息給波伊德,叫他與她碰頭的時候,有封簡訊進來了,是丹恩・羅素。

探長,今天晚上七點,我會在灰狗體育館接妳,千萬不要忘了。

她嘆氣。要是與他見面,搞不好可以摸清他的路數。他到底想要做什麼?她發了封短訊,同意見面,然後匆匆趕回辦公室,本來想要吃頓早午餐的念頭全沒了。

她在電腦前努力挖掘羅素的資料,其實也沒比林區找到的多到哪裡去。服役三十年,晉身到指揮官,在二〇一〇年退役。在二〇一二年自行創業,開設了伍德雷克機構經營公司,似乎是漂亮的履歷。她關掉搜尋引擎,心想此人已經把她惹毛到全身不舒服,她不喜歡那種感覺。

她又再次懷疑羅素可能曾與亞當一起服役。當初她提問的時候,他迴避了她的問題,而網路上找不到任何資料,不過,羅素的海外服役日期似乎證實他們兩人曾在同一段時間待過科索沃,在北約麾下執行維和任務。她點入某篇有關科索沃衝突的文章。米莫莎是以阿爾巴尼亞文寫信，所以可能與這起案件有一點關聯。她不斷翻閱文章，逐一掃視，無法真正沉澱那些人類悲劇與謀殺慘案。

等到她終於抬頭的時候，已經是午餐時間，她浪費了一整個早上。她打電話給波伊德，他說跟她在卡費爾迪酒吧碰頭，她拿起包包。

她對林區說：「我去吃個午餐。」林區埋首在挨家挨戶的問案報告堆裡面，一無所獲。

波伊德站在卡費爾迪酒吧的吧台，叫了一個招牌三明治與雙人份的茶之後，才發現自己沒帶皮夾。

等到他回到他們在酒吧角落的小圓桌座位時，洛蒂問道：「你最後一次看到皮夾是什麼時候的事。」

每天早上，他穿衣服的時候，都會把皮夾塞入褲子口袋，他不記得早上是否有做出這個動作。

他低聲碎碎念，「都是克爾比害的……」他低頭望向那個填料滿溢出來的三明治，胃口盡失，而且腹部裡的東西全部湧上喉嚨。

「你還好嗎？」她問道：「你看起來不太舒服。我知道克爾比愛喝酒，但我沒想到你也是這樣，而且你早上翹班。」

「如果我需要被人教訓，我會去找我媽，真是謝謝妳啊。」

「你贏了。」

波伊德咬了三明治，靠著一大口茶吞下去。

洛蒂哈哈大笑，「你知道你需要什麼嗎？」

「不知道，但我有預感妳會告訴我。」

「解酒的酒啊。」

「這種事妳最懂了，是吧？」他不該說這種話，現在已經太遲了。

洛蒂把她的杯子重重放在碟子裡，起身，大步走向吧台。她聲音嘹亮，連坐在另一頭的波伊德都聽得到。

「達倫，你可以打包三明治嗎？我想帶回辦公室吃。」她把自己的銀行卡推過去，「就麻煩你一起算帳，因為我那位受人敬重的同事似乎不知道自己把皮夾放在哪裡。」

當達倫拿著洛蒂的卡片過卡付帳的時候，波伊德看到達倫對他眨眼。

她問道：「昨天晚上這裡是不是有人喝醉喧鬧？」

酒保含糊其辭，「哦，就是平常那些人啊。」

波伊德搖頭，雙眼後方冒出的疼痛害他臉色抽搐。

洛蒂拿了收據、自己的卡片，還有以錫箔紙包好的三明治。而波伊德再次摸遍了所有的口袋，最後小心翼翼從椅子起身。

「也許你應該要報案才是。」洛蒂丟下這句話之後，關了門，自己走到外頭，迎向正午熱氣。

波伊德知道她在懷疑他與克爾比昨晚不知道做了什麼。如果他真的有做什麼的話，絕對不能讓她知情，而他自己其實也想不太起來到底發生了什麼事。

他最好去找克爾比談一談，而且得盡快。

不過，首先他得要讓自己的頭休息一下。

酒保指向那個只咬了一口的三明治，「你的要不要也包一下？」

波伊德說道：「我覺得我今天沒辦法吃東西了。」

「希望你別介意我老實說，昨晚你們兩個的確是喝多了。」

「要是我還記得的話，我也會點頭附和。我會不會把錢包留在這裡了？」

「我昨天晚上負責清理，而且今天早上第一個到的人是我，沒有看到皮夾。你之後是不是去了『床』？」達倫指的是那間夜店。

「我也希望，」波伊德說道：「希望是自己的床。」

「最後離開的是你們兩個，所以我猜你應該是離開這裡之後掉的。也許是在計程車裡面？」

波伊德把頭貼住座椅的皮革，伸手遮擋從彩繪玻璃斜切而入的陽光。

「克爾比，你這個大混蛋……」他低聲咒罵，他已經恍然大悟，他們離開酒吧之後到底又去了哪裡，現在，他已經完全恢復了記憶。

那個大眼女孩拿走了他的錢包。

36

洛蒂在警局櫃檯的內門輸入密碼，遇到從樓梯下來的克爾比，瑪莉亞・林區也跟在後頭急忙現身。

「來吧，老大。」他抓住她的手肘，又帶她走出去。

「這是怎樣——」

「那些包商，他們又發現了另一具屍體，在可魯姆街。」

「怎麼可能？我今天早上還去了那裡。」她把自己的三明治丟在外面的垃圾桶，與克爾比、林區趕緊上車。

克爾比加速奔馳，還打開了警笛和閃燈。他們在主街逆向尖嘯前進，中午用餐的車潮陷入癱瘓。他繞過切片機，把車停在威爾的拆車場外面。

安德烈・佩托夫奇繞圈踱步，雙手不斷撫擦手臂，安全帽直接推到了大光頭後面。

洛蒂跳下車，立刻朝他奔去。當他抓住她的時候，她發覺他的手指深陷在她的臂肉裡。

他問道：「又是一具屍體，這到底是怎麼一回事？」

洛蒂避到圍欄旁邊，指示林區要讓佩托夫奇恢復平靜，而克爾比則呼叫支援，找來制服員警封鎖現場，留住這些包商工人，並且在屍體旁邊搭設帳篷。她瞄到波伊德從街道另一頭走來。等到他與她會合之後，兩人都戴上了防護手套，走向馬路中間的那塊空地。

蒼蠅嗡嗡旋飛。首先迎來的是臭氣。她倒抽一口氣，吸氣，鎮定之後低頭。

「天吶……」

波伊德說道：「又一名女子……」

洛蒂心想，他的臉色看起來比剛才更慘白。

她輕聲說道：「是啊。」

她蹲下來，凝視已經冒出水泡、到處有蛆在鑽洞的腐屍。

「死了好幾天。」

「是我們的失蹤女孩嗎？」波伊德問道：「梅芙·菲利普斯？」

「希望不是……」洛蒂輕聲細語，但她也沒有辦法可以確認。

她撥開一些黏土，發現這名死者的臉部似乎比第一名受害者的狀況更慘烈。黑髮，雙眼緊閉，眼瞼腫脹暴凸。雙唇被往後拉撐，露出了牙齒。死亡的時候在尖叫嗎？這是梅芙·菲利普斯嗎？鼻子上並沒有閃亮穿釘。希望是她嗎？抑或不是比較好？其實她也不知道。

底下的泥巴就厚重多了，波伊德幫忙撥開，露出了死者的衣物，但洛蒂知道其實他們應該要等待鑑識小組。

她說道：「看來那裡有一個子彈出口，就在正中央。」

「鑑識小組已經在路上了，」克爾比出現在她背後，「是菲爾普斯的女兒嗎？」

洛蒂仔細看了一下女孩的手，但沒有碰她，「我認為不是，看指甲就知道了。」

「很短，」波伊德說道：「都咬到底了。」

「一個有二十七瓶指甲油的女孩，不會亂啃指甲。」她說。

「如果連續幾天都處於壓力之下，那麼她也許已經不在乎指甲了。」

洛蒂說道：「同意。」

他們周邊的制服員警動作迅速，正在架設帳篷。

「她是怎麼進去地裡的？」波伊德伸手指向屍體，現在，已經有部分屍身露出來。

「她怎麼可能會把自己塞進去。」

「我知道，不過……」

「波伊德，夠了。」

洛蒂起身，轉頭，安德烈．佩托夫奇盯著她，他伸手擋額以阻卻陽光。他挖到了第二具屍體，純粹是倒霉？還是有其他原因？她要找出真相。

她告訴林區，「帶他去警局做筆錄。」

波伊德說道：「這一次一定有人看到了什麼？」

洛蒂張望四周，發現街道的某側正好是主街商店的後門入口。而右邊是威爾的拆車場，再過去一點，是小型公寓社區的大門入口。

「再次逐戶查訪，」她下令，「而且要清查是否有……」

「監視器，」克爾比打斷她，「是，老大。」

波伊德搓揉下巴，「糟糕，真的很糟糕。」

「波伊德，你每次的結論都是輕描淡寫。」

「我只是隨便講講。」

「這比糟糕還嚴重，這是慘絕人寰。」

「我知道，而且……」

「你怎麼不讓自己發揮一點功能呢？這樣也許可以讓你擺脫宿醉。關閉整個區域，進行封鎖，不准任何進出，只要能找到人就去問案。」

「可是……」

「我不要聽到如果、可是、還有而且，」洛蒂轉身面向他，「我們在威爾的拆車場那邊找到了彈孔與血跡，這裡埋了一具屍體，而我們根本連第一名受害者的身分都查不出來，更甭說嫌犯了，所以我不想聽到任何屁話。」

她邁步離去，根本不聽他的抗議之詞。

「帕克探長！給段聲明吧？」

洛蒂怒氣沖沖盯著全國電視台的社會線記者卡賀爾·莫洛尼，他站在警局台階上，而他的攝影師把鏡頭對準了她的臉。

「你是怎麼發現的？」她直接走到他面前，但立刻又因為對方的汗臭往後一縮，「我自己也才剛知道而已。」

莫洛尼露出困惑的神情，她立刻發現自己犯了錯，靠，她得要罵靠兩次。

他露出那種電死人的招牌笑容，「探長，聽說了什麼？」

「你在說什麼？」她想要轉移已經無法避免的話題。

「妳先告訴我，然後我就告訴妳。」

洛蒂從他旁邊擠過去，重步登上階梯，莫洛尼抓住她的手肘，把她往後拉。

「混蛋，」她說道：「關掉攝影機。」

莫洛尼遲疑了一會兒，點頭。攝影機關掉之後，他交疊雙臂，站在那裡等待。

洛蒂努力讓自己的字字句句維持平靜，「你要我對什麼發表聲明？」

「今天早上發布的那些照片，其中一名女孩死亡，另一名失蹤。」

現在她知道他要問的是什麼了，她不知道該怎麼把他導引到另外一個方向，讓他忘了她剛才脫口而出的事。

「我相信克禮根警司已經發布了完整新聞稿。」

「梅芙．菲利普斯不就是在逃要犯法蘭克．菲利普斯的女兒嗎？她的失蹤案是否與組織犯罪有關？」

「這裡又不是貧民窟。」

「但是菲利普斯的家人住在這裡。他女兒的失蹤案是否與週一尋獲的那起受害者屍體有任何關聯？」

洛蒂想要從他身邊擠過去，但他動也不動。

他態度堅定，「拉格慕林現在臭名遠播，是吧？」

「莫洛尼，要是你膽敢發布新聞，亂講這座城鎮的任何壞話，我自己一定會打斷你那一口明星白牙。」她推開他的肩膀，匆匆走上階梯。

莫洛尼跟在她後面，「洛蒂，幾分鐘之前妳是怎麼說的？妳問我怎麼會這麼快就知道消息。」

她轉身，伸出手指戳他的胸膛，「不准你再叫我洛蒂。在你的面前，我就是帕克探長。還有，你可以發揮你的好奇本領四處探問，自己找答案。」

她衝進警局，本想要重重摔門，但它已經悄悄滑移緊閉，她連發洩的機會都沒有。

洛蒂坐在辦公桌前，雙手爬梳頭髮，狀況逐漸失控。要從哪裡開始？從安德烈・佩托夫奇開始著手，應該可行。

她的手機發出震動，看到克洛伊的名字在閃動，她接了電話。

「臉書上面到處都是梅芙的照片，學校每一個人都在討論她。」

「有誰可能知道她的行蹤嗎？」

「女生們把她講得很難聽，但千萬不要相信妳聽到的那些話，梅芙不是那樣的人，她的家庭生活很不幸。」

「她們說了什麼樣的事？」

「說她是妓女啊什麼的。」

「所以沒有人講出有用線索？」

「沒有。我已經仔細查看過她臉書的朋友名單，完全看不出有誰可能是這個男友。」

「我們會想辦法查出來。凱特早上還好嗎？」

「跟平常一樣，全身帶刺。」

洛蒂微笑，「先說再見了。回家的時候要好好念書，距離考試也剩下沒多少時間了，六月馬上就要到來。」

「天吶，妳一定要這樣嗎？」

「什麼？」

「一直提醒我這件事，我不需要妳施加額外的壓力。」

當克洛伊掛斷電話的那一刻，洛蒂盯著自己的手機，看看她剛剛做了什麼。不過，此時此刻，她得操心的事已經夠多了，沒辦法擔憂克洛伊的怒氣。除了第一起命案之外，又出現了一起謀殺案，而且完全找不到嫌犯。除此之外，還有個女孩人間蒸發。

她瞄了一下梅芙・菲利普斯的照片，並不覺得最近那一具馬路裡的屍體是她，所以她到底在哪裡？第二具年輕女屍又是什麼人？第一具呢？還有，為什麼她們會成為兇手的目標？

她的桌機響了，是值班員警。

「安德烈・佩托夫奇在一號問訊室。」

37

波伊德、林區和克爾比依然待在現場，洛蒂強逼某個比較聰明的制服員警嘉達・吉莉安・歐唐諾坐在她旁邊。等到錄製設備就緒、標準程序結束之後，率先開口的是安德烈・佩托夫奇

「在我的祖國，這種事太多了，我不想在這裡看到，你們懂嗎？」

「對，但奇怪的是你發現了兩具屍體。你自己不覺得很詭異嗎？」

「又不是我的錯。我在這裡工作，我就是做這些事。挖掘，填土，不斷工作。」

他無精打采，聳了一下壯碩的肩膀，洛蒂忍不住心想，雖然他的個頭這麼高大，但似乎還是很孩子氣。「探長，這些女人是誰？」

「佩托夫奇先生，你知道嗎？」

「抱歉，我不知道。妳是警察，妳知道吧？」

洛蒂的手機在震動，又是克洛伊，她沒有理會。然後她想起來自己手機裡有梅芙的照片。她點開之後，把手機推向桌子的另一頭，送到佩托夫奇的面前，她全程緊盯他的面部表情。

他嚥口水，起身，顯然全身顫抖，「拜託，我要走了，就是現在。」

「坐下來，」她終於引出他的反應，「你認識她嗎？」

「不，妳不懂，我要走了。」

「別這樣，」洛蒂覺得自己快要挖出什麼了，「你是怎麼認識她的？在哪裡見到她？」

「不認識。她也是其中之一嗎？地底的屍體？」

「你明明認得她，跟我講清楚。」

他雙肩陡然一沉，十指鎖纏在一起，低頭，她聽到他的反光背心因為他的吐納起伏而發出了微動聲響。

「她是誰？」他的聲音壓得好低，幾乎聽不見，「照片裡的那個人，妳認識嗎？」

「我知道她是誰，」洛蒂說道：「你對她的了解呢？又是什麼？」

他搖頭，彷彿這樣的舉動可以驅散他腦中的某種惡魔，他不發一語。

「安德烈，告訴我吧，她在哪裡？」

他抬頭，洛蒂努力想要看透他雙眼深處，閱讀裡面的刻痕。而她看到的只是穿透表面而出的痛苦。安德烈．佩托夫奇到底怎麼了？他對梅芙做了什麼？她的腹底有一股怒氣正在慢慢沸騰，她的同情心也慢慢冷卻了下來。

「我什麼都不知道。」他鬆開拳頭，雙臂交疊胸前。

洛蒂深吸一口氣，擺出假笑，「你剛剛說你在自己國家看到很多死屍，跟我說一下狀況。」

她想要靠著轉移話題、不再討論梅芙，殺他個措手不及，但她運氣欠佳。

「探長，我在埋設輸水管，挖路，我發現了屍體，不是我埋的，我沒有殺人。拜託，我現在可以走了嗎？」

洛蒂很堅持，「你到底知道什麼，先告訴我。」

「我什麼都不知道。」

「不，你明明知道。梅芙是不是有危險？你對她做了什麼？」靠，她不小心就把女孩的名字說出來了。她心想，其實沒差，媒體已經公布了。

他交疊雙臂，「你不讓我走，就讓我找律師。」說完之後，他的嘴緊抿成一條細線。

洛蒂沉重嘆氣，她只有臆測，並沒有證據顯示他真的做了什麼。他們仍然在等待他的DNA採樣結果。她可以拘留他，指派一名律師。然後呢？花了幾個小時，一事無成。

她打死不退又追問了五分鐘，什麼都沒有，他不肯講話，她沒有任何籌碼可以留下他。

她做出決定，開口說道：「你可以走了。」

嘉達．歐唐納關掉錄影設備，密封碟片。佩托夫奇放下雙臂，起身，不發一語走出問訊室。當他離開的時候，洛蒂心想，不知道他是否真的認識梅芙．菲利普斯？他似乎是認得她的照片，也許是看到了社群媒體的警示訊息，或者，他就是那個隱形男友？他應該將近三十歲，而梅芙只有十七歲。到底該怎樣才能讓他承認一切？

她讓歐唐納放手處理數位與書面報告，自己衝到辦公室，抓起包包，跑下樓梯，離開了警局。

克洛伊盯著手機，不可置信，她媽媽不肯接她的電話。她剛剛下定決心要和盤托出，本來覺得以電話講出口會比面對面容易多了。

現在，她決定什麼都不要告訴她，絕對不透露任何一個字。她要自己處理。現在，只需要喚回她的神奇解癮劑。

38

波伊德真的受夠了洛蒂．帕克。他花了一整個下午的時間，忙著轉移城鎮中可魯姆街地區商家的抨擊，而她卻沒有膽量回到現場，就連珍．多爾也想知道她跑去哪裡了。至少，屍體現在正送往圖拉摩爾，鑑識小組正在現場忙進忙出。

他在那棟有大門的公寓區外頭追上克爾比，開口問道：「逐戶查訪狀況如何？」

克爾比抹去額頭的汗水，「在家的住戶並不多，所以我必須等一下與制服員警繼續追案。還有，這痛風快把我害死了。」他指了指自己的腳，「你那裡怎麼樣？」

「剛剛結束，現在得看看能否找回皮夾。」

波伊德沒等克爾比講出其他的悲慘故事，直接過街。他跨越了橫跨鐵路的人行步橋，過馬路，走過通向拉格慕林畸形地景的新運河橋。席爾角公寓區。他心想，如果想找地方開妓院，找這裡準沒錯。

這些建物在白天看起來顯得更加無趣，但波伊德對於昨晚的情景其實記得的也不多。紅磚出現發霉的白紋，六層公寓的每一個住戶都有超大尺寸的天線碟從窗戶冒出來，通往大門的石階有尿漬。他彷彿想要確定自己沒發瘋，再次拍了拍全身口袋，真的沒有皮夾。

他按電鈴，焦心張望四周，希望不要被別人看到。不過，爸媽們正忙著把小孩從托兒所接回來，衣裝破舊的購物民眾吃力帶著購物袋穿過鋪面街區。他們真的不知道自家附近有什麼狀況嗎？他把下巴壓在胸前，又按了一次電鈴。

對方講了一串外國話之後才開門。波伊德盯著那女子，心想不知昨晚曾經見過她嗎？他連究竟是不是這裡都不確定了。克爾比告訴過他，是第二區的五號公寓。

「抱歉，」他露出自己最真誠的笑容，「我想我昨天晚上在這裡掉了皮夾，不知道妳或是其他女孩有沒有看到？」

「哼！」

那女子交叉雙臂，放在黑色T恤的鬆垮乳房下方，太緊繃的牛仔褲，搭配深褐色靴子。她的年紀從五十歲到一百歲都有可能，一頭黑色長髮框住了下垂的一坨坨臉部白色贅肉。波伊德真的在打哆嗦。他當初到底在想什麼？居然讓克爾比帶他來這種地方？他在心中暗暗咒罵，克爾比，去你的。

那女子從頭到尾打量他，「你是和那個胖子一起來的嗎？是不是？」低沉嘶啞的嗓音，應該是一天抽一百根菸吧。

「對，」波伊德說道：「我想是過了十二點之後吧，有看到我的皮夾嗎？」

然後，她哈哈大笑，胸脯在T恤的針織直紋裡面抖動，頰肉晃個不停。

等到那喉音咯咯笑聲終於停止之後，她回道：「沒有皮夾，抱歉。」

「可以拜託妳再找找看嗎？」

「這裡沒有。」

波伊德往後瞄了一下，確定沒人在看，立刻抓住她手腕，把她拉到自己面前，

「我在警界工作，我要妳給我找錢包。」

「警察？哈！別嚇唬我。我拿那個給你老闆，你覺得怎麼樣？」她指向大門上方、某個布滿蜘蛛網角落的小型攝影機。

波伊德心想，我才不信那台機器能正常運作。不過，他還是放開了她的手，她搖搖頭，回頭走下階梯，沒有用。現在，他得要報失，申請全新的警證。他只盼望千萬不要落入壞人手中，後果不堪設想。

下到最後一階的時候，他轉身，「我要向上級舉報這個地方。」

那女子愣了一會兒，然後勾動手指示意他進去。門朝內開了一點隙縫，他趕緊又衝回去。

一進去之後，她立刻碰一聲關門。壁紙上那些栩栩如生的花朵正在對他吼叫。他心想，天吶，我到底是為什麼會來到這種地方？在狹窄的走廊裡，那女人從他身邊擠過去，他碰到了她的皮膚，害他縮了一下。她打開某扇門，把他帶入小房間。破舊的沙發，小咖啡桌桌面散落的是通常被放在書報攤最上層的那種刊物。

「等等。」她關上了門。

他別無選擇了。

「賤人！他的皮夾在哪裡？」

米莫莎聳肩，盯著那個自稱是安雅的女子。她整個人縮在枕頭裡，把膝蓋蜷縮在下巴之下，以手臂環抱雙腿。她必須在這女人面前裝無辜，否則她可能再也見不到她的兒子了。她不能讓安雅知道她找到了錢包，不然她可能會檢查。最好還是讓她自己發現。

「又高又瘦的男人，昨晚待在這裡，是個警察，丟了錢包。我問過其他女孩，她們沒有看到他，妳有沒有看到他？」

米莫莎搖頭。

安雅抓住她的手臂，「我的那些女孩，什麼沒看到。妳，眼睛這麼大，我知道妳一定看到了什麼。」

她放開米莫莎的臂膀，翻開床單，抽走她後面的枕頭，賞了她後腦勺一巴掌。當安雅揪住她頭髮、把她拖到地上的時候，米莫莎死閉著雙眼。那女人翻床墊，什麼都沒找到。她蹲下來，盯著床舖底下。

她尖叫，「哈！」

米莫莎屏住呼吸，盯著安雅打開錢包。她默默祈禱，那張隱藏的字條千萬不要被安雅發現。米莫莎盯著安雅抽出一張五十歐元的鈔票，然後把它夾在兩乳之間，她似乎心滿意足，合上皮夾之後，離開房間。

米莫莎開始祈禱，祈禱那位瘦高男警會幫助她。

「你今天真是走運。」

那女人在波伊德面前揮舞黑色皮夾。當他伸手要拿的時候，一度以為她會把它奪走，不過，她的確交出了她的獎品。他檢查確認自己的證件還在裡面，然後就把錢包塞入口袋，發誓無論喝到多麼爛醉如泥，都不會再冒險踏入妓院。

到了外面，他正好抬頭瞄了一下那些窗戶，窗簾全拉上了。雖然它散發活力，但說它是一座廢棄建物也不為過。他想起那個眼眸流露懇求的可憐年輕女孩，一股悲傷湧上心頭，而沒多久之前，他明明還感到憤怒。他在涼爽夜風中走向人行步橋的時候，很好奇她的故事到底是什麼。他知道他還有很多事得忙，沒辦法擔心她，不過，他覺得聯絡一下在掃黃小組工作的某些人應該是合適的舉措，對，接下來他就會這麼處理。

一開始的時候，洛蒂完全看不到佩托夫奇。

她擔心自己跟丟了，決定左轉走向運河，立刻就看到了他的黃色反光背心。她立刻開始狂奔，等到她到達丘頂的時候，他正沿著運河步道穿越櫻花樹下，幾乎已經到了城鎮的主橋，她知道他住在席爾角，而且他似乎就是要前往那裡。

微風揚起讓她心情大好，她趕忙前行，每一步都在追趕那個高大的外國人。他一直不曾回頭，所以她很確定他並沒有注意到她。她在老石橋下方等了一會兒，先讓他通過上方的人行步橋，確定他的確是要回家。她不記得確切的區域或是公寓號碼，所以她以快速撥號方式找林區。然後，她以肩膀夾住手機，盡量佯裝若無其事繼續走路，不要讓佩托夫奇脫離自己的視線範圍。林區念出完整地址的時候，洛蒂一直往前走。等到她把手機收好的時候，佩托夫奇已經不見蹤影。她突然無法呼吸，他跑到哪裡了？

就在那一刻，她看到了波伊德。

他轉彎，穿過幾公尺之外的某個圓石廣場。洛蒂躲到了水泥階梯後面，她也不知道自己為什麼要這樣做。波伊德腳步匆匆，正準備離開安德烈．佩托夫奇所居住的區域。

她應該站出來質問他到底在做什麼，應該直接丟出這種話，「嗨，想也知道會在這裡見到你。」但她沒有這麼做。他低著頭走過去，似乎若有所思，而她仍然躲在那裡動也不動。

洛蒂挺直身體，整個人愣住了。她的背後有人嗎？她覺得有一陣風吹過頸項。她屏住呼吸，閉上雙眼。她全身顫抖不止，雙手劇烈晃搖，汗珠沿著她的鼻樑流了下來，她動了一下鼻子把它甩開。經過了感覺像是好幾分鐘之久的幾秒鐘之後，她轉身，沒有人。

她四處張望，附近沒有人，也沒有人奔逃，這是出於她的幻覺嗎？就在那幾秒鐘之間，要跟蹤佩托夫奇的動機全都消散無蹤。

她離開自己的躲藏處，為了要看得更清楚而走上階梯。她發現席爾角距離威爾的拆車廠非常近。她掃視報廢車輛的堆疊高度，心想真是個藏屍身的好地點。既然整個區域都被封鎖了，一般民眾不得進入，她心一橫，再次搜查所有的金屬碎片也沒差了，只不過這次要搜個徹底。

如果佩托夫奇現在已經回到自己的公寓，那麼洛蒂知道自己無權敲他的門、搜索他家，不過，她會緊盯著他。

她回到警局，想知道波伊德的狀況。他是否比她先一步地已經將佩托夫奇鎖定為頭號嫌犯？還是他的前妻潔姬就住在附近？洛蒂認為很可能是後者，她打算要來問個清楚。

39

波伊德把自己的外套丟在椅背上，「找到了。」

「你的皮夾嗎？」克爾比問道：「你回去那裡？白癡啊。」

「不要跟我講話。」波伊德開始整理他辦公桌上面的文件，「可魯姆街區居民那裡有沒有任何線索？」

沒有回應。

「天吶，克爾比，講啊。」

克爾比搔抓皮膚，「你叫我不要跟你講話啊！反正，在那一區的正門，正好有一間公寓的牆面上裝設了攝影機，我等一下會回去看看住戶是否在家，可能會有線索。」

「前提是機器還能用。是誰住在那裡？」

「威利．『巴茲』．佛林，以前在地方報工作的退休人士，至少也八十歲了。」

「巴茲．佛林？他裝監視器要幹什麼？」

「他老是被搶，好幾年前我建議他弄一台小攝影機。」

波伊德說道：「很好，我們可以先休息一下。」

克爾比轉動椅子，發出濃重呼吸聲，「要不要來杯啤酒？」

「我說的不是那種休息……哎，當我沒說。」波伊德關了電腦，拿起礦泉水瓶，喝了一大口。

「一杯啤酒就好。」

「不，永遠不要，反正我不跟你喝了。」波伊德喝光了水，捏爛瓶子，把蓋子蓋回去之後，丟入回收垃圾桶。

「你不要這麼雞歪，」克爾比把腳塞回涼鞋裡，彎身扣好鞋帶，「你找回了皮夾，還要抱怨什麼？」

「那個地方，我們離開酒吧之後去的那個地方。我們應該是要過去突襲，而不是去當恩客。幹，害我覺得自己跟人渣一樣。」

「自己討生活，也幫助別人討生活，這是我的信條。」

「這樣很不應該。」

「你是要怎麼處理？通報掃黃小組？國家移民署？」

波伊德愣住了，陷入沉思。

克爾比開口，「拉格慕林還有比小妓院更大尾的魚在等我們痛宰。愛爾蘭每座城鎮都有妓院，當局要追殺的是鯊魚，而不是米諾魚。」說完之後，他彎腰搓揉疼透的腳。

波伊德起身，把椅子重推撞桌，然後走到外面。他回頭顧盼，覺得克爾比是警界的惡例。但話說回來，他自己不是也一樣卑劣嗎？他沒有睡那女孩，但她的憂鬱目光一直讓他揮之不去。

他面對克爾比那個方向，最後一次搖搖頭，準備回家，希望可以在那裡得到一點平靜，擺脫一直死纏不休的宿醉。

40

洛蒂回到警局的時候，完全沒看到波伊德、克爾比或是林區的人影。她坐在辦公桌前，撰寫安德烈・佩托夫奇的問訊報告。那是她自己的思考與假設，以防晚上萬一哪裡出了亂子，到了早上她就記不得了，畢竟會發生什麼事很難說。嘉達・吉莉安・歐唐諾已經把一份訪談紀錄放在她桌上，洛蒂再次詳讀，認為佩托夫奇一定知道梅芙・菲利普斯的下落。

在回家之前，她又去看了一下案情偵查室裡的同仁，好幾名警探在講電話，沒有看到她自己的組員。

最新的女屍照已經釘在白板上面。面孔似乎腐化得相當嚴重，完全無助於辨識身分。洛蒂希望屍身也許可以給他們線索，知道她是誰，又是誰犯下這些殺人案，如果，是同一名兇手的話。當然，一定是這樣沒錯。會把屍體埋在馬路底下的變態會有幾個？她希望只有一個。也許珍・多爾有時間可以先驗這具屍體，洛蒂打電話向她詢問狀況。

「犯罪現場沒有什麼值得關注之處，」珍說道：「但是受害者背部中槍，子彈出口就在胸部下面。很遺憾，高溫加快了腐化速度，不過，我可以確定她的腹部、臀部及背部周邊有一道疤痕，與第一名受害者一樣。」

「啊！天吶，而子彈傷口也被清洗過了嗎？就像是第一名受害者一樣？」

「差不多。我會在明天早上進行驗屍，八點鐘，妳想要過來嗎？」

「我會到場，」洛蒂說道：「妳不能現在處理嗎？我半小時之內就可以趕過去。」

「沒辦法。說來真奇妙，我七點鐘有晚餐約會。」

洛蒂說道：「真為你開心。」靠，她完全忘了丹恩．羅素，她自己也與別人約了共進晚餐。她迅速看了一下自己的手錶，七點十五分，哦好吧，現在已經沒有時間了。「珍，明天早上見了，祝妳用餐愉快。」

洛蒂叫了兩名警探過來，指示他們要在早上再次搜查威爾的拆車場。

她抬頭望向白板。

出現洗淨的彈孔與傷疤的第二具屍體，難道也少了一顆腎臟？

「天吶，希望不要……」她低聲對自己說道，但她知道可能性很高。

離開的時候，她心想也許該打電話給羅素致歉，但隨即轉念，讓他的心七上八下，以這種態度對待他，可能更適合吧。

她走向灰狗體育場，看到丹恩．羅素坐在他的黑色奧迪房車裡面。他停在雙黃線上，引擎沒關。晚上有比賽，車流越來越塞。

她走過馬路，他搖下車窗。她蹲在車門旁邊，「工作耽誤了。」

「妳遲到了半小時，應該要打電話跟我講一聲。」

「我應該給你一張停車罰單。」

「明天吃晚餐呢？」

「老實說，你知道嗎？我現在真的很忙。我們又發現了另一具屍體，所以等事情告一段落之後，我再打電話給你。」

她起身，準備走人。

「另一具屍體？」他跟著重複，「太可怕了，我送妳回家。」

洛蒂心想，這也沒什麼大不了，她走到了另一頭的車門。車內的涼爽令人心曠神怡，這混帳真有錢。

「妳家在哪裡？」

她指向對面的那一棟房子，他迴轉，她告訴他該在哪裡停車。

「所以你們發現的這具屍體，是遭到謀殺嗎？」

「我無權多說。」

他雙眼直視前方，「有關這起案件，妳也要找我問案嗎？」

她不想給他任何線索，決定轉換話題。

「你提過你記得亞當，你有跟他共事過嗎？」

羅素讓引擎怠速運轉，「的確有，在海外的時候。」

車內一片寂靜。自從亞當過世之後，她就刻意疏遠亞當的軍中同僚，不過，也不知道為什麼，她懷疑丹恩．羅素不是亞當的朋友。

她說道：「再跟我多說一點。」

「何不明天找我？」

「為什麼要拖延？」

「妳應該要知道有關妳亡夫的某些事，很可能不想讓他人知道的事。不過，我現在不會說出口。」

她下車，「晚餐的事你就甭想了，我寧可餓死。」她狠狠甩關車門。

他搖下電動窗，「我真心覺得，妳要是不想聽我要說的那些事，絕對是大錯特錯。」

她斜靠在自家門口的外牆，望著他打檔離去。離開的時候沒有煞車尖鳴，也沒有揚起塵土。他緩緩離開，讓他的話語更添威嚇感。丹恩．羅素在耍她，玩的是某種變態遊戲，她不想參與。

不過，她很清楚，無論結果有多麼可怕，自己終究還是會去聆聽他到底要說些什麼。

外帶披薩大受歡迎，洛蒂總算在他們三人臉上看到了笑顏，但就只持續了幾分鐘而已。等到她清理完廚房，將母親白天晾在曬衣繩的衣服收好，已經超過九點鐘了。

「我要待在花園看一下我的電子郵件，有事就叫我。」她站在走廊，聆聽回應，他們低聲應好。

她端茶，加了一塊巧克力餅乾，坐在平台區的桌前，把平板電腦放在大腿上面，在依然明亮的天空中，已經可以看到月亮。她盡量讓自己忙個不停，這樣一來就不會想到羅素與他說的那些話。她現在關注的反而是可能也少了一顆腎臟的第二具女屍，她知道在法醫確認之前，猜測毫無意義可言。

空氣中瀰漫體育館的喇叭聲響，還加上割草機的低沉聲響與鳥兒在窩巢的啁啾互相應和。她環顧自家花園，真希望自己能有園藝天賦。靠著花朵、色彩，就可以煥然一新。以前都是亞當在照料，她沒有時間。尚恩呢？他忙著打電動，沒時間管這個，有時候他會割草，但都是她靠錢買通他幫忙。

她小口飲茶，點弄平版電腦，就是無法專心。亞當，要是她能夠多了解一點他在科索沃的那段時光就好了。那是他在一九九九年的軍旅地點，就在戰爭剛結束之後的事，他加入北約底下的國際先遣部隊，過了一年之後，他又回去那裡。兩次長旅，他很少提及那段過往。或者他曾經說過，但是她沒有專心聆聽。她驚覺當時的自己花太多時間工作與照顧兩個小孩，因而對於亞當的故事興趣缺缺。他第一次出發的時候，克洛伊還不到一歲，當時兩人為此吵得很凶，但他們需要錢，而亞當是具有百分百軍人魂的人，所以她當然不會妨礙他執行海外任務。

「媽！」

克洛伊站在後門，臉色煞白，嘴巴張得好大。

「怎麼了？」洛蒂跳起來衝過去，「妳還好吧？」

有個小男孩從克洛伊的膝後探頭出來。

洛蒂嚇了一大跳，睜大雙眼，差點無法呼吸。

克洛伊說道：「他站在大門口，只有他一個人，哭個不停。」

洛蒂蹲下來，把手伸到小男孩面前，「密勒特？」

他躲回她女兒的大腿後面。

「密勒特，親愛的，你在這裡做什麼？你媽媽呢？」

小男孩開始吸吮大拇指。破爛的兔寶寶不見了。他是怎麼來到這裡的？又是從哪裡來的？洛蒂的腦中塞滿了無數的問號，她抬頭望向克洛伊。

「妳有沒有看到別人？他是怎麼按電鈴的？」

「他敲門。」

「那一定有人跟在他身邊。妳有沒有看到？」

「我開門的時候沒有看到任何人，只有這個小傢伙。」

「確定嗎？」

克洛伊聳肩，舉起密勒特並抱入懷中，慢慢走回屋內。洛蒂抓起手機跟進去。

「都這麼晚了，」克洛伊問道：「妳要打給誰？」

洛蒂把牛奶倒入馬克杯，送到密勒特面前。他把臉轉向克洛伊的肩膀，不肯喝。

他只穿了髒兮兮的白色T恤與海軍藍色短褲，套在腳上的是白色軟鞋，沒有襪子。今晚的確暖和，但這樣的溫度還沒辦法讓衣著單薄的小孩在街上閒晃。

她應該要打給誰？時鐘顯示現在的時間是晚上九點十五分，必須要聯絡孩童與家庭局才是，不過，因為之前的某起事件，已經造成這個單位與警方之間互不信任。她不能把密勒特塞到陌生人的手裡。反正他母親很可能已經深陷危境，負傷躺在某處？死了嗎？米莫莎絕對不可能會放棄自己的兒子吧？

洛蒂迅速檢查了一下這孩子，沒有外顯的瘀血或傷口，沒有創傷，只有淚水。她握住他的小手，好柔軟的肌膚，卻少了絨毛玩具。

「密勒特，告訴我，你媽媽在哪裡？」

他盯著她，淚水簌簌流個不停，然後，又把他的大拇指伸入那宛若玫瑰花瓣的嘴中。他不可能會對她開口，他連她講什麼都聽不懂吧？他會講英語嗎？她不知道，靠。

他的髮絲裡夾有粉紅花瓣，她動作輕柔，為他清理乾淨，是櫻花。他是走路過來的嗎？那雙小白鞋髒兮兮。她仔細檢查那雙鞋，橡膠鞋底裡面卡了小石頭，她推斷是走路。是為了逃避什麼樣的人事物？她真希望他會講話，這孩子讓她的心都碎了。

凱特出現在廚房門口，臉色蒼白，「怎麼回事？」

洛蒂解釋之後，她的大女兒把密勒特抱入懷中，「他今晚睡這裡嗎？」

凱特的態度變得好開朗，洛蒂不假思索，做出了決定，「對，他睡這裡。」她不可能把這小孩交給社福機構，今晚不行，她之間曾經因為這麼做而惹上麻煩。

凱特摟住小男孩，「他可以睡在我房間。」克洛伊擺出臭臉。

「我幫他去拿條被子，等到早上的時候，我們再來處理。」洛蒂問道：「他跟妳睡沒問題嗎？」

凱特點點頭，「來吧，小不點。等一下我就帶你去看我的房間。哦，媽媽，他在發抖，好可憐。」

洛蒂摸了一下他的手臂，真的。

凱特把小男生緊緊抱在懷裡，輕撫他的背，他的頭挨在她肩上。

洛蒂說道：「我馬上就跟妳上去。」

她得要把這整件事想清楚。

她必須要找波伊德談一談。

克洛伊關上房門，整個人躺在床上伸懶腰，對於凱特把她推開、帶走小男孩的那種方式頗為生氣。

她想到了梅芙，不知道自己還能做什麼。她傳訊息給每一個認識梅芙的人，沒有任何一個人看到梅芙或是聽到她的消息。推特沒有新貼文，而完全沒有任何更新的臉書帳號，看起來好悲傷。

有一個人可能知道，但她很遲疑，不確定是否該與他聯絡，太冒險了嗎？對，沒錯，但話說回來，梅芙很可能有了麻煩。其實應該要先與母親談一談，但是她之前連電話都不接。

她坐直之後，開始點手機，趁還沒有改變心意之前，拍了一張自己腳趾的照片、以Snapchat傳給他。

他立刻回覆：跟我見面，公園，十分鐘之後。

41

電話直接轉到語音信箱。

「波伊德，媽的你給我趕快接手機。」洛蒂撂話之後就掛斷了。

密勒特躺在凱特的床上，她為他蓋被子，而女兒則躺在他的身邊，撫摸他的髮絲。終於，他閉上雙眼。洛蒂把他留在自己家裡，她希望自己做出了正確的舉動，她知道自己衷心為這孩子著想。她悄悄回到樓下，尚恩回頭玩他的電腦遊戲，她猜克洛伊應該是戴著耳機在念書，她的房間裡完全沒有任何聲響。

到了十點半的時候，她已經無法繼續忍耐下去，抓了自己的車鑰匙，前往波伊德的公寓，希望潔姬不在那裡。「就算在那裡又怎樣？」她自言自語，「我都是大人了，當然可以面對。」

「我不該過來的。」克洛伊一屁股坐在小孩遊樂區後面最遠端角落的長椅，她剛才趁母親在廚房打電話的時候，悄悄溜出來。

他從口袋裡掏出兩罐健怡可樂，對她說道：「別擔心。」

克洛伊挺直身體，打開了自己的那一罐，露出緊張微笑，「所以你知道梅芙在哪裡？」

他慢慢挨向她身邊，她整個人縮成一團。

「我又不會咬人。」

她回他，「我覺得這樣不太好。」

「為什麼不行？」

「我媽媽……」

「別再講妳媽媽了。」

克洛伊聳肩，「我很擔心梅芙，我覺得她要是離家出走或什麼的，應該會告訴你吧。」

「或什麼？比方說呢？」

「我知道她很喜歡你。」

「真的嗎？我倒是不這麼覺得。」

「也許我該走了。」她來回扭動易開罐的拉環，指甲裂開了。

現在他直接貼在她旁邊，「我想要和妳聊一聊……」

當他們的膝蓋碰觸在一起、他握起她的手的那一刻，克洛伊覺得心跳變得有點快。他開始碰她的手指，一根接著一根，連綿無盡，施力均勻地撫觸。

「只要你不要自爆是什麼持斧殺手就好。」她抽回自己的手，現在她才意識到周邊如此僻靜，就連樹梢鳥鳴都聽不到。

他怒氣沖沖，「不要開玩笑！」

她覺得她似乎看到一抹幽影垂落他的眼角，不過，當他再次抬頭的時候，他又露出微笑。

她說道：「我是認真的，我洗耳恭聽⓫。」

「耳朵？我的可愛美眉，妳又不是只有耳朵而已。」

克洛伊站起來，走到長椅旁的那棵樹旁，啜飲可樂。

「難道妳就不能安靜一下嗎？」

她停止踱步。

他站起來，「我唯一的要求，妳絕對不能向任何人透露我的事。」這段話的語氣相當嚴厲。

「你這話什麼意思？」

「關於我認識梅芙的事。」他走過去，站在她的面前。

「嗯。」克洛伊倒吸一口氣，聲音清晰可聞。現在，他把她嚇得半死。

「很好。」現在，他的雙肩終於放鬆下來。

「現在梅芙在哪裡？」她覺得樹皮劃破了她的單薄純棉T恤。

他聳肩，「她沒有告訴我，而且妳也不該讓任何人知道我們的事。」

「我什麼都不知道，又能說什麼。你找我來這裡，我以為你知道她的下落。」克洛伊不喜歡這樣繼續下去，她應該要離開才是，她從他手臂下方鑽過去。

太遲了。她發現他抓住她的頭髮，硬把她拉回來、貼在樹幹上。他伸手抬高她的下巴，嘴巴

⓫ 此處使用的片語是all ears，對方以字面意義進行調侃。

黏貼她的雙唇，逼得她無法繼續說話。淚水在她的眼角蓄積，當他硬把他的舌頭伸入她嘴內拚命狂吸、逼得她無法呼吸的那一刻，淚滴瞬間崩流而出。

她抬高膝蓋，使出所有氣力朝他的大腿之間踢下去，他後退大吼，「賤貨！」

「放開我！」她尖叫，拚命擺脫他那死抓不放的力道，「我媽媽知道我在這裡！」

「幹妳媽啦！」

克洛伊慘哭，開始狂奔。

他在她後面大叫，「賤貨，要是妳告訴別人，我一定會知道！」

她一路跑回家，家中的車道並沒有看到她媽媽的車。感謝老天的小小慈悲，她立刻奔上樓梯，進入自己的房間。

她拿出自己的利刃，懶得找下刀的完美地點，匆匆將銳利的那一面刺入手臂，拉向肘部，血液不斷滲流。她跪下來，脫去上衣與胸罩，將刀刃轉向乳房。她托高那一坨肉，以刀尖劃向肋骨，她緊咬牙關，壓抑那股要從喉間流瀉的尖叫聲。

她全身發抖上了床，把被子蓋住了頭。到處都是血，她也不管了。她需要感受那種痛苦的強度，每一次持刀狠戳，都是她活該。她自願去見他，而他卻完全沒有透露梅芙的事，他是不是對她做了什麼？

他雙眼之中的那種神色，害她恐懼至極。

與掩匿血跡斑斑的床單、千萬不能讓母親看見相比，這甚至更加可怖。

洛蒂在等待波伊德，她透過大門上半部的霧面玻璃頻頻張望，終於聽到他的飛輪聲響逐漸趨緩。

他打開門，「嗨，帕克女士，真是稀客，請進。」

「我得要找你談一談，出狀況了。」

波伊德走向小廚房，「直接說吧。」

洛蒂盯著他，「坐下來聽我說……」他身穿運動緊身褲，上半身什麼都沒穿，她看到了他胸膛的肌肉，以及在幾個月之前差點喪命的刀傷所留下的疤痕。

他拿出了小瓶礦泉水，「想必很重要。」

洛蒂想要喝點比較濃烈的東西，但還是接下了水瓶，扭開蓋子。

「沒錯，還有穿件衣服吧。」

波伊德哈哈大笑，但還是進入臥室，出來的時候已經套上了寬鬆的白色T恤。

他坐在她旁邊，「好，是什麼事讓妳這麼煩心？」

「那個男孩，密勒特，不久之前出現在我家門口。」

「誰？」

「星期一早上，跟著米莫莎來到我家的那個小孩，現在待在我家，差不多是晚上九點鐘的時候，他就直接在我家門口現身。」

「靠。現在他人在哪裡？」波伊德焦急得口沫飛濺，他的眼睛瞪得好大，「不，千萬別跟我說他還在妳家。」

她點點頭。

「妳還沒有聯絡孩童與家庭局？」

她不發一語。

「妳最好現在打電話給他們，」他態度堅持，「現在就打。」

洛蒂小口啜飲礦泉水，「現在這麼晚了，還有誰會在那裡？拜託，波伊德，實際一點好不好？我會在早上打電話給他們。」

他聳肩，「妳盼望他母親會回來找她，是不是？」

「搞不好她拋棄了他，」洛蒂嘆道：「啊，我不知道該怎麼想下去。」她放下水瓶，「我想要來點酒，你這裡有沒有紅酒？伏特加？就算啤酒也好？」其實她可以靠贊安諾解決，而她一直在努力戒斷，不願承認自己依賴奇怪的成癮物。

波伊德沒有理會她的要求，「那小男孩幾歲？趕快跟我多說一點。」

她嘆氣，「只有三、四歲。他敲門，克洛伊把他帶進來。我猜他是走路過來的，他的鞋子髒兮兮，頭髮裡還夾有櫻花花瓣。有人把他留在我家門口，但我不知道是誰，也不明白原因。」

「所以他媽媽在哪裡？」

「我要是知道就好了。他大哭，而且玩具兔寶寶也不在身邊。我覺得米莫莎出了事，而密勒特逃脫——溜走了。」

「不要這麼悲觀。他怎麼知道怎麼走到妳家？」

「就跟我之前說過的一樣，很可能是有人帶他過來，或者他記得路，自己走過來。」

「天色昏暗，我覺得他不記得路。」他咕嚕咕嚕地喝水，「有人通報他失蹤嗎？」

「我打電話給警局了，沒有紀錄，這一切都不太對勁。」

「我同意，而妳也不太對勁。為那男孩找到安置地點，就是今晚。」

「我沒辦法，今晚不行。」兩人之間突然湧現一股令人困倦的沉默，後來是她轉移話題。

「今天傍晚的時候，我稍微詢問了一下珍．多爾有關第二具女屍的事。」

「然後呢？」

「她會在一大早進行驗屍，不過，她說這具屍體與第一個女孩有類似的傷疤。」

「缺了一顆腎？」

「我猜是如此。不過，除非等到珍完成工作，否則我們也無法確定，狀況越來越可怕了。」

「天吶，有人潛伏在拉格慕林挖走我們的器官，然後射殺受害者，真是難以想像。」

「我知道。」洛蒂喝光了水，起身，「我該走了。」

波伊德以手擦拭桌上的潮濕戒指，她露出微笑。

「什麼事這麼好笑？」

「你啊。」

「妳能有這種反應，很好，因為等到克禮根警司發現妳把走失男孩留在自己家裡過夜的時候，我不會跟妳站在同一陣線。」

「是誰打算告密？」她走向門口，「你自己也知道那個單位的歷史，我可以讓他明瞭我的看法。對了，我本來打算要問你……」

電鈴響了。洛蒂瞄了一下時間，又望向波伊德。他聳肩以對，她開了門。

洛蒂開口，「嗨，潔姬。」

潔姬．波伊德冷笑，抽了一大口菸之後，把它扔向階梯，以高跟鞋鞋跟捻熄。身穿豹紋緊身褲的那雙長腿，硬是擠入門內。

洛蒂繞過她，前往自己的停車處。她本想問波伊德那天下午在席爾角做什麼，也許現在已經找到了那個未開口問題的答案。

42

這是他連續第二晚性侵她。不過，他並沒有擊垮她，不可能。也不知道為什麼，這只是更強化了她逃離地獄的決心。

等到他完事之後，他把她的雙手反綁在後，把她推入房間。梅芙摔地，肢體因為性侵而僵麻，頭部重創水泥地。那男人戴上了頭罩，但她早就已經看過了他的臉，她知道那是什麼意思。她在網路上看過這類綁架消息，萬萬沒想到自己也會成為統計數據中的其中之一。

「混蛋！」她大叫，「放我走！」

「小妞，妳今晚很恰，」他忙著穿回衣服，還不忘冷嘲熱諷，「當我把這個放在妳脖子下面的時候，妳就沒那麼勇敢，」他托住自己的陰莖，放進牛仔褲裡，「等到妳看到我的屠宰場的時候，就不會那麼勇敢了。」

「如果你要殺我，為什麼還不動手？你這個人渣！」她死盯著對方從針織布料隙縫透出的目光，「鬆開我的手，我要尿尿。」

「用尿桶啊。」

「去你的，去你的臭尿桶！」她對他吐口水，出腳亂踢。

他從牛仔褲後面取出一把刀，把它抵住她的下巴。

「你要對我做什麼？」她發出嗚咽，剛剛的蠻勇全部消失無蹤。

「過沒多久之後，妳就會知道，妳的時間也差不多到了。」

他轉身離開，狠狠關上了門。

梅芙躺在地面，頭部貼靠粗糙的混凝土，她發誓自己一定要活著出去。如果她母親沒有跟以往一樣喝到爛醉，現在一定已經發覺狀況不對勁。

但梅芙心中很清楚，崔西．菲利普斯一心只想到自己。

一記猛拳落在米莫莎的臉上，她發出尖叫。

名叫安雅的那個女人，正站在她的面前。又是一次痛毆，她被揪下床，整個人跌落在地。

「賤貨，站起來，現在給我離開。」

米莫莎跪地爬向敞開的門口。她的屁股被狠踹了一腳，害她整個人衝進狹小的走廊，有人伸出光亮的黑鞋推弄她的鼻子。她站起來，瞇起無瘀傷的眼睛，凝神緊盯暴牙男的面孔。

她發現自己被對方扭抱，還被毛毯蓋住了頭。他把她揹到肩頭上，直接扛下樓，出了大門，下階梯，她聽到汽車引擎的運轉聲。她被丟入後座，車子急彎，加速，她被拋到了車地板。

她開始胡思亂想，那個男警一定是發現了字條，開始四處詢問，嚇壞了那些綁架她的惡人。

她恍然大悟，一陣涼意襲來。現在，他們要把她換到他處，那男警就無法找到她。

她再也見不到自己的兒子了。

洛蒂敲了敲克洛伊的房門。她剛從波伊德家回來，覺得似乎聽到女兒在哭泣。

「走開，我要睡了。」

洛蒂在門口探頭探腦，「妳真的沒事嗎？」

「我很好。」

「好吧，寶貝晚安。」

「晚安。」

洛蒂關門，偷偷望向凱特的房間。小男孩縮成一團，而她女兒的手臂則輕輕放在他的身上。明天她會聯絡社福機構解決他的問題，她祈禱克禮根不會知道她把他留在家中過夜。

她對著尚恩緊閉的房門大喊：「不要再玩遊戲了。」

「再五分鐘就好。」

「明天還要上學啊。」

沒有回應。

她回到自己的房間，沒開燈就直接脫衣。穿上長版T恤，躺在床上，閉眼。有時候，她能做的就只是向她根本不信的上帝進行祈禱，千萬不要讓她的家人承受她在工作時所目睹的那些慘事。在珍．多爾的「死亡之家」，有兩名無名氏女孩以及一個未出生的寶寶躺在那裡，梅芙．菲利普斯依然不知去向，樓梯平台另一頭有個驚恐的小男孩睡著了，而她不知道他母親到底在哪裡。

還有，潔姬又回到了鎮上，伺機接近波伊德。

科索沃，一九九九年

就診所的標準來說，裡面不算是很乾淨。男孩心想，但畢竟發生過戰爭，他覺得一定是這個原因。

他跟著上尉進入旋轉門，走入狹窄廊道，盡頭有一道敞開的門。

「啊，謝謝你。」身穿白袍的男子從辦公桌後頭起身，與上尉熱情握手，「你從來就不會讓我失望。」

「醫生，先抽血檢查一下，看看他是否適合你的需求。小雞農場的那些人都看到他了，不能讓他消失，反正，目前還不行。」

男孩盯著醫生從某個不銹鋼盤裡取了針管，捏住他的手臂，等到某根靜脈浮起的時候，醫生插入針尖。男孩一直緊閉雙眼，等到管子拔出之後才睜開，裡面都是他的血。貼了繃帶之後，他舉高手肘。

上尉問道：「現在呢？」

「要等好幾天，到時候再帶他回來。」

這兩個男人互相握手，然後，男孩發現有人戳他的背，把他推到門外。

他在走廊與另一個男孩正面相迎，對方的年紀沒有比他大多少。大男孩舉起單腳貼牆，雙臂交叉胸前。大男孩斜看他，眨眼，放下手臂，把手舉到脖子前面，做出橫切一刀的動作。

上尉說道：「別擔心。」

但他的確很擔心。

他真的不想再看到這大男孩。

第五天

二〇一五年五月十五日星期五

43

他把她綁在床上，用繩索緊勒她的細瘦手腕，使得鮮血滲入了床被。米莫莎可以活動雙腿，但其他部分動彈不得。他站在窗邊，全身赤裸，手中夾著一根悶燒的香菸，

灰濛凍雨敲打玻璃，他似乎在凝望窗外烏雲密布的天空。

她強忍恐懼，開口問道：「你對密勒特做了什麼？」

暴牙男不斷逼問她有關她兒子的事，一整晚都是如此。他人呢？在哪裡？她叮囑他要做什麼？無情的折磨。不過，米莫莎已經對於他施加的肉體劇痛完全無感，差點要害她崩潰的是心中痛楚。密勒特不見了，而且他們不知道他的行蹤。

她好希望自己可以詢問莎拉，但他們會不會已經開始虐待她的小可愛？也許莎拉帶著他一起逃走了，她期待是這樣，只能緊緊抓住那一縷盼望。她哭個不停，她無法擦去淚水。

那男人轉身，準備要在菸灰缸裡面捻熄菸屁股，但似乎是臨時改變了主意。當他拿著紅亮的菸屁股，來到她的面前。她緊閉雙眼，這樣一來就什麼也看不到了，當他把香菸朝她柔嫩頰肉戳下去的時候，她失聲尖叫。

他咬牙切齒，發出咆哮，「妳兒子在哪裡？」

聽到外頭轟然雷響的時候，她暈過去了，痛苦的餘波穿透雙耳。

44

洛蒂在早晨六點三十分被大雷雨吵醒。三重閃電，之後是可怕爆雷巨響，讓她的臥房瞬間成了萬花筒的斑斕畫面。有個小孩在哭，就在她家的某個地方？什麼？

「天吶！」她想起來了，立刻跳下床，一堆枕頭與床被也跟著滾落而下，是密勒特。

她的房門開了，凱特衝進來，小男孩在她懷中尖叫。

她女兒的臉一片慘白，「媽，我該怎麼辦，他嚇壞了。」

「先幫他做早餐，」洛蒂說道：「過幾分鐘之後我就下去。」

她拖著沉重身軀進入淋浴間，迅速洗澡擦乾，想要找可以穿的衣服，但房內一片狼籍。

到了七點鐘的時候，密勒特已經可以乖乖吃玉米片。剛才那陣風暴似乎結束了，但依然在下雨。洛蒂瞄了一下時鐘，八點鐘在圖拉摩爾要驗屍，她趕得上嗎？

大門開了，蘿絲．費茲派翠克衝進來，透明塑膠雨衣不斷滴落雨水。她把一盒牛奶、包裝紙已經萎爛的吐司放在桌上，而凱特突然衝出廚房，上樓。

蘿絲的下巴朝那小男生點了一下，「這是誰啊？」

洛蒂心想，靠，她要怎麼跟自己的媽媽解釋密勒特的事？

「說來話長，跟工作有關。」

蘿絲雙臂交叉胸前，「妳這次又在搞什麼花樣？」

「沒事，我正在處理。」

「每次都這樣。」蘿絲帶刺的語調，劃破了空氣。

當蘿絲把牛奶放入冰箱的時候，洛蒂隨手揉了一下小男孩的頭髮，把他抱起來，放到自己的大腿上，準備把他帶到樓上給凱特。她開口說道：「我快遲到了，謝謝妳過來幫忙，要是沒有妳的話，我真的不知道該怎麼打理才好。不過，妳不需要這麼早過來。」她走向門口，「對了，穆塔太太有沒有提到菲利普斯那一家人的事？梅芙的父母？」

「只知道法蘭克在梅芙小時候去了西班牙，累積了大量的不義之財，然後就待在那裡了，」蘿絲說道：「留下崔西辛苦撫養女兒。好，把他交給我吧，可憐的小傢伙。在妳找到安置他的地方之前，就由我來負責照顧他。」

「真的可以嗎？」洛蒂把密勒特交過去，看到小男孩乖乖坐在她母親的大腿上面，讓她嚇了一大跳。「謝謝。」

「等一下我會拿吸塵器打掃一下，」蘿絲撫摸密勒特的頭髮，「妳上次打掃家裡是什麼時候的事了？」

洛蒂沒回答。其實，真的是好久以前的事了，她連自己把吸塵器放在哪裡都不知道。

洛蒂進入車內，打電話到警局，將小組會議的時間改為早上十點，在高速公路的飛濺水花中前行，她不知道自己能否在一天內搞定所有的必辦事項。

擋風玻璃的雨刷幾乎跟不上暴雨狂速。當她下高速公路的時候，手機響了，是克洛伊。

「我今天沒辦法去上學。」

車子好像遭到了雷擊。

「為什麼不行？覺得不舒服嗎？」

「我覺得我發燒了。」

「妳躺在床上休息吧。」洛蒂已經精神緊繃過頭，沒辦法和她爭辯，「要是需要什麼的話，有外婆在。」

「我知道，她拿著吸塵器到處跑，就像是騎著掃帚的女巫一樣。」

洛蒂哈哈大笑，所以母親找到了機器，「謝謝妳提供的畫面。」

「對了，」克洛伊說道：「不要忘了尚恩今天要去作心理治療。」

當洛蒂把車停放在「死亡之家」停車場的時候，心想日子似乎一點都不好過。

她在步道上狂跑，奔向大門，溫暖雨點急落臉龐，此時風勢再起，當然，她沒帶外套出門。

就算出動各種各樣的消毒水、抗菌液與噴霧，也無法掩蓋太平間的氣味。瓷磚與不鏽鋼房間都乾淨無菌，但最濃嗆的氣味是刺鼻的阿摩尼亞。

「還是不知道第一名受害者的身分？」珍問道：「懷孕的那個女孩？」

「對。」洛蒂拉緊外科口罩的套耳環繩，然後直接把長袍套在自己濕漉漉的衣服外面。「實在令人很挫折。要是我們能夠查出她的身分，就可以有個起點。結果，我們對她一無所知，無法著手調查，也沒有可以鎖定的嫌犯。」

「我覺得這一具屍體可能會害妳面臨相同的困境。關於科學與醫學專有名詞，我放在報告裡就好。她可能已經死了四天，由於天氣太熱，很難做出精確判斷，我之後會檢驗麗蠅與幼蟲。我覺得她的年紀應該是介於十八歲至二十五歲之間，初步看來，沒有找到任何的刺青或是足以供辨識的胎記。除了我跟妳提到的傷疤之外，她也有營養不良的問題。」

洛蒂站在相當後面的位置，讓珍與她的團隊可以好好工作。她專心凝視法醫對影音錄製器材詳述受害者的外衣細節，藍色純棉上衣，黑色打褶針織裙，沒穿褲襪，也沒有穿鞋。

珍仔細檢視上衣，找尋彈孔，「衣裝都很完整。」

受害者沒有穿胸罩，但是有身著廉價白色純棉內褲。

珍又補充了一句，「穿反了……」她的某名助手負責將衣物裝袋、上標籤。

「那混帳脫光她的衣服，對她開槍，然後又重新把衣服套在她身上，」洛蒂伸出戴著手套的手，狠捶另一手的掌心，「可否確定他有沒有清洗傷口？還有，看得出有性侵證據嗎？」

珍點點頭。

「我一有結果就會寄給妳。我知道妳一定會問，所以我就先說了，我也會檢查這名受害者身上是否有苔蘚。」

她翻動死者，讓屍體側身貼靠桌面。

「子彈直接貫穿。從背後進入，腹部穿出。顯然是已經被清洗過了。要是妳找到了犯罪現場，可能會發現子彈。」珍繼續檢視冒出水泡的皮膚。

洛蒂心想，要是爆裂的話，那麼他們就會被惡臭所淹沒，她發現自己一直屏住呼吸。

「有沒有可能是在威爾的拆車場中槍？」她的聲音從口罩後面冒出來。她提醒自己，雖然屍體是在附近被挖掘出來，但是他們並沒有在那裡找到子彈。

「我會將拆車場採集到的血液與這女孩的DNA進行比對，結果一出來就會通知妳。」

「謝謝。」洛蒂知道這種過程可能得耗時好幾個星期。

珍指向女孩某道從腹部延伸到左臀與背部的疤痕，「這與第一名受害者類似，我想等一下進行內剖的時候，一定也會看到她有顆腎臟遭到切除。」

「妳覺得是多久之前的事？」

「與另一個女孩相比，這個傷口比較新，就我看來，縫合技術很好，是專業外科手術。」

「殺死她的是醫生？」

「就我看來，動手術的人是個醫生，不然就是有受過醫學訓練，未必表示此人就是兇手。」

珍端詳受害者的大腿，「她是刺客。」

「刺客？」

「自殘的人，」珍繼續解釋，「大腿內側有撕裂傷。雖然屍身腐爛，但我還是可以看出舊傷疤。」

洛蒂緊盯著珍檢查整個屍身外部。當她托起受害者左乳的時候，她猶豫片刻，然後呼叫助理。

洛蒂伸長脖子，「那是什麼？」

「看起來乳房外側有一道很深的傷疤，也許是刀傷吧。」珍指向那道疤痕，然後又檢查另一側的乳房，「這裡也有，應該是自傷。」

「怎麼會有人對自己做出這樣的事？好可憐，她一定飽受折磨，想必會有親近的人知道這種狀況。」

珍回道：「要隱藏很容易。」

「但她的家人不會發現嗎？」

「恐怕連家人都沒有。」

洛蒂一臉愁容，搖頭。

珍說道：「有時候，人們控制情感煎熬的唯一方法，就是自己製造肉體之痛，某些案例甚至會引發自殺。不過，就我們已知的狀況看來，這個女孩是遭到謀殺。」

膽汁在洛蒂的喉嚨冒升，她得要離開這裡。

珍抬頭，握著手術刀，她開口問道：「妳還好嗎？」

「把妳的報告寄給我就是了。」洛蒂脫下長袍與手套，塞入垃圾桶。

珍回道：「沒問題，妳自己保重。」

洛蒂必須要放慢速度，不然她一定會立刻衝出門外。她怕的不是有形的傷疤，而是那些她無法面對的隱形疤痕。

她還沒打開警局大門，就已經聽到了騷動。

「妳來了！」崔西．菲利普斯從櫃檯衝到洛蒂前面，「我的梅芙呢？妳為什麼還沒有找到她？我擔心死了，她現在應該要回來了啊……」

「菲利普斯太太，崔西，」洛蒂抓住這女子的手肘，把她帶到長椅邊，「先坐一下。」

崔西掙脫她，然後雙手叉腰，「我不坐，我要我的女兒。」

「我們竭盡努力找尋她的下落，」洛蒂甩動髮絲的雨水，把T恤從濕透的牛仔褲裡拉出來擰乾。

「有嗎？那她人在哪裡？妳有問過我那個一無是處的老公嗎？他窩在龍蛇雜處的太陽海岸，應該要把他關起來才是。」

對方吐出的酒醉臭氣差點要讓洛蒂暈過去。

「跟我來，」她按下內門的密碼，進入一號問訊室，「崔西，拜託，坐下來。」

「我只希望妳找到我的梅芙。」崔西把她濕漉漉的布質手提包扔在桌面，自己坐下來，而洛蒂則拉了張椅子，調整角度，坐在對方的旁邊。

「我們想要聯絡妳先生，」她說道：「但一直找不到人。不過，我認為他與梅芙失蹤無關。」

她本來打算說些安慰的話，不過，她很好奇到底是什麼導致狀況突變。崔西．菲利普斯，這個過了五天才發現女兒失蹤的母親，現在卻處於歇斯底里邊緣。

崔西說道：「我知道的是不同版本……」

「妳知道什麼？」

崔西整個人癱在椅子上，雙手晃個不停，嘴唇顫抖，「我家昨晚有人找上門。」

「是妳的先生法蘭克？」一股沒洗澡的體臭飄來，洛蒂微微閃避。

「那混蛋根本不會離開他的日光躺椅或是無腦美眉，就算是女兒出事也一樣，絕對不可能。」她拉了一下自己的亂髮，「妳有沒有聽過傑米．麥克納利這個人？」

「我聽過，」雖然她緊張難安，但還是盡量保持不動聲色，「他來這裡找過妳？」

「有啊，就在我正準備要上床睡覺的時候，他像是報喪女妖一樣，在外頭猛敲窗戶。」

「妳是怎麼認識麥克納利的？」洛蒂問道：「他想要幹什麼？」

崔西陷入遲疑，「我……我不認識他，但是那個住在西班牙的沒用混混認識他。」

「繼續說下去。」

「我覺得他派麥克納利過來，是要詢問我家梅芙的事。」

「法蘭克派傑米．麥克納利過來，要找妳談梅芙的事？」

「妳到底要不要聽我講話？」

洛蒂聽到這個線索，陷入沉思。他們知道麥克納利已經在鎮上，但截至目前為止運氣不佳，一無所獲。現在，崔西對她講出了傑米．麥克納利與法蘭克．菲利普斯，以及她失蹤的女兒，三者的確有關聯。

「崔西，我們知道妳丈夫從事不法活動，而且妳也知情。」

「對，我知道他是罪犯，我對他恨之入骨。但我希望我女兒回來。她現在應該要回來了，如果……」

「如果怎樣？」

「沒事，我只是希望她回家。」

「法蘭克的那些行為是否與梅芙失蹤有關？」

崔西緩緩搖頭，「老實說，我不知道。」

洛蒂問：「麥克納利說了什麼？」現在崔西已經恢復了冷靜。

「那個人渣。一身黑西裝與領帶，擺出位高權重人士的樣子，好像什麼正經商人一樣。只不過他的頭髮抹了一大堆髮膠，甚至還綁了馬尾，噁心死了。他說……他說法蘭克叫他過來查看梅芙。」她緊抓洛蒂的手，「我女兒出了什麼事？」

「我向妳保證，我一定會查出真相。」洛蒂抽出她的手，思索是否要做正式筆錄。

崔西開始翻找包包，「抱歉，但我得要喝點酒。我一直想要戒，但是麥克納利把我嚇得半死。我原本以為梅芙只是逃家，但現在我什麼都不確定了。」

洛蒂心想，我懂那種感覺。

「妳覺得麥克納利是否知道梅芙的下落？或是覺得她被綁架了？」

「綁架？沒有。他只想要知道你們做了什麼，還有從屋內拿走了什麼東西。我很怕他，所以他一提出要求，我就讓他看了一下梅芙的房間。」

「之後他說了什麼？」

「他只說，『梅芙真像她老爸。』」

「他那句話是什麼意思？」

「根據他的說法，昂貴的品味。還記得妳很關注的那件藍色洋裝嗎？他把它拿走了。」

「天吶，他要做什麼？」

「我不知道，我甚至連梅芙從哪裡弄來那件洋裝的都不知道。」

洛蒂心想，靠，他們當初應該要帶走那件洋裝才是，媽的。為什麼麥克納利對那東西有興趣？

她端詳崔西．菲利普斯，全身顫抖，但臉上完全無淚。她開口說道：「其實妳跟我透露一切都不成問題，我保證除了我以及我同事之外，絕對不會有其他人知道。」

「妳這話是什麼意思？」

「有沒有什麼也許可以指引正確方向的線索，能讓我找到梅芙？還有妳沒有向我透露的秘密嗎？」

「探長，妳有子女吧？」

「對，我有。」

「老實說，妳真的了解他們的一切嗎？」

這個問題讓洛蒂沉思了好一會兒。

崔西說道：「我酗酒喝得很兇，這一點我承認。所以有關我女兒的事，有些是我不知道，還有的是我不想知道。但我很確定我的梅芙絕對不會離家出走。如果我是妳的話，我會努力找到那個混蛋老公，要是他不知道她的下落，他也一定認識哪個知道我女兒在哪裡的人。」

崔西離開之後，洛蒂衝向地下室，直奔更衣間。距離小組會議，只剩下五分鐘的準備時間。

她脫掉濕答答的T恤，找到了乾淨的衣物。穿好之後，走向門口。

她聽到房間的另一頭有人，真盼望大樓整修工程趕緊完工，這樣她就可以擁有一點隱私，不分性別的更衣室很不方便。

她的目光飄過去，波伊德開始解他的襯衫扣子。

她問道：「你在幹什麼？」她斜靠門邊，雙臂交叉胸前。她想起了昨晚潔姬出現在他家，他會不會告訴她這是怎麼一回事？應該不可能，而且她也不打算問。

波伊德穿上乾淨襯衫，「妳看不出來嗎？正好遇到大雨啊！」

「潔姬還好嗎？」她為什麼就不能閉嘴？

「我怎麼知道？」

「波伊德，她害你受了那麼多苦，我想你已經知道她不是你的菜。」

「妳現在是我的私人媒婆啊還是什麼？我娶她的時候，我就是喜歡這一味。還有，妳又知道我喜歡哪一種類型的人？」

他說的沒錯。她怎麼知道？但是她就是忍不住。

「我不希望看到你出醜。潔姬睜著那一雙無辜大眼回到了拉格慕林，然後你跟她上床。」她放下手臂，兩隻手插在牛仔褲口袋裡面。

波伊德重重關上更衣櫃的門，「洛蒂，妳不是我媽，妳還是努力當自己小孩的媽媽吧。」

她閃開他，瞠目結舌，「你……你怎麼會講出那種話。」

洛蒂發現他雙肩陡然一沉，接著他抓住她的肩膀，「抱歉，妳也知道我沒那個意思，妳真的把我給激怒……」

她掙脫他的手，「別找藉口！」

「我幫妳泡咖啡。」波伊德趕緊溜走，上樓，前往臨時廚房。

「我們要開小組會議，」洛蒂在他背後大吼，「你最好給我到場！」

45

梅芙的皮膚宛若破舊毛巾一樣黏貼著她。她努力翻身側躺，不過，疼痛卻害她她的動作處處受到侷限。她雙臂沉重，手指在軀體下方四處亂摸。她並沒有躺在地上，底下是冰冷的床被，潮濕，這是一張床。她舉起了手，有血，散發出銅味，宛若腐蝕金屬。是她的血嗎？

她轉頭。堅實牆面，裸露的水泥。放眼所及看不到窗戶，也沒有家具。天花板正中央有根布滿灰塵的日光燈管，向下投射微弱的黃色光束，企圖照亮房間卻力有未逮。她在哪裡？

她小心翼翼抬頭，低望自己的身體。全裸，連內褲都沒有。她出於下意識想要遮蓋自己，以軟綿無力的手指扣住皮膚。宛若箭頭的痛楚貫穿全身，她大叫，但是喉嚨裡卻只冒出悶聲啜泣。

她試探地輕撫劇痛迸裂的部位，一坨黏濕物從她的手滑落而下。她咬住下唇，以免再次發出尖叫。

她的腹部有道傷口，在骨盆上方延展的一道長弧。鮮血從她的恥骨和大腿之間蜿蜒留下。某道鑲板門的彩繪玻璃的三角形光塊在她眼前飛舞，爆裂成為千隻螢火蟲，在黑暗中飄動。

為了能夠在這個陌生擄人者的手中繼續苟延殘喘下去，她拚命維持警醒，他到底對她做了什麼？

她在心中默默大喊，我想回家，然後，燈光慢慢消融成了一條細長黑管。

46

擴編小組成員聚集在案情偵查室。當克禮根警司打電話進來請病假的時候，洛蒂很開心。希望他的病情不會太嚴重，不過，老實說，他在這一整個星期看起來氣色都不佳。至少，現在她不必對他說出密勒特的事。

她背對案情資訊白板，站在那裡盯著自己的組員，那一張張充滿期盼的臉龐也回視著她。她打算要對他們說出一堆大家都已經知道的線索，還有找不到問題的答案。她指向第一名受害者的照片。

「星期一。輸水道承包商工人安德烈・佩托夫奇在布里基街發現了第一名受害者，她被埋在路面之下。根據驗屍結果，我們知道受害者在未穿衣服的狀況下中槍，傷口被洗淨之後，衣服又被兇手套回去。為什麼他要這麼做？」她望向那些殷殷期盼的面孔，「掌控？權力？」

波伊德說道：「因為他就是要炫示自己的能耐。」

林區開口，「要洗滅證據。」

洛蒂說道：「兇手冒著極大風險，把她埋在承包商幾天前開挖的馬路之下。他知道他們會回來嗎？如果是這樣，那就表示他希望有人發現屍體，為什麼？」

「受害者約有四個月的身孕，最可能的年齡區間是十六歲到二十歲。根據法醫的說詞，從骨骼結構看來，她應該是東歐人或者有巴爾幹血統。她的指甲裡有苔蘚，但是找不到DNA。在過去這十二個月當中，她曾經動過摘腎手術。這一段絕對不能讓媒體知道，了解嗎？」

屋內出現眾人此起彼落的低語贊同。

「受害者的肋骨裡卡了一顆子彈，彈道人員小組那裡還沒有給報告，林區警探，妳繼續追下去。」

林區點頭，迅速抄寫筆記，「是，老大。」

「我們不知道她是誰或是以前住在哪裡，但我們懷疑她可能是一條龍庇護中心的院民，該機構是由某個名叫丹恩・羅素的退役軍人所負責。我們已經查到了有關他的一些線索，但需要大家深入追查，找出羅素與其事業的任何線索。」

林區說道：「這由我來。」

「權力與控制，」波伊德說道：「退伍軍人，很合理。」

「我們就等著看吧。」洛蒂斜靠在白板前，心想接下來要講什麼重點，她決定從米莫莎開始。

「星期一早上，還沒有發現屍體之前，就在我上班之前，有一個名叫米莫莎的年輕女子帶著兒子來到我家，她交給我一封信。大略翻譯後的內容是，她的朋友卡爾翠娜失蹤了，而米莫莎正在求援，想要逃脫。她要躲避什麼？我不知道。我們仍然不知道卡爾翠娜是否就是凶殺案受害者之一。我們已經查過這個名字，但一無所獲，而我現在不知道米莫莎去了哪裡。」她決定不要講出密勒特昨晚莫名其妙出現在她家門口的事。「在各位進行調查的時候，請謹記在心，它可能與命案有關。」

那些充滿期盼的臉龐抬頭望著她，洛蒂喝了一點水，繼續下去。

「到了星期二，我們在鮑伯．威爾的拆車場的後牆發現彈孔，而且附近的地面有血跡。截至目前為止，我們還是沒有拿到彈道分析，或是實驗室對血液的分析報告，告訴我們那到底是動物的血還是人血。克爾比，可以逼他們交出來嗎？」

「我每天都在催。」

「每五分鐘催一次。」

克爾比哀嚎，「是，老大。」

「星期三。我們接獲十七歲女孩的失蹤案，住在梅洛果園街的梅芙．菲利普斯不見了，報案的是她的母親崔西．菲利普斯。梅芙是在逃罪犯法蘭克．菲利普斯的女兒，我們目前正在找尋他的下落。我們判斷，女孩最後現蹤是在上個星期五，距離今天已經相隔了一個星期。我們已經詢問過她的朋友們，也透過網路社群媒體與全國媒體請求協助，截至目前為止，完全沒有人看到她的行蹤，她有可能遭到綁架。還有一點也必須要說明，梅芙的母親是不牢靠的證人，她說的一切幾乎都很難令人信服。」

「到了星期四，在可魯姆街發現了第二具屍體，狀況與我們的第一名受害者類似，被埋在路面底下，至少死了有四、五天，挖到的人是安德魯．佩托夫奇，發現第一具屍體的人也是他。」

波伊德問道：「所以他是頭號嫌犯了？」

「我已經找他問過案了，也以口腔拭子採了他的DNA。不過，目前還沒有找到可以逮捕他的理由。」

「天吶，他一定脫不了關係。發現的不只是一具，而是兩具屍體的機率微乎其微，不是嗎？」波伊德起身，開始走動，「他的不在場證明可靠嗎？」

洛蒂緊握雙拳克制自己，不然她一定會開口叫他坐下，還是隨便他吧。

「佩托夫奇一個人住，他說他每天晚上都待在家裡。今天早上我去找了法醫珍．多爾，她還沒有完成第二名受害者的驗屍工作，但已經確認死者的腹部有傷疤，因此推斷死者也有一顆腎遭到摘除。與前一名受害人相比，她的傷疤比較新，應該是六個月左右。再強調一次，我不希望在網路或是任何新聞媒體看到這消息，聽清楚了沒有？」

波伊德回道：「很清楚。」

洛蒂繼續說道：「傷口縫線是專業手法，有可能是合格的醫生……」

波伊德打斷她，「或者是蒙古大夫……」

洛蒂的指甲已經陷入掌心中，她開口說道：「在臚列嫌犯清單的時候，要牢記這一點。」

波伊德說道：「我們連受害者是誰都不知道，到底要怎麼抓嫌犯？」

洛蒂搖頭，今天進行得並不順利，唯一的優點是克禮根並沒有在現場目睹一切。

「我剛剛講到哪裡了？子彈射入第二名受害人的背，從胸部下方穿出。彈道報告出爐之後，就可以確定是否與殺死一號死者的武器一樣，我相信一定是。這女孩的年紀介於十八歲到二十五歲之間，也有營養不良的問題。不過，我們已經確定了她與第一個受害者的相異之處。」

大家很好奇，低聲交頭接耳。

「她的身上有多處疤痕與割傷。是自殘嗎？我正在等待珍・多爾證實上述的各項推論，今天稍晚會有結果。」

她喝了水，繼續講下去。

「現在進行摘要時段。兩具屍體都是被安德烈・佩托夫奇所發現，他是輸水管承包商的工人，科索沃人，目前還沒有發現他與謀殺案之間的真正關聯。而且我已經確定過了，他並沒有在全國犯罪小組的監測名單之中。我們已經封鎖可魯姆街並進行搜查，威爾拆車場也是。根據當地某位住戶威利・佛林向克爾比警探通報的消息，星期一夜晚或是星期二早晨的時候，那條道路曾經封閉，他看到開著白色貨卡的某人，正在收拾之前拿來封路的路障。」

克爾比插嘴，「根據鮑伯・威爾雇用的保全公司的紀錄，那並不是他們巡邏該區的車子。」

「這兩個女孩的埋屍地點都是在這座城鎮後街的馬路底下，安靜的區域，在深夜時分都很容易封路。大家都很習慣了無預警干擾，所以看起來也沒有異常。不過，我們需要檢查商家後方面向這些街道的監視器，克爾比，這就再交給你。」

他點點頭，「一無所獲，但我會再清查一次。」

「失蹤人口資料庫的報案紀錄裡，完全找不到符合受害者特徵的人，所以這兩個女孩可能都是一條龍庇護中心的院民。我們已經找過丹恩・羅素，當我們把第一名受害者的照片拿給他看的時候，他斷然否認自己認識她。不過，當波伊德警探詢問米莫莎的時候，他宣稱自己不認識，我們認為他是在撒謊。所以羅素在搞什麼？又隱藏了什麼秘密？林區警探，請妳盡速查出底細，我需要知道究竟在與什麼人交手。」

林區回她，「我正在全力以赴。」

克爾比問道：「我們有足夠證據可以申請搜索一條龍庇護中心嗎？」

「目前只是臆測，」洛蒂說道：「還有一點要注意，傑米．麥克納利回到了拉格慕林，我相信大家都已經知道了。我們得知的最確切情報是他在上個星期三進入了愛爾蘭，就在屍體陸續出現之前的事。很值得關注，是不是？」她伸手指向麥克納利的照片，盯著波伊德。

波伊德問道：「如果他是兇手，動機呢？」

「我不知道。這些凶殺案可能也與他毫無關聯。不過，麥克納利昨晚去找梅芙．菲利普斯的母親，還拿走了梅芙衣櫥裡的某件昂貴洋裝。我們已經確定那是網購品，在四月五日送達梅芙家中。目前還不知道是誰買了那件衣服，也不知道為什麼傑米．麥克納利要帶走它。不過，根據我們現在的情報，麥克納利與梅芙的父親法蘭克．菲利普斯是同夥。這個犯罪集團是否與凶殺案有關聯？」洛蒂停頓了一會兒，讓大家沉澱思考。

「波伊德警探，看看你可以挖出什麼線索，我相信你認識某個可以協助我們的人。」

波伊德放下交疊胸前的手臂，雙手緊握成拳。他面對這樣的任務，似乎很不高興。

洛蒂心想，你家的事。底下的那一群人，開始竊竊私語。

「有沒有任何問題？」

林區警探站起來，「我覺得安德烈．佩托夫奇是頭號嫌犯。」

洛蒂沉思之後才開口，「除了麥克納利，也許再加上羅素，他的確是目前的唯一嫌犯。不過，如果是他埋了那些屍體，為什麼又要挖出來？」

林區說道：「尋求別人的關注目光？」

「不合理。從犯案手法與屍體看來，我認為在在顯示是控制狂。不過，他找到了受害人，已經污染了屍體，他的DNA應該是無法派上用場。」

「我們對他太輕縱了，」林區說道：「我和他講過兩次話，顯然他是以語言障礙當作擋箭牌，以免讓我們挖出內幕。」

洛蒂思考了一會兒。她判斷一個人的性格通常很準確，但是對於安德烈．佩托夫奇，她完全沒有把握。為什麼她當初要叫他翻譯米莫莎寫的信？她是不是犯下了重大疏失？天吶，她希望不是。

「好，」她讓步了，「看看妳可以找出他的什麼線索，我們再找他過來一次。還有別的問題嗎？」

波伊德問道：「兇手怎麼挑選他的埋屍地點？」

林區接口，「他似乎很清楚包商的路線。」

克爾比開口，「郡治廳的網站有公布……」

洛蒂問道：「公布什麼？」

「交管路段，網頁上找得到，他們在一週之前會公布要在哪裡施工。」

林區把她的筆插在馬尾裡面，「佩托夫奇依然還是嫌犯。」

「我說過了，我們會再找他過來一次。」洛蒂知道自己正慢慢喪失這場會議的控制權，「有誰從司法部取得了一條龍庇護中心的院民清冊？」

「我收到了他們以電子郵件寄來的清冊，」林區說道：「花了我一番工夫。羅素把這地方當成了私人企業在經營，但司法部還是讓步，讓他繼續經營下去。」

「我猜他們以為他有遵守他們的規定，但是我並不確定，我們必須要仔細檢視這份名單。」

「我已經迅速看了一下，裡面沒有名叫米莫莎或是卡爾翠娜的人。」

洛蒂罵了一聲，「靠……」

波伊德問道：「這樣一來，羅素是不是就洗清嫌疑了？」

「根本沒有，」洛蒂回他，「他怎麼可能沒有自己的非官方清單？」

「為什麼他要做那種事？」克爾比起身，拍拍襯衫口袋找雪茄。

「還不知道，不過，要是必須有所隱瞞的時候，會做出那種事也是顯而易見。」

波伊德說道：「我們並不知道他是否隱瞞了什麼。」

「如果有，我一定會找出來。」

洛蒂花了幾分鐘的時間爬梳自己剛剛釐清的細節，成立了專門小組處理梅芙・菲利普斯失蹤案。然後，大家的談話聲越來越熱烈，警探們紛紛搖頭，她開口宣布，叫大家回去工作。

某種惱人的疑念在她的皮膚之下蠢蠢欲動。密勒特出現在她家，她並沒有告訴小組成員。要是他們當中有任何人隱瞞線索，她一定不開箱，不過，她自己現在卻做出這樣的事。她安慰自己，反正波伊德根本沒有講出口，不過她知道得要靠自己追下去。

她經過波伊德身邊的時候，開口問道：「你剛剛是不是提到什麼咖啡的事？」

47

「有關我之前所說的那些話，」波伊德拿水壺煮水，「我向妳道歉。不過，你暗示我知道有關麥克納利的線索——那就有點低劣了。」

「我也覺得很抱歉，我們知道麥克納利昨晚待在梅芙．菲利普斯的家裡。」她再次解釋，不需要跟唯一會聆聽她抱怨的人吵架。

「對，那女孩父親所派遣的手下。」

「潔姬昨晚找你的時候，」洛蒂拿湯匙從罐子裡挖出硬邦邦的咖啡粉塊，放入馬克杯當中，「她有沒有提到任何有關麥克納利的事？」

「沒有，她沒有，」他開始倒水，「我立刻就把她趕走了。」

「所以你要怎麼處理麥克納利的事？」

「所以妳要怎麼處理那男孩的事？」

洛蒂大笑，「真希望你滾蛋。」

他回道：「小心不要亂許願。」

他們帶著自己的咖啡回到了辦公室。波伊德坐在洛蒂辦公桌的邊緣，手裡拿著黑咖啡，正好與他的黑眼圈同色相映。她翻閱桌上的某個檔案，他伸手按住了她的手。

「洛蒂？」

她抬頭，正好看到他真誠無比的目光。

「孩童與家庭局？妳聯絡他們了嗎？妳有電話啊！」

她嘆氣，「還沒有。」

「拜託，妳也未免……」

「你聽我說。那男孩可能知道些什麼，而他只要一進入社福體系，我們就沒機會了。我會想辦法爭取時間，有文書作業得處理。在此同時，我們可以找他問案。」

「找他問案？沒有媽媽的四歲男孩？妳醒醒吧。」

洛蒂快速起身，手肘撞到了波伊德手中的馬克杯，咖啡潑濺到他的白色襯衫。他立刻從辦公桌跳開，避開了滾燙液體，或是避開她？

她說道：「抱歉……」

「這是我的最後一件襯衫。」

「好，波伊德，」她把手擱在他的臂膀，他依然在忙著擦濕污漬，完全沒有看她，她放下了手。

「他不過四歲，之前只來過我家一次，如今又找到我家。他一定是住在這裡，很可能是那間一條龍庇護中心。他母親曾經來找我求援，當時我沒有多加留心，但現在我覺得她真的很需要幫助。」

「妳打算怎麼辦？」波伊德已經放棄挽救襯衫，「留住那男孩？這明明是綁架啊。」

「你知道你接下來該怎麼辦？」洛蒂拿起包包，從他身旁走過去。

「滾到一邊去？」

她回頭對他微笑，但還是碰一聲關上門出去了。

雖然波伊德不想幫她，但她一定要追查出密勒特為什麼會出現在她家門口，她的直覺告訴她，米莫莎深陷危險之中，她知道自己的直覺總是很準確。嗯，幾乎都很準確。

她站在走廊深呼吸，聽到後頭辦公室的門開了，知道波伊德朝她走來。

他劈頭問道：「妳真的覺得他們住在羅素那間詭異的機構裡面？」

「我不知道，但很合理。它設置在這裡，米莫莎當初是走路過來，而且我還在我家的道路盡頭看到她與某個女孩會合。」

「什麼女孩？」

「我依稀記得她個頭矮小，黑人，但是我並不確定。」

「我是否該幫米莫莎開個失蹤人口檔案？」

「要怎麼開？我需要細節，她的照片，我連她是否失蹤都不確定了。」

她在凌亂的走道裡來回踱步，繞過檔案夾，她說道：「我們要為這男孩找個通譯。」

「妳可以問那個在一條龍庇護中心工作的歐赫拉。」

「別傻了。萬一他們真的住在那裡呢？」洛蒂繼續說道：「從我家走路就可以到那間一條龍庇護中心，對一個四歲小孩來說，要是可以走運河捷徑，或是有人引路，其實並不算太遠。而且運河步道沿路種滿了櫻花樹。」她準備要離開走廊。

「下雨之後到處都是花瓣。妳現在到底要去哪裡？」

洛蒂繼續往前走，「想辦法攻破丹恩．羅素的心防。」

「洛蒂……」

「怎樣？」

「妳要記住妳自己曾經告訴過我，幾天前警司還提醒妳要謹慎行事。」

「波伊德，我覺得你的聽力有問題。」

她趕緊衝下樓，以免他逮到機會攔住他，後頭傳來他大力槌牆的聲響。

48

「梅傑牌香菸，普通包。」他需要來一根菸，他很想要吞雲吐霧。今天早上洛蒂把他搞得不寧，他打開皮夾，拿出卡片。

「抱歉，」店員說道：「我們販售香菸與樂透彩券，只接受現金。」

「真的嗎？」

「是啊，你也知道，銀行抽的手續費很高。」

波伊德嘆氣，翻弄皮夾，找出一張十元鈔票，又湊出了零錢。他記得自己明明還有一張五十元鈔票，但沒看到。

他把香菸放入口袋，準備要收好皮夾的時候，發現剛剛抽取鈔票的地方夾有一張白色布片。店員給了他十個一角的硬幣，他揮手表示不用，直接離開商店。走回警局的路上，他拆開香菸盒，想起了那塊小布，便從皮夾裡抽出來看個仔細。

「馬庫斯！終於等到你了。」

潔姬斜靠著警局階梯的欄杆，逆射日照從她的頭部後方投射而來，讓她宛若光中幽靈。她說道：「我得要找你談一談。」

波伊德把那片東西塞回皮夾，想要繞過她，但是她卻抓住他的手臂，把他拉回到階梯上。

「潔姬，怎樣？」

「昨晚搞得很難看，你把我推出去，直接在我面前甩門。馬庫斯，這真是惡劣至極。」

「可不可以不要再那樣叫我？妳到底想要怎樣？」

「和你聊一下就好。」

波伊德抓住她的手肘，把她拉離開警局，悄悄走向運河橋，不知道她等一下會講什麼，他不希望有任何人意外聽到內容。

等到他終於停下來，斜倚橋欄的時候，潔姬開口，「幸好我穿的是平底鞋，」

波伊德凝望底下那一泓濁綠色的水，想到了自己的感受——陰鬱又青澀。他不喜歡被人搞到亂了陣腳，但潔姬就是有這種能耐。他偷瞄她，雖然她對他做出了種種惡行，但一股宛若肉叉的慾望卻刺穿了他。結束了，他提醒自己，都結束了。

「我沒有一整天的時間跟你耗，所以拜託，妳到底想要講什麼？」

她開口，「我得要警告你……」

「什麼？」他面向她，就他記憶所及，潔姬一心想到的就只有自己。

「是關於傑米的事。」

「他非常危險。」

波伊德仰頭哈哈大笑，「唉呀，潔姬，繼續說下去，跟我講點新鮮的事，好嗎？」

「馬庫斯，不准你笑我。我最近注意到了某些狀況，昨晚我就是想要告訴你這件事。我前一晚也去過你家，但你不在，有些事必須要讓你知道。」

她碰觸他的手臂，害他的皮膚一陣刺癢。他抽回來，雙手插在口袋裡。他心想，放在那裡比較安全。

他說道：「我洗耳恭聽。」

她說道：「我們可不可以去別的地方？喝一杯，像大人一樣好好講話？」

他繞過她身邊，雙手舉高往後退。

「妳要跟我玩遊戲，我不喜歡這樣。我懷疑妳根本是沒事裝有事，所以我告訴妳，我要回去工作了。」他開始往前走。

「他在走私。」

他回頭，「天吶，我當然知道，麥克納利打從會走路開始就一直在走私槍械與毒品。」

「但現在是女人，女孩子。」

波伊德停下腳步，轉身盯著潔姬。他聳肩，他一直無法參透這個還沒有成為前妻的女人的神情。

「人口販運？麥克納利？可以逮捕他的罪名有一大堆，但沒有包括那一項。」

「我知道，這把我嚇死了。」

波伊德又緩緩朝她走去，「為什麼要告訴我這個？」

「我得要擺脫他，你必須要幫助我。」

「妳老是設下圈套，對吧？」

她像裝大人的小女生一樣在眨動睫毛，「你到底要不要幫我？」

潔姬只會帶來麻煩，波伊德拚命想要拒絕，但最後還是點點頭。

「我現在很忙，之後再找妳談一談，把妳的電話號碼給我，我會傳訊息給妳。」

無論他對她有什麼意見，他都得要聆聽她的說法，他必須知道傑米．麥克納利為什麼回來拉格慕林。他要負責的是工作，再也不是潔姬了。不過，如果她真的感到懼怕，那麼他應該會出手幫忙。

「千萬別忘了。」她拿了他的筆，在他的筆記本寫下號碼，然後朝他的臉頰親了一下，匆匆離開橋面。

他一路目送潔姬。他到底讓自己陷入了什麼樣的困境？他也跟洛蒂一樣，一頭栽進去。他知道自己終究會弄得一身濕，只求千萬不要淹死。

49

當洛蒂走入老舊軍營大門的時候，海軍藍的天色因雨而顯得沉重，還有墨色雲朵低垂。在她前往羅素辦公室那棟建物的途中，不禁發現自從軍隊搬離之後，這些建物都變得破落不堪。步道旁的潮濕水溝，每隔兩、三公尺就會在牆面上看到滅蟲劑盒，而柏油路和圓石步道之間雜草茂密。

一群女子聚集在食堂的門口。洛蒂心想，太好了，終於看到真人。她們搞不好會說一點英語，她立刻朝她們走過去。

「探長，這邊請。」

她轉身，看到丹恩．羅素站在通往他辦公室的大門。海軍藍色休閒褲，白色襯衫，搭配深藍色領帶，靠，她一身T恤與褪色牛仔褲，和他相比真是寒傖。

她陷入兩難，不知道是要趁機去找那些女人，還是乖乖聽從他的命令，而就在這時候，那一小群人匆匆進入食堂，剝奪了她的選擇機會。

她問道：「可以讓我看看這裡的狀況嗎？」

羅素站到她身邊，「當然沒問題，」他說道：「跟我來，我們現在正在進行一項很有意思的計畫。」

她發現他的臉部表情明顯放鬆，露出了開心笑容。看來他不希望在未經他允許的狀況之下，讓她與任何人交談。他們穿過廣場，前往某棟建物，洛蒂記得當亞當在世的時候，那裡曾經是士官的膳房。她發現外牆出現更多的滅蟲劑盒，她開口問道：「你們這裡有蟲害嗎？」

「有啊，不過不像是小雞農場那麼嚴重。」

「小雞農場？我依稀記得那名字。」

「那是我們在科索沃的軍營基地，很可怕。」

他推開膳房大門，示意請她進去。洛蒂張望四周，牆壁貼滿了海報，天花板油漆剝落，與她和亞當之前待在這裡的夜晚相比，根本是天壤之別。在那個時候，大型老舊壁爐裡燃燒著熊熊烈火，大家三五成群，有的打撞球，還有幾個老面孔窩在吧台，回味某些維和任務時的狙擊手射擊情景。她很喜歡那些夜晚、同儕情感與友誼。現在，無論從任何方面看來，它都已經消失無蹤。

羅素帶領她進入主廳。一排排桌椅對稱得整整齊齊，面牆桌面擺放了四台電腦。她計算身穿校服女孩的數目，一共有十個。這些女學生在這裡做什麼？輔導這些女子嗎？女孩們坐在書桌前面，旁邊都有一名女子，盯著書頁。這些女子都身穿與米莫莎類似的廉價服飾。有名年輕女子坐在牆邊，百無聊賴地翻閱雜誌。洛蒂覺得自己認識她，應該是克洛伊學校的老師。當她走過去準備要和她講話的時候，正在對某名女子展示電腦中內容的男子轉頭，起身，阻擋了她與老師對上眼的視線。

「嗨……」他朝她走去，伸手致意。

洛蒂與對方握手，觸感如此冰冷，讓她嚇了一大跳，「我是洛蒂・帕克探長。」

「我是喬治・歐赫拉。」

「幸會，可以介紹一下這裡在做什麼嗎？」

「這是語言學習計畫。」

洛蒂問道：「你是老師嗎？」喬治・歐赫拉可能是三十出頭，她本來以為他應該更年輕才是。他剃了大平頭，一身打扮與羅素很像。難道是某種制服？他穿棕色皮鞋，沒穿襪子，露出有曬痕的腳踝，她覺得這比克爾比的露趾涼鞋好多了。

歐赫拉瞄了一下羅素，「對，我是，目前是兼職。」

後頭傳來一陣騷動，吸引了洛蒂的目光。是艾蜜莉・寇伊恩，一頭鬈髮不斷抖晃，她飛跳離開座位。

「嗨，帕克女士，」她推高鼻樑上的眼鏡，開口說道：「這是克洛伊明年要參與的活動。」

「這就是妳前幾天提到的計畫？」

「對，很棒啊，我們來這裡教英文。」

「至少聽起來滿特別的。」

「這是全新的計畫，要是妳有興趣可以問斯庫利老師。」她伸手指向那個看起來興味索然的老師，「我好興奮，這些女子的故事很精彩，我覺得我之後會把她們的冒險故事寫成一本書。」

丹恩・羅素走到了艾蜜莉與洛蒂中間，「我認為她們不會把自身經驗講成是什麼冒險。」

洛蒂心想，他是要打發這女孩嗎？

艾蜜莉完全無知無覺，「喬治很棒，真希望他可以在我們學校教課。」

「艾蜜莉，要是這樣就太好了……」喬治說道。他撫摸艾蜜莉的手臂，洛蒂嚇了一跳，這是什麼樣的班級啊？

艾蜜莉撥了一下她的鬈髮，又踏著輕快腳步回到她學生旁邊。

洛蒂緊盯著那名教師，「我可以找學員聊一聊嗎？」

羅素插嘴，「她們幾乎完全不會說英文。」

喬治回道：「我可以把她們說的話翻譯給妳聽。」

他們的談話被某名女學生的刺耳尖叫聲所打斷，「我又看到了！我發誓！牠直接從我腳上跑過去！」

「冷靜，」羅素說道：「只是一隻老鼠，妳又不會少一塊肉，坐下來。」

喬治．歐赫拉衝向那女孩，握住她的手，扶她坐下來。等到她再次坐定之後，他坐在她旁邊，搓揉她的雙肩安撫，洛蒂看了好想吐。她瞄向斯庫利老師，那老師依然心不在焉，專心在看雜誌。天吶，這裡會發生什麼事都不奇怪。

她對羅素說道：「我得要找你談一談。」

他走到她身邊，「這樣夠了嗎？」

「已經綽綽有餘了。」

「來我的辦公室，我們好好聊一聊。」

等到兩人在他的辦公室裡坐定之後，洛蒂把第二名死亡女孩的照片放在羅素的辦公桌上面，端詳他的反應。如果叫她形容的話，她會說是無動於衷。他舉起手，在空中動也不動，眼眸蒙上一股冷寒。

他問道：「這是什麼？」

「另一名遇害者，你認識她嗎？」

「認識她？我連她的五官都看不清楚。」他的手指在撫弄鬍鬚，前額冒出了汗珠。

洛蒂身體前傾，雙手交疊胸前，位於辦公桌中間的那張照片宛若某種武器。

他只花了幾秒鐘的時間就恢復鎮定，「我不認識她，我愛莫能助。」他把手放下來，把照片推回去給她。「幾天前，妳問過我一個名叫米莫莎的女孩。」

她屏息，點頭。

「我幫妳稍微調查了一下，我發現她果然是這裡的院民。」

洛蒂覺得奇怪，為什麼他決定要幫忙了？現在，她可以申請搜索票了。

她不動聲色，繼續說道：「我想要找她談一談。」不過，她想起了一件事，讓她大感驚訝。瑪莉亞．林區說過米莫莎不在官方的院民資料庫之中，所以羅素在說謊？

他說道：「不可能。」

「啊？為什麼？我需要找她，事況緊急。」

「米莫莎．巴爾巴特維奇曾經待在這裡，很遺憾，她似乎是逃跑了。」

「羅素先生……」

「叫我丹恩。」

洛蒂嘆氣，慶幸他打斷了她。要是米莫莎失蹤，顯然羅素希望可以找到人，這是他吐露自己知道這女孩的唯一合理解釋。

「她是什麼時候失蹤的？」

「不確定，我們是在昨天晚上發現她和小男生一起不見了。」

「什麼小男生？」要玩遊戲，她也可以配合。

「她有一個兒子，他也失蹤了。」

「你沒有報警嗎？」

「我現在告訴妳了啊！」羅素微笑，但眼神沒有笑意。

她問道：「你有他們的照片嗎？我需要發布他們的失蹤消息。」

「我覺得妳可以低調行事，我不希望我的機構名聲受損。」

「有照片好辦案。」

羅素打開他的筆記型電腦，敲打鍵盤，印表機發出嘩啦聲響，印出了一張紙，他抽出來，交給了她。

洛蒂盯著那張照片。

米莫莎抱著兒子。這女孩沒有戴頭巾，瘦削臉龐旁的黑髮在飄飛。小男生含著大拇指，另一隻手抓著那隻破爛兔寶寶。洛蒂趕緊摺好放入包包，以免羅素反悔。

她問道：「你怎麼會有這張照片？」

「他們到達時拍攝的檔案照，我先前查看的時候一定是不小心漏掉了。」

她說道：「我需要看她的檔案。」

「那是秘密資料。」

「我必須要知道這女孩的一切，才能夠好好辦案。」

「不需要大費周章，只需要妳四處打聽一下就可以了。像妳這麼有才幹的女子，發現他們當然是輕而易舉的事。」

「羅素先生，我不需要你對我的工作下指導棋。」

「帕克探長，恕我難以認同，」他整個人往後一靠，某種得意神情讓他的臉色變得越來越冷漠，「妳也知道，我很清楚妳丈夫的某些事情，妳一定會期盼我三緘其口的事，所以，妳乖乖聽令，才會符合我們彼此的利益。」

洛蒂跳起來，整個人靠著桌面斜傾過去，「你敢威脅我，真是無恥至極，居然對……」

「我只是單純提出建議，有些事妳絕對不希望公諸於世，相信我，我很清楚。」

「什麼事？」她仍然站在那裡，他冷靜自若的態度激怒了她。他在暗示什麼？她曾經詢問過他有關亞當的事，但他一直迴避，現在，他卻直接拿出她的亡夫作為威脅。她正打算繼續開口，他揚手，逼她安靜。

「我現在不想透露細節，因為我非常忙。我只是要說，如果妳找到這女孩和她的小孩，那麼我就永遠不會披露我所掌握的機密。」

洛蒂快步走到門口，又回頭看了他一眼。

「我不會因為你的下流恐嚇而屈服，你之後一定會後悔自己搞出這種事。」

「我很懷疑。要是有誰會後悔，想必是妳。好，如果沒其他事的話，妳出去的時候把門給我帶上。」

洛蒂想不出合適的反駁之詞，走出辦公室，留下大敞的房門。

他盯著警探，盯著她在濃雲綻裂、雷雨傾盆的時刻衝出A區建物。被褪色緊身牛仔褲包裹的屁股很翹，她以那身打扮四處走晃，以為自己是青少女嗎？她到底以為自己是誰？

不過，他知道她是誰，也很清楚她家的事。

他聽到他的狗在後面吠叫，他回頭。

「臭狗，抓到了嗎？」他說道：「哇，這次超大尾。」

坐在那裡的狗兒抬頭，嘴裡含著一隻髒兮兮的大老鼠。

50

當洛蒂回到辦公室的時候，第二名受害者的初步驗屍報告已經躺在她的電子郵件收件匣裡面。珍果然說到辦到，已經將內容縮減為洛蒂可以一目了然的語言。

死因：槍傷。

背部上方中槍。

傷及肺部、心臟，以及脾臟。

立即死亡。

子彈從胸下部位穿出。

屍身裡找不到子彈。

左腎遭割除，最可能的動手術時間是三個月之前。

有敗血症。

傷口被清洗。

右腳兩根腳趾指甲裡面有苔蘚，已經送交化驗與土壤分析，屍體可能曾經被清洗。

屍身有舊疤，有可能自殘？

右腳踝有K字母的印痕，可能是受害人在死亡時戴有細踝鍊。

洛蒂盯著最後一段話，心想，值得關注，兇手沒注意到這一點。這樣一來，是否就能確認第二名受害者是卡爾翠娜？那麼苔蘚呢？又具有什麼含義？兩具女屍的指甲下方都有苔蘚，她必須追蹤分析報告的進度。

波伊德走進辦公室，她抬頭。

他說道：「你全身都濕透了。」

「我回家換衣服。」她站起來，「你研究一下這個，尤其是關於苔蘚的那一個部分。」

「妳去找了羅素，狀況如何？」

對於羅素的威脅話語，她思索了好一會兒。她應該要把米莫莎的事說出來嗎？而她最後下定決心，對於那個傲慢混帳，完全不需要懼怕。「他告訴我，米莫莎是那裡的院民，她和她兒子似乎是失蹤了。」

「妳有沒有告訴他……」

「沒有，我沒有告訴他有關密勒特的事。你把我當成什麼樣的人了？」

「我不知道，但要是可以聽到他的說法，一定很有趣。」

「我把剛發現的那名死者的照片拿給他看，然後……」

「我打賭他一定認識她。」

「波伊德，你可不可以讓我把話講完？」等到她確定他閉緊嘴巴之後，才繼續說道：「我覺得他認識她。」

「我剛剛就跟妳說了。」

「我最好回去換衣服。等一下見，聽你報告進度。」

「什麼進度？」

「這就是要問你啊。打電話給珍，看看土壤與苔蘚分析需要多久。」

他坐在自己的辦公桌前閱讀報告，猛搖頭，她沒理會他，直接離開了。

洛蒂趕緊衝回家，迅速換上乾爽的衣物。她看了一下克洛伊，但她在熟睡中。密勒特在廚房裡，他坐在凱特的大腿上面吃雞塊。洛蒂坐下來，盯著女兒。她心想，不過就在短短幾年之前，凱特自己也是個孩子而已，如今卻活得像鬼一樣，傑森之死真的讓她大受打擊。

「外婆回家了，」凱特告訴她，「我在冷凍庫裡找到了這些雞塊，把它們丟進烤箱，他似乎很喜歡。」

密勒特微笑，嘴裡掉出了雞塊。

「我有面紙。」洛蒂打開了自己的大包包，把從羅素那裡取得的米莫莎與密勒特的合照放在一旁，應該要釘在案情偵查室的白板才對。她拚命要撈面紙，但抓出來的卻是一堆收據與巧克力棒包裝紙。

「媽，沒關係。」凱特找到了廚房餐巾紙，撕了一張，抹了抹密勒特的嘴。

洛蒂捏皺那些收據，她得好好清理一下包包了。她瞄了時鐘，在一片狼籍中東摸西找，拿出了一疊信件，仔細翻了一次，幾乎都是帳單，她全都揉爛，盡量不要多想自己快要花光的銀行存款。她突然停手，盯著裝有米莫莎信件的那個信封。突然之間，她想起裡面除了信紙之外還有別的東西，發生了這麼多事，她已經完全把它忘了。

凱特收拾桌子，抱起密勒特，「媽，妳在幹什麼？」

「實在亂到不行，」洛蒂說道：「密勒特還好嗎？」

「我們要看電視。密勒特，你說好不好？」

「注意克洛伊，我很擔心她。」

「嗯。」

凱特把小孩帶入客廳，洛蒂聽到了《獅子王》的吵鬧聲響。她心想，把他留在這裡是對的，現在我只需要找到他的媽媽。

她把所有東西都扔回包包，打開了米莫莎的信封，取出躺在底部的那一塊東西。是一塊狹長型的綠色帆布，面積大約是二點五公分乘以十五公分，某一側有魔鬼氈。她把它翻過來，邊緣有深綠色的車縫凸紋。當她終於意識到自己看到什麼的時候，大腿上的包包滑落地面，她瞠目結舌。是軍隊的徽章，位於正中央、間距完美的大寫刺繡字母，拼出了某個姓氏，帕克。

凱特回到廚房，打開冰箱。她開口問道：「那是什麼？」

洛蒂趁女兒還沒有看到之前，趕緊拿起包包，將那個帆布徽章放進去。

「沒有，」她回道：「沒事。」

她的雙手抖得好厲害，大腿不斷上下抽搐。她深呼吸，盯著天花板，努力集中心緒。米莫莎當初為什麼來到她家？她的信到底在講什麼？她怎麼會有亞當當兵時的軍隊徽章？那真的是亞當的東西嗎？洛蒂告訴自己，絕對是。

她的手機出現簡訊提醒聲響，是波伊德，*在威爾拆車場會面。*

米莫莎，她得要找到米莫莎。

只有找到米莫莎，才能挖掘出真相。

51

洛蒂衝過了威爾倉庫的封鎖線。雨勢已經停歇，但其後的濕氣並無法驅趕空氣中的悶熱感。那個軍隊徽章在她的包包底部蠢蠢欲動，她也只能盡量不要多想，她望向那輛白色貨卡，車門外開懸晃。它在兩輛壓爛車體的上面，而且它自己上方還有另一輛車，似乎是搖搖欲墜。威爾曾經向他們保證這裡安全無虞。她不知道是否該相信他的話。

她問道：「這裡有什麼？」

波伊德回道，「準備銷毀的白色小型貨卡。」

「你明明知道我在問什麼。我看到的究竟什麼？」

「車地板的血跡，靠近後門的地方。」

「是動物的血還是人血？」

「鑑識小組已經採樣，天知道什麼時候可以拿到結果。」

「我才不管天啊地啊，我到底什麼時候會知道結果？」洛蒂掃視整個區域，「全部都清查過了嗎？沒有找到其他東西？哎，你到底在做什麼？」她不斷踱步繞小圈，然後，面向波伊德。

「妳是怎麼了？」他問道：「冷靜一下。」

她朝他逼近，「不要叫我冷靜，聽到沒有？」

「我聽得一清二楚。」

她繼續踱步，開口說道：「清查威爾的犯罪紀錄，找出貨車車主是誰，是誰把它帶來這裡，又是什麼時候發生的事。」

金屬散發出宛若電荷的熱氣，彷彿太陽正在測試自己的威力，準備融化一切。

洛蒂嘆氣，伸手撫弄頭髮，「波伊德，我今天過得亂七八糟。」

「妳有哪天過得開心了？不用回答，這是我明知故問。」

「貨車裡還有什麼？」

「鑑識小組已經全部掃過了，乾淨，真是乾淨過頭，連一絲塵土也看不到，彷彿做過什麼高檔汽車美容一樣。不過，動手清理的人卻漏掉了那一小塊血跡。」

「也許是為了栽贓。」

「什麼？為什麼有人要做出那種事？」

「我不知道，但我們得更仔細檢查這輛貨卡，處理一下。」

她以手機相機拍了幾張照片，就在這時候，她才注意到時間。

「啊，天吶！」

波伊德問道：「現在是怎樣？」

「尚恩今天有心理諮商，我得要去學校接他，現在已經太遲了。」

「洛蒂，妳要稍微放鬆一下。」

「你要留守在這裡，注意是否有其他狀況。」

回到警局之後，她迅速上樓，進入案情偵查室，她沒有理會周遭講電話的聲響，直接拿出丹恩．羅素交給她的米莫莎與密勒特的照片，並以大頭針釘好。

她坐在白板前某張椅腳不穩的椅子裡，惦記的是那個軍隊徽章。她告訴自己，不是現在。一股倦意席捲而來，她覺得自己快要昏倒了。

她對林區說道：「我得要回家一趟。」對方從堆積如山的文件之中對她揮揮手，然後，她又說了一句，「幾個小時之後見了，就是明天，沒問題吧？」

林區抬頭，「真的假的？明天是星期六……」

「我很清楚明天是星期幾，但我們現在有兩起謀殺案，而且……」

「老大，沒問題，不需要唸我，我會到班。」

「抱歉，我不是故意凶妳。」

「回家吧，妳累壞了。」

洛蒂拿起包包，揹到肩上。她不想讓工作影響到家庭生活，但不知該如何是好。才回來上班五天，狂亂的步調已經緊抓她不放。

能夠回家見到家人，真好，她想要擁抱自己的三個小孩，緊緊不放。

她嘆氣，下樓，向櫃檯值班員警揮揮手。

波伊德衝入案情偵查室，發現找不到洛蒂，心情更加低落。

他瞄向白板，發現有一張新照片釘在那裡，他湊前看個仔細。

「我的天！」他的眼睛睜得好大，撫摸那張照片，然後又抽手，彷彿像是會燙人一樣。

克爾比悠閒走到他後頭，「怎麼了？」

波伊德顫抖雙手的掌心開始流汗，他趕緊把手塞入長褲口袋。他的下巴朝照片點了一下，「他們是誰？」

「不知道，我才剛回來。」

「是老大貼的。」林區抬頭，手機夾在耳朵與肩膀之間。

波伊德問道：「她人在哪裡？」

「我現在應該要現身的地方，」林區抱起一大疊檔案，「她已經回家了。」

波伊德匆匆回到他們的辦公室，克爾比緊跟在後。

克爾比開口，「現在可以說了。」

「是她。」

「是誰？」

「那照片。」

「現在時間很晚了，而且我的腦袋累得要死。你在說什麼？」

波伊德說道：「妓院裡的那個女孩。」

克爾比壓低聲音，「噓，你安靜一點可以嗎？什麼妓院女孩？」

「前幾天的晚上，你帶我去的罪惡小房間，我在那裡看到的就是照片裡的女孩。」

「靠！不會吧！」

「真的。我告訴過你，我沒有跟任何人上床，我記得我是在階梯醒來，但是離開之前看到了她，我一直忘不了她的雙眼。」

「我相信你。老大為什麼要把她的照片貼在白板上？」

波伊德思索了一會兒，洛蒂在做什麼？這女孩又是誰？

他的脖子感受到克爾比的氣息，「至少你的皮夾找回來了？」

「什麼？對。」波伊德卡以肩膀頂開克爾比，坐在辦公桌前。他拿出錢包，打開，拿出他掏錢買菸時看到的那一塊布。他把它攤在桌子上，髒兮兮的字跡，就他判斷，這並不是英語。

克爾比問道：「那是什麼？」

「你還敢問！閃一邊去！」

克爾比聳肩，又慢慢晃回自己的辦公桌。

波伊德盯著那字跡，那女孩是不是有話要說？他該怎麼向洛蒂解釋？

他把那塊布裝進小型證物袋，放入自己的皮夾。整個人往椅背一靠，十指交扣，貼住後腦勺，閉眼。他要怎麼樣才能脫離這場困局？

52

凱特費盡心思煮晚餐。端出了蛋、香腸，還有薯條，反正，密勒特很喜歡。尚恩把盤子拿進自己的房間，而克洛伊一直窩在自己的房間裡，根本看不到人影。

克洛伊在樓上大吼，「等一下！」

洛蒂大喊，「大小姐，下來吃晚餐，給我下來，就是現在！」

凱特問道：「妳有沒有幫密勒特聯絡什麼單位？」

「我有留言，」她撒謊，「他們應該明天會打電話給我。」

「明天是星期六。」

「我知道，要是沒消息，我會在一大早想辦法再找他們。」

「我希望你可以找到他媽媽。」

「我也希望。」

剩她一個人待在廚房，她從包包裡取出徽章，不斷在手中玩弄，帕克。這一定是亞當的物品。不過，米莫莎是怎麼拿到的？還有，丹恩．羅素的暗示和恐嚇。這麼多令人惴惴不安的思緒，拋出了許多無解的難題。她在廚房裡四處走動，關上已經打開了一整天的窗戶，她知道自己必須要採取行動。

在亞當死後，她的母親把他的東西幾乎全部裝箱，她當時是這麼說的，「在妳目前這種階段，不需要盯著這些東西。」只要能夠讓她的母親脫離她的視線範圍，讓她可以吞飲苦痛，要她答應什麼都不成問題。現在，那些箱子放在蘿絲家的閣樓，難道答案就在那些遺物裡嗎？她還沒為自己的行動找出理由，已經做出了決定。

「我要去外婆家一趟，馬上就回來。」她對著樓上大喊之後，衝到外頭的停車處。她必須要在自己改變心意之前立刻動身。

她把花園大門往內推，發出了吱嘎聲響。似乎是沒人在家，窗戶緊閉，窗簾全部拉上。

她按了電鈴，沒有回應。她母親很可能出門去了，進行日常的慈善服務去幫助街友。

洛蒂有鑰匙，她開了大門，進入昏暗的玄關，寂靜空蕩。咖啡香氣朝她飄送而來，她進入廚房，伸手摸煮水壺，還溫溫的。水槽裡放有馬克杯，底部有新月狀的咖啡漬，旁邊還有盤子與刀子，劃破沉默的唯一聲響是冰箱的嗡嗚聲。

洛蒂大叫，「媽媽？」她的聲音在平房內發出了回音。

沒回應。很好，她思索了一會兒，又回到了客廳。閣樓安裝了折疊式拉梯，她拿開客廳門口頂端的桿子，把它放入黃銅扣洞，往下拉，階梯嘩啦一聲撞到了磁磚地板。

她站在階梯頂端，四處摸索，找到了電燈開關。她拖著沉重身軀進入這塊封閉區域，一道黃色冷光投射出詭異陰影。沒有灰塵或蜘蛛網，只有令人難以承受的熱氣。箱子一個個疊放在櫃架上，按照顏色編碼，而她面前的地板上還放了一個紙夾板。

清單以字母順序造冊，而且每一個名字還有自己的配色。一共有四個紅色標記的「洛蒂」，她注意到有一個黑色標記的「爸爸」、藍色標記的「愛德華」。她的哥哥，她的心不禁抽動了一下。她很想要挖出來仔細研究，尤其現在她母親不在，時機大好。不過，她知道也只能等到以後了，眼前的難題已經讓她疲憊無比。

她的目光又回到了那份清單的第一行：「亞當」，旁邊有綠色的標記。她只想要碰觸他的一些遺物，再次體會與他的親暱感，要消除丹恩．羅素暗示她之後，在她心中所植入的那些疑慮。

她做好心理準備，放下紙夾板，繼續爬入讓人產生幽閉恐懼症的那個閣樓。

「你拖得還真久，希望你不是在躲我。」

波伊德鎖好車子，瞄了一下潔姬，她斜靠在他公寓門口，正在抽菸，另一手拿著紅酒，她身穿緊身牛仔褲，黑色肚兜式背心襯托出她曬得黝黑的皮膚。現在的波伊德不需要潔姬出現在他的生活之中，不過，洛蒂之前交給他的任務是要找出傑米．麥克納利的下握。

「妳要幹什麼？」他把鑰匙插入門鎖，但又覺得這樣不太好，他不希望她跟著他進去。

「你一直沒有打電話給我，你答應過我的，我們可以好好談一談。」

所以他就開口了。

「潔姬，我辛苦奔忙了一天，可以明天再說嗎？」

「馬庫斯，你每天都過得很辛苦，從來就找不到適當時間把我放在第一位，你就是不肯改變嗎？」

「遇到妳的話，答案就是不會。」

「暴躁鬼，讓我進去。就算你不想跟我講話，我也要找你談一談。」她捻熄了香菸。

波伊德轉動鑰匙，示意請她入內。他難得希望自己的手機響起，被叫回去工作。他知道今天都已經過了一大半，運氣能夠好轉嗎？他很懷疑。

他背對潔姬，打電話給洛蒂，也許她可以拯救他。她沒接電話，過幾分鐘之後，他會再試試看。

他嘆了一口氣，盯著那還沒有成為前妻的女子，「要不要喝一杯？」

洛蒂找遍閣樓，終於發現了兩個有綠色標記的塑膠盒，裝滿亞當遺物的兩個盒子。這一輩子沒留下太多東西，何況是短短的一生。她又檢查了一次，側邊的確有黑色麥克筆寫下的「亞當」。

盒子放在櫃架中層，上面放了一個裝滿陶瓷飾品的塑膠透明盒。她把那個沉重的箱子取下來，擱在自己身邊。她吐氣，拿出了亞當遺物的第一個箱子，牛仔褲裡的手機發出震動，她沒有理會。

在破裂盒蓋的下方，首先映入眼簾的是一疊弔唁卡，她告訴自己，千萬不要看。當時她沒有閱讀內容，現在也不打算要看。她把卡片放在後面，跪下來搜尋其他的物品。

一大捆帳單、收據，還有支票簿的殘根，都是喪禮支出。亞當的一疊領帶與襪子整整齊齊排在盒子的底部。她記得當初這些東西散落在家中各個角落，喪禮結束之後，她逐一收拾，決心要全部扔進垃圾桶。是她母親阻止了她，她說，將來妳總有一天會感激我的。也許，就是今天吧。

洛蒂握住了某條領帶，繫結還在。她以前常常幫他打領帶，亞當一直搞不定，裡面的那一端總是比外面長一點。她微笑，把它放到了旁邊。

她找到了他的兩本工作日誌，想起他老是會把一切紀錄下來。她拿起其中一本翻閱，好不容易才忍住哽咽。字跡如此熟悉，但她已經好久沒看到了。日期、事件、姓名、車籍資料，全是軍隊任務，每一頁都滿滿的，亞當不喜歡浪費。回憶在眼前泛湧，但沒有淚水，她早已哭過了，掉了太多淚水。她逼自己要專心。這些日期是他過世前一年的東西，再之前就沒有了，目前對她來說沒有任何用處。

她抽出第二個盒子，發現重量比較輕，是老舊磨損的相本。度假，陽光與微笑，每一年的家族聚會，聖誕節，上學的第一天，板棍球比賽，釣魚。那是上輩子的事了，但感覺十分熟悉。她完全浸淫在過往回憶之中，沒有注意到時間，直至聽到大門打開發出碰響才回神，害她忍不住嚇得跳起來，放在那疊東西最上方的相簿也因而滑落地板。

「洛蒂・帕克，妳在上面做什麼？」

「我馬上下來。」

洛蒂趕忙把相簿放回盒內，收拾散落的照片，一旁有張褪色照掉在紙夾板的旁邊，她把它撿起來。

她嚇得大叫，「啊！天吶！」

蘿絲在梯子底下大喊，「洛蒂！怎麼了？妳沒事吧？」

她必須要離開閣樓。她弄得一團亂，根本無心收拾，直接手腳並用地匆匆下了爬梯。她沒有理會她母親，直接衝出屋外，上了車，把頭倚在方向盤上。亞當到底做了什麼？

53

雖然距離午夜只剩下一個小時，但是天空依然保持某種鋼藍色調。滿月投射出詭異光暈，照亮了花園盡頭的樹葉。

洛蒂逃離母親的住所，一屁股坐在自家廚房的手扶椅上，進入淺眠狀態。她被來電吵醒，母親詢問她是否一切無恙。

「對，我很好，剛剛只是在翻找亞當的遺物，克洛伊作計畫需要的資料。」

「妳怎麼就直接衝出去了？」

「我看到了老鼠。抱歉，牠把我嚇死了。」

「洛蒂，我家沒有老鼠，我裝了電子感應器驅鼠。妳確定妳沒事嗎？」

「媽，真的沒事，明天再說了。」洛蒂講完之後就切斷電話。

現在她已經完全清醒，宛若母獅一樣在廚房裡徘徊。她在洗衣間裡某疊摺好的衣物中，取出某件原本是白色的T恤，她脫掉了汗濕的衣服，套上這件乾淨棉衣。觸感跟紙板一樣，因為一開始先泡水，然後在陽光下曬到脆硬。不過，至少乾乾淨淨，而且它還散發出清新氣息。

她突然有股想要喝到爛醉的衝動，但她知道不能這樣。小孩們都在房間裡，她衝上樓逐一查看。密勒特在凱特的房間裡熟睡，明天她得要想辦法解決他的問題，等到克禮根警司發現的時候會講些什麼話，她已經完全不在乎了。也許她應該要打電話給他，詢問他是否好一點了，今晚不行，太晚了，明天吧，一切都可以等到明天再說。進入自己的臥室之後，她從床邊櫃抽屜取出最後半顆贊安諾，直接乾吞入喉。

回到廚房之後，她的手機發出震動，她完全沒有理會。停了，安靜無聲。她打開水龍頭，裝了一杯水，再次坐在手扶椅上，盤腿而坐。她把照片面朝下，擱在膝蓋上，然後把米莫莎的信封放在另一個膝蓋上面。她取出徽章，觸摸它的粗糙邊緣，然後把它放在椅子扶手上，最後，她才把照片翻過來。

亞當身穿海外服役的軍裝，待在陌生人的客廳裡面。有一名孕婦，他的兩側各站了一個小女孩，他雙臂微垂，擱在她們的肩上。有兩個小男孩坐在他腳邊。還有另一個小女孩，大約是兩、三歲，坐在他們的中間，而亞當露出了她記憶中從所未見的燦爛笑容。

她端詳得更加仔細。

他們是誰？

為什麼亞當會和他們在一起？

這是誰拍的照片？為什麼她以前沒看過？

還有那個徽章。怎麼會在米莫莎的手上？為什麼要交給洛蒂？

所有的謎團在她腦中嗡嗡作響，她發現照片右下角有一組褪色的橘色數字，是日期。

她的手機再次發出滋滋聲，她沒接，轉為訊息通知的震動聲。

她沒管它，她宛若待在另外一個星球，一直坐在那裡，直到月亮低垂，朝陽正準備要冉冉而升。

✣

稍早之前，克洛伊的母親在她房門口凝望，她假裝已經入睡。

她一整天都躺在床上，擔憂梅芙，不知道她到底出了什麼事。她知道梅芙如果依然存活在世的話，現在的狀況一定很危險。不過，她要怎麼告訴她母親呢？又該講什麼才好？她想到的每一個場景，都表示她必須要講出自己所承受的痛苦，而她還沒有準備好要告訴任何人，還沒有，她萬萬不能增加母親的負擔。

但話說回來，她又該怎麼提醒大家，梅芙有危險？她拿不出梅芙可能出事的具體證據。沒有嗎？當然有，就是他。他真的是危險人物嗎？克洛伊的確被他嚇得半死，但光憑這一點就能判定他是惡徒嗎？克洛伊舉棋不定。

她點了一下手機，打開推特，在搜尋欄位填入了為生而傷。不，她警告自己，不要看，不要和他有任何牽扯，她把手機塞入枕頭下方。

她在床上翻身，盯著天花板，就這麼睜著雙眼躺在那裡，直到黎明光線透入窗內。

波伊德望著潔姬喝光了她的那瓶紅酒，準備要拿他冰箱裡的啤酒。他小口啜飲伏特加與通寧水，希望對於她的誘惑要保持警戒。

「潔姬，妳在這裡已經待了一個小時，我聽到的只有馬拉加沙子柔軟，陽光熱辣，商店美到不行。跟我說麥克納利的事，還有為什麼他要回到拉格慕林。」

她走到沙發邊，發出噓聲叫他安靜，然後自己坐在他身邊。她早就脫掉鞋子與緊身牛仔褲，穿上了他的T恤，曬黑的長腿擱在他的下半身。

她把啤酒倒入自己的紅酒杯，「講話講得夠多了。」

「我覺得妳已經喝多了。」

「你還是想要掌控我，」她臉色一沉，「完全沒有變。」

波伊德打哈欠，「我好累，一早得工作。」

「星期六要上班？」

「在抓到兇手之前，大家都是全天待命無休狀態。如果妳沒打算開口，那我要上床去了。」

「很棒的提議。」她喝光了酒，伸出光腳戳弄他的鼠蹊處。

波伊德跳起來，「我去拿毯子，妳可以睡我的床。」

「這樣更好。」

「不，我的意思是我睡沙發。」

等到他拿著客用床被回來的時候，潔姬咬著下唇，淚水從臉頰簌簌落下。波伊德仰望天花板，在心中暗罵髒話，然後坐在她身邊。

「為什麼妳要回來？為什麼需要我幫忙？」

她以他的襯衫袖子擦鼻涕，咕噥說道：「都是因為傑米。他變得不一樣，我好害怕。」

波伊德冷笑，「妳自己當初跟他私奔時，明明知道他是卑劣罪犯，現在是出了什麼變化？」

她吸鼻涕，「我不確定，他在搞某種噁心勾當，成了人渣。」

「天吶，潔姬，麥克納利一直就是人渣，而且老是在搞非法交易。妳說他在販運女子，講清楚一點好嗎？」

「我什麼都不知道。他只說他來拉格慕林是要解決什麼已經失控的事。他提到了由某個叫做安雅的人所經營的妓院，我知道的就這麼多了。」

波伊德心想，靠，他想要逮捕麥克納利，但不想要害自己惹得一身腥，到底該如何是好。

他終於開口問道：「我要怎麼幫妳？」

「我可以住在這裡嗎？」

「只有今晚。我明天看看能否找到有關麥克納利的具體線索。他住在哪裡？」

「我們在『園景飯店』有一個房間，不過，自從我們抵達之後，他幾乎很少住在那裡，我不知道現在他打算做什麼。」潔姬摟住波伊德的脖子，「你可以保護我。」

面對她酒後投懷送抱，波伊德往後退。他拿走她手中的酒杯，慢慢抽身，把她扶到沙發上躺好。等到他為她蓋被子的時候，她已經睡著了。

他從流理台拿了一瓶伏特加，進入自己的房間，但刻意沒關房門。

梅芙．菲利普斯以為自己死了，她睜開眼，看到一片漆黑，發出了嗚咽聲。不，自己沒死，還沒有。她緊繃雙臂，努力想要移動。她感受到棉質床被的涼意，上面有她自己汗水的濕氣。她在心中默默祈禱，希望有人取她的性命，她覺得死亡是一種暢快解脫。

她上方的天花板傳來刮抓的微聲，讓她整個人清醒過來。

梅芙壓抑痛苦淚水，面對進犯內心世界的夜行生物，她依然無能為力。

科索沃，一九九九年

到處都是老鼠，男孩現在越來越害怕。但不是因為老鼠，而是因為上尉，還有那個令人毛骨悚然的醫生，甚至連伸手作勢割喉、威脅要取其性命的大男孩，也讓他感到懼怕。

突然之間，有隻老鼠從他的臉上跑過去。他大叫。房內的士兵們全靠過去，哈哈大笑，他覺得自己的臉一陣熱辣。

他的士兵朋友來了，坐在他的床邊。

「我馬上要回家了，所以你要勇敢一點。」

「我跟你一起走嗎？」

「孩子，並沒有。」

孩子？士兵又喊他孩子。男孩微笑。「拜託，我跟你一起走。」他噘嘴，露出惱怒神情。

「不可能。你知道嗎？你那樣噘嘴讓我想到了我的小女兒，我家裡還有兩個小女孩在等我回去。」

男孩不發一語，但強烈的嫉妒感讓他雙頰漲紅。

「好，你是強壯的男孩，在普利斯提納會找到許多工作。不過，我會很想念你的。」

士兵啪一聲從自己的襯衫取下名字徽章，男孩屏息以待。

家。

「好，留住這個。記得，我是你的朋友，你可以假裝自己是強壯勇敢的戰士。」

男孩笑逐顏開，接下了徽章，心中有滿滿的驕傲。也許他的朋友會改變心意，帶他一起回家。

當士兵站起來的時候，嘴角的笑意消失無蹤，他說道：「希望能夠有好人家會收留你。」

男孩好洩氣，沒有人想要他。

士兵將步槍揹上肩，在離開房間的時候踢走那些奔竄的老鼠。

男孩緊握那塊硬挺的綠色帆布，以手指撫摸士兵名字的粗針縫線。他想起了昨晚士兵帶他去拜訪的那個陌生小家庭。他們會收留他嗎？應該不會，他們看起來太窮了。不過，他的士兵朋友給了他們錢去買食物，他甚至還請男孩幫他們合拍照片。等到他回家之後，他會把它拿給他的小女兒看嗎？

他跳下床鋪，正好踩到了一隻老鼠，他痛恨小雞農場。

他必須要離開這裡。

盡快動身。

第六天

二〇一五年五月十六日星期六

54

潔姬問道：「這是什麼？」

波伊德以手肘撐起身子，然後又倒回床上，他頭蓋骨裡的腦細胞在奔跳。透過敞開的房門，他看到待在客廳裡的潔姬，她穿的是他的襯衫，只有在腰間扣了一顆扣子，底下赤裸，手裡拿著他的錢包。

他反問：「妳在問什麼？」

「這個啊？」她舉起證物袋。

波伊德跳下床，腳步踩地的重響在他的腦袋裡發出回音。他只穿著內褲，趕緊套上長褲，然後走到她面前。

「是誰給妳權利亂翻我的東西？」他一把搶下她手中的袋子，接下來是皮夾，他把證物袋塞回去之後，繼續說道：「給我穿上衣服。」

她把手放在他的肩頭，把他拉過來，伸出光溜溜的大腿磨蹭他。

波伊德推開她，轉身，拿起煮水壺，「我得去上班了。」

他打開水龍頭，水聲淹沒了潔姬罵髒話、在臥室裡跺腳的聲音。電鈴響了，他差點沒聽到。

「靠，難道是麥克納利？」

「如果真的是他，那麼他就是比你厲害的警探了。」

潔姬穿上她的緊身牛仔褲。波伊德衝入臥室，抓住她的手肘。

「最好不是他。妳在玩什麼把戲？」

「真可惜，你昨晚怎麼沒這麼猛？」她掙脫他之後，穿上了她自己的上衣。

他趕緊拉上褲頭的拉鍊，穿上襯衫。

她梳整頭髮，「膽小鬼……」

電鈴發出淒厲聲響，對方按個不停。

潔姬找包包的時候，對他大吼，「媽的快去開門啊！」

波伊德大聲嘆氣，乖乖照做。

外頭站的那個男人，他只有在罪犯檔案照裡面見過而已。曬得黝黑，頭髮光亮後梳，雖然早晨炎熱，卻依然身著三件式西裝。傑米．麥克納利進來，直接朝波伊德的臉揮拳，力道之大，害他往後撞到了牆，他只能透過腫脹的眼睛，眼睜睜看著麥克納利衝入他家。

波伊德立刻恢復冷靜，跟了過去，「我不會請人渣進家門，給我滾，不然我就要逮人了，兩個都一樣。」

麥克納利抓住潔姬的手腕，整張臉湊到波伊德面前，但波伊德反而揪住他的領帶，把他拉到自己面前。

「放開她，給我滾出拉格慕林，不然的話，我一定會讓你坐牢。襲警、私闖民宅，還有……」

「就靠你和你那群廢物？」麥克納利掙脫波伊德，嘶嘴冷笑，「我回來是為了要幫朋友的忙，因為你們靠他媽的成不了事。靠有沒有聽到我說什麼？」

對方的口沫噴到他臉上，波伊德受不了，出手襲擊，打中了麥克納利的太陽穴。

潔姬在麥克納利倒地之前，趕緊抓住他的臂膀，把他往外推。

「馬庫斯，你應該要豎耳聆聽，」潔姬說道：「專心聽別人講了什麼。」然後，她跟著麥克納利走了。

「潔姬！等等！妳要去……」

但她人已經不見了，跟著麥克納利離開。難道她有其他選擇嗎？也許他應該要更努力保護她才是，幹。

波伊德甩門，整個人斜靠在上面。他不知道要怎麼看待這一次的衝突，雖然他對於潔姬喜惡交錯，但他很擔心她。他為什麼沒有逮捕麥克納利？靠。

他朝玄關鏡看了一眼，知道自己的眼睛會出現嚴重瘀青。

他走向了淋浴間。

55

洛蒂踏入辦公室。

她大叫，「波伊德？」

他拿著手機，進來了，「嗯？」

「你的臉是怎麼回事？」

他沒好氣地反問：「什麼意思？」

她抓住他的襯衫袖子，迅速把他拖到門外，帶他下樓，進入無人的更衣室。她整個人靠在自己破爛的置物櫃前面，雙臂交疊胸前，怒氣沖沖看著他。

「你喝酒了，」她猛力嗅了一下，「我聞得出來。你冒出黑眼圈，而且一直在拚命擰手。」

他迴避她的目光，讓她深感不安，他依然緊閉雙唇。

「跟我講話啊。」

「我完了。」波伊德後退一步，坐在更衣室中央的木質長椅。

洛蒂放下手臂，坐在他身邊，「我從來沒聽過你這麼說。」

「我是認真的。妳昨天釘在案情偵查室那張女孩與小男孩的照片……」

洛蒂問道：「怎麼了？」她萬萬沒想到他提的是這檔子事。

「那就是妳在找的女孩?對嗎?密勒特的媽媽?」

「你怎麼知道?」

「妳是從哪裡弄來那張照片的?」

「丹恩·羅素。你記得我昨天跟他見面,他終於承認米莫莎是中心的院民,但是她跟兒子都失蹤了。不太對勁……」她不講話了,想起波伊德剛剛是怎麼起頭。她站起來,「等等,你怎麼知道那是米莫莎的照片。你從來沒見過她,不是嗎?」

波伊德以顫抖手指抓髮,「我覺得……我覺得我可能見過她。我不確定,但是……」

「天吶,波伊德,在哪裡?她沒事吧?你是在哪裡見過她?」

波伊德雙肩陡然一沉,拿出皮夾,又從裡面抽出了小塑膠袋,交給她。她又坐回到他身邊,雙手不停轉弄。

「這是什麼?證物?」

「應該是某種訊息,寫在某塊布上面。我不懂那種語言,妳必須找人翻譯,進行鑑識分析。」

洛蒂盯著他,等他繼續說下去。

「前幾天,我記得應該是星期三,跟克爾比喝醉的那一天,我們最後跑去了位於席爾角的這個地方。」

「什麼地方?」她有了不祥預感。

「算是……妓院吧。」

「我靠！波伊德，你沒有進去吧？有嗎？」

他點點頭。

「真的有？」她恍然大悟，宛若被人打了一巴掌，「而米莫莎……在那裡？」

「我當時不知道她是誰。我想……我確定……什麼事都沒有，我直接離開了。」

「那不是重點。」

洛蒂努力暫時放下自己對波伊德的感情，還有他到過妓院的事實。天吶！現在最重要的是米莫莎的人身安全。不過，要是羅素說她本來在一條龍庇護中心，又怎麼會出現在妓院？

她已經準備好了，聽到什麼都嚇不了她，她立刻切換到專業模式。

「跟我說那女孩的事，還有你是怎麼拿到了這個字條。」

波伊德全說了出來。

波伊德停好了車，帶洛蒂前往妓院所在的那間公寓。四周的一切看起來都很正常，騎單車的小孩在尖叫，兩名女子透過敞開的窗戶在聊天，聲音傳透整個廣場。有名男子把頭埋在汽車引擎蓋底下，小男生從塑膠盒裡面拿出工具交給他。正當波伊德爬上某棟外觀髒兮兮的公寓台階的時候，她心想，大家繼續過著日常生活，但緊閉的房門之後卻潛伏了惡行。

當博伊德伸手按門鈴的時候，她開口說道：「你知道我應該帶林區，或者是除了你之外的其他人過來，我們兩個最後都會很慘……」他們等了一會兒，但是沒有人應門。

洛蒂伸手推門，吱嘎一聲開了。她回頭望向波伊德，自己進入了玄關。

她大叫，「嗨，有人在嗎？」她的聲音又傳送回來。

「洛蒂……」

「噓……」她把手指放在唇上，然後又繼續前進幽暗地帶。

波伊德說道：「這裡沒人。」

她進入了玄關底端的房間，沒人。然後上樓，波伊德跟在後面，他們試了每一間。

他說道：「所以這裡沒人。」

這種態度是鬆了一口氣嗎？她擺出臭臉問道：「她是在哪一個房間？」

他指了指敞開的大門，「我到階梯上等妳，我不想……」

她搖頭，「別想要脫罪。」

「我沒那個意思。」

「天吶，男人怎麼會進來這種骯髒的地方？」

她戴上防護手套。迅速掃視了整個房間之後，她翻開床被，從床墊尾端掀翻被單，在抖動的時候，看到了到被撕爛的邊角。

「她是拿這個當成了紙。」床底下或房間裡什麼東西都沒有，不需要繼續清查，「我想不需要找人過來進行鑑識了。」

波伊德只是聳肩，低頭，「我不確定。不過，是什麼原因嚇得他們要急忙離開？」

「波伊德，就是你啊。你把皮夾留在這裡，靠。現在我們要怎麼找到她的人？」

「我想，我知道某人可能會有解答。」

也不知道為什麼，洛蒂有讀心術，「麥克納利嗎？」

「對。」

「他與這件事有關聯？」

「我想應該是，潔姬提到他可能在從事人口販運。」

「你知道現在他人在哪裡嗎？」洛蒂從波伊德旁邊擠了出去，窒悶的房間讓她頭暈。

波伊德說道：「我在一大早的時候和他起了衝突。」

「哪裡？你明明知道我們這一整個星期都在追查他的下落。」

「他來我家找潔姬。」

「她在你家過夜？天吶，波伊德，你就是學不到教訓。」

「不是妳想的那樣，她很怕他。」

「很合理啊。他住在哪裡？」

「『園景飯店』。不過，潔姬說他其實不常待在那裡，想必有別的藏身地。」

「波伊德，你都看到他的人了，為什麼不逮捕他？」

「憑什麼？又找不到明顯理由。我們接獲的指示是要緊盯他的行蹤，現在我們已經知道他住在哪裡了。」

「他攻擊你？不是嗎？」

「對，不過……」

「現在太晚了。」洛蒂讓步，「我們去飯店查看狀況。立刻把那張字條拿去分析，進行翻譯。我們需要找到米莫莎，而且我得要跟克禮根警司談一談有關她兒子的事。」

「我會根據狀況說出該講的話，」洛蒂抹去鼻子上的汗水，搖頭，「波伊德，你真是超級大笨蛋。」他正打算開口，卻被她揚手制止，而且她旋即走人，「還有，千萬別想要賴到克爾比的頭上。」

56

「妳搞什麼？」

克禮根警司的狂吼威力讓管狀燈咯咯作響。他起身，然後又一屁股坐回去，皮革中受擠壓的空氣發出了刺耳聲響。雖然他請了一天的病假，但他現在看起來比上星期更慘。鏡片後方的腫痛之眼貼了紗布，位置歪斜。

「我有一堆事要忙，沒時間處理他的事。」長官沒有請洛蒂入座，所以她依然站著，雙手交疊胸前，雖然她十分心虛，還是努力擺出充滿自信的模樣。

「妳根本沒打電話，更別說填寫表格了，」克禮根伸手抹額，滿臉絕望，「妳也很清楚，我們與那些傢伙交手之前，必須要處理的那些狗屁倒灶的事。」

「長官，我知道，這正是我不願看到密勒特進入社福體系的原因之一。」

「妳必須依照規矩行事，不能讓他們有詆毀我們的理由，我真的是對妳大失所望。」

她開口，「如果您願意讓我解釋……」

他大手一揮打斷她，「不用了，探長，妳害我別無選擇。」

洛蒂放下雙手，貼住他的辦公桌桌面。

「選擇？無論那小男孩的媽媽在哪裡，他有什麼選擇？一條龍庇護中心那些被大家討厭的人有什麼選擇？別跟我講什麼選擇。長官，不必。」

她稍作停頓，喘氣，突然大驚自己幹了什麼好事，居然在自己直屬長官的辦公室裡對他大吼大叫。他冷冷看著她，那股沉默之氣彷彿永無止盡。

「探長，」他終於開口，語氣未免太溫柔了，她惹了大麻煩，「帕克探長，」他重複了一次，「我不喜歡別人用那種口氣對我講話，妳真夠大膽。老實說，我真的不知道該怎麼該拿妳怎麼辦。趁我還沒有拿定主意之前，趕緊聯絡那個臭單位，叫個社工過來照顧那小孩，找到他媽媽。還有，再也不准用那種態度跟我講話，聽到沒有？」

「是，長官。」

「還有，包商的每個工作地點都要派駐一個制服員警，我可不想讓兇手又趁機埋屍。」

「是，長官。」

「我們要在這混蛋再次行兇之前逮到人。」

「是，長官，謝謝你，長官。」洛蒂轉身準備離開。

「不需要謝我。這是妳的最後機會，要是再搞砸的話，就是立刻停職處分，連等都不用等，我說到做到。」

「是，長官。」

洛蒂回到自己的辦公室，發現瑪莉亞．林區在埋首工作。

「林區，可否幫我打電話給孩童與家庭局？我得要找個社工談一談。」

當洛蒂進入案情偵查室的時候，裡面一片鬧哄哄。孩童與家庭局已經通知她，社工伊曼・卡爾特會去她家拜訪，她想方設法把會面時間拖到了傍晚。

「第一要務，」她說道：「克禮根警司要在包商工作的每一個地點派駐制服員警。我不確定我們能否騰出這些人力，不過，現在他的心情容不得別人違抗。」

她拿出波伊德皮夾中的米莫莎字條複印本，釘在白板上。也許只是某種求救訊號，但可能透露出更多的訊息。那一塊布已經送去做鑑識分析。克爾比喝著可口可樂，大搖大擺晃進來，她抬頭盯著他。

她語氣譏諷，「精蟲衝腦男終於現身了，真是讓我們備感榮幸。」

克爾比正準備要喝可樂，瓶子落在嘴唇與肚子的中央動也不懂，他站在那裡，瞠目結舌。

她看到波伊德搖頭，克爾比明白了暗示，趕緊接起最靠近自己的鈴響電話。

「等到你結束通話之後，我要你們兩個到我的辦公室，」洛蒂說道：「我的意思是，我們的辦公室。至於其他人，最好在今天結束之前找出具體證據，我需要搜索票去一條龍庇護中心搜查。還有，回頭檢視挨家挨戶的問案報告，閱讀問案紀錄，交叉比對我們已知的一切，還有在這破落城鎮裡正常運作的監視器，全部都要清查。找出那輛貨卡的屋主，還有它是怎麼進入威爾的拆車場。一定有人在惦記著那些女孩。就算一時想不起來，但一定有人曾經在哪裡看到了什麼。」

她稍作停頓，只不過吸了一口氣，又指向嘉達．吉莉安．歐唐諾，「妳，再次去找可魯姆街有後門出口的所有商家。屍體不會自己跳進去。還有你……」她指向另一名制服員警，「再去第一具屍體被掩埋的布里基街，找那裡的每一個人問案。一樣，一定有人看到了什麼，世界上不可能有隱形殺手，但我真心覺得這次就被我遇上了。」

一片寂靜之中，有支電話響了，「哪個人去接一下電話啊！難道我是在跟一群小孩共事？是不是？」

大家異口同聲，「探長，不是。」

「好，那各位最好證明給我看。要是我的工作岌岌可危，我相信你們也都不用混了。」

她覺得自己臉色漲紅，心跳速度快了兩倍，狠狠甩門出去，邁步進入走廊，把波伊德與克爾比留在裡面。

「林區警探，我需要一點時間和這兩位獨處，」洛蒂說道：「也需要找人翻譯那張字條。」

「我要找誰……」

「這我不管，反正給我翻譯出來就對了。」

林區抱起了一疊檔案，搖頭離開了。

洛蒂面向另外兩名警探，停頓了一會兒，先讓他們多流一點汗再說。克爾比手中可樂瓶的凝珠滑落而下，他把它放在最靠近自己的辦公桌，波伊德的桌上。她聽到波伊德在嘆氣，看到他把它拿起來，以手指擦乾那一圈水漬，然後把瓶子扔進了垃圾桶。

洛蒂說道：「坐啊。」

他們乖乖坐下。

她在狹小的辦公室裡四處走動，開口說道：「我對你們兩個很失望。你們坐在這種位置，跑去妓院當然是無法令人接受的行為。我相信你們也不需要我提醒有關道德、行為規範啊什麼什麼的。」她心想，天吶，訓斥別人違反規範，她實在不是什麼高手。

克爾比雙眼暴凸，望向波伊德，當然，他之前沒有時間事先警告克爾比，洛蒂發動猛攻。

「克爾比警探，對你來說，妓院有沒有什麼特別含義？尤其是席爾角的那間妓院？」

她本來以為他圓滾滾的雙頰會因為羞慚而漲紅，沒想到卻是完全失去血色。

「還有，千萬別想狡辯。」

克爾比伸手摸拍胸前的口袋，拚命找雪茄。

「看來你很熟這家聲名狼藉的妓院，告訴我老闆是誰，還有媽的現在他們在哪裡。」

克爾比結結巴巴，「我……我……我不知道。」

「哦，但你明明知道，安雅。那間妓院老鴇不就是叫那個名字嗎？波伊德警探已經把他知道的全告訴我了，我在等你講出你知情的部分。」

一頭亂髮的克爾比猛搖頭，似乎陷入天人交戰，他沒有望向波伊德，最後，他開口了。

「我只知道她叫安雅，我以前只去過一次而已……。我記得她是阿爾巴尼亞人，底下有四個女孩。我去了兩次，都是同一個人，所以……從業女性……應該不是很多吧。」

洛蒂的胃在翻攪，她別開目光，不再盯著他。這個成年男子，守法公民，執法者，怎麼會搞這種事？

「克爾比，你要重新得到我的肯定，還有一段漫漫長路，非常、非常長的一段路。傑米・麥克納利是否也牽涉其中？你知道嗎？」

「麥克納利？從來沒聽人提到他與這有關。」

「好，你可以先去挖掘有關這個安雅的一切。她替誰工作，又是誰替她準備旗下女子，她人在哪裡？還有，麥克納利的角色。知道了嗎？」

克爾比氣急敗壞，「但這是反人口販運小組或移民局的業務啊！」

「要是我把他們找進來，那麼我馬上就把你與波伊德供出去，你想要這樣嗎？」

「探長，我不想，但是……」

「我的字典裡沒有但是。快去工作，就是現在！」

「恕我直言，老大，這與謀殺案有什麼關聯？」

洛蒂深呼吸，然後大嘆一口長氣，「就我們目前所知，一切都可能與這些謀殺案有關。波伊德，你在妓院裡看過米莫莎，對嗎？」

他小聲回道，「我幾乎百分百確定就是她。」

「米莫莎拿了一封信給我，她有話要說，她又留字條給你。她不會說我們的語言，所以這是她唯一的溝通方式，我認為她一定是那兩起年輕女子命案的關鍵人物。」

他也同意，「這是我們唯一的線索。」

她讓他們兩個討論案情，自己去找尋瑪莉亞・林區到底在哪裡埋首苦幹。

「之前幫我翻譯的那個人今天沒上班。根據谷歌翻譯給我的內容，這字條是某人在求助，不過，是科索沃的阿爾巴尼亞文。」林區交給她一份列印文件。

洛蒂唸出來：幫助我，找到我的兒子，庇護中心。

她說道：「這一定是米莫莎寫的，她有兒子。」

林區皺眉盯著她，「妳是從哪裡拿到這張字條的？」

洛蒂猶豫不決，不知是否該讓她知道波伊德在這整起災難中所扮演的角色。但最後決定越少人知道越好，目前是如此。

「不重要，但它證實了我們原本就知道的狀況。米莫莎與她兒子是一條龍庇護中心的院民，與其他尋求政治庇護者住在一起。她一開始來我家的時候，是為了要尋找某名失蹤的朋友，卡爾翠娜。我現在懷疑卡爾翠娜就是我們的第二具無名屍，但我不知道第一名受害者是誰。也不知道為什麼，米莫莎逃離一條龍庇護中心之後，進了妓院，而她兒子被留在我家門口。差不多在同一時間，妓院的人不做生意，全都不見了，而米莫莎也跟著那些人一起消失。」

「人不可能就那麼消失無蹤。」

「但他們就是這樣，一直如此。」

林區盯著眼前的檔案，她看起來疲累無比。

「抱歉，」洛蒂說道：「害妳工作這麼辛苦。」

「沒關係，我們得找到兇手。」

洛蒂看了一下手機的時間，距離她與照顧密勒特的那名社工見面的時間，還剩下幾個小時。

「我要去找一下丹恩．羅素，看看他今天是否有上班，有些事他必須要好好釐清一下。」

「要不要我跟妳一起去？」

「不了，這得靠我自己處理，他還有好幾件事得對我講清楚。」

「哪些事？」

「不勞妳費心的事。」洛蒂把手機塞入牛仔褲口袋，走向門口。

林區開口，「探長？」

洛蒂轉身。

「務必小心。」

57

克洛伊打開冰箱，瞄了一眼空空如也的櫃面，又關上了門。「凱特，我們需要食物。還有，」她打開水龍頭，倒了一杯水，凝望外頭的花園。

凱特問道：「妳知道外頭是攝氏二十五度左右，為什麼妳都一直穿長袖？」

「管好妳自己的事就夠了。」克洛伊重重跺步，赤腳出了後門。

凱特回她，「隨便啦！」然後她開始安撫坐在大腿上的密勒特。

克洛伊坐在花園涼椅裡，小口喝水，開始摳餐桌上剝落的漆片。烤肉食物的香氣從圍籬的另一頭飄過來。她心想，正常家庭正在歡度正常的星期六，而她的家庭一點也不正常。一滴清淚直接從臉頰滑落而下，她周邊明明有這麼多人，她卻感到如此孤單。

某列火車沿著上方的鐵軌緩緩轟隆隆進站。也許她應該要買張單程車票離開拉格慕林。她能夠拋卻壓力嗎？躲避考試，逃離母親？碎漆已經被她全剝光了，她發覺自己的指甲正移向袖子底下的手臂皮膚。然後，她找到了一塊老舊的痂，反覆摳弄，最後，深紅色的血浸染了白色棉布。她沒有感受到任何的疼痛，只有無盡的麻木。

她抬頭，望向遮擋花園的那些樹木，覺得似乎看到有什麼東西在陽光之下閃爍。似乎是陽光照到了鏡子，對她反射出宛若雷射的強光。她瞇眼，伸手遮擋雙目，又看到了。是不是有人躲在那些樹木之間？正在監視她？難道是他嗎？一想到上次見到他的情景，就不禁讓她想吐，她已經感受到他舌頭侵入她嘴裡的那股熱氣。她一陣反胃，迅速起身，沒抓好杯子，它掉在露台區，碎了一地，細片宛若陽光之下的冰柱熠熠閃動。碎玻璃割傷了她的腳丫子，她踩滑了，踉蹌跌入廚房。

「克洛伊！妳真是混蛋，到處都是血，媽媽一定會大發雷霆。」

「妳要是這麼擔心，就自己清理啊！」

克洛伊繼續往前走，進入玄關，上樓，淚滴與鮮血不斷汨汨流出。

他把望遠鏡收回盒內，拉好拉鏈，掃視周遭的環境。她看到他了，抬頭，直接望向他。不，她不可能看到他。不過，她的視線的確直接對準了他的位置，然後，他明白了，是陽光，一定是照到了望遠鏡的玻璃而產生反光。他應該要更小心才是，愚蠢錯誤。

他安慰自己，她也只會注意到反光而已，不可能看到他的。在一片綠意映襯之下，他的迷彩裝發揮了功能，一定沒錯。

他把黑色真皮包包揹上肩，沿著早上過來的那條路走回去。他知道火車時刻表，等到都柏林快車駛離車站、加速前進之後，才從藏身處出來。他跨過鐵軌，從破爛斜坡走下去，進入某間以木板封條的廢棄屋的後花園。他脫掉了帽子，以手指撫摸大汗淋漓的頭。把一切放入包包之後，他從側門離開，進入人行步道。他一邊走路一邊吹口哨，混入星期六的購物人潮之中，前往他現在稱之為家的那個地方，露出了微笑。

也許他該去工作了。

這個念頭不錯。

58

「帕克探長，真是驚喜啊！」丹恩．羅素斜靠在自己停放在A區建物之外的座車，「怎麼不上來我的辦公室？」他依然滿臉賊笑。

「我待在這裡就可以了。」洛蒂下定決心要掌控局面，「我有幾件事要跟你確認一下。」羅素不再嘻皮笑臉，迅速回道：「好，妳要問什麼？」

「米莫莎。你對她做了什麼？」

「找到她了嗎？」

「回答問題就是了。」

「我告訴過妳了，她是這裡的院民，兒子跟在她身邊，現在他們不見了。」她又重複了一次，「你對他們做了什麼？」

「什麼都沒有。他們正在等待跑流程，然後就這麼人間蒸發了。」

「我們正在申請搜索票，要清查這棟建物，特別是你的辦公室檔案。我想要知道有關米莫莎的一切，相信我，我一定會找出答案。」

他往前走了一步，朝她逼近。洛蒂揚手，阻止他繼續前進，她的包包從另一隻手臂滑下來，掉到地上，裡面的東西全都散落而出，也包括了她在母親閣樓裡找到的亞當照片。

他指向照片，「那是什麼？」

「沒事。」她撿起來，把它塞回包包裡，和其他東西放在一起。「你手中握有哪些有關她的資料，全部給我，我們有新線索。」

「什麼新線索？」

「我認為這女孩有危險。我想要知道她從哪裡來，為什麼最後會尋求政治庇護，還有她的名字為什麼沒有出現在官方資料庫。」

「應該有啊。」

「哦，就是沒有，我已經自己查過了。你是不是有自己的名單？比方說，與其他尋求政治庇護者區隔的獨立名單？」

「這是不合理的指控。」

「你自己告訴我米莫莎本來住在這裡，但是她的名字卻沒有出現在司法部的資料庫，你給我解釋一下。」

「一定是哪裡出錯了。」

「對，羅素先生，是你造成的錯誤，嚴重疏失。」

她覺得他一度露出憂慮神色，但過沒多久之後就恢復鎮定。

他離開她的面前，開口說道：「跟我到我的辦公室。」

洛蒂舉旗不定，是要乖乖過去，還是要離他越遠越好？或者，至少應該呼叫支援。現在，她的正常判斷力已經全部消失。

羅素站在A棟建物門口，停下腳步，轉身。洛蒂看到了他發現她跟上時的大笑神情。

「米莫莎在妓院……」她突然脫口而出，打定主意要讓他笑容盡失。

果然！

他臉色煞白，「妳在說什麼？」

「就在拉格慕林這裡。」

「我不知道。現在她待在那裡？唉，那可憐的小男孩，想必她沒有把他待在身邊吧？」

洛蒂咬住下唇內側，她懷疑這是他特地為她準備的某種盛大表演，她的直覺告訴她，他十分清楚她到底在說什麼。

「你是不是把女孩送入這間妓院？」

他玩弄自己的鑰匙，無法直視她的目光，「帕克探長，妳不會想要以這種方式追根究底。」

她朗聲問道：「什麼方式？」她現在沒有時間玩遊戲。

他趨前，侵入了她的私人心理空間。距離如此接近，光是聞到他的氣息就可以知道他早餐吃了什麼。

「我要打電話尋求支援人力，」她開始點手機，「我不喜歡你的威脅語氣。」

「不必這樣。進來吧，我看看我是否能夠找到她的檔案。」他朝門口走過去。

洛蒂嘆氣，她總算有了眉目，「好，不過你最好要快一點。」

當他站在階梯底下的時候，他回頭說道：「我需要講一下妳先生的惡行。」

「你到底是在講……」

他邁步上樓，「他與那個小妓女米莫莎之間有關係。」

她抬頭盯著他。什麼關係？她拚命張望四周。她應該要離開，回警局，找尋增援人力，助手，波伊德。

時候未到。

她得要知道羅素到底在講什麼。

59

「唉呀，天吶，怎麼又是妳？滾。」

波伊德點菸，想要避開潔姬，而她卻跟著他到了警局後面。

他說道：「妳不該待在這裡。」

「好，馬庫斯，我是冒著生命危險來找你講話。」

他停下腳步。她抓住他的手臂，手指深陷在他的皮膚裡。他東張西望，覺得很可能會看到鼠臉麥克納利朝他撲來。

「我已經有一眼瘀青了，不需要湊成一對。」

「是關於梅芙．菲利普斯。」

聽到這句話，不禁讓他瞬間語塞。他丟了菸，抓住她的肩膀，「妳知道她的什麼事？」

「不是太多。我本來昨晚要說，但是……你也知道，我覺得我喝多了。」

「繼續講下去。」

「她爸爸請傑米找她。」

「這個我們已經知道了。」

「但是你不知道原因。」

「梅芙被綁架了。」

「我發誓句句屬實。這與傑米和梅芙爸爸的……活動有關，要怎麼稱呼就隨便你。今天早上的時候，我偷聽到他在講電話。」

波伊德斯思索了一會兒。

「人口販運？為了性交易？」

「對。」

「妳是要告訴我，有人挾持了梅芙，要逼她從事性工作？」

「不是，你超蠢。那是法蘭克．菲利普斯和傑米在幹的勾當。但他們最近的生意出了狀況，我不知道到底是錢、毒品，還是女人。不過，他們很擔心與歐洲難民潮有關的什麼事。而且我很確定法蘭克．菲利普斯非常擔心他女兒的下落，他還叫傑米努力找到她的下落。」

「為什麼菲利普斯不自己過來這裡？」

「他會被逮捕，他在西班牙遙控一切比較容易。反正，傑米已經在愛爾蘭了，為了其他的生意。」

「其他生意是指？」

「我不知道。」

波伊德不斷繞圈，消化傑姬剛剛告訴她的事。他知道在十年前左右，菲利普斯犯下某起都柏林郵局搶案，警方正準備要逮捕他的時候，他逃往西班牙。

「所以『鼠臉』麥克納利正在找尋梅芙・菲利普斯的下落。」

「不要那樣叫他。」她從包包裡取出一盒菸，點了一根給波伊德，一根給自己。「但我猜是這樣沒錯。他跟你一樣，一直在兜圈子，你應該要找法蘭克談一談。」

「機會微乎其微，他多年前畏罪潛逃，我不覺得他現在會回來。」

潔姬說道：「那是他的女兒啊。好，馬庫斯，我們之間玩完了，我可以接受，不過，我可以努力幫你安排，找到那女孩，然後，也許你可以幫我擺脫傑米。」

波伊德望著這個本來是他一生摯愛的女子。他們之間玩完了，是沒錯，但是他不能看著她與危險之人為伍而放任不管。雖然她這麼做是基於自私的理由，但他嗅到了一點端倪，她幫助他很可能會害自己的生命陷入危險。

「不要用那種眼光看我，」她說道：「讓我幫你。」

「謝了，潔姬。」波伊德猛吸一口長菸，「我們有一個團隊在處理梅芙失蹤案，這是優先重大案件。要是妳能夠安排法蘭克・菲利普斯與我們談一談，那就是幫了大忙，然後，你可以提供有關麥克納利的資訊，好讓我們逮捕他。」

「好，」她說道：「我會讓你知道法蘭克是否願意跟你們聊一聊，然後，我會想辦法揭發傑米的惡行。」她湊前，親了一下他的臉頰。

波伊德望著她離開之後，自己趕緊衝回警局。他必須要把這件事告訴洛蒂，希望可以讓她不要繼續繃著臉。然後，他才想起來她並不在裡面。

60

丹恩．羅素辦公室裡的電風扇呼呼轉個不停。

「跟我說亞當的事，」洛蒂依然站著不動，「為什麼你會冒出米莫莎與他有關的結論？」

羅素若有所思，坐在他的辦公桌後面，「給我看那張照片。我很清楚，妳希望我可以告訴妳那件事。」

「我希望你告訴我的是我這座城鎮到底是怎麼搞的。遇害的女孩、失蹤的女孩、被擄走的女孩。你與這些事脫不了關係，我要知道究竟是什麼。」

「我和這一切無關。」

她把照片狠狠丟在他桌上，然後坐了下來。「我沒有時間玩遊戲。那是亞當，你很熟的人，你和他一起在科索沃服役，這是在那裡拍攝的照片。」

「妳怎麼會做出那樣的結論？」

「角落的日期。所以不要在我面前撒謊，當時你也在那裡。和亞當在一起的那些人是誰？」

「我不知道。」

她仔細端詳他，他在撒謊。

他把照片推還給她，「妳不要作繭自縛。」

「那女子懷孕，」她說道：「那個年輕女孩似乎也有孕在身，而那些小孩子狀似恐懼，我想要知道更多細節。」

羅素把椅子往後推，起身嘆氣。

「那是科索沃的悲慘時光，受人唾棄的時代，人類犯下各種暴行。大屠殺……以諸多形式呈現的種族淨化。不只是謀殺，而是集體性侵。我不知道，但我猜那女人是性侵受害者，而亞當也許正在幫忙那一家人，或是……」

「或是怎樣？」

「或者可能是侵犯者。」

洛蒂跳起來，翻倒了椅子。她死盯著他，這就是他威脅要公布的謊言？她搶下照片，「你居然敢說這種話！」

他繞過桌子，站在她的面前，兩人的臉只相隔了十幾公分而已。

「妳搞不清楚那個國家是什麼狀況。我警告妳，要是妳在荒唐的查案過程想把我扯進去，我會毫不遲疑揭露妳摯愛老公的犯行。」

「你在唬我。」

「不要逼我。妳也知道，謠言傳得飛快。只要妳找到米莫莎和她兒子，就不會有人知道亞當．帕克的事。」

「羅素，你是騙子加混蛋，百分百的大混蛋。」

約。」

「反正有人罵過我更難聽的話。」

「為什麼你這麼急著要找米莫莎？幾天前你根本不知道她住在這裡。」

他陷入遲疑，「我公司負責營運這間機構，不能讓別人看到我怠忽職守，這樣會害我失去合約。」

「鬼扯，你自己很清楚。」

「我清楚的其實是自己的事業。」

「真的嗎？你弄丟了一個女孩和她兒子。」他編出的理由，洛蒂並不買單，她的腦袋在拚命打轉，努力想要找出天衣無縫的理由逮捕他。靠，應該帶波伊德一起過來才是。「她有一個朋友，個頭嬌小的黑人女孩，我要找她談一談，馬上就要。」

她緊盯羅素，看著他臉色變得慘白，然後又立刻恢復成一貫的面無表情。

他說道：「對於她的事，我一無所知。」

「別擔心，我會找到她的。」洛蒂沉思了一會兒，「亞當是做了什麼讓我得提心吊膽的事？」

「要是我現在告訴妳，一定會讓狀況變得更複雜。」

洛蒂從包包裡取出信封，拿出那個帆布徽章，在他面前揮了好幾下。

「米莫莎給了我這個，我想那是亞當的名條。」

「她是怎麼給妳的？在哪裡？這個小賤貨！」

羅素打算搶下來，但洛蒂早已後退，緊抓徽章不放。

「小賤貨？拜託！」她說道：「我有兩具無法查明身分的屍體，她們是不是與米莫莎母子住在這裡？」

「當然不是。」

洛蒂一提到那些被殺害的女孩，就想起了自己在網路上看到的那些文章。「科索沃在戰時與戰後的人體器官走私活動相當猖獗。這兩名死者都缺了腎臟，而你待過科索沃，現在又來到這裡。」她停頓了一會兒，思緒開始串連，終於。

「靠，羅素，你到底在搞什麼鬼？」

「妳必須要找到米莫莎的兒子，妳手中的那張亞當的照片……我想米莫莎是裡面的其中一員。」

洛蒂搖頭，滿是困惑。當羅素指向她手中那張照片的時候，一切的合理思緒瞬間迸斷。她低望那張照片，狀似懷孕的女孩的雙眸與米莫莎很像，就連比較年長的那名女子也有相同的一雙眼睛。

她開口，「可是她年紀是……」

「我想現在是十九歲。」

「不可能是這個女孩，年紀完全對不上。」

羅素說道：「不是她。」

他從她手中拿走照片，放在桌面，食指點向兩個小男孩身旁、坐在地上的那個小女孩。

「好，那就是米莫莎。要是妳找到了她，有關妳先生可能被我掌握的那些機密，我就不會洩漏出去。」

「我不懂，」洛蒂對著照片皺眉，「所以這個年紀比較大的女子是米莫莎的媽媽？為什麼我丈夫會出現在這張照片裡面？這家人出了什麼事？為什麼現在米莫莎會在拉格慕林？」

「妳覺得妳先生在科索沃做什麼？在妳痛斥我搞非法摘除人體器官與人口販運之前，妳必須要努力想清楚。」

洛蒂急忙抽回照片，奔向門口。

「羅素，你想要怎麼威脅我都不成問題，我會帶著搜索票回來。」

61

太陽的灼燒熱力，穿透殘餘的臭氧層，讓洛蒂的皮膚變得紅通通。她沒有理會熱氣，快速邁步前進，手機貼耳，與羅素見面之後、內心波濤洶湧的同時，她努力想要聽清楚波伊德在說什麼。

「講慢一點，波伊德，你在哪裡？」

「我在等你。」

「我在等妳。林區與克爾比先過去了，制服員警已經封鎖現場。」

「什麼現場？」

「妳完全沒聽到消息？又一具屍體。」

「幹！這一次是誰發現的？」洛蒂跑過運河人行步橋，然後又上了鐵路路橋。她看到他就在前面，在警局外頭不斷繞圈子，她繼續往前跑。

「我還不知道，剛接到你的電話而已。」

她上氣不接下氣，到了他身旁，「一定是佩托夫奇。」

她還在對著手機講話。波伊德把它抽出來，按下結束通話鍵，把它扔入她的包包裡。

他說道：「妳冷靜一點。」

「在過去這幾天當中，我一直聽到這句話，每一次都只是逼我抓狂到不行。」她跟著他往前走，匆匆經過了大教堂，在街頭疾行，她問道：「為什麼我們要走路過去？」

他點了一根菸，「整座城鎮亂七八糟，到處都在施工，塞到不行，走路比較快。」

洛蒂說道：「給我來一根。」

他把自己的菸遞過去，自己又點了一根菸，「羅素怎麼說？」

「我等一下再告訴你。」

「現在就講啊。」

「等一下，波伊德，等一下再說。」關於羅素所披露的那些事，她自己都搞不清楚，更甭說要向別人解釋了。

他們走到道路盡頭，左轉，前往克洛伊的學校。洛蒂希望女兒認真準備考試，她知道這小女孩所承受的壓力——至少她覺得自己很清楚——所以她就沒有逼問，她信任女兒。但這樣的信任度已經比不上五個月之前，克洛伊變了，又是另一個必須解決的問題。不過，現在她得要先去查看屍體。

「感謝老天，附近沒有學生。不過，包商為什麼在這裡工作？天吶，波伊德，他們到處施工，我以為我們已經派人盯住所有的工地。」

雙向車道壅塞，喇叭聲轟隆作響，駕駛們飆髒話，完全不知道世間又有一個可憐人被奪走了生命。她心想，就算他們知道真相，很可能依然會大吼大叫。

他們到達那座橋，制服警察正忙著指揮交通、讓車輛回頭。藍白色的犯罪現場封鎖帶掛在那裡，完全沒有任何飄晃。空氣中懸浮著某種高濕度的黏滯狀態，她覺得嗅到了暴風雨的刺鼻氣味，希望鑑識小組可以在大雨來臨之前檢查現場。

他們低頭，鑽過封鎖帶，洛蒂站在橋上，檢視下方的狀況。警察們待在老舊的船閘旁邊，在某棟建物旁架帳篷。

她沒看到屍體，「也許是溺水，或是自殺？」

「我知道的就和妳一樣多。」

她先走到了克爾比面前，「怎麼一回事？」

「那裡有一間舊的馬達房，包商把那裡當成了儲藏室，兩名工人修鎖，其中一人發現了屍體。」

待在克爾比後面的林區，正在與某個背對洛蒂的高大男人在講話，忙著寫筆記。對方的站立姿勢、頭部微傾的模樣，還有反光背心之下辛勤工作的寬闊雙肩，讓洛蒂覺得好熟悉感。

她不需要查看對方的面孔，也知道究竟是誰發現了本週的第三具屍體。

怒雲遮蔽陽光，天空狂落急雨，這彷彿是眾神或是惡魔自己所下達的命令，沒有人帶了外套或是雨傘。

洛蒂心想，大家都會被淋濕，但更慘的是，證據全部都會被沖刷得一乾二淨。

當林區在逼問安德烈・佩托夫奇的時候，洛蒂站在那裡，動也不動。這絕非巧合，前兩具屍體曝光的時候，他也在現場，又一起可疑死亡事件的現場，又看到了他。他的同事低垂著頭，雙手深插在口袋裡。

洛蒂需要時間累積能量，才能對付佩托夫奇。波伊德與克爾比站在匆忙搭建的帳篷門口，她站到他們身邊，開口問道：「這是什麼狀況？」

克爾比回她，「女屍，在舊馬達房被人發現。根據我們從佩托夫奇老闆傑克．德爾莫迪聽到的說詞，他人就在那裡，陳屍地點是在某具老舊怪手的後面。他們一起把她拖到外面，以為她還有機會活過來。不過，德爾莫迪在天光之下看了她一眼，知道就算施行心肺復甦術也沒用了。」

「佩托夫奇有沒有碰到她？」

「兩人合力把她抬到門外，他們說裡面沒有光源。」

「又污染了屍體。」洛蒂搖頭，她朝佩托夫奇走去，但波伊德卻抓住她的手臂，把她拉回來，手指緊緊掐住了她淋濕的肌膚。

「現在讓林區與其他兩個人處理就好，」他說道：「她非常幹練。」

「而我就不幹練嗎？」

「我沒這個意思，妳也很清楚。」他掀開帳篷的蓋口，「我們得要看一下那具屍體。」

洛蒂讓步，兩人戴上了手套與鞋罩。在進去之前，她環顧犯罪現場，發現卡賀爾．莫洛尼正在對駐守現場的制服員警大聲抗議。她進入帳篷內的時候，低聲說道：「我的麻煩還不夠多嗎……」

屍體躺臥的角度很詭異，面孔朝天，旁邊是老舊馬達屋的紅磚牆。

波伊德問道：「妳知道她是誰嗎？」

洛蒂專注凝視，「不是梅芙，」她繼續說道：「也不是米莫莎。」

她慢慢靠過去，小心翼翼不敢出包，以免激怒吉姆‧麥克葛林與他的犯罪現場鑑識小組組員，不過，佩托夫奇與他的同事已經摸遍了屍身，她覺得現在採證也已經為時晚了。

她低聲問道：「為什麼她不像其他人一樣被埋在地底之下？」

女孩緊閉雙眼，屍身宛若遭丟棄的布娃娃。「真希望我可以把她翻身過來，檢查她是否像其他人一樣背部中彈。你看看，她的臉頰與頸脖的那些印痕。」

「是咬痕嗎？」

「看起來是如此。第一名受害者也有類似的傷痕，但看起來不是暴力咬痕。珍已經以拭子取樣，但沒驗出DNA。」洛蒂蹲下來，仔細觀察，「波伊德，我覺得她很可能是米莫莎那天早上來我家的時候，跟她在一起的那個女孩。」

「真的嗎？但當時妳並沒有細看吧？」

「沒有，的確沒有。我只是說，她很可能是同一個女孩。」

波伊德說道：「我們還不知道死因。也許她失足掉入運河，然後自己爬上來，進入那間馬達屋？」

「這女孩長得真美。要是她跟其他受害者是相同狀況，那麼也不會有人來認領她的殘屍。」

波伊德搖頭，鑽到帳篷外頭。洛蒂跟了出去，波伊德在等待麥克葛林到來，她覺得現在正好可以找佩托夫奇談一談，他是所有受害者之間的共同分母。

她走過去，他轉身面向她。在大雨之中，他臉上的那道疤痕變得更明顯，顏色更深、更陰鬱。不過，他的雙眼還是一樣，充滿了傷痛。

她的雙臂交疊胸前，「佩托夫奇先生，我們又見面了。」

「我已經跟警探講完了。」他指向林區，她現在拚命護住自己的筆記本，以免它變得糊爛。雨水從佩托夫奇的耳朵與鼻子淌流而下，他的T恤與工作背心緊貼胸膛，雙手深插在濕答答的牛仔褲口袋裡面，黑色的工作鞋布滿泥巴。

洛蒂很堅持，「告訴我。」

他嘆氣，但依然緊閉嘴巴。

林區轉身，面向洛蒂，「德爾莫迪先生告訴我，他們來這裡修鎖，發現了屍體，全程都是兩人一起。」

洛蒂詢問德爾莫迪，「你上次來這裡是什麼時候的事？」

「幾天前，可能是一個星期之前的事吧，我不確定。」

「當時有鎖嗎？」

「沒有，被人弄壞了。我們一大早接到電話，叫我們過來修理，我們決定順便拿一些工具。

那女孩死了，對嗎？」

洛蒂點點頭。

林區闔上她的濕答答筆記本，「他跟我說的重點就是這些。」

洛蒂詢問德爾莫迪，「你接到的那通電話，是誰打來的？」

「我覺得是總局的某個怪人，我不認得那個號碼，但他似乎很清楚自己在講什麼。」他突然不講話，張大嘴巴，「難道妳不覺得……」

「現在這階段，德爾莫迪先生，我不知道該怎麼想，你呢？」

洛蒂逼問安德烈．佩托夫奇，「你怎麼說？」

安德烈．佩托夫奇的雙手從口袋裡伸出來，舉高向天，「邪惡！」他大喊，「太邪惡了！為什麼我得要看到這些屍體？」

洛蒂語氣嚴厲，「你知道這女孩是誰嗎？」

佩托夫奇搖頭。

洛蒂嗤之以鼻，「她就是躺在哪裡，等著被你尋獲，是嗎？」

「我不知道。她就是，彷彿……睡著了一樣。」他雙肩陡然一沉，看起來弱小又精疲力竭。

「我不知道你是怎麼能在一個星期的時間當中發現了三具屍體，」洛蒂說道：「不合理，除非……」

「什麼？」

「除非是你殺死了他們。」

他口中迸出的嘶吼，讓她嚇了一大跳，她往後退，彷彿那種尖叫真的會把她噴向後方一樣。他的話語汩汩流出，全是無法辨識的字句，她完全聽不懂的語言。大雨不斷傾落成了奔流，他們腳邊的濁水高漲。一道閃電劃破天空，雷炸的微粒瀰漫，現在明明是中午過後沒多久，但突然之間一片漆黑。

佩托夫奇大叫，「Ju lutem！」⓬

洛蒂開口，「你是怎麼回事？林區，帶他去警局。」

他周遭的場景宛若負片，一切都顛倒模糊。又一道閃電劃破黑色天空，宛若碎裂的陶瓷表面，她不禁心想，她是不是從頭到尾都搞錯了方向？

⓬阿爾巴尼亞文的拜託。

62

在藍色警燈閃動與警笛尖嘯聲之中，警探林區與克爾比帶著安德烈．佩托夫奇與傑克．德爾莫迪進入警局，躲避大雨與那些不耐煩的記者。洛蒂下令要清查這兩名男子的手機通聯紀錄，然後交給科技小組檢查。她不確定佩托夫奇到底做了什麼，不過，她注意到他的精神狀態變得很不穩定，決定必須要讓他待在警局的安全設施之中，找醫生為他檢查之後再問案。

吉姆．麥克葛林到達現場，她站到了他的身邊。現在雨勢已經比較和緩，不過，雷電的氣息依然在可怖密雲之後蠢蠢欲動。她的衣服緊貼皮膚，但對於自己全身濕透，她完全沒放在心上。

麥克葛林開口，「我們就看看妳今天又是給我端出了什麼好菜。」

洛蒂跟著他走向帳篷。他一身完整裝備，但她覺得這樣不夠，而且已經太遲了。一切都已經被污染，而且，就算是沒有受到污染的物證，現在也早就被沖入大洪水之中。

波伊德掀開帳篷蓋口不動，兩人就這麼盯著麥克葛林在工作。他戴了手套的雙手在進行測量與撫摸，做筆記，嘴裡念念有詞，拍照。最後，他小心翼翼翻動年輕女屍，讓它以側面貼地。

洛蒂盯著女孩的背部。在薄棉洋裝之下，她看到了肋骨下方的深洞輪廓。

麥克葛林說道：「妳又多了一具屍體，法醫馬上就會趕來。」

波伊德開口，「開槍，然後又為她穿上衣服。」

「開槍，然後又為她穿上衣服……」洛蒂也同意，她把手藏到自己的背後，忍住那股想要撫平皺巴巴洋裝的衝動。

在馬達屋搜查完畢之後，鑑識小組開始掃撥地面的老舊積灰，找尋證據。洛蒂覺得他們一定找不出任何可以追蹤兇手的線索。她斜靠在外牆，想要跟波伊德討菸抽，裡面有人大吼，讓她停下腳步。

「找到東西了！」

她趕緊又衝進去，某名鑑識小組成員站在生鏽機具前面，身穿如紙薄的白色保護裝的他，整個人跟鬼一樣。他戴著手套的手掐住的那個東西，洛蒂一眼就認出了。

她朝他的方向緩緩往前走了一步。他搖頭，打開證物袋，把軟綿綿的破爛兔寶寶玩具扔進去，它就跟密勒特的那個一模一樣，但一身是血。

洛蒂跑出馬達房，她必須要回去警局。

「探長！探長！怎麼回事？」卡賀爾．莫洛尼在封鎖線外頭大喊，他站在一群爭先恐後的記者前方，他們後頭的路面有一排媒體轉播車，衛星碟凸立車頂。

她沒辦法裝作沒看到他——她必須要經過他面前，才能坐上正在等候她的巡邏車。

「無可奉告。」她依然低著頭，繼續沿著運河河岸，朝車子方向前進。他緊追不捨，而且他後頭還跟了一群焦急的記者。

他大叫，「這名受害人是不是也被摘除了器官？」

他是從哪裡聽說了這件事？這個人真是鍥而不捨，這一點必須要讚揚他。她繼續往前走，他繼續發問。

「現在是否有野蠻兇手潛伏在拉格慕林？是不是連續殺人魔犯案？」

洛蒂已經受夠了，她面向記者，站得直挺挺。

「目前潛伏在拉格慕林跟蹤別人的只有你，莫洛尼先生。如果你繼續跟剛才一樣大喊某些毫無根據的說詞，我就會以妨害公務的罪名逮捕你。知道了嗎？」

他張大嘴巴站在那裡，但很快就恢復正常，「所以，妳並沒有否認的確有連續殺人魔了？」

「你這種問題根本不配我回答。現在給我滾。」

光是這一個早上，已經把她搞得夠累的了。

63

洛蒂與波伊德站在警局的臨時廚房，她在啜飲微溫的咖啡。

她問道：「為什麼兇手要把她放在馬達屋？」

波伊德回道：「他沒有辦法把屍體埋在現存的開挖地點，因為我們已經派人看守。」

「我們今天才開始讓制服員警進行駐守。」

「我想知道他是怎麼挑選棄屍地點。」

「我們連受害者的身分都查不出來了，好嗎？」洛蒂問道：「密勒特的玩具呢？它怎麼會出現在那裡？」

「妳說妳認得今天的女屍，那天米莫莎一大早來找妳的時候曾經現身。會不會是她把密勒特帶到妳家？」

「我開始覺得有這種可能性。她一定覺得他有危險。也許她忘了帶他的玩具，不過，話說回來，為什麼兇手要把它留在她身邊？」

他聳肩以對。

「波伊德，我認為兇手急欲想要找到密勒特，我覺得兇手是丹恩・羅素。這小男孩的事讓他很焦慮。也許他刻意把玩具和屍體放在一起，想要當成誘餌，他覺得這一招會讓我們帶領他找到那孩子。」

「妳真的認為是羅素？」

「有可能，這名受害者被折磨得很慘，」洛蒂托住馬克杯，面色扭曲，「你也看到了那些咬痕……非常兇狠。我們需要回頭檢視每一條線索，一定有什麼眉目可以把我們導入正確方向。」

「在這個階段，我不知道我們走的是哪一個方向。」

「要保持樂觀，」洛蒂說道：「我們等一下重頭審視一切。」她把自己的馬克杯直接放入水槽裡面。

波伊德拿起了它，從煮水壺裡倒水，將它沖洗乾淨。

他開口，「洛蒂，今天稍早的時候我見了潔姬……」

「你不需要什麼都向我解釋。」

她緊盯他好一會兒。濕透的襯衫黏住他的身體，淋濕的服貼短髮，在非自然光線下閃耀光芒的黑色眼眸，她覺得他是在亞當之後，她見過最帥的男人。亞當！

天吶，他到底與這起事件有什麼關聯？難道他們共度的這一生全是謊言？她不禁嘆氣，努力噙淚，不然等一下會造成波伊德誤會。

他說道：「我們得談一談。」

「對，的確。換好衣服，五分鐘之內到案情偵查室，開小組會議。」

她在走廊邁步前進，再也沒有回頭顧盼。她知道他在盯著她跨出的每一步，等待她回頭找她。

波伊德，去你的，她依然繼續往前走。

她的小組成員們全都入座，情緒急切，看起來像是想要掙脫拉繩的拉布拉多犬，她之後會給他們一點咬嘴的東西。她剛剛換上的T恤是置物櫃裡的最後一件，太緊又太短，她也該換牛仔褲，但只能等到或真有機會回家的時候再說了。她的鞋子也全部濕透，所以已經換上了靴子。

首先報告的是林區，「值班醫生已經給佩托夫奇先生打了鎮定劑，目前他待在留置室休息，為了以防萬一，我派了員警在外面看守。」

留置室位於新建物裡面，洛蒂知道佩托夫奇待在那裡不可能自殘，不過，有人監視還是很重要。

林區繼續說道：「傑克．德爾莫迪已經提供了口供。他在早上十一點三十五分的時候接到電話，對方吩咐他要去馬達房修鎖。他的手機也在我們談話的同時進行檢查。他說，佩托夫奇一直和他一起工作，所以當然是帶他一起前往。這是符合健康與安全標準的程序。當他們一到達那裡，他就進去檢查，沒有遺失任何物品，同時拿了一些工具，就在那個時候，他看到了屍體。」

「再把他留久一點，看看他的說辭是否會有任何改變。」洛蒂瞄了一下案情偵查室的白板，現在釘上了最新受害者的照片，「我們回顧一下目前擁有的線索，以及依然無法釐清的一切。」

她往前邁行，掃視案情偵查室的告示板。

「除了現有的兩具遇害屍體之外，我們等一下會正式確認剛才發現的女屍也是遭到謀殺，她的背後有槍傷。」

嘉達．吉莉安．歐唐諾說道：「又多了一具屍體……」

「沒錯。三個女孩，之前都沒有看到失蹤的報案紀錄，全都是背後中槍。前兩名受害人動過手術，腎臟遭到摘除，而且一號受害人懷有四個月的身孕。媒體馬戲團在小丑莫洛尼的襄助之下，現在已經知道了有關器官摘除的事，而且還發布了這是殺人魔下手的新聞。」

波伊德問道：「這不就是跟我們掌握的資料一樣嗎？」

「我們不希望全世界都知道，要等到掌握實據的時候，才能夠公諸於事。」

林區開口，「目前我們有嫌犯待在留置室。」

「我知道。但我記得我之前要求對於器官摘除一事必須要絕對保密。」洛蒂的目光飄向克爾比。她的前一個案子被莫洛尼知悉消息，而透露者就是克爾比，但他當初宣稱純屬意外。

他搖頭，讓她知道這一次洩密的人並不是他。

她嘆氣，「我要求各位的就是做好自己的工作，不要引發大眾恐慌，可以嗎？」

到處都是低語聲。

「我會請新聞室發稿，想辦法讓媒體追著自己的尾巴跑，而不是緊跟我們的尾巴。」

克爾比發出哀號，但不發一語。

「這些受害者，」洛蒂說道：「沒有人，沒有任何一個人通報她們失蹤。所以，她們來自於一條龍庇護中心的可能性越來越高。」

克爾比說道：「我們已經查過了官方資料庫，根據司法部的說法，那是最新資料，所有人都名列其中。」

「我認為一定還有非官方名單，在過去這幾天當中，我知道該中心有一名女孩失蹤。」她指向米莫莎的照片，猛嚥了一下口水。她知道要是自己公布這個消息，羅素很可能會講出他所掌握的亞當的那個秘密。不過，兔寶寶絨毛玩具，以及頭髮夾帶櫻花花瓣的密勒特模樣，此一事況更為緊急。無論羅素打算要引發什麼傷害，影響的都是死人，不是活人。

她咳嗽，清了一下喉嚨，繼續說道：「並沒有米莫莎失蹤的正式報案紀錄。不過，丹恩・羅素卻要求我進行調查。所以我們需要想辦法拿到那棟建物的搜索票，特別要鎖定那些電腦。」

「星期一早上地方法院就會先處理這件事，」波伊德開口，「但我不明白的是，如果羅素與這些命案有關，那麼為什麼希望妳調查米莫莎的失蹤案？」

「我不知道，但他也對米莫莎的小兒子密勒特表達關切。」

林區開口，「失蹤孩童這一點也必須納入案情考量。」

「他並沒有失蹤，」洛蒂開始解釋，「我知道他在哪裡。」然後，她想起自己與那名社工相約見面的時間馬上就到了。

「呼，」林區鬆了一口氣，「那麼他人在哪裡？」

「妳只需要知道他平安無事就夠了。不過，鑑識小組在今天陳屍處的旁邊發現了他的兔寶寶。」

大家異口同聲驚呼，「什麼？」

克爾比問道：「妳怎麼能確定那就是小男孩的玩具？」

「破損的標籤與耳朵，是他的玩具沒錯，」洛蒂深呼吸，「我還不知道這到底有什麼含義，不過，請大家在調查這起最新命案的時候，一定要謹記在心。我也有理由判定米莫莎被關在某間妓院。克爾比警探，關於那個應該是老鴇的安雅，可有任何線索？」

克爾比面紅耳赤，「她失蹤了，我們覺得她靠著諸多假名混跡。我們已經聯絡了港口與機場，但她現在可能已經回到了阿爾巴尼亞。完全沒看到或聽到有關她與旗下那些女孩的消息。我也請反人口販運小組與其他相關單位尋找資料，一無所獲。」

「那就沒辦法追下去了。」洛蒂又拍了拍另一張照片，「梅芙．菲利普斯。惡名昭彰罪犯法蘭克．菲利普斯的女兒，最後一次現蹤是一個多星期前的事了。雖然媒體廣泛發出警報，但在任何地方都沒有看到她的蹤影。我們還不知道這是否與謀殺案或米莫莎最近的失蹤有關。」

波伊德開口，雙手插在口袋裡，「我認為有關。」

洛蒂交疊雙臂，「給我講清楚。」

「我之前想要告訴妳，可是……根據我所收到的線報，傑米．麥克納利與那間妓院有關聯，營運出了問題，所以他才會出現在拉格慕林。這是聽說的消息，但我相信我的線人。我們在麥克納利下榻的園景飯店派駐了一名警察，但一整天都沒有看到麥克納利。」

蒂緊盯著他的雙眸，「而崔西．菲利普斯告訴我，麥克納利跑到她家、詢問她有關梅芙失蹤的事。還有沒有什麼要告訴大家的線索？」

波伊德似乎是有話想說，但最後搖搖頭。

「關於麥克納利與妓院之間的關係，我比較同意波伊德警探的看法，」洛蒂終於開口，她雙手緊握成拳，但是刻意垂臂，掩蔽自己對他不願透露進一步消息而感到憤怒。等一下她會私下去找他。「現在，回到威爾倉庫的血跡和彈孔，有沒有最新狀況？」

克爾比站了起來，然後彷彿這動作讓他很尷尬似的，他又迅速入座。「這並不是人血。我們覺得應該是來自什麼野獸，也許是狐狸。與白色貨卡裡發現的血跡一樣，所以這條線也就此打住。」

「值得探究，」洛蒂若有所思，「兇手想要故布疑陣？」

「我帶了巴茲．佛林過去看那輛貨卡，」克爾比說道：「他就住在拆車場的那條路。他說，跟他在週二凌晨看到有人在收拾指示路牌時的那一輛很相似。我又查了一次那間保全公司，絕對不是他們旗下的車輛。但巴茲年紀大了，而且當時在睡覺，所以也不能確定他供詞的準確度。」

洛蒂抓著下巴，瞇著眼睛看著克爾比，「所以是誰把那輛貨卡開入威爾的拆車場？」

「威爾說，他付了五十歐元買那輛車。車主只想要脫手，沒有任何車籍資料，也想不起是誰開進來的，只記得他給了五十歐元。我威脅他妨礙司法要逮捕他、才逼他說出這條線索。哦，妳一定也猜到了，他的監視器不能用。」

洛蒂發出不以為然的聲響，「為什麼要把屍體埋在威爾的拆車場外面，然後又把貨車也丟在那裡？我們交手的到底是什麼樣的瘋子？」

波伊德插嘴，「我們不能確定那就是兇手的貨卡。」

「我想就是。他在跟我們玩鬥智遊戲，想要讓我們看到他可以為所欲為，就像是殺害第三號受害人、把她的屍體丟入老舊馬達房，宛若把她當成了爛魚一樣。」洛蒂在案情偵查室裡面來回踱步，眾人一片安靜，「不要管貨卡的事了，我們本來就沒有資源了，不需要浪費。」

克爾比開口，「但是……」

「沒有但是，這是故布疑陣策略，我十分確定，現在不要再浪費時間查那輛貨卡。」

「老大，好吧。」克爾比講完之後，還悶哼了一下。

洛蒂說道：「我還注意到另一件事，而這一點可以靠驗屍結果得到確認。我認為這名最新的受害者曾經受虐，她身上有嚴重的咬傷痕跡。」

林區問她，「但為什麼呢？」

「不知道。第一名受害者的頸脖有一處咬傷，但這名受害者的臉與頸脖到處都是咬痕，更狂暴，這一點也得納入考量。」

波伊德嘆道：「靠，要考量的點也未免太多了，大家都要被搞瘋了。」

洛蒂開始移動目光，最後緊盯林區，「我們還沒有找到這些女孩被槍殺的真正犯罪現場，有關於真相的線索嗎？」

林區低頭，「沒有，抱歉。」

洛蒂問道：「凶殺案受害人指甲裡面的苔蘚，是從哪裡來的？」

波伊德開口，「這是留在屍身的唯一線索。」

克爾比說道：「要是兇手清洗了傷口，應該也洗了屍體。」

「他脫掉她們的衣服後進行槍殺，然後洗屍，重新幫她們穿好衣服，」洛蒂說道：「這就是珍．多爾沒有辦法從咬痕得到任何線索的原因。」她開始思索，「他在無人聽到槍響的某個地方開槍行凶。是沼澤地？森林？」

波伊德問道：「有沒有分析苔蘚？」

洛蒂找尋驗屍報告。

「找到了。」一定是今天早上寄來的電子郵件，她看了兩頁，「天吶，為什麼我們不能早一點拿到？」

克爾比問道：「什麼？」

「有隱什麼什麼的痕跡……我不會發音。」她把那個字拼了出來。

「隱孢子蟲，」林區接口，「等等，我來查一下谷歌。」

波伊德問道：「沒有谷歌之前，我們是怎麼辦案的？」

「會引發腹瀉的某種微小寄生蟲啊什麼的。」林區回道：「等等。這種寄生蟲可以靠好幾種方式進行擴散——飲水，或是休閒水源地。游泳池啦，湖邊或是河岸。」

波伊德語帶譏諷，「這範圍還真小啊。」

洛蒂惡狠狠盯著他，「兇手不可能把這些女孩帶到游泳池畔槍殺，所以只剩下湖與河流。」

他說道：「拉格慕林周邊都是湖。」

她想了一會兒，「林區，找出所有湖區裡面或是周邊的異常活動報案紀錄。確認打獵季的日期，還有向郡治廳確認最近是否有那個隱什麼大爆發……」

「隱孢子蟲。」林區幫她接口，同時鬆開了馬尾。

「那這些呢？」她大手一揮，指向自己辦公桌那一堆疊得老高的訪談紀錄。

「就先放著吧，這比較緊急，先追查這兩個星期左右的報案紀錄。」

林區紮馬尾，拿起電話。

波伊德說道：「可能根本沒結果。」

洛蒂回他，「不要又這麼悲觀。」

「好，反正妳不要抱太大的希望。」

她仔細端詳照片，「三個女孩死了，都是遭到謀殺，我們甚至連她們的姓名都不知道。拜託，各位，卡賀爾．莫洛尼告訴他的觀眾，有殺人魔潛伏在拉格慕林，為了要取人器官而殘忍奪命。」

「網路上充滿了新的謠言，」克爾比點了一下自己的手機，「推特，還有……」

洛蒂打斷他，「我們需要答案，不是臆測。等到珍．多爾完成了最新命案的驗屍報告之後，我們會向大眾公布我們手上的線索，我要讓每一個地方都看得到受害者的照片。繼安德烈・佩托夫奇之後，丹恩・羅素也成了我們的主嫌。我們得要找出把他帶來警局的理由。波伊德，盡快加速取得搜索票，也許社會大眾可以……」

鈴聲切斷洛蒂的話語，也害她思緒大亂。她目光銳利，盯著在場的大家，波伊德手機貼耳，衝向門口。

洛蒂大吼，「波伊德警探！」

但他人已經不見了。

64

當波伊德結束電話之後，她在他們的辦公室裡找到了他。

洛蒂站在辦公桌前，雙手貼住桌面，開口說道：「別浪費我的時間，最好是什麼好消息。」

「潔姬說法蘭克．菲利普斯願意跟我們談一談，面對面，時間是明天。」

洛蒂用鼻子噴氣，發洩壓抑的怒火，深呼吸多次之後，才能夠開口說話。

「我不確定菲利普斯與拉格慕林的這三起命案有什麼關聯，因為現在他正待在西班牙曬屁股。」

「他女兒失蹤了，派他的頭號手下麥克納利來尋人，他不會隨便做出那種舉動。」波伊德坐在自己的辦公桌前，抽出他在抽屜裡找到的領帶。

「波伊德，我們就姑且遵照你的說法吧，這法蘭克．菲利普斯的頭號手下是在上個星期三來到拉格慕林，那是在梅芙失蹤之前的事。」

波伊德的手在半空中突然停下來，然後摸住下巴。「我知道，不過他來這裡是要處理法蘭克生意的事。」

「那是潔姬告訴你的說詞。波伊德，你真的相信她所講的話？」

他沒有接腔。

她說道：「我們必須要知道他出現在拉格慕林的真正原因。」

「所以我們得要去找法蘭克．菲利普斯吧？」

「對，我是這麼認為，也不會有任何損失？他要搭哪一班飛機？我們會在機場與他見面。」

洛蒂坐在辦公桌前，拉出底端的抽屜，將雙腳擱在上頭。

「他不會回來愛爾蘭，因為這樣一來我們就得要逮捕他，我們得要見他一面。」波伊德坐在洛蒂辦公桌的邊角，「他在馬拉加。」

「別跟我開玩笑了。」

「搞不好他可以為這些命案提供一點線索。不然為什麼他要見我們？反正我們也不會有任何損失，是吧？至少妳問一下克禮根好嗎？」

洛蒂沒理會他語氣中的懇求之情，直接抓起包包，「我和某名社工有約，要討論密勒特的事。」

波伊德一路追她到門口，擋住她的去路。「潔姬很害怕。這裡要出大事了，但她不知道是什麼，我覺得我們必須要找法蘭克．菲利普斯談一談。」

「為什麼他的妻子不能跟他談一談？那是他們的女兒。」

「這不僅與梅芙有關而已。」

「那就換你去問克禮根。要是他核准的話，我們就去，否則就是不行。現在，先看看佩托夫奇的心理狀況是否正常，找林區或是誰過去問案，然後回顧所有的線索，我們一定錯失了什麼重點。波伊德，找出來，這會比我們飛去馬拉加有用多了。」

克禮根警司出現在敞開的房門外頭。

「媽的！不准有人飛去馬拉加！絕對不可以！」

等到洛蒂到家的時候，密勒特正坐在沙發上，挨在凱特的旁邊，盯著卡通頻道。他穿了全新的T恤與長褲，洛蒂挑眉，默默詢問女兒這是怎麼一回事。

「我本來請克洛伊到市中心，幫他買些衣物，」凱特說道：「她不肯讓步，尚恩去了一趟，幫他買了這些東西，只花了八歐元而已。」

「尚恩？好棒。不過，我好想知道克洛伊到底是因為什麼事在煩心。」

「妳有時間隨便煮個晚餐嗎？今天外婆沒出現，而且他一直不肯讓我離開他的視線。」凱特緊緊抱住了小男孩。

「那吃洋芋片好不好？」洛蒂問道：「密勒特，你喜歡吃洋芋片吧？」

小男孩抬頭盯著她，一雙含淚大眼，模樣脆弱，正在想念他的媽咪。她心想，天吶，萬一他必須接受安置，最後會流落何方？她希望至少不要碰到丹恩．羅素之流的人。

她問道：「現在尚恩和克洛伊人在哪裡？」

凱特目光飄向天花板。

「我馬上回來。」洛蒂飛奔上樓，查看那兩個小孩。

尚恩的耳機大響，蓋住了她詢問晚餐想吃什麼的聲音、所以她前往克洛伊的房間，房門上鎖。

「克洛伊，讓我進去。」

「走開！」

洛蒂斜靠門框，又試了一次，「拜託，克洛伊，開門。」

「我在念書，等一下再跟妳講話。」

洛蒂發出沉重嘆息，放棄了，直接去洗澡。雖然外頭的天氣很暖和，但自從在馬達屋那裡淋雨之後，她一直在發抖。倦意啃咬她的骨頭，終於，洗浴讓她的身體得到了舒緩。她換上乾淨的衣服，覺得自己已經準備好面對那名社工了。

她進入廚房，發現有一道通往後門的乾涸血跡，看起來是長條狀，似乎像是有人打算清理卻沒有整理乾淨。

她大叫，「克洛伊！凱特！這裡是怎麼一回事？」

樓上有房門開了，克洛伊跑下樓，「我不小心摔破水杯，踩到了碎玻璃。」

「妳還好嗎？讓我看看。」

「不！走開！」克洛伊伸手阻擋，往後退。

洛蒂問道：「妳是怎麼回事？是因為考試嗎？」

「什麼考試？」

「小姐，不要跟我耍嘴皮子。」

「我想要念書，而妳一回家就跟我吵架，」克洛伊氣急敗壞，「每次都這樣。」她瞄了一下冰箱裡的東西，但找不到喜歡的食物。她猛力關上冰箱門，轉身，走向玄關。

洛蒂抓住她的手臂，「不准這樣跟我講話。」

「隨便啦。」克洛伊甩開她，飛奔上樓。

洛蒂站在那裡，目瞪口呆，看到密勒特在客廳裡啜泣，淚水從臉頰不斷滑落而下。

她還來不及哄他，門鈴響了。

站在門口的男人實在太年輕了，不像個社工，這是洛蒂的第一印象。太年輕了，沒辦法處理這些狗屁倒灶的事。

他出示證件，她請客人入內，還因為家裡一團亂而道歉。凱特已經先抱起了密勒特，讓洛蒂可以開門，此刻正待在客廳裡安慰他。

他自我介紹，名叫伊曼·卡爾特，講完之後就坐在餐桌前。小耳朵附近的金髮修剪得整整齊齊，下巴的鬍渣應該是故意留的，洛蒂心想，就像是他身穿的黑色窄管長褲一樣。

「喝茶嗎？」

「給我一杯水就好了。」他一口明顯的都柏林口音，「外頭又變得悶熱。」

她沒關水龍頭，等待它轉為冷水。

她問道：「你在這一行很久了嗎？」

「兩、三個月了。」

要面對眼前這項任務的艱難程度，這樣還不夠資深。如此生澀的年輕人，被交派的是密勒特這麼棘手的案件，她在心中默默祝福他好運。

「好，關於密勒特，」他開口，打開了只有一張紙的檔案夾，「他出現在妳家門口，妳不知道他家人在哪裡。妳認識他們嗎？」

「一開始是在上星期一早上的時候，他母親帶著他來到我家，她有事要請我幫忙。我之前從來沒有見過她，而且自此之後也沒看過她了。她名叫米莫莎．巴爾巴特維奇，我想她是鎮上一條龍庇護中心的院民。」

「那妳有沒有找過……」

「有，我多次詢問，她似乎是失蹤了。」突然之間，洛蒂想到了在第三名死者旁邊找到的那隻兔寶寶，等到她把密勒特交出去之後，兇手要找出他的下落是輕而易舉的事，她不能讓這小孩的生命受到威脅。「伊曼，今天是星期六，想必在週末的精華時段，很難為小小孩找到地方。何不先把小男孩留在這裡，至少等過完週末再說？這樣你可以有充裕的時間為他找尋合適的安置處所，而我也有時間可以去找他媽媽。」

他伸手搓揉嘴巴，然後是下巴，陷入沉思。

「我可以見那小孩嗎？」

「沒問題。」

等到洛蒂把密勒特帶出來的時候，伊曼正忙著在檔案裡匆匆寫下筆記。

他抬頭，「嗨，小不點……」男孩把頭依偎在洛蒂的肩膀，卡爾特繼續說道：「他待在這裡似乎很自在。妳怎麼會有時間照顧他？」

凱特進入廚房，「我會幫忙。」她露出燦爛笑容，卡爾特臉紅了。

洛蒂默聲對女兒道謝。

卡爾特找出手機，撥打某個號碼。他不耐等待，拿筆敲打桌面，「沒有人接聽電話。」

「你打算怎麼處理，密勒特在這裡十分安全。」洛蒂心想，希望是這樣。

「這違反我所受的訓練，但我覺得我要……要做出裁定，」他喝光了剩下的水，洛蒂屏息以待。「要是他母親一直沒有出現的話，妳可以把他留到星期一，到時候我會把他交給合格照護者或是寄養家庭，我會在這個週末處理。」

凱特衝到洛蒂前面，立刻把密勒特抱過來，「密勒特，你有沒有聽到？你可以待久一點。」小男孩微笑，彷彿真的聽懂了一樣。

伊曼起身，洛蒂與他握手。

「謝謝。我真的不希望這小男孩被不斷轉送，我會竭盡全力找到她母親。」

「拜託了，這樣一來，我的工作就輕鬆多了。」到了大門的時候，他又問了一句，「地板上的血是怎麼回事？」

「我的手割到了玻璃而已……」洛蒂把十指藏在背後圓謊。

他皺眉，點點頭離開了。

「感謝老天……」不過，她很想知道他是否會把這件事寫入檔案裡。

65

「好，佩托夫奇先生。我們的優秀醫生說你沒事，可以跟我們談話了。你要找律師嗎？」波伊德進入問訊室，坐在林區旁邊，與安德烈．佩托夫奇面對面。

佩托夫奇的雙手糾擰在一起，「警官，不用了。」

「現在，你已經出現在三具年輕女性的陳屍地點現場，你有什麼話說？」

「我沒有殺她們。」

波伊德問道：「剛剛你大吼的那句話是什麼意思？Ju lutem？」

佩托夫奇低頭。

林區下令，「大聲講話，我們在錄音。」

「拜託，意思是拜託。」

波伊德看了一下林區，然後繼續問道：「你要不要跟我說一下你剛發現的這具女屍的事？認識她嗎？」

佩托夫奇搖頭。

「我不認識她，我現在可以走了嗎？」

林區問道：「上個星期每一天的夜晚，你有不在場證明嗎？」

「我幾乎都待在家裡。」

「有沒有誰可以證明？」波伊德問完之後，發現佩托夫奇臉上出現困惑，又繼續問道：「有沒有和誰住在一起，可以講出你每晚都待在家裡？」

「我一個人住。」

波伊德伸手搓揉鼻子與嘴巴，他真想要猛搖這男人，逼他吐出答案。

「你喜歡射擊嗎？」

「什麼？」

「好，就是拿槍，在原野裡射殺兔子，或是在湖邊瞄準鴨子，類似那樣的活動。」

「我不射擊，我不去湖邊，你們到底是什麼意思？」

波伊德猛拍桌子，「少來了，混蛋！你是在哪裡殺死那些女孩的？」

「我沒有殺死任何人。」

林區問道：「你可以告訴我們什麼線索嗎？幫我們可以讓你脫離牽連這些女屍的嫌疑？」

「我沒有殺她們。你們什麼都沒有，讓我走。」佩托夫奇整個人往後靠在椅背，雙臂交疊，閉眼。

他沉默不語，足足有四分鐘之久。

波伊德整個人跳起來，把自己的椅子往後踢，林區看了他一眼，警示他要注意。

「我要去找克禮根警司談一談，看看他打算要怎麼處理你，問訊到此結束。」

那男人開著自己的新貨卡，停了下來。車流開始緩解，他覺得大家變得越來越聰明，知道要避開市中心，他偷偷觀察工人封鎖路段，準備要在星期一返工，他會留給他們一點驚喜，到時候他們就知道是什麼了。

開車行經火車站的時候，他瞄了一眼拆車廠。他知道警方不可能在那裡找到任何東西。除了他刻意留在車內的那些痕跡之外，那輛舊貨卡已經以漂白水清洗得乾乾淨淨。他覺得自己的天才之舉真是厲害。留下刻意誤導的血污，以及對牆開槍。當夜間火車駛離車站的時候，他加上滅音器開槍，充分掩蓋了聲響。不過，他們發現那具屍體的時間，也未免拖得太久了！

他一直維持在限速之內，不需要引發別人側目。他避開市中心，進入工業區，在灰狗體育館左轉，讓自己可以瞄一眼帕克探長所居住的溫德米爾路。一雙長腿搭緊身牛仔褲，很有意思的女人，還有她的古怪女兒。

他把手插入大腿之間，壓抑那根不安的硬物，稍安勿躁，再一會兒就好。不過，他知道自己必須要等到夜幕來臨。

他可以等待，他是習慣等待的人。

最後得到的獎賞，很值得。

66

洛蒂整理好房子，哄密勒特上床，為他蓋被子之後，已經是八點半了。凱特把尚恩勸到樓下，一起觀看某集超血腥的《CSI犯罪現場》影集。她望向他們，姊弟兩人都軟癱在扶手椅上。

正當她打算上樓找克洛伊好好談一談的時候，手機響了，是波伊德。

她警告他，「別浪費我的時間，最好是什麼好消息……」

「完全沒有。我們放了安德烈．佩托夫奇。醫生說他沒問題，然後我找他問案。」

「他說了什麼？」

「他說『**Ju lutem**』的意思是拜託。沒有不在場證明，然後他再也不肯多說了。」

「靠。」

「克禮根說只要他提供了證詞，我們就沒有理由拘留他。」

「我在想，也許想辦法找出他與一條龍庇護中心的關係，他一定知道些什麼。」

「我倒是知道些什麼，媽的他就是兇手。」

「問完佩托夫奇之後，有沒有再次清查所有證據？」

「滴水無漏。」

「不漏。」

「隨便啦。」

「你的語氣就跟我的克洛伊一樣。」洛蒂覺得自己的心彷彿被人刺了一刀。她需要搞清楚克洛伊憤怒與疏遠的原因，而且她也要了解羅素對於亞當的影射到底是什麼。

「有沒有梅芙．菲利普斯或是米莫莎的下落？」

「什麼都沒有。社工那邊怎麼樣？」

「密勒特可以在我家待到星期一。有沒有問克禮根有關馬拉加的事？」

「嗯。」

「然後呢？」要是警司沒問題的話，她真的可以離開嗎？她必須要盯著密勒特，而且，還有克洛伊。

波伊德說道：「我得要施展自己的強大魅力，講出一堆花言巧語……」

「所以他答應了。」

「早上六點十五分的班機，我會在四點鐘過去接妳，然後我們明天傍晚飛回來。」

洛蒂問道：「那歐洲刑警組織呢？」

「這一次面會法蘭克．菲利普斯，並非正式問案。警司已經聯絡了他認識的某人，對方認識某位知情人士，所以我們過去不成問題。」

儘管諸事不順，洛蒂還是忍不住爆出大笑。

「是怎樣，講啊！」

「你知道嗎?你的確很會討人歡心。」

「這還需要說嗎?」

「那就早上見了。還有把佩托夫奇的筆錄帶過來，我在搭機的時候可以有東西看。」

「我還在想妳會依偎在我的肩頭。」

「晚安了，波伊德。」

她結束電話，在廚房裡來回踱步。來一杯酒不錯，也許伏特加吧?萬萬不可。那吞一顆藥丸呢?她在包包裡東摸西找，打開了拉鍊暗袋，在最底層發現了半顆壓爛的藥丸。她救回了殘餘的部分，又從水龍頭取了一杯水。

她坐在自己的扶手椅上，希望藥丸能夠舒緩羅素放話要公布亞當真面目的那段記憶。她知道羅素在暗示她的丈夫從事人體活摘器官活動。不可能，亞當絕對不會做那種事，羅素說謊。

她閉上雙眼，豎耳聆聽風動，沒有。雨聲呢?樹梢鳥鳴?什麼都沒有。是夜沉靜。

她睡著了，但並不安寧，一直被嘈雜之夢打斷。

米莫莎被五花大綁，黑色垃圾袋蓋住了她的頭。塑膠貼住了她傷口滲出的血，不過，還有一滴淚水的空間讓她得以呼吸。

她被五花大綁塞入後車廂，完全沒有精力或意志進行反擊，也懶得搞清楚自己到底會被帶到哪裡。她根本不在乎自己了，而如此強烈的身體劇痛與悲愴心情，害她有那麼一時半刻覺得自己連密勒特也不在乎了。但其實並非如此。無論他們對她的身體做了什麼，她誓言他們絕對摧毀不了她的勇氣。她唯一能做的只有抱持希望。如果她能夠倖存下來，或許還有機會找到密勒特，要是她死了，那麼一切就結束了。

車子停下來，她被拖出了後車廂，然後又被扛上了某個男人的肩頭。雖然全身疼痛，但她知道自己被帶到了某個地方，然後又被丟到地上。她碰撞到木頭硬物，然後它開始晃動，她聽到濺水聲響，當她被推到一旁、對方擠到她身邊的時候，搖晃得更厲害了。

她在船裡。

等到她醒來的時候，梅芙立刻知道自己到了不一樣的地方。空氣清新，而且可以看到幽暗的天空，數十顆星星在閃爍。她在外面，躺在濕漉漉的草地上面。

她體內的那股痛楚好難受。她的手指在軟如羽翼的泥土裡摸索，好冷，她赤身裸體。她想要靠手肘撐起身體，卻沒有任何移動的氣力。疼痛突然襲遍全身，她的頭貼靠在一堆石南之間，她聞得出那股味道，野地氣息，她迫不及待想要回家。

她微微側頭，聽到了漣漪與微浪拍岸的聲響。在樹影之間看到了某個人形，隆起背脊，在樹枝之下朝她的方向而來。看起來像是鐘樓怪人裡的漫畫角色，是個男人，肩上背著東西。

當他把那坨東西丟到她旁邊的時候，她躺在那裡，動也不動，塑膠袋裂開了。

然後，她開始尖叫。

科索沃，一九九九年

上尉邊開車邊對著笨重手機講電話，開車速度飛快。

在男孩的破碎心靈深處，他知道自己要被帶回那間診所。這條路通往普利斯提納，而且他不是笨蛋。他癱坐在熱燙的座墊裡，望著鄉村景色逐漸消失，成了一片糊影，最後，他們進入了某座破敗的城市，上尉把車停在診所大門外面。

「下去。」

他被推進走廊，進入尾端的房間。醫生站在那裡，抱著有大疊紙張外露的檔案夾。

「幹得好，這次的人選很理想。」

上尉說道：「這個我要多收一點。」

「不可能。」

男孩的雙腳不斷轉移重心，涼鞋的皮革害他的腳跟冒出水泡。他舔了舔手指，彎身，開始搓揉，就像他媽媽以前教他的一樣。

醫生伸出瘦骨嶙峋的手指頭，「不准這樣。」

男孩縮到角落，將雙手埋入牛仔褲口袋，他摸到了那個帆布徽章。他摩擦那個以車線針縫的姓氏，覺得沒那麼孤單了，他還有一個朋友。

上尉說道：「你告訴過我，他的血型完全匹配，沒有任何雜質，跟其他人不一樣，所以這個我要雙倍，不然我就把他送去妓院。」

男孩盯著醫生打開了某個抽屜。取出皮夾，數錢，那速度就像是被困在日光燈塑膠燈罩的蒼蠅在飛舞一樣。

醫生說道：「拿去，你可以走了。」

上尉沒有點算，直接摺好鈔票，放入迷彩襯衫最上面的口袋。

男孩被催促走到醫生那裡，他發覺自己的肩膀被推了一把。他聞到了那男人濕黏的體味，但是他卻沒有任何恐懼感，他已經承受過眼睜睜見到自己家人被屠殺時的那種折磨，還有什麼比那更慘的呢？

上尉離開，房門砰一聲關上了。

他一個人跟那名白袍男子在一起。

對方抬高他的下巴。

聞到醫生嘴中發出的乾魚臭氣，讓他好想吐。

「小朋友，過來，該準備讓你上場了。」

男孩雙肩低垂，跟著他，進了另一個房間。

那道門貼有標誌，「手術室」。

第七天

二〇一五年五月十七日星期天

67

洛蒂站在樓梯底下聆聽。一片寂靜，大家都睡了，她悄悄關上了大門。

她警告了凱特，千萬不能讓密勒特離開視線，必須要一直陪伴著他，即便在屋內也一樣，今天的後花園是禁區。她本來想要打電話請她母親今天過來一趟，但最後覺得他們應該沒有問題。

波伊德跟她這幾天看到的不一樣，現在神清氣爽多了。

她把包包扔在他剛以吸塵器清理過的車地板，入座之後，開口說道：「你真是活力十足。」

「美女，在這種黑漆漆的凌晨時分，妳還好嗎？」

「現在是三點五十五分，我幾乎沒有闔眼，所以待會兒你可否擋光一個小時？我實在累得半死，骨頭好像在互相擠壓，我可能會像木偶一樣癱倒。你就好好開車，閉嘴。」

「我悉聽尊……」

「波伊德！」

「好，知道了。」

她把頭貼住靠枕，直視前方，街燈的黃色光暈被高速公路的白色強光取而代之。也不知道為什麼，她想對波伊德大吼，以雙拳捶他的胸膛，跟他說……說什麼？其實她真的很喜歡他？他與潔姬舊情復燃犯下了大錯？總而言之，她不希望眼睜睜看到他受傷。

她趁機偷瞄了一下，他在專心開車。她咬住下唇，以免自己說出蠢話。

波伊德轉頭看她，「怎麼了？」

「你專心看路吧。」

他隆起雙肩，抿嘴，神情嚴肅，他加快車速，數字比法律規定高了那麼一點。

她面向窗外，閉上雙眼。

她低聲說道：「到機場的時候再叫醒我……」

「等我們到了馬拉加，我會叫醒妳。」

法蘭克．菲利普斯在陽光海岸擁有許多房產，不過，他選擇的住處是位於馬拉加面海區的某處全新公寓。

在波伊德的陪伴之下，洛蒂進入了這棟灰石建物，她聞到了簇新的氣息，欣賞美景，感謝在早晨酷熱之後能夠享受到的冷氣。他們搭乘電梯到了七樓，進入寬敞的走廊，牆面投射出他們的映影。她轉頭，不想看到那令人不快的鏡面，卻發現依然看到她在盯著自己。某面牆門悄悄滑向右側，一名男子出來，帶領他們入內，此人看起來有兩百一十幾公分高，但她覺得其實應該是兩百出頭。

「菲利普斯先生馬上就會出來接見你們。」這個巨人迅速出現，也馬上就消失了。

波伊德低聲說道：「媽的！這就像是《綠野仙蹤》啊！」

洛蒂悄悄回應，「噓……」不過，當她掃視整個空間的時候，她必須承認他說的沒錯，一切都是翠綠色——閃耀光澤的大理石磁磚，支撐天花板的柱子，以及放置了一公尺平方靠墊的沙發。而這裡的畫作，全都是出於著名的愛爾蘭藝術家保羅·亨利。

「似乎是真跡。」價格數百萬歐元的藝術作品，天吶！

「對，的確是真跡。」

洛蒂轉身，立刻認出了法蘭克·菲利普斯。那黑色長髮、鼻子，甚至是眼睛，梅芙根本就是她爸爸的翻版。不過，法蘭克只有一百五十幾公分高，皮膚曬得黝黑，簡直像是威士忌木桶的顏色。

他慢慢走向他們，拉緊了褲頭的皮帶。

他態度大氣，「坐啊。」漿挺的白色襯衫在突出大肚腩區域皺成一團。他帶引他們到了面向玻璃落地窗前面的三張椅子，背景是地中海，「喝茶吧？」

他沒有等待回應，那名高大男子出現在他身邊，小與大的雙人組。

「曼努爾，準備三杯茶。現在，探長——或者，還是我應該稱呼妳帕克女士？——我想妳這一趟是非官方會面。」

「叫我探長就好。」她發現菲利普斯刻意忽略波伊德，只專心盯著她。

「我太太崔西，選擇了酒鬼人生，如果那還能稱之為人生的話。我的女兒覺得自己對母親有某種責任，等到她十八歲的時候，我打算把她帶來這裡，讓她看看自己日後能夠繼承的一切，也許我女兒就會拋下自己的廢物母親，把她留在自己出身的臭溝裡，過來跟我一起住，只要是十幾歲的孩子，都會做出這種選擇吧？」

波伊德插嘴，「跟道德高尚的人住在一起嗎？」洛蒂想要用手肘推他，但是他的椅子被刻意放在相當遠的位置。

「在財富的面前，道德全都會飛出窗外，」菲利普斯說道：「我的梅芙可以在這裡擁有她夢想的一切，而且還不只於此。」

波伊德又開嗆，「但就是沒有自由？」

「金錢會給人自由。」菲利普斯向曼努爾示意，曼努爾把三個白色瓷杯放在三色木桌上面，那桌腳布滿了賽爾提克的傳統刻紋。

洛蒂說道：「顯然你是自己城堡中的囚徒吧？」

「我擁有我想望的一切，」他的聲音拔高八度，「就在這裡。」

她心想，現在他動怒了，「不過，你卻沒有自己的女兒。」她能夠把他逼到什麼程度？

「找到她是妳的任務。截至目前為止，妳的表現並不是很稱職。」

「也許是因為你派出自己的小嘍囉麥克納利干擾我們辦案。」

「根本沒有完成的事，是要怎麼干預？除非妳來這裡是要告訴我，你們已經找到梅芙了，是嗎？」

洛蒂搖頭，「我們認為你的事業與梅芙失蹤案有關。」

「你們之前一直告訴我們，她跟她的隱形人男友跑了，所以並非如此？」

「我們沒找到任何的男友，目前沒有。」外頭有海，室內的一片綠在牆面嬉鬧，洛蒂覺得自己快暈船了，「可以借一下洗手間嗎？」

「如果妳是打算刺探我家，那麼妳運氣不好，這裡什麼都沒有，我……」

「沒有，不是你想的那樣，我突然覺得有點想吐。」

菲利普斯捻了一下手指，曼努爾現身。

「帶她去客人的洗手間。」

洛蒂站起來，抓住波伊德的肩膀尋求支撐。

他問道：「妳還好嗎？」

「我馬上回來。」

菲利普斯說的沒錯，她的確是想要刺探。她跟著曼努爾繞過某根圓柱，進入寬敞的走廊，這裡比剛剛離開的空間更豔綠，她希望洗手間的顏色是白色或粉紅色，不然她一定會吐得很慘。

結果，是淡黃色。

✣

洛蒂迅速四處窺探，沒有進入任何一個房間，然後，她又回到了客廳，茶水已經準備好了，但沒有人喝。

「我正好在跟波伊德警探說起這件事，你們必須要以正確角度看待事物。」法蘭克・菲利普斯站在窗邊，手臂放在一個看起來像是鍍金的望遠鏡上面。他以粗短手指梳理現在已經是馬尾造型的長髮，太陽穴與尖耳上方冒出了灰色的髮絲，除此之外，一片閃亮烏黑。而且，她確定他的臉一定有整容，不然也很可能打了玻尿酸，皮革色的臉龐完全看不到任何皺痕細紋。

「看看那邊的海鷗，」他指向某隻正在窗台啄食死魚鱗片的胖鳥，「現在，再抬頭看看從機場起飛的那些班機。」

洛蒂瞇眼，望著向陽處，而波伊德則在椅子上前傾身體。

「有沒有看見蜿蜒穿過藍空的白色小點？」

她點點頭，現在他在玩什麼把戲？

菲利普斯把眼睛湊向望遠鏡，「那是一架波音七三七班機，瑞安航空，每天有十多架次歐洲各地的班機出入馬拉加，滿滿的旅客，然而，這架飛機看起來卻比那裡的海鷗還要小。」

波伊德講出了洛蒂的心聲，「你的重點是什麼？」

菲利普斯離開了望遠鏡，開口說道：「有時候，我眼前的事物距離我們太近，造成我們無法看到全貌。」

洛蒂說道：「我不懂你的意思……」

「海鷗站得近，狀似巨大，就像是載滿乘客，在停機坪上等待的飛機一樣。不過，當牠飛入天空之後，就只不過是一個小點而已。」菲利普斯敲了一下窗戶，那隻鳥丟下了魚，嘎嘎大叫地飛走了，菲利普斯大笑。

「我猜你們正在拉格慕林處理什麼大案。不過，相信我，你們絕對不知道它的規模到底有多大。」

「這是否與謀殺案有關？」洛蒂問完之後，又瞄了一下波伊德，想知道他是否聽懂菲利普斯的意思，「上個星期，我們發現了三具慘遭殺害的屍體，你知道任何線索嗎？」他一直說海鷗與飛機，已經讓她很不耐煩。

「我聽說了，我想妳並不清楚到底發生了什麼狀況。」

「把話講清楚。」波伊德鼓起雙頰，憤恨吐氣。

「可否保證讓我不要被起訴？而且提供我證人保護計畫？這樣一來，就可以讓我回國找我的女兒？」

洛蒂與波伊德又互看了一眼。她說道：「恐怕得花一些時間。把你知情的部分告訴我們，我會看看我能怎麼處理。」

「這樣還不夠。」

「我們千里迢迢來到這裡，就是為了要找到也許可以幫我們解救梅芙的線索，我現在對你很失望。」

「把她從哪裡救出來？探長，要是我把自己的臆測全部告訴妳，幾天之內我必死無疑，這樣一來，我對梅芙就毫無用處了。我得親自回國去找她，妳不明白這件事的複雜性。」

洛蒂接口，「跟我們說清楚。」

「我只能指點你們特定方向。」

洛蒂努力壓抑怒氣，「那就指給我們看啊。」

「沿著碼頭走，」他伸出短短的手臂，揮向港口方向，「就在你們的眼前，我言盡於此。我已經決定要脫離現在的事業，還有，相信我，我不會就此收山。建築業，我接下來就是要靠這一行賺錢。」

洛蒂直視他的雙眼，「我還需要更多線索。」

「為了要找尋梅芙，我派人找遍了每個陰暗角落，他帶走了她，他也會過來找我。要是沒有保鏢，我不能出家門。」

「他？你說的是誰？」

菲利普斯悶哼一聲，「某個名叫法提昂的傢伙，多年來都在從事人口販運，逼迫他們下海，我相信他與這些謀殺案有關。」

「他在你底下工作？」

「已經沒有了。」

「你為什麼覺得他涉案？」

「探長，我只是懷疑而已。我的措辭得要小心翼翼，除非妳可以保證我擁有豁免權，不然我講話就是得要小心翼翼。」

「你也知道這需要時間與文書作業，把你能說的盡量講出來。」然而，洛蒂在心中暗暗發誓，一定要給這傢伙上銬，否則他哪裡也去不了。

菲利普斯望向窗外的無垠海面，聲音低沉粗啞。

「我底下的……兩個女孩被帶到愛爾蘭，準備要送去賣淫，消失不見了，完全人間蒸發，我賠了錢，而法提昂是中間人。」

洛蒂嘆氣，充滿了挫折。菲利普斯講了一丁點，但保留的更多，她決定要繼續挖下去。

「我們發現了兩具被摘除器官的屍體，法提昂與此有關？」

菲利普欲言又止，深呼吸，然後開口說道：「我不知道。摘除器官？真的嗎？也許下手的是醫生，或者是想要當醫生的人。」

「而這個法提昂不是醫生吧？」

菲利普斯諷刺大笑，「怎麼可能。」

「他長什麼樣子？住在哪裡？」

「我不知道他住哪裡。他個頭很高，肌肉發達，是個粗人，而且還有滿口暴牙。」

洛蒂望向波伊德，他搖頭。在他們目前的調查過程當中，還沒有遇到類似這樣的人。

她繼續努力追問：「那麼丹恩．羅素呢？他以前曾經是軍隊指揮官，你認識他嗎？」

「超級人渣。」

「我還以為他經營一條龍庇護中心成績不俗。」

菲利普斯不屑悶哼，「他在贖罪。你要看的是這男人表面之下的真相，妳調查過他的背景嗎？」

「有，但沒有重要線索，他退役之後，自行創業。」

「探長，妳行事真是草率，」菲利普斯發出嘖嘖聲，「他害愛爾蘭軍隊蒙羞，因而被踢了出來。妳好好辦案，可能還有機會找到我的女兒，以免為時已晚。」

洛蒂環顧四下。離開這裡之後，又該前往哪裡？她不希望自己白走了這一趟，不然克禮根一定會帶著她的資遣通知，出現在都柏林機場的入境大廳。

她說道：「梅芙的衣櫥裡有一件昂貴的新洋裝？你知道這件事嗎？」

「洋裝？」

「對，麥克納利拿走了。」

這件事似乎讓菲利普斯陷入沉思，雙眼冒出怒火，最後，他開口說道：「我不知道他會做出那種事。」

「我想你知道。」洛蒂踱步繞圈，停下來，低頭盯著這名罪犯，「就在梅芙失蹤的前兩天，麥克納利為什麼會出現在拉格慕林？」

「妳會這麼問，很值得玩味，」他閃避她，「也許妳沒那麼笨。」

「讓我為你仔細解釋一下，」洛蒂說道：「麥克納利到了拉格慕林，你女兒失蹤，有三名年輕女孩遇害，我說這才值得好好玩味，你說是不是？」

「我已經告訴過妳了，有一個比我更重要的角色，而麥克納利過去那一趟，是為了要解決問題。」他站在自己收藏的某幅保羅．亨利的作品前面，伸手，把畫框扶正，「我需要退出某個特殊產業，我受到威脅。靠，我根本不在乎我的酒鬼妻子，不過，我的女兒——她對我無比重要，所以我派出自己的手下，前往解決問題。」

「但麥克納利搞砸了。」

「也許吧，搞不好他逼某人必須要提前出手。」

「這個神秘人是誰？」

「你的兇手？」

洛蒂開始在腦中串連一切，「你提供女孩賣淫，但是某些人卻被這個……醫生摘除器官，拿到黑市販賣。」

「現在妳總算懂得一些眉目。」

「這個醫生是誰？」

「我不知道。我只跟這個暴牙男法提昂打交道。」

「他本來是科索沃人。在巴爾幹戰爭期以及戰後的那段時間，人體器官非法買賣相當猖獗，妳仔細研究一下，我相信就算是妳也可以找到資料，試試看維基百科吧。」

又是另外一條與科索沃有關的線索。

「你有沒有聽過安德烈・佩托夫奇這個人？」

「沒有。」

洛蒂思索菲利普斯告訴他們的一切，莫非這個法提昂與佩托夫奇是同夥？很有可能。「你提到你的家人受到威脅，是怎麼回事？又發生在什麼時候？」

菲利普斯大聲嘆氣，「我這麼說吧，我當初處理得不夠小心，不然梅芙現在就不會有危險了。探長，妳最好要趕快把她找出來。」

「跟我說威脅的事。」

「我正在處理，我講這麼多也夠了。」

「菲利普斯先生，我來這裡不是要找你麻煩，你也同意要跟我們好好談一談，難道你就不能坦白以對？」

「帕克女士，我對妳講出的這些線索，已經超過了我原本預期的範圍。妳必須要找到我的女兒，而且要盡快。要是妳沒辦法找到人，那麼，我將會在妳的家鄉發動戰爭，妳必須負起完全責任。」

「我會把你的這番話視為威脅。」

「妳要怎麼想都隨便妳。不過，我想兩位該離開了，曼努爾會帶你們出去。」菲利普斯轉身，眺望窗外，「別忘了去看一下那些碼頭，很有意思的地方。」

當他們一進入熱燙的人行道，波伊德問道：「妳剛剛在菲利普斯家裡窺伺的時候，有沒有發現什麼可疑之處？」

「曼努爾與我相距不遠，所以我也無法趁機偷看。」

「我才不信。」

「哦！靠！」

「現在是怎樣？」

「你在這裡等我，我的手機留在廁所了。」

「什麼？洛蒂！快回來！」

她整個人鑽進了玻璃門內，拋下波伊德。

通往公寓的門立刻開啟。她一開口，曼努爾就帶她入內，而法蘭克・菲利普斯依然站在那裡，眺望海面。

「我的手機，應該是留在廁所裡面，」她上氣不接下氣，「給我一分鐘就好。」

他大手一揮，沒有轉身，算是跟她打了招呼，「妳自己知道方向。」

當她匆匆奔向走廊的時候，並沒有看到曼努爾的人影，她拍了一下自己的包包，自己的手機還在裡面，完全沒問題。除了廁所之外，這裡一共有五道門。她迅速瞄了一下，第一間是有用餐區的廚房，曼努爾正坐在大理石表面的桌前看報。

「哦，抱歉，廁所在哪裡？」

「妳走過頭了，左邊的第一間。」

「謝謝。」洛蒂關上了門。

她打開了其他三道門。一間臥室，應該是曼努爾的房間，還有兩間客房，她猜最後一間是主臥室。

她張望四周，悄悄溜進去。這裡與綠色接待廳形成了強烈對比，映入她眼簾的是一個長型空間，淡藍色裝潢風格。她沒有理會角落那張堆滿書籍與檔案的書桌，注意的反而是最遠方那面牆邊的超大雙人床。某一側的白色亞麻床被皺巴巴，床被掀翻開來，還有個深色皮膚的瘦小人形蜷縮在另一側，宛若窩在子宮裡的胎兒。

洛蒂悄悄走向那張床。是個女孩，可能是十歲或是十一歲，正在打鼾，吐納輕柔平穩，娃娃裝的透明睡衣之下，一身肌膚宛若巧克力軟糖在閃閃發光。她綁辮緊貼頭皮，隨著胸膛起伏，短短的眼睫毛也跟著在抖顫。雖然房內涼爽，但上唇還是有一層發亮的薄汗。

洛蒂心想，天吶，空氣中有某種潮氣，菲利普斯想要以自己的古龍水掩蓋的味道。

女孩在睡夢中翻身，鼾聲變得微弱，不過呼吸依然平穩。

她該怎麼辦？沒有管轄權，她無能為力。她必須等到回國之後告訴克禮根警司，由他告知他的西班牙同僚。她心想，禽獸，我面對的是禽獸。

她退出門外，踏出步履，回到客廳的時候，努力佯裝一切如常

「希望妳找到了手機。」法蘭克．菲利普斯轉身，她看到了那雙如深綠色玻璃球的眼珠。

在一片寂靜之中，空調持續發出低鳴。洛蒂點頭，擔心自己的聲音會洩底。空氣的清冽感突然轉為陰寒，害她的肌膚感到一陣刺痛。

她心想，他知道，他很清楚我發現了，而且我卻無能為力，我們走著瞧吧。

她到達大門，曼努爾出現在她身邊，輸入密碼，大門又悄悄滑開。

她伸腳，踏入走廊。

「探長，無論妳覺得我到底是什麼樣的人，我依然是一個女兒失蹤的父親，趕快找到她。」

她深呼吸，隨著法蘭克・菲利普斯變態世界之門關上的聲響，宛若夢遊者一樣走向電梯。她十分清楚那床上的孩子讓她想到了誰——他們昨天在馬達房裡發現的那一個女孩。

68

他們左轉，進入小巷的陰涼地帶，腳步匆匆地離開了海濱，回到市中心。

等到洛蒂確認自己鎮定下來之後，她開口說道：「好，一共有五個房間，每一間看起來都很正常，只有一間除外，我猜是他自己的房間。有一張跟我自己臥室一樣大的巨床。旁邊有一張小型的大理石桌，上面擺滿了吸食海洛因的工具。」她知道自己刻意避開那房間裡的另一個可怕場景。

「所以他吸食自己賣的東西？」

「菲利普斯賣的已經不只是毒品。你也知道他販賣人口。女孩……小孩。啊波伊德，好可怕。」

「妳看見什麼了？」

「那個躺在禽獸床上的小女孩……看起來最多就是十一歲。」

波伊德停下腳步，抓住她的手臂，把她拉到自己面前，洛蒂看到了他眼中的怒火。

「我們回去，我才不管這是非正式會面，我們得帶走那小女孩。」

「不行，波伊德，我們會搞砸的。等到我們一回去，我就會告訴克禮根，讓他透過合適管道處理，這是一勞永逸解決菲利普斯的最佳方式。」

「到了那個時候，她早就不見了。」

「不會，我認為他已經無恥到認定我們無能為力。」

「好吧，隨便妳。」

她又繼續往前走。

波伊德說道：「所以他使用的這種類比，關於鳥兒與飛機……他的意思是叫我們不要管了嗎？」

「我覺得他想要說的是，拉格慕林的狀況只是冰山一角，他最關心的是要找到他的女兒。」

「所以綁架她的人就絕對不是他了？」

「不是，如果是這樣的話，他也不會同意與我們見面。我認為他真心愛梅芙，希望她可以跟他住在一起，但是他並沒有帶走她。」

「所以狀況到底是怎樣？」

「他的性交易事業。他想要改變方向，不再供應女孩賣淫或讓他們可以摘取器官還是什麼其他勾當，因此激怒了比他更大咖的那些人。我認為，帶走梅芙是他們逼他就範的方式。」

「代價真高。」

他們走過乾涸河床，朝火車站方向前進，洛蒂改變方向，「我們過去港口那裡。」

「為什麼要去那裡？」

「因為他告訴我們要去那裡。而且，那是人口販運進入歐洲的關鍵區域之一。」

他們往前走，洛蒂掛記著法蘭克．菲利普斯床上的那個小女孩。身穿淡藍色睡衣的她看起來好可憐。還有，空氣中瀰漫的那股性臭味。這世界的可怖讓她心碎，人心之淪喪讓她擔憂不已，而且，她覺得自己完全無計可施。

他們沿著鋪面海濱人行道前行，一陣風吹來，為她的熱燙肌膚帶來了涼意。

洛蒂抬頭望向他們上方的那些波浪狀遮片，「建築很美啊……」

某艘遊輪吹響霧號，離開了碼頭，一群拖船揭示了行水路徑。洛蒂站在港邊的玻璃片裝置藝術品附近，看到了某艘貨船。巨大的起重機，吊臂不斷在運作，垂降，抬高。天空宛若一幅當代藝術作品，充滿線條與弧線，令人目眩神迷。

波伊德問道：「所以菲利普斯想要告訴我們什麼？」

「你看看，」洛蒂伸出手指，「那艘渡輪，可以看到側面的船名嗎？」

波伊德伸手阻擋光線，瞇眼，「梅利利亞，從來沒聽過。這是船名還是母港？」

「等一下。」洛蒂拿出手機，開啟網路連線，開始以谷歌尋找名稱，「這是位於非洲的某個港口，夾在摩洛哥與地中海之間，是西班牙屬地。」

她點手機，關掉了網路連線。

波伊德舉起雙手，「無論妳覺得這有多麼重要，我們不去非洲。我們得要打瘧疾預防針，而且我看過這種東西會對性能力造成影響的相關文章。」

洛蒂說道：「我在想菲利普斯如何操作人口販運，規模太龐大了，他不可能獨立行事。」

「所以幕後主使者是誰？我們的醫生殺人魔？」

「我不知道。」

波伊德搓揉下巴，「我也不知道。」

「我餓死了，」她抓住波伊德的手臂，「我們去找點東西吃。」

「這是妳在一整天當中講出的最好建議了。」

「那裡，」她指向面對港口的餐廳戶外區，「正好，有免費的無線網路。」

他們點了兩份蛋餅，向服務生要了密碼，洛蒂的手機立刻出現了電子郵件的通知聲響。

波伊德問道：「誰傳的郵件？」

「珍．多爾。」她打開了第一封，最新的郵件。

「趕快看吧。」

「有點複雜……」洛蒂一直滑到最後面，珍做出了她的摘要結論，「我們發現的最後一名受害者，她跟其他死者不一樣。」

「不一樣？」波伊德從服務生手中接下盤子，點了一杯紅酒，而洛蒂沒抬眼，直接搖頭拒絕。

「她中槍，而且傷口被清洗過了，子彈正中心臟，但是器官完整。」

波伊德說道：「而且她並沒有被埋在地底下。」

洛蒂沒有理會自己的食物，「是因為匆忙嗎？為什麼？」

「使用的是相同的武器嗎？」

「還沒有確定。」她點開下一封郵件，「而這個就只是珍的初步驗屍報告。」她點開最後一封郵件，挑眉，「丹恩．羅素？」她看完之後，慌慌張張關了電子郵件，把手機扔入包包。

波伊德說道：「想必是私事。」

「不是私事，真的不是。」洛蒂拿起叉子，戳入硬邦邦的蛋餅，突然之間，她的胃口全沒了。

波伊德問道：「怎麼了？」

「沒事。」

「洛蒂．帕克，我知道妳有事煩心，羅素到底是怎麼說的？」

「和你無關。」

「和我無關？少來了。」

「與他在科索沃的那段時日有關。」她心想，其實還有亞當。羅素是不是睜眼說瞎話？她得要找出答案。

「科索沃？與佩托夫奇有關？」

「可能與亞當有關。」

「妳的亞當？妳最好要解釋清楚。」

「現在不要，好嗎？而且我真心覺得這與我們的案子無關。」

「妳根本不會說謊，妳自己已經說了，這個名叫梅利利亞的地方與當時的科索沃有關。」

「我沒這麼說。我覺得他們把某些女孩透過梅利利亞帶入西班牙，然後再從那裡送到他們需要她們下海的任何地方，而與科索沃有關的是謀殺案。」

「安德烈·佩托夫奇來自科索沃。」

「米莫莎與密勒特也是，而這個爆牙神秘男亦然，這有點像是阿嘉莎·克莉絲蒂的作品一樣。」她的嘴唇抿成一條細線，然後她丟了餐巾，拿起包包，「你吃完沒有？」

「現在吃完了。」他放下餐具，大口喝光剩下的酒。

洛蒂拿出自己的信用卡付帳，波伊德要了收據。

兩人不發一語，走了一小段路，通往大街，跳上計程車，前往機場。

搭機的時候，波伊德側頭望著她。

他問道：「所以亞當怎麼會與這些事件有關？」

洛蒂扣上了安全帶，開口說道：「我就知道你不會一直默不做聲，哪有這麼好的事。我也要問了潔姬的男友麥克納利怎麼會與這些事件有關？」

「他只是要找到他老大的女兒而已。」

「也許他殺死了三個女孩，還取走了前兩個女孩的腎臟。」

洛蒂嘆氣，不合理。她閉上雙眼，希望波伊德看懂她的暗示：對話到此結束。

「妳可以把密勒特留到什麼時候？」

她睜開雙眼，「星期一。靠，就是明天，真希望可以查出米莫莎的下落。」

他說道：「我覺得她遇害了。」

「如果她死了，屍體在哪裡？」

「我們只是還沒有找到。」

「好，要是她沒死，一定是身處於相當危險的狀況之中。明天早上我要找羅素問案，然後逼問安德烈·佩托夫奇，這一次他一定得開口。」

「也許我們也該追蹤他的老闆，這個名叫傑克·德爾莫迪的傢伙。」

「這就交給你了，清查他所有的朋友與認識的人，有人為了要叫他去那間馬達房，拿到了他的手機號碼。不過，我覺得他不像是兇手。」

「講清楚好嗎？有誰這麼說了？」

「波伊德，閉上你的眼睛，好好睡一下。」

在整段飛航過程當中，安全帶號誌一直保持亮燈狀態。亂流讓機身在空中不斷顛簸，降落都柏林機場的時候，已經延誤了一個半小時。

現在是晚上七點三十分。

洛蒂覺得自己彷彿一個星期沒睡了。

69

克洛伊不想要出門，但艾蜜莉．寇伊恩一直在苦苦哀求她。星期天晚上？而且明天還要上學啊？瘋了。不過她媽媽遠在西班牙還是什麼地方，所以應該沒關係吧。

她從衣櫃裡取出上衣、裙子、以及牛仔褲，然後盯著地板上的那一坨衣服。她心想，天氣這麼暖和，不適合穿長袖，但是她得要蓋住傷疤。無奈的感受宛若氣球一樣在胸中不斷漲大，她癱跪，把衣服隨手亂扔到房間角落，她擱在床上的手機在震動，持續發出滋滋聲響。

克洛伊大叫，「艾蜜莉，不要再打了！」

她踉蹌站起來，也許是梅芙，她看了一下，不是。

是推特的主題標籤通知：為生而傷。

她的下唇在顫抖，她很想要刪除這個應用程式，但是她辦不到。

現在，她點開，閱讀那則推特。

「不要，」她大喊，「不要！不要煩我！」

她整個人倒在床上，嚎啕大哭。

波伊德在晚上九點鐘將洛蒂送回家，開門的是尚恩。

「我好想妳啊……」他緊緊抱住他。

「我才離家一天而已，」她也回抱了他一下，「不過，被人掛念的感覺真開心。一切都好吧？」

「嗯。」

凱特在客廳大叫「嗨！媽！」外帶披薩的殘屑散落一地，密勒特在微笑，嘴唇周邊有一圈番茄醬。

「嗨，小不點。」洛蒂把包包放在扶手椅上，搓揉他的頭髮。她需要洗個澡，但覺得自己沒力氣抬腿上樓梯。

「克洛伊在哪裡？」

就在這時候，她聽到樓上傳出尖叫。

她衝入克洛伊的房間，大吼大叫，「怎麼了？出了什麼事？」

克洛伊把臉埋在枕內哭泣，「走開啦！」

「除非妳告訴我到底為什麼要尖叫，不然我絕對不離開。」洛蒂站在房內，掃視四處散落的一坨坨衣物。「這裡是怎麼一回事？」她開始撿T恤，逐一疊放在手臂上面。一開始的時候，她以為是髒衣，但散發的氣味很清新，不像是她聞到的另一股無法辨識的氣味，是泥巴？灰塵？還是血跡？「我才一天不在，整個家就被掀翻了。」

克洛伊大喊，「拜託，讓我靜一靜，我以為妳不在家。」

「小姐，最好告訴我這是怎麼一回事。妳生病了嗎？」

克洛伊把頭埋在枕頭底下。洛蒂把摺好的衣服放在床上，看到了手機，真想要把它拿起來仔細看一下，但還是按耐了那股衝動。

「如果妳是月經來了，我可以給妳普拿疼。妳是不是頭痛？」她坐在床邊，把手擱在克洛伊的肩上，卻被甩開了。枕頭裡傳出含糊不清的聲音。她拉開枕頭，拍了拍女兒濕漉漉的頭髮，「跟我好好談一談，拜託。」

克洛伊翻身，起身轉為坐姿，她猛拉毛衣的長袖，蓋過手指。

「妳在冒汗，」洛蒂說道：「脫掉這一件，換件比較涼爽的衣服。」

「我找不到衣服可以換。」克洛伊伸腿，把剛摺好的那一疊衣服踢到地上。

洛蒂沒有理會她那種幼稚行為，她知道現在面臨的是重大狀況。

「我好愛妳，只要能夠幫助妳，叫我做什麼都不成問題。不過，妳必須要告訴我實情。」

克洛伊緊閉雙眼，彷彿在思索自己接下來的行動會有什麼後果。她拿起手機點了螢幕，把它交到母親手中。

洛蒂皺眉，「我要看什麼？」

「推特。」

「我知道那一個，但妳是希望我看什麼內容？」

「天吶，有沒有看到那個標籤？為生而傷？」

洛蒂低頭盯著手機，然後又抬頭望著女兒，「天吶，克洛伊，妳沒有拿刀自傷吧？自殘？發生了什麼事？」

「這，這有點像是某種論，論壇，」她女兒在抽泣，「為，為了那些生活中遇到困，困難的人，我在裡面不管嚷嚷什麼都不成問題。」

「妳在這裡面？」洛蒂好驚恐，她可以想出許多地方尋求援助，而不是靠推特。她一臉無助地望著女兒，望著那肌膚滑嫩的青春臉龐，還有完全是她爸爸翻版的湛藍大眼。

「克洛伊，怎麼回事？」

「跟梅芙有關。她會固定發文，但自從她失，失蹤之後，一直沒有新的貼文。不過，兩分鐘之前，這，這個出現了。」

洛蒂盯著主題標籤下的最新貼文，下一個就是妳了，克洛伊@亞當九九。洛蒂問道：「誰是亞當九九？」

「就是我。我以爸爸的名字設為帳號名稱，純粹就是不要讓別人知道我是誰。但似乎有人知道我的身分。就我所知，只有兩個人知道這個亞當九九的用戶名稱標記。」

「誰知道？」

「梅芙和這個人，我想是他當初設定了這個主題標籤。」

「哪個人？」洛蒂緊抓克洛伊的雙肩，緊盯她的雙眸，「他是誰？」

「不要在我面前擺出警探的樣子。」

「這件事非同小可。」她女兒到底陷入了什麼危險情境？

克洛伊結結巴巴，「我……我覺得我沒辦法告訴妳答案。」

「這是對妳赤裸裸的威脅，」洛蒂說道：「威脅妳的人身安全，尤其我們現在根本不知道梅芙的下落。跟我說，這傢伙是誰？」

「他在推特上自稱是理普連。我不知道他的真名……」

洛蒂哄她，「繼續說下去……」

「我覺得他可能知道梅芙在哪裡，他也許是她的男友。我傳訊息給他，他叫我跟他會面。」

「妳該不會……」

「抱歉。」

「哎呀克洛伊，他是誰？住在哪裡？」洛蒂翻找自己的手機，準備要打電話給她的小組成員。

「妳到底要不要聽我說？」

她放下手機，抓住克洛伊的手，「我在聽。」

「我不知道他的真名。他在網路上是個好人，但是在真實世界中卻是噁男。」克洛伊皺臉，表情充滿憎惡。

「他有沒有碰妳？天吶，要是他真的這樣做，我一定殺了他。」

克洛伊搓揉手臂，「他想要吻我。我逃走了，我平安無事。」

「這是什麼時候的事？他知道梅芙在哪裡嗎？妳確定妳沒事？」

「媽！夠了！」克洛伊大叫，「那是好幾天前的事，很可怕沒錯，但我沒問題啦！」

「妳是在哪裡跟他見面？」

「市中心公園。媽，萬一他挾持了梅芙怎麼辦？」

克洛伊崩潰啜泣。洛蒂把女兒抱入懷中安撫，以手指梳理她的長髮。她還想要聽到更多細節，但是她知道，光是這一個晚上的創傷，就已經讓女兒難以承受了。

70

洛蒂坐在床邊，盯著克洛伊，終於等到女兒入睡。她想起了不過就是在兩天之前，她盯著有自殘傷痕的第二具屍體的情景。她當時是怎麼說的？「想必會有親近的人知道這狀況。」嗯，說的真準。

她女兒需要幫助，這孩子一直在受苦。在過去這幾年當中，克洛伊的表現一直超級強韌，然而，諷刺的是，後來尚恩出事卻讓她崩潰了。

她疲倦嘆氣，輕吻女兒的額頭之後，回到她自己的房間。她脫掉衣服，迅速洗澡，卻無法滌清剛剛那一小時、這一整天、過去這一整個星期的心理負擔。她拿了亞當的舊T恤，還有緊身褲，打赤腳走入廚房，找到了自己的平板電腦，打開電源。她坐在桌前，在谷歌輸入了「理普連」這個名字，點選第一篇文章，開始閱讀。

理普連——科索沃的某座城鎮。她挺直身體，捏住平板電腦的手指開始顫抖，過了幾分鐘之後，她整個人跳起來。

小雞農場？當她前往軍營找丹恩．羅素的時候，他曾經提過這個地方，他說老鼠讓他聯想到了小雞農場。現在，她在某篇網路文章看到了線索，小雞農場位於這座理普連小鎮的外圍區域。

她大叫，拍擊雙手，「抓到你了，羅素……」

「我又來了，」波伊德問道：「妳在說什麼主題標籤？」

洛蒂倒了兩杯茶。她剛剛打電話給波伊德，十分鐘之後他就到了，她向他耐心解釋克洛伊剛才告訴她的那些內容。

他問道：「梅芙也使用那個群組嗎？」

「根據克洛伊的說法，沒錯，我們必須要追蹤每一個群組使用者，警告他們。」

「這是龐大工程。」

「也許會救人一命。」

「有關這個理普連，妳覺得他是誰？」

「由於位置在科索沃，所以我覺得一定是曾經在那裡工作過的羅素，不然就是出身那裡的佩托夫奇。」

「他們這麼做的原因是什麼？」

「這是誘拐脆弱女孩的方法。」

「希望妳的克洛伊不是其中之一。」

洛蒂知道自己的淚水就要奪眶而出，她的雙肩因為疲憊而軟塌，但是她的腦袋十分清醒。

「抱歉，我沒有多想，克洛伊不會有事的。」波伊德摸她的手，她把手抽回來，緊緊抓住自己的馬克杯。

「波伊德，最好是這樣。除非我們解決問題，不然我絕對不會讓她離開家裡。」

「這是明智之舉。好，我們現在要怎麼辦？」

「我們必須要搞清楚丹恩．羅素的角色。」

「他寄給妳的那封電子郵件呢？裡面寫什麼？」

洛蒂把玩馬克杯的把手，心想不知道可以向他透露多少內容。屋內依然一片寂靜，她抬頭，看到他緊盯著她。

她撿起地板上的包包，拿出在母親閣樓裡找到的那張照片，以及從米莫莎那裡取得的徽章。

「根據羅素的說詞，那個女孩，最小的那一個，就是米莫莎。而這個是亞當的名字徽章，羅素暗示亞當與科索沃的非法活摘人體器官有關係。」

波伊德的雙眼簡直像是馬上要爆凸而出，「等等，妳當然不會相信吧？」

「現在我也不知道到底該相信什麼了。」

「洛蒂，妳比任何人都清楚亞當的為人，這當然不是真的。」

「如果不是真的，那麼羅素為什麼威脅要把它曝光？」

「他在耍妳，他扭曲事實。」

洛蒂起身，四處走動，她盯著牆上已經積灰的婚紗照。

「你說的沒錯，是我犯蠢。羅素想要用謊言逼我讓步，故布疑陣讓我無法看到真相。」

「而佩托夫奇正好就是這一切的關鍵角色。」

「我實在不懂，這真是太可怕了。」

「妳知道妳需要什麼嗎？」

「好好睡一覺？」

「沒錯。」

「波伊德，我不是很確定自己能否睡著，但我會盡力試試看，謝謝你。」她給了他一個大大的擁抱。

等到他離開之後，洛蒂知道自己絕對睡不著了，乾脆打開筆記型電腦。她在大半夜研究了數小時之久，發現了讓她下巴掉下來的線索。她匆匆發出電子郵件，希望對方可以盡快回覆，這可能會幫助她破案。

米莫莎抬望天空，全身顫抖。星辰互融成為一體，有一顆綻放出奪目亮光。她想要伸手遮擋雙眼，但是她的雙臂被粗繩固定在身體兩側。然後，她才發覺那道光束根本不是星星，而是手電筒，穿透黑暗世界，直接射入她的眼眸。

她想要說話，但粗布綁住了她的嘴。那道光不再對著她，她努力跟追光暈，它正照向另一坨沉默無聲的人體。

她不知道密勒特會在哪裡，只盼望他的待遇會比自己好一點。

在遠方海岸線淺浪擊岸聲響的伴隨之下，她在星空之下默默哭泣。她真希望當初不曾離開家鄉。

科索沃，一九九九年

各種影像在他緊閉雙眼的後面飄忽而過。燈光，顏色，以及形狀。然後是聲音。他狂聲尖叫，「媽媽！」

沒有人回應他。他緩緩睜開眼，媽媽死了，爸爸和莉亞也是。他真希望自己也死去。疼痛。他整個腹部有一種灼熱火燙的痛感，一直延伸到他的背部、大腿。他怯生生以手指撫摸自己的皮膚，有一根透明塑膠管從他的手背冒出來。他找到了痛苦的來源，在他側面身體的下方，屁股弧線周邊貼了一堆繃帶。那醫生到底對他做了什麼？

他努力回憶過往。

燈光明亮的房間，輪床。他被人壓躺在上面。醫生對他的手打了一針，他最後記得的是自己曾經在走廊看到的那個男孩，帶著手術刀走向他。

對，然後現在他待在這裡。哪裡？他轉頭，這是一個小房間，天花板角落的油漆已經捲成了一團。某段記憶拚命想要控制他的腦袋，宛若小雞農場裡的老鼠一樣四處刮擦。媽媽與莉亞，身體被切剖而開，活生生的器官就這麼輕而易舉被人拿出來的那一刻，她們因為痛苦而不斷尖叫。他伸出顫抖的手指，鬆開繃帶，觸摸底下的部位。他碰到了隆凸，是縫針。他抽出手指，把手舉到半空中，看到了一抹血跡。

門開了，他緊緊閉上眼睛。

「醒來啊。」那是醫生的聲音。

男孩乖乖照辦，目光抬望那個灰色面孔男子的雙眸，他含住喉嚨深處的唾液，朝對方飛吐過去。

醫生以白袍袖子抹淨，開口說道：「你不該做出這種事，相信我。」

「你拿走了我的什麼？？」

「一顆腎臟。看到你這種反應，我真是後悔沒有一次拔走兩顆。」

男孩哈哈大笑，笑比哭容易多了，「你一定會付出代價。」

「小朋友，你能去哪裡？你很快就會忘了我。你根本什麼都不是，聽到沒有？就跟進來我這裡的那些人一樣，我利用他們，救活那些值得拯救的人，你根本沒有任何價值。」

男孩聽到門口有動靜，立刻扭身。那名少年站在那裡，手裡拿著一個鋼盒，很類似在他家人慘遭屠殺的那一天，他所看到的那些箱子。

「爸爸，」少年開口，「你準備好了嗎？我們的動作得快一點，不然冰塊就要融化了。」

醫生伸出瘦骨嶙峋的長指，滑過男孩的臉頰。

「我等一下再回來找你。」

「讓我走！」

「等到我準備好之後吧。」

醫生將注射器插入導管，輸液慢慢滴入他的身體，男孩發覺手背皮膚一陣刺痛，他沒有任何控制權。在沉甸甸的重量害他的眼皮闔上之前，他看到了門口少年無動於衷的黑眸，那面容露出了純粹邪惡之笑。

最後，他陷入黑暗世界之中。

第八天

二〇一五年五月十八日星期一

71

「克洛伊，我覺得妳今天就待在家裡，不要上學，這樣會比較安全，我會安排警車巡邏這個區域。」

洛蒂把馬克杯放在櫃子上面，自己坐在床邊，克洛伊哭得雙眼發腫。

「妳有好好睡覺嗎？」

「睡得不多。媽媽，謝謝妳的體諒。」

「親愛的，我會想盡辦法幫妳。我現在得去上班了，但要是妳需要什麼的話，打電話給我。」

克洛伊微笑，洛蒂覺得胸口一陣抽痛。她捏了捏女兒的手，輕輕吻了一下臉頰，「愛妳。」

「我也愛妳。」

「為什麼她留在家裡，而我卻得去學校，不公平。」尚恩站在樓梯平台上，他把背包丟到腳邊，雙手插在口袋裡。「我也生病了。」

洛蒂亂摸他的頭髮，打量自己的高大兒子，「你跟你爸一模一樣。」

「我還是得去上學嗎？」

「恐怕就是這樣了。趕快，我遲到了，我可不希望也害你遲到。」

「幹。」

洛蒂大叫，「尚恩！你的嘴巴給我放乾淨一點！」

凱特站在梯底，把密勒特抱在腰際。

小男孩學舌，「幹。」

「我的天吶！」洛蒂說道，「那個社工會怎麼看待我們這一家？」

凱特說道：「他名叫伊曼……」

洛蒂雙臂交疊胸前，「是哦？」

她的女兒臉紅了。

密勒特又說了一次，「幹。」

洛蒂必須同意他講的一點都沒錯。

72

洛蒂向克禮根警司報告自己在法蘭克・菲利普斯臥室看到的那名女孩，他立刻拿起電話聯絡他的西班牙同僚。當她進入辦公室的時候，心中湧起一股強烈的如釋重負感。

「好，我們現在有三起命案受害人，還有兩個失蹤女孩，梅芙・菲利普斯以及米莫莎・巴爾巴特維奇。而她們之間的唯一連結似乎就是一條龍庇護中心、丹恩・羅素，以及安德烈・佩托夫奇，我們要仔細審視從第一天到目前為止的一切線索。」

克爾比與林區忙得團團轉，而波伊德則帶著兩杯保麗龍咖啡杯悠閒走進來，將其中一杯給了洛蒂，她把咖啡放在一大疊檔案的最上方。

「我們今天就要解決問題，就是今天！」她從包包裡取出一張紙，在自己面前攤平。她昨晚工作了數小時之久，將他們的必辦事項臚列出來，閱讀有關科索沃的資料，發送電子郵件。

她問道：「一條龍庇護中心的搜索票呢？」

「今天早上已經交給法官等待簽發了。」

克洛伊所講的有關那個自稱理普連男子的事，洛蒂也全都告訴了小組成員。

「我在昨晚研究了一下柯索沃。在一九九〇年代的戰爭期間，非法摘除人體器官相當猖狂，被俘士兵與平民百姓都被活摘器官。他們被科索沃解放軍與其他人帶去找普利斯提納的某個醫生，獲利可觀的產業。而這個可恥的醫生，約翰．賈夏里，在幾年前因為危害人類罪而接受審判，不過，還沒有人來得及作證，他就心臟病發身亡。」

波伊德說道：「真是殘酷正義……」

「我已經發電子郵件給那位檢察官，請對方提供更多細節。希望很渺茫，但既然我們有兩個女孩的器官遭到摘除，而且我們這裡又有與科索沃相關的連結，還是值得一試。」

克爾比說道：「這機會是相當渺茫。」

「整理我們目前找到的所有資料，仔細爬梳，拜託，各位，今天拚一下！」

洛蒂仔細研究報案資料、筆錄，還有各項證據，整整過了一小時之後，她仰身往後一靠。她詢問林區，「有沒有關於那個隱什麼和湖區非法射擊的報案消息？」

「我正在研究報案紀錄，等一下會把清單給妳。」

「盡快完成，湖岸可能是我們的第一犯罪現場。克爾比，不知道你完成沒有，趕快清查傑克．德爾莫迪的手機聯絡人，」洛蒂開始把昨晚列出的事項逐一做記號，「看看是否有什麼意外牽扯其中的人。」

「是，老大，要不要也查佩托夫奇？」

「我們在第一天的時候就已經查過他的手機，所以我現在要你交叉比對他與德爾莫迪的聯絡人，通聯紀錄與簡訊也要檢查。」

「是，老大。」

「還有，向處理組織犯罪或人口販運的單位詢問一下，看看他們是否知道法蘭克・菲利普斯提到的這個法提昂。」

「天吶，老大，我有這麼多事要做，而且……」

「我不想聽。」洛蒂發現克爾比要離開辦公室的時候翻了白眼。「我現在要去找丹恩・羅素。」她在待辦事項清單裡又打了一個完成的勾勾。

波伊德起身，「我跟妳一起去。」

「沒問題。」

「白臉？還是黑臉？」

「這一次我當黑臉。」洛蒂拿起包包，走向門口。

「妳一直是黑臉。」

「誰是黑臉？」克禮根警司的過胖身軀塞滿了整個門框，在他的眼鏡下方，某隻眼睛戴上了黑色眼罩。

洛蒂趕緊從他的手臂下方鑽出去，以免等一下會不意脫口講出什麼海盜的事。

73

丹恩．羅素問道：「所以你們還沒有找到米莫莎？」

他剛剛邀請他們入座，他們回絕了。波伊德斜靠在這名退伍軍人左側的牆面，而洛蒂站在右側，背對他，仔細觀察懸掛照片的那根鋼線。她突然轉身，「我要知道真相。」

「我不知道妳在說什麼。」羅素伸出手指，撫弄自己的衣領內側。

她感覺到一股顫意沿著自己的骨骼竄奔，「你是不是非法走私年輕女孩？逼她們下海？」

他回嗆，「我要舉報妳毀謗。」

「隨便你，這只是提問而已。」洛蒂停頓了一會兒，整理思緒，「我已經與法蘭克．菲利普斯談過話了，你認識他嗎？」

「我聽過這個人，但他和我八竿子打不著關係。」

「你是否認識一個名叫法提昂的人？」她專注緊盯他的神情，眼神閃爍，如此而已。

「我沒辦法說認識。為什麼問這個？」

「他在販運女子，逼她們下海賣淫，我懷疑你的管理公司是幫兇。你把她們藏身在真正的政治庇護者之間，輕而易舉，而她們因此永遠不會有正式文件，不會出現在任何的官方登錄資料裡面。我不明白的是原因。你為什麼要這麼做？這樣的操作風險很高。是為了錢嗎？你拿了多少？

是按人頭計費，還是按照時間計費？」

羅素拿起了桌機的話筒。

洛蒂說道：「你要打給我的老闆？別浪費氣力了，他知道我在這裡。」

羅素的手指在電話鍵盤上面懸空不動。

「理普連，」洛蒂出招，「對你來說有什麼特殊含義嗎？」

羅素把椅子往後傾斜，雙手枕在後腦勺，她看到了他腹部撐開襯衫而露出的灰毛。當他在哈哈大笑的時候，上唇的稀疏鬍鬚也在跟著晃動。

「羅素先生，什麼事這麼好笑？」

「我在笑妳啊。妳研究過了，所以妳知道理普連是科索沃的某個小鎮，北約組織旗下維和部隊的基地。營區就建在某個老舊小雞農場的旁邊，妳先生駐紮在那裡，距離普利斯提納並不遠。」

「沒錯，我研究過了。而普利斯提納不正是某個醫生非法摘除人體器官的地方嗎？」她想起了自己深夜埋首電腦前的模樣，「更準確的說法是野蠻屠宰場。還有，羅素先生，讓我告訴你，這與亞當．帕克一點關係也沒有。」她看了他一眼，「不過，你一直影射他牽涉其中，讓我斷定你一定與此有關。」她沒有任何證據可以判斷他是否牽涉其中，不過，她需要看到他的反應。

「妳是怎麼得出這種結論的？妳的辦案技巧？不要再害我哈哈大笑了。」從他的表情看不出有任何情緒。

洛蒂踱步了一會兒之後，站定在他面前。她真想要弄翻他的椅子，但還是努力忍住了。她斜靠過去，湊在他耳邊，距離之近，連裡面的耳毛都可以看得到。她輕聲細語，「約翰．賈夏里。」

她的話產生了立即效應。羅素本來支住後腦勺的雙手立刻抽回來，差點打到她，而且他馬上跳起來，洛蒂趕緊往後跳，貼著牆面。

他轉身，整張臉幾乎貼住她的面孔，「妳根本不知道自己在講什麼。」

他的口沫噴濺在洛蒂臉上，她側身閃開，瞄了波伊德一眼，示意叫他站在原地，然後自己面向羅素。

「約翰．賈夏里，」她又重複了一次，「在戰爭期間以及戰後，一直住在普利斯提納生活及工作，而這也正好是你的軍旅期。很值得玩味，你說是不是？」

羅素一度張開雙唇，但最後閉嘴，波伊德也一樣，洛蒂擠出牽強的微笑。她希望自己在大半夜發送的那封電子郵件能夠在不久之後得到回應。在此之前，一切都只是臆測而已。

羅素指向門口，發號施令，「給我滾！離開我的辦公室！」現在，他的鬍鬚因為汗水與唾沫而濕垂，一頭油髮的髮絲也散貼額頭，看起來氣急敗壞。

「法蘭克．菲利普斯告訴我，他認識你。」洛蒂心想，既然都衝了，那就繼續下去吧。

「那個混蛋。」

「所以你的確認識他了。」

「我聽過這個人，」羅素往後退，「在妳指控我之前，我要先說我看到了他失蹤女兒的事，這和我完全沒有關係。」

「有意思了。」洛蒂開始走動，沒有理會波伊德的質疑目光，她的目光又再次盯著她剛到來的時候，一直在專注研究的那一排照片，「這裡面是不是有他？」

羅素交疊雙臂，「菲利普斯從來沒有當過兵。」

「不是菲利普斯。而是你的朋友，有暴牙的那一個。」

「妳瘋了，這根本是偷偷進行非法調查。」

說的一點都沒錯，但她不打算要承認。她要繼續讓他猝不及防，希望他可以重摔一跤。「我的受害者身上有嚴重咬痕，這個法提昂有暴牙，我們可以靠鑑識進行比對，快跟我說他的事。」

「我說，快給滾，就是現在。」這一次，他拿起話筒，已經按下了某個號碼。

「波伊德警探，我們走吧，現在我已經拿到我需要的東西。」

羅素冷笑，「妳根本沒有從我這裡問出任何頭緒。」

洛蒂把包包揹上肩，走向門口，「那是你自以為是的想法。不准離開這座城鎮，我會回來找你。」

隱身在食堂側邊暗處的男子，一直摀著狗嘴，以免牠吠叫，他望著那兩名警察迅速離開了A棟建物，走向步道，離開了大門。

他抬頭，望向二樓的窗戶，丹恩·羅素站在那裡，拿著手機，目光遠眺，他對警探說了些什麼？也該是挖出真相的時候了。

他彎身，挨在狗兒旁邊。

他說道：「狗狗，抱歉了。」他的手猛然使力，扭斷了狗兒的脖子，他哈哈大笑。這條狗一直是他的道具，幫助他融入正常人之列，現在，這段融入時光已經成了過去式。

他放開那坨毛茸茸的小屍體，解開狗鍊，把它纏繞在手中。他把狗兒踢入某個滅蟲劑盒旁邊的水溝，前往A棟建物的廣場。

洛蒂在人行步橋停下來，「我來根菸好了……」早晨天空陽光炙熱，櫻花全沒了，花瓣沉沒在運河濁流之中。她的腦袋跟河水不一樣，終於開始變得清朗。

波伊德點了兩根香菸，默默把其中一根遞給她。

她狠狠吸了一大口，吐出煙圈，「我需要找安德烈．佩托夫奇談一談。」

波伊德不發一語。

「我得要知道他在這整起事件中到底是什麼角色，而且我們得要找到梅芙．菲利普斯。」

「說實話，我認為她已經死了。」

「波伊德，永遠不要放棄，永遠不要失去希望，不然的話，我看你還是別當警察吧。」

「我只是說說而已。」

「好，那就別這樣。我現在要去找佩托夫奇。剛才與羅素一陣大亂鬥之後，我現在懷疑佩托夫奇就是推特上的那個理普連，所以他一定知道有關梅芙的事。」

「要是被克禮根發現的話，他一定會狠狠修理妳。我想，妳一定覺得佩托夫奇也在搞走私人體器官。」

「科索沃戰火方殷的時候，他還只是個小孩，那時候的他不可能參與吧？至於現在我就不知道了。」她把香菸丟入底下的河水之中，「你要不要跟我一起來？」

他嘆氣，「應該吧。」

「我就知道我可以依靠你。」

他們抄捷徑，走運河的拖船道，進入了主街，溫暖空氣充滿了灰塵與挖土機的噪音，車流速度宛若嬌小的老太太拖著腳步行進。

波伊德說道：「我們星期六晚上放了佩托夫奇之後，有派人跟蹤他。」

「我知道，我想知道他現在是否在工作。」

他們繞過馬約卡餐廳的邊角之後，洛蒂邁步走向可魯姆街。犯罪現場的封鎖帶殘片還掛在街燈上，但鑑識小組已經轉移陣地到了那間老舊的馬達房。鮑伯．威爾拆車場大門敞開，生意似乎又回到了正常狀態。第二具屍體被發現的那個坑洞，已經蓋上了一塊金屬薄板，為了避開主街壅塞而開來這裡的一輛輛車直接駛過去，完全不以為意。

波伊德一邊走路一邊講電話，語氣激動。通話結束的時候，洛蒂看了他一眼，但完全沒有停下腳步。

她開口，「他們跟丟了對不對？」

「妳怎麼知……？」

洛蒂搖頭，「他們怎麼有辦法跟丟？他只有一個人，又不是一整個軍隊，現在克禮根會好好修理你。」

「靠，我真的不知道。警車在星期六晚上停在他家公寓前，之後是一整個白天，加上星期天夜晚。他們說他一直沒有離開，今天早上也沒去工作，剛剛敲了他的門，沒有回應。」他稍作停頓喘氣。

「我們最好趕緊過去那裡。」洛蒂轉身，邁步走回頭路，「搞不好他死在裡面了。」她拔腿狂奔。

波伊德在喘氣，「慢一點，要是他死了，他哪裡也去不了。」

她依然繼續跑。

74

丹恩・羅素聽到開門聲，從窗前轉身。當他看到那個手裡纏著狗繩的男子進入他辦公室的時候，掌心裡的手機滑落而下。

羅素動也不動，開口說道：「你是怎麼……」

當法提昂走進來，站在第一名男子後方的時候，羅素本來已經到嘴邊的話就全沒了。

「這是，是怎麼一回事？」羅素往後退，貼牆，撞歪了他的兩張珍貴照片。

帶著狗繩的男子開口，「丹恩，我正想要問你這個問題……」他繼續往前走，最後站在靜止的天花板吊扇下面，「你何不坐下來呢？讓自己舒服一點？」他鬆開狗繩，對著自己的大腿猛抽了一下，「花不了多少時間的，對吧？」

「我沒有向警察透露任何事。你聽到了嗎？什麼都沒有，不需要威脅我。」

「我以為我可以信任你，」那男人說道：「沒想到你卻把他們帶進來攪局，四處刺探又鬼吼鬼叫，而且你知道我最討厭臭警察。」

「我對天發誓，我什麼都沒有說。那個女孩米莫莎，是她與他們有牽扯，都是她的錯。」

「少來了。你答應過我，你會遵照囑咐行事，我交代你的……」那男人又拿皮繩抽了一下自己的掌心，「唯一的交代，就是你要好好看著那女孩和那小男生，要把他們交給我。你有做到嗎?」他面向法提昂,「他有嗎?」

羅素不喜歡那種譏諷的語氣。他猛嚥口水,想要開口講話,卻說不出來。

他指向法提昂,「都是他的錯。」

「法提昂是個精蟲衝腦的瘋子,根本成不了事……就像你們愛爾蘭人是怎麼說的?就連對著啤酒桶撒尿也辦不到。」

羅素一直為自己從來不低聲下氣而自豪,不過,現在是向人乞求的時候了。

「我保證,我一定會找到那個男孩。給我今天的時間就夠了,我會把他帶回來給你。」

「老哥,太遲了,我已經知道他在哪裡,而且我會自己處理。既然你違反了我們的協議,那麼我將只好以對待其他麻煩製造者的方式對待你。」

「你不能這樣,我們說好……」

「已經玩完了,你搞丟了那個小男孩。」

「我把他媽媽交給了你,還有另一個賤貨。我只有叫那名警探努力把小男孩找出來,這都是為了你,她並不知道他媽媽在你手上。」

「老哥,這樣的努力弱爆了,而且也太遲了。」

「不過,你答應過我了,只要我滿足你的需求,你就絕對不會把我在普利斯提納所做的那些事講出來。拜託,我現在唯一剩下的也就只有名聲而已。」

「名聲?當年你摧毀了維和部隊的名號,你的眼睛只看到鈔票閃動的顏色。我才不在乎你的名聲，上尉，我要取你的性命。」這男人哈哈大笑，邪惡之聲劃破了空氣。

羅素先聽到皮繩的爆響，後來才發現是打在自己的臉上，黃銅鉤正好戳入了他的眼睛。對方第二次猛揮的時候，他已經聽不到聲音了。他癱在地上，雙腿宛若滑溜的鰻魚，他舉手護臉，當他摸到眼球的時候，才發覺它已經吊晃在眼窩外頭，宛若爛碎的乒乓球。

75

「佩托夫奇！我知道你在裡面！」

洛蒂猛拍房門，鄰居們目瞪口呆。波伊德在她身邊不安地挪移腳步重心，有兩名制服員警站在階梯底下驅趕旁觀者。

「這是你最後的機會。我數到三，等一下我就會破門進去！」

波伊德說道：「妳又沒那個能耐……」

「我是沒有，但你可以啊，混帳。去巡邏車後車廂拿破門器，動作快一點。」洛蒂繼續敲門，依然關得緊緊的。靠，希望他沒死。她並沒有對這個雙眼充滿傷痛的外國人有任何憐憫，完全沒有。她需要他好好活著，才能問出線索。也許還可以起訴他，罪名包括了三起謀殺案、兩起綁架案，外加攻擊她的女兒。畜牲！

波伊德吃力帶著破門錘回來了。

洛蒂對著房門大吼，「安德烈．佩托夫奇，這是給你的最後警告。數到三的時候，我們就要衝進去了！」她大聲計數，然後退到一旁，示意波伊德可以採取行動了。

在他的強襲威力之下，大門碎裂，洛蒂戴上手套，伸手穿過破木、解開了門閂。波伊德丟掉破門錘，也戴上手套，跟她進入了這間一臥公寓的靜默世界。

✣

凱特打開前門。

「嗨，伊曼，」她開口，「你是來帶密勒特的嗎？」

「是啊。」

「我媽媽不在家，我不能讓你進來，除非要得要等到她下班回來，抱歉。」

他緊張兮兮，環顧四處，「我有文件可以讓我帶走這個男孩。我們已經為他找到了一個不錯的家庭，在還沒有找到他母親之前，他可以一直住在那裡。」

凱特對他露出超甜美的笑容，「一樣啊，我不能讓你進來。等我媽回來之後你再過來吧！這附近有巡邏警車，所以我想你應該要走了。」

這名社工回頭張望，凱特沿著他的視線看過去，但沒有看到警車，家裡外面也沒有停放任何車輛。

她驚訝問道：「你是走路過來的嗎？」

「呃，不是，對。」

「到底是不是？你不能帶走密勒特。他只是個小孩，沒辦法走遠。外頭太熱了，他會中暑。」她伸手準備要推門關上，但是他卻伸腳阻擋。

凱特現在皮膚發麻，「你在幹什麼？」

「我得要帶走他，就是現在！」

「抱歉，但是……」

當伊曼．卡爾特把門往裡推的時候，凱特被擠回到了玄關，側身摔地，她尖聲大叫，「這是怎……」

他緊緊摀住她的嘴，「噓，我不想傷害妳。」

她嚇得眼珠暴凸。

他說道：「我要放開我的手，關門，不准尖叫，明白嗎？」

她努力點頭。

「乖。」

等到他一抽手，凱特急喘，放開嗓門尖叫。他朝她的太陽穴揮拳，她的眼前立刻直冒金星。

他狠狠甩門，扣上了安全鎖。

「我叫妳安靜，」他蹲在她旁邊，「我不該打妳的，但這不是我的錯。我得要帶走那個男孩，我扶妳起來，然後我會好好解釋。」

「靠！你誰啊？」克洛伊在樓梯上頭大喊，她揮舞尚恩的板棍球棒，宛若把它當成了利劍，「你要是敢動我姊姊，幹！我一定殺了你。」

她跳下來，三步併作一步，當他伸出雙手護臉的時候，她拿著板棍球棒朝他的膝蓋敲下去。

凱特大叫，「克洛伊！住手！這樣會死人啊！」

伊曼・卡爾特貼牆，「媽的！瘋女人……」

「這根本不算什麼，」克洛伊說道：「趕快講出來，不然我要繼續扁你。」

空間乾淨整潔。兩張木椅緊貼餐桌，地板打掃過了，瀝水板上面放置了等待晾乾的杯子、碗及湯匙。沙發薄毯折疊得整整齊齊，咖啡桌上沒有任何雜物。

沒有人在家，沒有打鬥痕跡，沒有異狀。

洛蒂看了一下垃圾桶，有好幾個空可樂瓶、切片麵包的包裝紙、包在保鮮膜裡的發硬起司。她打開冰箱，新鮮的牛奶、番茄、火腿和奶油。她重重關上冰箱門，走入臥室。單人床。床被沒有任何皺痕，軍人風格。衣櫃大敞，裡面什麼都沒有，梳妝台抽屜被拉了出來，也一樣空空如也。

她說道：「連樟腦丸都沒有……」

波伊德把頭探入小小的浴室，「這裡也一樣。」

「他去了哪裡？」

波伊德說道：「嗯，反正他不是被人硬生生拖走。」

「反正，除非是那兩個傢伙執勤的時候睡著了，否則他不可能從前門離開。」

洛蒂推開波伊德，進入那間小浴室。

「你看，」她舉手指向打開的小窗，「大約是六十乘九十公分左右，擠出去綽綽有餘。」

「這裡是二樓，他是怎樣，長出翅膀了嗎？」波伊德一手抓髮，另一手在撫弄下巴。

洛蒂掀開馬桶座，站在上面，向外眺望，「他不需要當超人，外頭就有防火逃生梯。」

「靠，」波伊德跳上去，站在她身邊，「沒錯，幹。」

「他們難道沒想到應該要監視建物後方嗎？」洛蒂搖頭，不小心把波伊德推下了馬桶座。他的手肘撞到牆面，「他們可能以為那裡沒有出口。」

「以為？他們應該要檢查才對。」她下來，與波伊德一起站在狹小空間，「搞得亂七八糟！」

波伊德說道：「他現在可能已經逃到了什麼鳥不生蛋的地方。」

洛蒂從他身邊擠過去，再次進入客廳兼廚房的空間，「他沒有跑遠，他得要完成他來到這裡的目的。」她從書架取出一本書，隨意翻閱。

「是什麼？」

「我要是知道，我就是神了。找鑑識小組過來徹底檢查這裡，搞不好他曾經在這裡監禁過那些女孩。」她把那本書放回原處，「我們問一下克爾比是否在手機通聯紀錄找到了線索，還有，詢問林區是否找到了犯罪現場。」

✣

凱特衝到樓上查看密勒特的狀況，留下克洛伊盯著伊曼．卡爾特。剛才她去開門的時候，她把小男孩留在尚恩的房間裡玩電腦。等到他放學回家的時候，一定會很不爽，不過，這卻讓小朋友變得好專心。現在，她盯著房內，密勒特對鍵盤已經很熟練，完全浸淫在《我的世界》電玩遊戲之中。

凱特關上房門，回到廚房。伊曼坐在餐桌前，克洛伊給了他一杯水，她把板棍球棒橫在胸前，宛若正在執勤的士兵。

「老實說，」他說道：「我覺得妳打斷了我的膝骨。」

凱特問克洛伊，「妳有沒有打電話給媽媽？」

「她沒接。」

「應該是在工作。他怎麼說？」

伊曼．卡爾特拚命在搓揉膝蓋，「我就在這裡啊……」

「好，你為什麼要打我？」

「我道歉了，我不是故意的，我接到命令要帶走這男孩。」

克洛伊拿起板棍球棒狠敲桌邊，「你在說什麼？」

卡爾特嚇得跳起來，另一邊的膝蓋撞到了桌子的內側，「哎呀！妳別這樣好嗎？」

凱特說道：「克洛伊，放輕鬆一點。」

「他在說謊。我不知道他打算要幹什麼，可能要帶走密勒特，賣給什麼變童癖集團。」

凱特與卡爾特異口同聲問道：「什麼變童癖？」

克洛伊回道：「我只是說說而已。」

伊曼．卡爾特想要站起來，而凱特伸手壓住他的肩膀，他又坐回去。

「抱歉。老實說，我剛接這份工作沒多久，我是被迫做出這種事。」

凱特拉了張椅子，坐在他對面，「跟我們說你到底是被迫要做什麼。」

他左顧右看。

克洛伊勸他，「只有我們三個，你就說出來吧。」

他看起來一臉惶然，但還是說了，「好吧，我想一定是有人在監視你們家或是在跟蹤我，因為，在星期六半夜的時候，我接到了電話，威脅我和我母親。」

「什麼？」克洛伊問道：「是誰？」

「我不知道。」他纏扭雙手，「我爸爸死後，我母親與我相依為命，我們住在拉斯法恩漢姆，我通勤到拉格慕林上班。我不知道他們是怎麼拿到了我的電話號碼，甚至連我家地址都有。」

克洛伊依然站在那裡，雙手緊抓著板棍球棒，「這個神秘人跟你說了什麼？」

「他告訴我，今天要趁妳母親上班的時候，過來這裡帶走密勒特。」

克洛伊回他，「你這種鬼話，只有小孩才會相信。」

凱特皺眉盯著妹妹，「閉嘴，專心聽他講完。」

「我叫他滾，他非常生氣，開始對我破口大罵，我不明白他到底是什麼意思。然後，他說……他要傷害我母親，讓我知道他真的不是在開玩笑。我嚇得半死，直接掛了電話。」

凱特問道：「你沒有報警嗎？」

他搖搖頭，「最好是這樣。我要怎麼跟警察說？」

「拉格慕林已經發生了三起命案，還有兩個女孩失蹤，其中一個是密勒特的媽媽。為什麼你不打電話給警察？豬頭！」克洛伊又以板棍球棒敲了一次桌子。

「我必須帶走這個男孩，我別無選擇，拜託聽我說好嗎？」

克洛伊說道：「我洗耳恭聽。」

「昨天下午，我和我母親正在看電視足球賽，這兩個人衝了進來。」

「哪兩個人？」

「我不知道他們是誰。他們身穿黑色牛仔褲和黑色T恤。從後門進來，穿過廚房進入了客廳。我可憐的母親差點心臟病發。他們把我拖出去，逼我要帶走這個小男孩，他們說不會有人對我起疑，因為這是我的工作，還有，我不能告訴任何人，不然的話……」

「不然會怎樣？」

「他們會回來殺死我母親。」

「天吶，」凱特的臉已經完全沒了血色，「你還是沒有報警？」

「沒有，我沒辦法，他們是這麼說的，不准報警，不然我母親就是死路一條。」

克洛伊問道：「然後呢？」

「就這樣，他們從後門出去，翻牆離開。」

「等到你帶走密勒特之後，又要如何處置他？」

「他們給了我一個電話號碼。等到我帶走他之後，必須要傳訊息過去，然後我會得到進一步指示。」

「他們以為你是什麼超人嗎？」克洛伊看到對方的冷硬目光，「真不敢相信你要對無辜小孩做這種事，虧你還是社工。」

「我還有其他選擇嗎？」

凱特走到廚房門口，專心聆聽。發現密勒特對著遊戲狂吼，就像尚恩一樣。

卡爾特苦苦哀求，「妳們得要讓我帶走他。」

克洛伊在桌邊走動，將板棍球棒夾在腋下，想要再次打電話給母親，通話中。每次需要她的時候，總是讓人大失所望。

「我不清楚他們是怎麼知道你的身分。他們還跟蹤你到了都柏林？我覺得這根本是瞎編的故事。」

「妳必須要相信我。這男人打電話給我的時候，似乎很清楚一切，而且每一個人都認識，他一定是有什麼惡勢力。」

「就算是這樣，你也不能帶走密勒特。你就假裝已經得手，傳訊息給他們，看看你接下來會接到什麼指示。」

「妳瘋了嗎？我可不希望我母親死掉。」他的十指伸入髮內，猛抓髮根。

「我們也不希望密勒特死掉。我很害怕，但我們必須要想辦法。」克洛伊覺得一定有辦法可以解決狀況。

凱特說道：「打電話給波伊德。」

克洛伊以顫抖手指點了一下聯絡人清單，找到了波伊德的電話，撥出電話，這一次總算有人接聽了。

「感謝老天。波伊德，我是克洛伊，我找不到媽媽。請告訴她盡快回來，事況緊急，卡爾特在這裡，我很害怕。」她聽到波伊德在與她母親爭執，「幹……」她掛了電話，手機發出了通知聲響。

凱特問道：「這是什麼？」

克洛伊看了一下，「靠，我以為我刪除了這個應用程式，只是推特的通知而已。」她把板棍球棒交給了凱特，「好，妳拿著這個，千萬不要讓他離開妳的視線，我去看一下密勒特。」她衝上樓，把手機塞在牛仔褲口袋裡。

76

當洛蒂待在安德烈．佩托夫奇住家外頭的階梯上，等待鑑識小組到來的時候，她從包包裡取出手機，打電話給克爾比。螢幕顯示有兩通克洛伊打來的未接來電，她還來不及回撥，手機就響了，是克爾比。

「怎麼回事？」洛蒂伸出另一隻手阻擋陽光，而波伊德則衝下樓梯，責罵那兩名制服員警。

克爾比說道：「通知佩托夫奇的老闆德爾莫迪去馬達屋的那通電話，是透過預付卡撥打的。」

「那就查不出來了。好消息呢？」

「我交查比對佩托夫奇與德爾莫迪的聯絡人清單，完全沒有重疊。」

「這算是好消息？」

「不是，但我後來又比對了他們的通聯紀錄，接聽與撥出的都有。」

「洛蒂！」波伊德對著階梯上方大吼，拿著自己的手機，準備要交給她。

「現在不行，波伊德，」她轉身，又進去門內，「抱歉，克爾比，繼續說下去。」

他問道：「妳希望我怎麼處理？」

「你得要重複一次。剛剛有個沒禮貌的人在對我大吼大叫。」

波伊德到了階梯頂端，把他的手機塞入她手中，「是克洛伊，事態緊急。」

她拿了他的手機。是不是出事了？她的小孩有波伊德的電話號碼，純粹是為了以防萬一。她心想，天吶，她一直沒有安排員警駐守她家。

「克洛伊，啊，怎麼回事？」她望向波伊德，「她不見了，電話斷線。」

波伊德說道：「她語氣恐慌。妳知道有個名叫卡爾特的人嗎？」

「是那個社工，希望他還沒有帶走密勒特，我警告過凱特，千萬不能放走那個小男孩。」

「她說她很害怕，我現在去妳家查看狀況。」

「不，我自己去。你去找克爾比追進度。然後，你開車過來找我。」

「妳自己也沒車。」

「我會叫這裡的穆特或傑夫載我過去，我想叫另一個在破門前看守、等待鑑識小組到來應該不成問題。對了，你聯絡克爾比的時候，叫他查看佩托夫奇的上網紀錄，這裡沒有筆記型電腦。」她回頭指向公寓，「他可能帶走了，或者一直是使用手機。」

「為什麼？是因為推特嗎？」

「對，還有飛往國外的航班，我們要知道他到底在哪裡。」

洛蒂坐入警車，對著制服員警吼聲下令。

波伊德大叫，「要是妳有佩托夫奇的照片，拿給克洛伊確認一下！」

她關上了車門，之前怎麼沒想到這一點？

洛蒂衝下車，狂奔進入前院的步道，拿著鑰匙拚命要轉鎖的時候，凱特打開了門。

「怎麼了？凱特？密勒特在這裡嗎？克洛伊人呢？天吶！妳為什麼拿著尚恩的板棍球棒？」

「媽，別著急，先進來吧。」

「還有妳的臉是怎麼一回事？」洛蒂跟著她進入廚房，看到了卡爾特，「你在這裡做什麼？」

伊曼．卡爾特起身，舉手，但後來似乎又覺得不妥，把手插入牛仔褲口袋。

「帕克太太，探長，很抱歉。」

「坐下來，告訴我到底是怎麼一回事。還有，我現在很忙，所以最好給我速戰速決。」

波伊德與克爾比通過電話之後，趕緊跑回警局停車場。正當他坐入車內的時候，他看到林區從建物側邊跑過來。

她氣喘吁吁，整個人趴在敞開的車窗上面，「根本沒辦法找到你或是老大……」

波伊德回她，「妳現在不就找到我了嗎？」

「關於湖區異常活動的報案紀錄，」她把某張紙塞給他，指了一下，「你看看，庫里恩湖。」

「林區，我識字，妳到底要叫我看什麼？」

「首先，這個湖是城鎮的用水來源。郡治廳證實最近採樣出現隱孢子蟲，要是狀況惡化，他們將會發布必須煮沸後才能飲用的通知。」

「好，然後呢？」

「現在還不是獵季，但已經接獲三起夜間槍響的報案紀錄，還有兩起異常燈光的報案紀錄，都是在修士島。」

「我從來沒聽過那個地方。」

「聽過的人也不是很多。這是那座湖的兩座島嶼之一。大家比較知道的是教堂島，因為它有可供漁船使用的小港。但是修士島比較遠，沒那麼方便。在中世紀的時候，它被拿來當作監禁……」

「好，好啦，林區，還有什麼我需要知道的事嗎？」

「克爾比想要和老大闆講一下通聯紀錄的事。哦，還有，你的前妻剛剛來過這裡找你。」

「她還不算是我的前妻。她要做什麼？」

「有關傑米．麥克納利的事。她打手機找不到你，你得要回電，聽起來很緊急。」

「好，我馬上回來，告訴克爾比繼續追查。」

「那我呢？」

「努力挖出有關修士島的一切線索。」

洛蒂結束與拉斯法恩漢姆警方的通話之後，面對那名社工。

「好，伊曼，你母親安全了，我的拉斯法恩漢姆同事已經派警察跟她待在一起。」

他大哭，「但要是他們看到警車的話，就知道我把事情告訴妳了。」

「相信我們的能力，他們會派出無塗裝警車。反正，你母親很安全，密勒特也沒事，我要以綁架未遂以及攻擊我女兒逮捕你。」

凱特說道：「媽，沒關係，只是誤會一場，我不想要告人。」

「妳現在去外婆家，這一次我一定會派警察過去。一想到有人準備在這裡盯著這白癡帶走密勒特，就讓我渾身不舒服。」

凱特問道：「那尚恩呢？」

「波伊德會接他放學。」

波伊德走入屋內，「我現在去接人嗎？」

「等一下，」洛蒂說道：「凱特，趕快上樓，叫克洛伊與密勒特下來。」

「那我呢？」伊曼．卡爾森斜靠在後門，他是想要脫逃嗎？

「你來警局，我們需要追蹤那個與你聯絡的手機號碼。」她把他推向大門，「你必須做筆錄，還有供出那兩名男子的特徵，然後，我們會考慮一下是否要讓你回家跟母親待在一起。」

凱特衝進廚房，「我找不到他們！」

「什麼？」

「他們不見了，我到處都找不到！」

洛蒂從女兒旁邊擠過去，進入玄關，「媽的這又不是什麼豪宅！克洛伊！立刻給我下來！」

「媽，」凱特搓揉雙臂，「我覺得克洛伊的精神狀況有點問題，她剛剛拿著那根板棍球棒的時候，跟個瘋子一樣，我差點以為她要殺死伊曼。」

「那是因為她以為他要殺了妳。」洛蒂兩步併作一步上樓，「克洛伊？」

《我的世界》在尚恩的電腦螢幕上閃動，看不到密勒特。她瞄了一下克洛伊的房間，沒人。凱特的房間，她自己的房間，也都一樣。她又跑回克洛伊的房內，發現床被推到了敞開的窗戶前面，完全沒有任何風動，窗簾塌垂。

她伸頭出去，歇斯底里大喊，「克洛伊？克洛伊，妳在哪裡？」

「噓，密勒特，我不會讓那個壞人把你帶走。」

克洛伊不相信伊曼．卡爾特，字字句句都不信。在一月的時候，她親眼目睹尚恩落入瘋子之手差點發生的慘劇，也知道凱特的男友傑森出了什麼事，她不會讓小小的密勒特有任何的生命危險。她一直深陷在自己的愁苦之中，自殘，讓自己產生痛感，所以自從小男孩來到她家後，她一直對他置之不理。現在，是她展現勇氣，把他帶到安全之地的機會。她母親太忙了，所以她必須自己處理。

她最害怕的是那個自稱為理普連的男子。當他把她強壓在樹幹上面的時候，有一種可怕的無助感，她相信他一定知道梅芙在哪裡。他可能擄走了她，也許已經殺害了她。她好想哭，努力忍住。不行，對於密勒特，她不能冒險，剛才她手機收到的訊息，證實了她的判斷。

腎上腺素激發的強大恐懼，增強了她必須離開房間的迫切感，而且不是從前門出去。她把密勒特從尚恩的房間裡抓出來，帶入自己的房間，然後把床拖到窗邊。她讓小男孩的手臂扣住自己的脖子，以雙腿環住她的腰，然後，她站在床上，從窗戶下去，落在花園小屋頂端。她的腳踝因為衝擊力道而扭了一下，但至少沒有摔下去。雖然微疼，她也管不了那麼多了，她慢慢移向屋簷，奮不顧身地跳落地。她蹲縮在油箱後方的狹小空間裡面，讓密勒特緊貼自己的身體。她聽到頭頂上方的鐵軌有隆隆聲響，知道有列車正在減速進站。

密勒特發出哀號，克洛伊把他又摟得更緊了一點。可憐的小孩，他短短的一生到底經歷了什麼？她心想，太多了，而她只是在自艾自憐，她的身體忍不住顫抖，男孩稍微叫了一下。

「沒事的，小朋友，我不會讓任何人把你帶走。」

叫喊的人聲劃破夜晚的空氣，「克洛伊？克洛伊，妳在哪裡？」

她抬頭，看到母親的身子從她的臥室窗戶探出來。她該回去嗎？還是該躲起來？對密勒特來說，哪一個才是最好的方式？

沒有警笛聲，沒有警察衝來她家保護他們。她母親能做什麼呢？她開始哭泣，密勒特盯著她，他的深棕色雙眸盈滿淚水。

「不要緊，親愛的。我會照顧你，再也沒有人會傷害你了。」

她吸鼻止淚，在那麼一時半刻，她真希望身邊有那把小刀，劃一刀就夠了，感受鮮血從肉裡慢慢滲出，讓她可以解脫心靈苦痛。不過，自己雖然需要刀鋒，但是這個小男孩更需要她。

克洛伊從外套口袋裡取出手機，又看了一次簡訊，下定決心。

「我們得要去安全的地方，你要乖乖配合我。」

她把男孩揹在身上，把他的四肢緊緊纏住自己的身體，爬到了屋子後方的邊堤，穿過刺藤樹籬，等她到了鐵軌邊之後，立刻開始拔腿狂奔。

77

「波伊德！波伊德！」洛蒂衝下樓，「他們不見了。他們會跑去哪裡？啊！天吶！克洛伊。我該怎麼辦？」

波伊德伸出雙手，抓住她的上臂，搖了她好幾下，「深呼吸，洛蒂。看著我的眼睛，現在開始放慢呼吸。」

洛蒂盯著他那有淡褐色斑的眼眸深處，她深呼吸，慢慢數息。等到稍微平靜一點之後，她開口說道：「我們得找到他們，而且要盡快。檢查屋子後面，她一定是從自己臥室窗戶跳到了花園小屋，也不是很遠，對不對？希望她不是受傷躺在某個地方，啊！天吶！」

「妳在這裡等我。」波伊德衝出大門，過了幾分鐘之後就回來了。

「沒看到人。有可能是從房子側邊溜走，或是穿過鄰居的花園，我已經聯絡了警局，全部的人力都會投入搜查，我們一定會找到他們的。」

「但她為什麼要做出那種事？」

「也許她擔心密勒特的安全，沒有多想什麼。」

「不只是如此。我因為我哥哥而承受的苦痛，尚恩的遭遇，甚至梅芙……我想一定對克洛伊造成了嚴重衝擊。」

「洛蒂，別想那麼多，現在不是要分析的時候，我們的當務之急是要找到人。妳沒事吧？」

她聳肩，吐了一口長氣，「老實說，我還好。」她思索了一會兒，「我需要有人去學校接尚恩，把他帶到我母親的住所，和凱特在一起。然後找人守住她家，至少我知道他們在那裡很安全。」

波伊德又打了一通電話，結束通話之後，他說道：「林區正趕去學校。洛蒂，我覺得妳得要喝杯茶。」

「幹！波伊德，我不想要喝茶。你瘋了嗎？」

她轉身，看到嘉達・吉莉安・歐唐諾站在卡爾特身邊，「妳怎麼這麼快就趕來了？」

「在妳過來的途中，妳已經打過電話給我了，」嘉達回道：「妳忙著弄清楚克洛伊為什麼要打電話給妳，叫我過來盯著密勒特。」

「所以我有聯絡妳……」她現在漫無頭緒，她得要出去找女兒。「波伊德，你開車，我的車停在警局，我必須好好想一想克洛伊可能去了哪裡。」

波伊德開口，「也許凱特知道。」

凱特坐在餐桌前，把頭埋在臂膀之間。

洛蒂衝到女兒身邊，「凱特，妳還好嗎？」

「我沒事，」她抬頭，「趕快去找密勒特與克洛伊。」

「妳知道她可能去了哪裡嗎？」洛蒂拉了張椅子，坐在凱特旁邊，握住女兒的手，一片汗濕。

「媽，妳也知道克洛伊不跟我講話，幾乎都是在大吼大叫。」

洛蒂發現女兒的雙眼充滿疲憊，「凱特，抱歉，逼妳照顧密勒特，而且……」

「不要向我道歉，」凱特打斷她，「我喜歡照顧這個小不點，就連尚恩也喜歡他，對於我們來說，他是很棒的療癒，幫助我們可以暫時忘記自我。啊，媽媽，他在哪裡？克洛伊不會傷害他吧？」

「克洛伊是好女孩，她覺得自己在保護他，我得要想辦法知道她去了哪裡。」

「帕克女士，」卡爾特開口，「克洛伊上樓之前，曾經講過有關什麼推特的事。」

凱特站起來，抓住洛蒂的手臂，「我忘了那件事。她的手機有通知聲響，我問她那是什麼，她說那是推特的訊息通知。」

洛蒂問道：「妳有推特嗎？」

凱特打開應用程式，「我要找什麼？」

「看看是否有理普連或是亞當九九的使用帳號，還有為生而傷的主題標籤。」

凱特點了好幾下，「今天都沒有，這是什麼？」

「我不知道，妳可以看到克洛伊的帳號嗎？」

「她今天沒有發文。」

洛蒂來回踱步，雙手揪住頭髮。她無法好好思考，最後，她站在嘉達·歐唐諾的面前。

「帶卡爾特回去警局，追蹤聯絡他的那個號碼。」她在歐唐諾的筆記本匆匆寫東西，「這是克洛伊的電話號碼。我要她手機的所有活動紀錄，還有在推特、臉書，或是其他可能會出現之處的資料。」

她趕緊把歐唐諾與卡爾特推到門口。

波伊德將兩杯熱氣蒸騰的茶放在桌上，「來杯茶吧……」

「媽的，我不想喝茶。」她聽到歐唐諾在玄關講話，然後克禮根警司從敞開的大門口邁步走進來。

「我聽說某個不該出現在妳家的小男孩失蹤了，拜託，這是怎麼一回事？」

洛蒂開口，「哦靠……」

波伊德問道：「長官，要不要來杯茶？」

那男人離開了法提昂，準備清理自己的一身狼藉。

他在樓下的浴室脫去襯衫，打開熱水的水龍頭。沒有香皂。他從口袋裡拿出飯店贈品，拆開之後，站在嘩啦啦的流水之下，開始在身上抹肥皂。他搓揉雙手、直達肘部，足足洗了兩分鐘之久，然後以馬桶上方的那一捲衛生紙擦乾淨。他檢查襯衫的血跡，發現有兩、三滴濺痕，他反穿襯衫，任由它在白色背心前大敞飄飛，然後，他沒關水龍頭，直接大步走出去，他瞄了一下手機，依然沒有那名社工卡爾特的訊息。幸好他早已準備了額外的預防措施，以免這個小兔崽子畏怯不前。

走出大門的時候，他自顧自微笑。太陽開始吸塵，印象派風格的紫橘天空浸染了地平線，但白日熱氣依然徘徊未散。他盯著運河，發現綠色水面已經起了夜霧。

他得要加快腳步，開自己的貨卡上路。幾個小時之後，夜幕低垂，他就可以開始進行收尾。

78

波伊德把凱特帶到她外婆家，而克禮根在這時候繼續責罵洛蒂，而她則走到廚櫃前面，數算馬克杯的數量。

「我告訴過妳了。我是不是叫妳要把那個小男孩送去安置？然後妳做了什麼？跟平常一樣為所欲為，惹事生非，你就是這樣，我對妳失望透頂。」他停頓了一會兒，喘氣，「有沒有妳女兒的消息？」

她發覺他伸手扶住她的臂膀，帶她走向座椅。

「你為什麼會來這裡？」洛蒂坐下來，抬頭望著自己的長官。

「我現在可能只有一眼能用，但我不是瞎子，也不是聾子。警局亂七八糟，我想要和妳好好談一談。」他擦了一下眼睛，面色抽搐，「妳女兒和那小男孩的事，也一併告訴我。」

洛蒂解釋事發經過。

「這個伊曼．卡爾特，是我們要追緝的兇手嗎？」

「不是，長官。我覺得我家被人監視，他們知道小男孩密勒特住在這裡。我想，當初是米莫莎的朋友把他帶過來，然後他們刑求她，逼她說出他的下落。」

「在馬達屋發現的那具女屍？」

「是的，長官，我認為他們後來鎖定卡爾特，這樣一來，他帶走密勒特的時候就不會啟人疑竇。」

「所以『他們』是誰？」

她起身，「我不是很確定。」這時候她明明應該要去尋找女兒，她怎麼能坐在這裡以如此平靜的態度講話？她得要出去。

「洛蒂，坐下來。」

「好，長官，恕我直言，我的女兒不知道在哪裡，而且她身邊還帶著這些男人在追捕的小男孩，有人在推特上偷偷追蹤她，我想這與那些失蹤女孩有關，她飽受折磨又懼怕。可以放我走，讓我去工作嗎？」

克禮根說道：「我已經動員了這地區的每一名警察，大家為了尋找妳的女兒和那個小男孩，已經掀翻了這座小鎮。妳和我一起進警局，等到我們找到他們的時候，我再決定要如何處置妳。」

「長官……」

「媽的不要叫什麼『長官』，不准討價還價，我再也不准許妳離開我的視線。把案子交給其他人，妳現在除了被我監控之外，絕對不能輕舉妄動。」

洛蒂嘆氣，她的選項並不多。她抓起包包，跟在他後頭出去，關上了大門。

警局一片忙亂，克禮根警司匆匆穿越而過，對大家發號施令又不斷捻手指，洛蒂趁機溜回自己的辦公室。

波伊德從某個櫃子取出檔案，把抽屜碰一聲關上，他斜靠櫃面瞪她。

洛蒂回瞪他，「怎樣？」

「當其他人在外頭忙著找克洛伊與密勒特的時候，我卻必須要接下當妳保姆的爛工作。所以，妳可以選擇坐下來，我們一起努力破案，或者妳也可以繼續站在那裡抱怨。」

「要是我想要聽人教訓……」

「聽妳媽講話就夠了。對，我知道，我把凱特送過去的時候，也得聽她一直唸。」

「尚恩也在那裡，對吧？」

「對，有兩名警探負責照顧，兩人都很安全。」

「太好了，謝謝。」

「很好，謝謝你。」

「坐啊。」

「波伊德，我沒辦法，我得要找到……」

「妳必須聽我的吩咐。」

洛蒂嘆氣，坐在自己的辦公桌前。當然，他講的當然沒錯，不過，她不知道克洛伊的下落，叫她要怎麼專心？

波伊德說道：「克洛伊是聰明女孩，她做出自認對密勒特最好的決定，她……」

「很害怕，嚇壞了。波伊德，她人在哪裡？」洛蒂差點啜泣，好不容易忍住。

「我們已經問過她的朋友艾蜜莉．寇伊恩，她沒看到克洛伊。」

「那梅芙的媽媽崔西．菲利普斯呢？搞不好克洛伊會去找她。」

「我們也問過了，沒有。反正那女人的生活亂七八糟，克洛伊幹嘛要去找她？」波伊德嘆氣，「她不會有事的，妳必須要一直提醒自己，好嗎？」他緊緊握住了她的手。

洛蒂點頭，抽出了自己的手，她不確定自己如果開口會講出什麼話。

波伊德問道：「好。妳有沒有聽過修士島？」

「克洛伊在那裡嗎？」她立刻跳起來，又被他輕輕壓回去。

他坐在她辦公桌的邊緣，「並沒有，除非她是奧運泳將或者可以想辦法弄到船。林區尋找湖區的異常活動報案紀錄，修士島附近出現了好幾起。」

「什麼湖？」

「庫里恩湖。反正，有民眾投訴，明明不是打獵季節卻聽到了槍響。」

「有人繼續追查嗎？」

「我們現在人力極度吃緊，而且在目前這個階段似乎不需要優先處理，所以沒有。」

「現在那裡有沒有人？」

「所有人力都被調派去追查妳女兒的下落。」

她思索了一會兒，「克洛伊的手機！可以靠定位系統追蹤嗎？」她把桌上的電話拉到自己面前，拿起了話筒。

波伊德阻止她，「已經處理了，等到人力充裕的時候，我們會盡快搜查修士島。」

「但應該現在就過去啊！」

「我們要想辦法先找到克洛伊與密勒特。」

「為什麼還沒有克洛伊手機的紀錄資料？他們在樓上忙什麼？」

「需要時間。」

「社工的電話呢？他帶走密勒特的時候，得要傳訊息的那隻號碼，有沒有任何消息？」

「科技小組也在處理中。」

「我得要到外頭，不能只是乾坐在這裡。」

聽到電子郵件的通知聲響，她眨了眨眼睛，望向收件匣，「現在不需要這個。」

「是什麼？」

「我昨晚發信給貝西姆．梅赫梅迪，這只是他的回信罷了。」

「他是誰？」

「大約是五年前，在普利斯提納處理非法摘除人體器官案件的檢察官，我已經告訴過你這件事了。」

「跟我們的案子有關嗎？」

「很有可能。」

當她點開那封電子郵件的時候，嘉達．吉莉安．歐唐諾在門口探頭探腦。

「探長？伊曼．卡爾特在問訊室裡大發雷霆，他堅持要傳訊息給那個逼他綁架小男孩的人，他說要是他沒這麼做的話，他母親的生命一定會有危險。」

洛蒂抬頭望著波伊德，「你覺得呢？趁機把那傢伙釣出來？」

波伊德起身，「就這麼辦。」

她沒理會普普利斯提納檢察官寄來的那封電子郵件，直接按下螢幕保護程式按鍵。

她對電腦說道：「等一下我再過來。」

一號問訊室的熱度通常充滿了壓迫感，今晚更是熱得令人受不了。卡爾特襯衫的肩胛骨與腋下部位已經染成了深灰色。波伊德看起來很冷靜，但洛蒂知道他和她自己一樣焦慮。她必須找到克洛伊和那個男孩，而能夠達成任務的唯一方法，應該就是誘捕與卡爾特接觸的那個人。

她從塑膠證物袋中取下手機，口述訊息，讓卡爾特以自己的方式寫下來。現在不需要打草驚蛇。正當她在等待回覆的時候，她覺得自己彷彿握不住那手機。

有封簡訊進來了：聖迪卡蘭醫院，十分鐘，在警衛室等我。

洛蒂衝向門口，「我們出發了。」

波伊德說道：「這樣沒時間組團隊……」

「你和我，這樣的兩人小組就夠了。」

卡爾特問道：「那我呢？」

洛蒂一度想要把他帶在身邊，當成誘餌引出綁架者，但是她不能讓他冒生命危險。她回頭說道：「你就乖乖待在這裡，這樣一來就不會再惹麻煩了。」

波伊德交代歐唐諾，「盯著他。」

洛蒂衝出櫃檯，跑出警局大門，「你的車在哪裡？」

「就在後面。」

「趕快啊。」她繞到警局側邊飛奔過去。

「這種交通狀況，只給十分鐘，瘋了。」波伊德開了車門，兩人跳進去，「要不要開藍色警示燈與鳴笛？」

「好，還是不要好了。」當他以銳角急忙切出停車場的時候，洛蒂緊緊抓住了儀表板，「我們不知道他在哪裡。搞不好他一直在監視我們，最好不要打草驚蛇。」

他把自己的貨卡停在大教堂的停車場，對面就是那些愚蠢警察的地盤。他這一生都在冒險，現在也不需要改變。

他脫掉了自己的軟皮鞋，改穿鋼頭靴。當他轉動車子鑰匙，準備發動車子的時候，聽到了簡訊進來的震動聲響。

他瞄了一下螢幕，猛拍方向盤，「太好了！」

他再次閱讀訊息：小孩已經在我手上，我現在要做什麼？千萬不可以傷害我母親。他想了一會兒，開始打字回應。

當他開車離開大教堂大門的時候，瞄了一下警局，為什麼洛蒂．帕克與她的手下動作這麼迅速？

他上了馬路，一直覺得很納悶。這個問題頻頻啃咬他的後腦，他們是不是知道了什麼？當然不可能。

他開始思索萬一他們已經盯上他了，自己有哪些方式可以應變。他一直小心翼翼，不過，他是不是哪裡有疏漏？羅素是不是跟警察亂講了什麼？他說他沒有，而他現在的狀態已經無法回答任何問題，實在太遺憾了。

他必須要迅速做出回應，就像是所有優秀外科醫生的作為一樣。

車流不是問題，麻煩的是濃霧。它不知道從哪裡冒出來，宛若沉重帷幕蓋住了這座城鎮。把一切抓入它的霧網之中。陽光被遮蔽在外，黑暗降臨。

波伊德上了都柏林橋，「媽的，這跟世界末日一樣……」

洛蒂緊張不安，「克爾比與林區到底在哪裡？」

「我沒聽到他們兩人的消息。」

洛蒂按下克爾比姓名的快速通話鍵，「拜託，大塊頭，趕快接聽電話啊！」

「老大？」

「感謝老天。你在哪裡？有克洛伊的任何消息嗎？」

「我們已經在妳家後面的鐵路完成搜查，她應該是爬了上去，沿著鐵軌一直走。還沒有找到她，也沒看到小男孩。」

「她為什麼要爬到那裡？」洛蒂的眼睛睜得好大，「還有，你為什麼要爬上去？」

「追蹤了她的手機，它掉在車站外頭。」

「靠近哪裡？」

「跨越運河通往席爾角的那座小型人行步橋，我們正在搜索這個區域。」

「那就是佩托夫奇住的地方。」洛蒂搖頭，想要為這樣的等式注入一些合理性，「為什麼她的手機會在那裡？」

「不知道。也許奔跑的時候從口袋掉出來，我一有消息就會盡快讓妳知道，但是濃霧拖慢了我們的速度。」

「林區和你在一起嗎？」

「是的，老大。」

洛蒂嘆了一口長氣，「繼續搜查。」她掛了電話，對波伊德說道：「趕快往前開啊。」

「我什麼都看不到。」

「跟著前方那輛貨卡的車尾燈就是了。」

「我一直在跟啊。」

「波伊德，快一點，你就不能快一點嗎？」

「除非我有翅膀。」

他看得到警察緊追在後。他把車停在某間雜貨店門口，距離聖迪卡蘭醫院八百公尺的地方，讓他們先過去。

他們要去哪裡？絕對不可能是前身為精神病院的聖迪卡蘭醫院。他們沒有理由要去那裡，對吧？就他所知，那裡已經關閉了十年之久，自然傾圮，直到一年前，他誤打誤撞發現這個地方，讓它的手術室又恢復原狀。他不能讓他們發現那個地方，還不行，一切必須等到他大功告成之後再說，他還有未完成的任務。

他把貨卡切回馬路，繼續這段短暫的旅程。他現在要專心手中的工作，必須要取貨領走那個小男孩，解決伊曼．卡爾特，一切都要做個了結。

他開車進入聖迪卡蘭醫院的生鏽大門，現在已經看不到那輛未塗裝的警車。他把車停在警衛室後面，關掉引擎，坐在那裡等待最大的獎品，米莫莎的兒子，密勒特。

79

波伊德繞過通往高速公路的圓環，然後又回到了馬路的另一邊。

「停車！」洛蒂大喊，「就在那裡！」

他開口抗議，「在這種大霧之中停下來，我會被人追撞。」

「波伊德！媽的，給我停車！」

他轉動方向盤，把車停在草地的旁邊。

「關掉車燈。有沒有外套可以給我穿？」

波伊德傾身彎向後找到了一件黑色的刷毛外套，「這件可以嗎？」

「沒問題。」洛蒂解開安全帶，拉上了刷毛外套的拉鍊。

「不准妳一個人過去。」

她沒有理會他的焦心，「你待在這裡，你必須要與克爾比保持聯絡。」

他打開車門，「我跟妳一起去。」

洛蒂抓住他的手臂，把他拉到自己面前，「波伊德，聽我說。我需要你監控手機與無線電，我有帶槍。」

「這就是我擔心的地方，我可不想在最後看到西部槍戰。」

「我沒那麼蠢。」

他發出哀號，「好吧！妳說了算。」

「這傢伙可能挾持了克洛伊，或者知道她的下落。」

「他可能就是殺死那三個女孩，至少綁架兩人的兇手。」

「你覺得我會不知道嗎？」

波伊德握住她的手，「務必小心。」

洛蒂開門，下車，站立在濃霧裡。

她在茫茫白霧之中低聲說道：「混蛋，我來找你算帳了……」

窒息，這就是洛蒂的感覺。濃霧讓她難以呼吸，而且在這一片漆黑世界裡什麼都看不見。她伸長雙臂四處亂揮，宛若被關在軟墊精神病房裡的瘋女人一樣。

沒有牆壁，她唯一有感覺的是腳下的土地。

她的步伐宛若小嬰兒，小心翼翼，往前走了四步。什麼都沒有。為什麼這麼黑？停電了嗎？完全看不到遠方街燈的黃暈。她知道通常在將近五公里之外的地方、還是可以看得到。不過，現在這座城鎮宛若被連根拔起，在飄渺霧氣中悄悄消逝。她的雙手沿著某張蜘蛛網往下滑動，薄絲尾端懸在她右側的輪狀垃圾桶，她靠著指尖，算出這裡一共有三個工業型垃圾箱。

她覺得後面有人，她暫停下來，屏住呼吸，仔細聆聽。除了N四公路上的緩慢車流之外，沒有其他聲響。她告訴自己，我一定是瘋了。

她繼續前行，但背後有人的感覺卻一直揮之不去。

他在哪裡？

他看到那名警探穿越濃霧而來，越來越靠近。接下來該怎麼辦？他不能讓她發現任何跡證，這樣一來就絕對玩完了。他小心翼翼在建物側邊尾隨她，他苦心追求，還沒有達到目標，千萬不能被她破壞。許下的承諾，就要做到，雖然只是自我要求，但這不是重點，他既然開始行動，那麼就要完成它。

他現在好靠近她，已經可以聞到她的氣味。他悄悄爬過去，越來越近。聽到了她的吐納，低沉又快速。她是不是很害怕？她是強敵，但現在並非測試她毅力的時刻，他必須要展開行動。

他悄悄靠過去，屏息，以免被她發現。他精準伸出手臂扣住她的喉嚨，把她拉到自己的胸前，拚命擠壓。

她雙臂亂揮，拚命想要掙脫，但最後卻慢慢落到身側，徒勞無功。他發覺她的頭軟綿綿地靠在他的肩膀，他放開她，她倒臥在他的腳邊。他迅速離開，匆匆經過垃圾箱旁邊，回到自己的貨卡上。

卡爾特這混蛋終究還是出賣了他。

洛蒂不知道自己昏迷不醒到底有多久了。她睜開雙眼，搓弄喉嚨，肌肉緊縮疼痛，還是拚命呼吸。她緊抓腋下槍套，摸到了自己的手槍。至少這一點算是大幸，他沒有拿走她的武器。他偷走了她的自傲，但現在取而代之的是一定要抓到他的頑強決心。

她從牛仔褲後面口袋取出手機，看到螢幕碎裂，但依然可以打電話。

80

「天吶，波伊德，快一點啊！」洛蒂的腳緊緊壓住車地板，彷彿她腳底下有油門一樣。

「閉嘴。我在專心盯路，我什麼都看不到。」他打開雨刷，清除擋風玻璃上的霧氣。

她猛嚥口水，覺得喉嚨彷彿被人塞入了碎玻璃一樣。波伊德看到那輛貨卡發出刺耳聲響，急忙離開醫院空地，進入雙向車道。他打檔衝過去，看到她躺在滾輪垃圾箱裡面在找手機，她很堅持他們必須要追那輛貨卡。

「我不知道接下來要怎麼走，」他說道：「我已經跟丟了。」

大霧濃密，路面蜿蜒，她也很難責怪他。

「要是他左轉上N四號公路，可能是前往庫里恩湖與修士島，也許克洛伊就是被他帶到了那裡。」

「妳又不確定修士島是否跟案情有任何關係。」

「他還可能去哪裡？」洛蒂說道：「一定是佩托夫奇。」

「是誰很難說。」

她思索了一會兒，想起了把她掐到差點斷氣的那隻臂膀的氣力。

她老實招認，「我不知道那個人是誰……」但她知道絕對不能讓對方消遙法外。

車子滑行，離開主要道路，進入岔道。

「波伊德，你轉錯彎了！」洛蒂大叫，「天吶！」她的喉嚨痛到宛若在灼燒。

「靠！」他繼續往前開，「我不能回頭，等一下我會切到聯通道。」

靠著藍色警示燈閃動與警笛大響，波伊德在環狀道路不斷飛馳，洛蒂雙腳踩壓地板，雙手緊緊抓住儀表板。轉彎之後經過了墓園，繼續沿著某條狹道前進。他轉正車身，車燈在霧中不斷閃跳，讓他們差點什麼都看不見，前車尾燈大亮。

洛蒂說道：「他在那裡。」

車燈消失了。

「到底是誰很難說，」波伊德說道，把車子切入路中央，「抱歉。」

洛蒂大吼，「跟著邊線前進啊！」

他不發一語，緊抓方向盤的雙手已然泛白。

洛蒂低聲說道：「再怎麼樣還是要試試看啊……」

她看到他偷瞄她，就在這時候，車子進入草地，然後又滑回路面，她放聲大叫。

「天吶，波伊德，你開車也注意一下吧！」

「他溜走了。」

洛蒂知道接下來的彎口是橫亙的鐵軌，「親愛的上帝，我平常不相信你，但拜託現在千萬不要出現火車。」

閃燈穿越霧氣而來，琥珀色，琥珀色，紅色。

波伊德猛踩煞車，這股衝擊力道害洛蒂被安全帶勒住了肩膀與胸膛，柵欄在夜氣之中噹啷墜下。

她跳下車，望著那輛貨卡的車尾燈上了山頂，消失無蹤。

「幹，我們現在要怎麼辦？」

「以無線電尋求支援，等待火車過去。」

「五分鐘，就是得拖這麼久。」洛蒂忍不住淚水，「媽的！等火車過去就是得花五分鐘。」

她發覺波伊德摟住她的雙肩，帶她回到車上。

他的頭靠在方向盤上面，「希望我們被困在這裡的時候，他千萬不要做出任何舉動。」

「希望渺茫，」洛蒂說道：「他很可能挾持了密勒特或是克洛伊，你說是不是？」

「洛蒂，他並沒有挾持他們，因為他與卡爾特見面就是為了要抓走那個小男孩。」現在的她，完全沒有波伊德語氣中的那種平靜。

她轉頭面向他，「好，那他們在哪裡？」

他調整握槳的位置，划動的時候緊握不放。他一直不敢冒險使用引擎，但這一次他知道就算使用也不成問題。小小的漣漪從船身漾開，後面出現了水動聲響。他緩緩前行，手臂肌肉隨著每一次舉槳的動作而跟著顫抖。濃霧開始消散，他看到夕陽橙橘色光芒映射在微浪上，他很清楚水岸邊的那些樹木，在陰影之中一片黑，而碼頭就隱藏在一堆蘆葦之中，他直行划過去。

剛才差點就要被警察逮著了，那列火車救了他，這一次，他很幸運。不過，現在他很確定他們已經知道他的殺戮基地。他瞇眼盯著逐漸消散的濃霧，潑濺飛入的湖水，在他的靴子下面成了一小灘旋晃的積水，修士島。他因為滿心期待而全身顫慄。也許這一次他就可以完成天命，但少了那男孩，可惜了。

幾分鐘之後，他的船停在碼頭，他想到了乾淨的水，他拿來洗淨屍身不潔之處的清水，他還有兩個人需要處理，希望她們還沒有餓死。他過來這裡已經有好幾天了。如果還沒有把她們送上救贖之路，她們就已經斷氣的話，那就太可惜了。他哈哈大笑，救贖？只有他能辦得到。

他跳上了有野生灌木叢遮掩的木板短碼頭，拿出粗繩固定船尾。他小心翼翼，把它繞住破損木條邊緣凸伸而出的棒柱，然後打了一個雙結。他讓自己的肺部盈滿新鮮空氣，吐氣，重複了三次。

他躲在綠意盎然的樹木之下，沿著被踩爛的草徑前進。這一趟路，他已經走過多次了，他知道只有自己蹂躪了這片草地，沒有其他人膽敢來到這座小島。他事前已經做過完整探勘。位於他右方兩公里處的教堂島，是大家放縱狂浪之地，所以他的島就成了鳥兒和獾的專區。這是非官方的野生動物保護區，他是唯一的闖入者，當然，他還帶了自己的獵物。

快到了，他完全無法忍耐在全身血管四處搏動、從毛囊乃至腳趾尖的那股興奮感，終於，褲襠裡的那股膨脹感讓他覺得一陣爽快。

他總算看到了那片空地，它被升起之月照亮，而月亮邊緣發出了藍色霧光。有隻鳥兒大聲振翅，離開了樹梢。他跪在地上，那兩坨東西就在他先前放置的位置，動也不動。不，他錯了。他先檢查了其中一人，然後又檢查了另一個。微弱，費力的吐納，她們還活著，他望天也謝天。他慢慢拆開第一坨的膠帶，剝開羊毛毯的流蘇摺層。終於，他看到了躺在面前的她。

他之前踹她額頭的下腳處，冒出了一塊瘀青，他撫摸她的臉，碰觸到她臉頰傷口凹痕的時候，停下了動作。

他輕聲細語，「受傷的小鳥兒，妳折翼了，但我可以讓你自由，讓妳再次飛翔，」

他解開她身體的裹布，她的裸體讓他看得癡迷。他的手指在她的最深傷疤來回撫摸，鹹濕淚水悄然滴落在傷口。他的行為引發了這一切，現在，他要給予她永恆的療癒。他會讓她脫離痛苦，帶給她平靜以及不朽的救贖。她無法感謝他，太可惜了，他犧牲了他們，是為了要拯救那些給他豐厚酬勞的人。不過，這並不是他之所以這麼做的原因，對吧？他只是跟隨前人的腳步，這是命中注定，她死亡之後，將會讓害死他父親的惡徒付出代價。

他起身，穿過灌木叢，拖出鋼製工具箱。然後從外套內側口袋拿出一把鑰匙，開鎖，打開了蓋子。從軟布底下取出以真皮包裹的手槍。他檢查彈匣是否清空，數算紙盒裡的子彈，小心翼翼裝入每一顆子彈。然後，他把彈匣再次放入半自動手槍，將第一顆子彈上膛。其實他只需要一顆就夠了，但他喜歡裝滿子彈的感覺，權力與控制。

雲朵在天空迅速飛掠而過，一股暖霧輕撫他的肌膚。

他一手持槍，另一手拿著滅音器，轉身過去。

81

當火車終於過去，柵欄升起的那一刻，波伊德立刻加速出發。

「他去哪裡了？」洛蒂問道：「他是繼續往前開？還是轉進修士島？」

波伊德氣急敗壞吐氣，「我怎麼知道。」

洛蒂大叫，「停車。」

車子發出尖嘯，波伊德的車子斜切到路緣，「現在是怎樣？」

「就在那裡。」她指向鐵軌邊的狹小支道。現在，濃霧逐漸消散，另一頭的湖面散發出宛若熔化玻璃的光澤，她跳下車，消失在那一片植被之中。

波伊德吼她，「等一下！」他重重關上車門。

「這是他的貨卡。」洛蒂站在某輛白色車子旁邊，試了一下車門，「鎖住了。」

波伊德站在他身邊，雙手叉腰，眺望湖面。

他開口說道：「那就是修士島……」

「我們要怎麼過去那裡？」她手機的微聲劃破空氣，「克爾比，你找到她了嗎？」

「老大，還沒有，但妳得要回來警局。」

「我在追捕嫌犯，應該是安德烈．佩托夫奇。」

「不可能。」

「為什麼不可能？」

「我們剛剛發現佩托夫奇想要進入他的公寓。」

洛蒂轉身，望著波伊德，然後，掃視整個湖面，「所以那裡的人到底是誰？」

米莫莎聽到彈匣入槍的喀嚓聲響，她知道那是什麼意思。她感覺到他在移動，發覺他斜靠在她身上，正在撫摸她。

「啊，可愛的米莫莎，我一直在等待讓妳得到解放的這一刻。」

「密勒特呢？」她的聲音氣若游絲。

「我本來想要把他帶過來陪妳，但是命運之神卻出手攪局，或者，應該說是一個名叫洛蒂・帕克的警察。等到我搞定這裡之後，她就是我名單的下一位。」

那個女警根本不曾忘記她。米莫莎努力微笑，她雙唇龜裂，喉嚨已經失去功能。她心想，千萬還不要讓我死，再讓我看看我的小兒子最後一眼就好。她是不是聞到了他的蘋果洗髮精香味？這男人在說謊，密勒特明明在這裡。

她開始祈求，「密勒特？拜託……」

「閉嘴，我告訴過妳了，我沒有抓到他。」

她必須要做點什麼，密勒特需要她，她需要他。她努力傾注氣力入身，光是睜開眼就是折磨，但她必須如此，一定要逼自己採取行動，不然她就死定了。

她把手肘移到身體下方，想要坐起來。「拜託……」

「哎呀，妳閉嘴，好嗎？」

她透過半閉的雙眼定睛細看，他就在那裡，單膝跪地俯視她。槍在他的手裡，她在自己的短短一生當中看過很多次了，這嚇不倒她，一想到再也見不到兒子，就讓她好害怕。

這種念頭為她的身體注入了超人能量。最後，她半起身，靠著手肘支撐。他似乎覺得這很蠢，哈哈大笑，為什麼他會覺得那種模樣很好笑？她腦中有個聲音告訴她，因為他瘋了。瘋了，要怎麼對抗瘋狂？她心想，只有以牙還牙。

她開口，「我……我認識你……」

「妳當然認識我。」他再次哈哈大笑，邪惡的聲音。

她心想，很好，現在，我可以展開行動了，為了密勒特。她最後一次望向天空裡的繁星。當她好不容易站起來，盡力使出殘存氣力猛踢下去的時候，她只看到兒子的微笑，他眼中的光亮。現在，兒子咯咯笑個不停的畫面在她面前綻亮，宛若聖像。

「密勒特，媽媽愛你。」

槍響劃破了夜靜。

「這是……」洛蒂蹲下來，不假思索拔槍。

鳥兒振翼起飛，她上方的樹木也開始搖晃，波伊德把她拉起來。

「就在那裡，」他說道：「在島上。」

她高舉雙手，充滿無力感，「他在那裡，而我們在這裡。開警笛，盡快，而且要越大聲越好。還有我們的支援人力呢？」

波伊德奔向停車處，打開了警笛，而她則凝望水面。

濃霧去得快，回來得也快，現在成了圍繞他們周邊的一層光氣，只有車子上的閃燈能夠讓她知道自己的方位。她努力豎耳傾聽，想要知道警笛尖嘯聲之外是否還有其他動靜。再也沒聽到槍響，他們是不是把他嚇跑了？

「我們需要船。」她大吼，企圖壓過嘈雜聲響。

「什麼？」

「一艘船。我們要在哪裡弄到船？水岸，我會看一下水岸。」

洛蒂沒有等波伊德，自己直接爬過鐵軌，然後從另一頭下來。她慢慢滑，最後落在岩岸邊。一片濃霧，除了自己的手之外，什麼也看不到。她拿出手機，打開手電筒功能，發現克爾比還在線上。

「克爾比，我們需要船，盡快。」

他們關掉了引擎，船隻悄悄滑向島岸。傳出槍響是半小時之前的事。就在兩輛警車剛停好的時候，住在附近的某個男人從家裡跑出來，想知道警笛大作是怎麼一回事。洛蒂告訴對方，他們需要的物品，他隨即回頭，拿出了一台發動機，立刻把它安裝在某艘船隻上頭，駛向水岸。

現在，他跳下來，繫船，「這是一座隱密的碼頭，」他說道：「不是很多人知道。這樣最好，擾人的混蛋已經夠多了……」

「謝謝，」洛蒂打斷他，「你在這裡等我們。」

她抓住波伊德的手，跳入乾燥土地。他們拿著武器，蹲在低垂樹枝下方，沿著長滿野草的小徑前行。

「這背心重的要命……」波伊德剛剛從後車廂取出防彈背心給她穿，洛蒂很討厭這東西，但她知道要是自己死掉的話，再也無法幫助任何人。

波伊德問道：「他是怎麼發現這地方的？」

「靠，我不知道。」

「為什麼只傳出一聲槍響？」

「你就不能保持安靜嗎？你仔細聽。」她伸出手，抓住他長褲的腰帶把他往後拉到自己身邊，「你有沒有聽到？」

「媽的，只有鳥啊。」

「不對，別講話，似乎是有人在哭。天，克洛伊？」

波伊德說道：「等等……」

不過，洛蒂已經從他身邊跑過去，跌入樹叢之中，「克洛伊！」她大叫，過往的訓練已在今晚消失無蹤，「克洛伊！」

她衝入某處空地，她突然停下來，害波伊德正好撞到她。

他喊了一聲，「天吶……」

他打開手電筒，掃視現場，燈光在霧中跳晃，不過，洛蒂看到有三具趴地的人體，她的手腳不由自主在發抖，「天吶！拜託，不要，千萬不要！」

她別開頭，不敢看。

「波伊德，告訴我，是克洛伊嗎？」她覺得他的停頓彷彿有一輩子那麼久。

終於，他開口了，「不是克洛伊，都不是，但我知道他們是誰。」

她的鼻子大力噴氣，想要重新恢復鎮定。她靠著手腳爬向波伊德那裡。

「他們是誰？還活著嗎？我聽到有人在哭。」她拉開破毯，緊盯著某張年輕臉龐，「是梅芙．菲利普斯。波伊德，她還活著，但昏過去了。我們需要人手幫忙，他很可能在這裡。」

「他的確在這裡，」波伊德伸手指向某個位置，「腹部中彈。」

洛蒂把梅芙抱在懷中，「他死了嗎？那另外一個呢？」

波伊德離開那男子，移向另一個人，「我沒看到子彈傷孔。」

洛蒂將梅芙輕輕放下，望向波伊德腳邊的裸體女孩，她了無生氣的手緊握半自動手槍。

「是米莫莎，」她低聲說道，檢查脈搏，「啊，我的天，波伊德，她死了，這個勇敢的女孩殺死了他。」

躺在地上的男子發出哀嚎，波伊德轉身面對著他。

「他還活著……」他再次查看，然後啪一聲上銬，「混帳，你哪裡都去不了，只能在牢裡度過下半輩子。」

洛蒂說道：「我認識他。」

「是嗎？他到底是誰？」

「喬治·歐赫拉，一條龍庇護中心的老師。」

她別過頭去，將波伊德的厚重羽絨背心脫下來，將這件溫暖的衣服披在梅芙身上，緊緊抱住她。

「妳現在安全了，」洛蒂邊哭邊安慰她，「但我的克洛伊在哪裡？」

82

洛蒂說道：「麥克葛林與他的鑑識小組團隊得花一些時間，才能抵達修士島開始工作。」

她望著救護車的藍光在霧中旋動，梅芙・菲利普斯已經在送往醫院的途中。洛蒂知道這女孩身體所受的傷終究會康復，但心理的疤是否能夠痊癒，她就不確定了。第二輛救護車載走了喬治・歐赫拉，有兩名武裝警探負責戒護。米莫莎的屍體依然留在島上，孤零零一個人。

波伊德點了兩根香菸，一根給了洛蒂，然後自己斜靠在車子引擎蓋上。

她深吸一口氣，開口說道：「我們必須要趕回警局，看看這與佩托夫奇有什麼關聯。還有，我必須知道是否有克洛伊與密勒特的下落。」

「先抽完妳的菸吧。」

「可是……」

波伊德的手機響了。

「是潔姬。我忘了她一直在找我。」

「你還是趕快接電話吧。」洛蒂丟掉煙蒂，以腳跟捻熄。

波伊德轉身，「潔姬，妳一直在找我，什麼事？」

洛蒂坐入車內，發動引擎，她不想要聽到波伊德在說什麼，她得要找到女兒。

一回到警局，她立刻衝上樓，現在已經快要半夜十二點。要是不能迅速知道克洛伊的下落，她覺得自己一定會吐出來。波伊德正在停車，開回市中心的時候，一路靜默，潔姬的電話中斷了，他不知道她到底想要幹什麼。

「媽的，妳跑去哪裡了？」克禮根衝出走廊，「我不是有對妳直接下令嗎？必須待在這裡？」

她現在沒時間理會他，不發一語地直接衝過他旁邊，進入案情偵查室，裡面就與「死亡之家」一樣寂靜，克禮根也跟了過去。

洛蒂驚呼，「啊！天吶……」她抬頭望向案情偵查室的白板，目光落在米莫莎抱著密勒特的那張照片。他成了無母的小孩，現在他將何去何從？

「帕克，妳在看什麼？」

洛蒂指向白板，「長官，每一個人都被我們釘在白板，只有一個人除外，兇手喬治．歐赫拉，他一直沒有落入我們的監測範圍之內。」

「所以他就是個狡猾的傢伙。」

她打電話給克爾比，「仔細搜查喬治．歐赫拉的背景，我要知道有關他的一切，就像是五分鐘之前一樣。」

她感受到自己腎上腺素大爆發，又面向克禮根。「我認為他有共犯，需要有人幫他弄來年輕女孩。」她伸手指向丹恩．羅素的照片，然後是佩托夫奇，「這兩個人，克洛伊與密勒特一定是被其中一個，或是他們兩人一起挾持。」

克禮根說道：「佩托夫奇在留置室。」

「長官，我得要見他，立刻就要，他可能知道克洛伊在哪裡。」

她靜靜等待，在心中開始默默數算。數到五的時候，他側身讓開，她趕緊走出房門，以免他等一下變卦。

「帕克探長！要照規矩行事，聽我的話，要照規矩行事。」

「是，長官！」洛蒂回吼，做出了我盡量配合的手勢。

厚達七點五公分的鋼門，在洛蒂後方應聲關上。

佩托夫奇打算從石床起身。

「待在那裡就好。」她自己靠在牆上，雙腿交疊，裡面沒有椅子。

「抱歉，我什麼都沒做。」他收腿，坐直身體。

洛蒂翻閱克爾比剛剛在她前往留置室途中給她的資料，講話的時候並沒有抬頭，「打電話給你老闆傑克·德爾莫迪，叫他前往你發現第三具屍體的馬達房的那個男人，他的電話號碼出現在你的通聯記錄，給我解釋一下。」

「我不知道妳在講什麼。」

「我們認為他是喬治·歐赫拉，你有沒有覺得很熟悉？」

佩托夫奇搖頭，「我不認識他。」

她摺起資料，放入牛仔褲後面的口袋，「你以為我會相信你？」

「我不知道。」

「你的朋友喬治．歐赫拉因為中槍入院。」

他挑眉，搓揉剃得精光的頭顱，「我不認識有誰叫那個名字。」

「拜託，我們在他身上找到了兩支手機。其中一支在星期六晚上打電話給你。他為什麼要聯絡你？」

佩托夫奇面露疑惑，依然沉默不語。

洛蒂說道：「我來替你解釋吧。你替這個名叫喬治．歐赫拉的男子工作，將來自科索沃、非洲，還有天知道什麼地方的女孩運過來，替他供應性產業營運貨源，然後拋售出去，你是不是誘拐他們？」

「我不知道……什麼是誘拐。」

洛蒂往前走了兩步，抓住他的手肘，他輕鬆甩開，走到了牆邊。

他問道：「妳在生氣，為什麼？」

「我沒時間跟你耗下去。我女兒失蹤了，我想你一定知道她在哪裡，所以就說出來吧！」她狠狠出手，重拍他頭部旁邊的牆面。

他沒有任何退縮，面向她，開口問道：「女兒？」

「拜託，你怎麼可能不知道，」洛蒂坐在床邊，「求求你，你現在已經沒有任何退路。你幫助殺人犯，一定會坐牢，不論你們做了什麼，我一定會查出真相。但你現在可以自救，會有比較短的刑期，我會看看我能做些什麼。拜託，快告訴我，她人在哪裡？」

「我沒有殺人，我沒有帶走妳的女兒。」

洛蒂氣急敗壞地嘆氣，她知道從他身上也問不出個所以然。她起身，向外頭的人開門。

「真是浪費時間。但至少梅芙活著，她會告訴我一切。」

「梅芙？我搞糊塗了。」

「你認得她的照片。」

他搖頭，「我不知道名字。」

「看來你什麼都不太清楚。」

「誰是……梅芙？」

她知道自己不該陪對方繼續玩下去，但她還是拿出手機，開始滑動，然後把照片拿給他看，「這就是梅芙。」

他盯了一會兒，然後揚起目光望著她。

「我記得妳拿給我看過。她很像是我曾經認識的某個女孩，我很擔心，怕她也是其中之一，被埋在地底下的那些女孩。」

「我沒時間聽你撒謊。」洛蒂怒氣沖沖地收回手機。

他伸手，抓住她的手臂。黏附了工作泥塵的粗壯手指，壓陷了她的肌膚。「我沒有說謊，我從來不說謊。我沒有殺人，我來拉格慕林，我工作，找尋我的女孩。每一天都是如此，但我找不到她。

洛蒂好不容易掙脫他，開口問道：「什麼女孩？你為什麼要離開你的公寓？而且你還拿走了自己的東西。」她要趕快結束這裡的夾纏，她還得到外頭找尋克洛伊與密勒特。

「打仗的時候，我還是個小孩，」他拉高自己的T恤，「這是戰爭對我所做的事。」

洛蒂瞠目結舌。有一道整齊的疤痕，從腹部往上延伸到屁股，然後又繞往背後，就像是前兩具屍體一樣的傷口。「是誰？是誰對你做了這種事？」

「多年前，戰爭的時候，現在不重要了。害我的腦袋受到了損傷，我的頭。」他以拳頭敲頭骨，三次，出手猛烈。「發生了好多事，我不記得了。妳懂嗎？當妳打電話的時候……我昏過去，什麼都不記得了。」

她伸出雙手抓髮，「這還是無法解釋為什麼你離開公寓又再次回來？」

他在小小的留置室裡拖著腳步走動，不斷拍打又揉搓自己的頭，留下了一道道的髒污與汗水。在這個封閉空間之中，他就像個孤獨又悲傷的巨人。洛蒂搖頭，她不該可憐他，天知道他到底做了什麼。

他面對牆壁，開口說道：「我發現那個小女孩死在水岸邊，妳把我關起來。還有，你的警探，他問了我許多問題之後，放了我。我很害怕，我不想又被關起來。我接到電話。這男人說，我的女孩在這座城鎮，他揚言說要殺了她還有我，就只有講這些。我收拾行李，出門，我要得去找她。」

「你去了哪裡？」

佩托夫奇聳肩，「我四處亂走，睡在鐵軌邊，但是我無處可去，最後回到我的公寓，這是我唯一知道的地方，我哪裡都去不了。」他用指節猛敲牆壁，「我只記得自己回來了，」他開始啜泣，「她就在附近。」

「誰在附近？你到底在說什麼？」

「他告訴我，她就在附近，所以我才會去找她。電話另一頭的那個男人告訴我的，不過，她到底在哪裡，他卻沒有告訴我。」

洛蒂心想，我需要力量。「等到你準備好好講話，不要故布疑陣，我再回來找你。」她打開了房門。

正當她跨入燈光明亮的走廊的時候，她聽到安德烈．佩托夫奇在大聲哭喊。

「總有一天，總有一天我會再次見到我的米莫莎。」

波伊德把手機夾在耳邊，在警局廣場來回走動。

「潔姬，從頭開始講起，妳現在講話語無倫次。」

「我已經好幾個小時沒看到傑米了。他接了一通電話之後就衝出去。他離開之後，我在沙發上發現了這支手機，不是他平常使用的蘋果手機，而是笨重的諾基亞手機。沒有設定密碼，我覺得他可能拿它跟別的女子聯絡，你也知道……」

「所以妳檢查過了，對嗎？」

「對。只有一封簡訊，裡面寫的是『男孩在你那裡不安全，離開，在運河人行步橋見。』就這樣。」

「確定嗎？沒有名字？什麼都沒有？」

「只有號碼。」她唸出來給他聽。

波伊德認得那組號碼，「我立刻派人去拿那支手機，不要離開。」

「好，還有一件事……」

「什麼？」

「聯絡人清單裡面只有兩個名字，崔西・菲利普斯，另一個是喬治・歐赫拉。讓你聯想到什麼了嗎？」

波伊德說道：「我需要那支手機。」

83

「波伊德！波伊德！」洛蒂衝上階梯，進入案情偵查室，「你們有沒有看到波伊德？」

林區與克爾比在裡面，兩人都冒出了跟煤炭一樣深的黑眼圈。

洛蒂上氣不接下氣，「克洛伊呢？」

「老大，還是沒有下落，」克爾比說道：「我們翻天覆地都找過了。」

「她的手機呢？有沒有任何線索？」

「我們找到了一個號碼，但又是那種王八機。」

林區說道：「是預付卡。」

克爾比邊打哈欠邊說道：「對，而且與聯絡德爾莫迪以及卡爾特的號碼不一樣。」

「兩位，真是抱歉，」洛蒂說道：「你們沒日沒夜在辦案，我需要波伊德。」

他走進來，「我在。」

洛蒂心想，他的氣色恐怕比她底下另外兩名警探更慘不忍睹。她說道：「是佩托夫奇，他剛剛跟我說的那些話一定會讓你們覺得不可置信。」

「能不能等一下？我有重要的事要告訴大家。」

「你的神情這麼嚴肅，是克洛伊的事！快說！」洛蒂拚命吸氣，不然她一定會變得歇斯底里，她以目光發出哀求，「我承受得住。」

波伊德一屁股坐在最靠近她的椅子上，伸手拔下巴剛冒出來的鬍鬚，「是潔姬……」

「波伊德！我女兒和某個小孩失蹤了，你還在講潔姬的事，拜託你！」

「妳可不可以冷……」

「別叫我冷靜。」洛蒂踢翻身邊的椅子，「靠，我靠！」她的眼淚差點奪眶而出，她撿起椅子，坐下來，「抱歉，繼續說下去。」

「原來都是傑米．麥克納利那個油髮小馬尾在搞鬼。」

「什麼？」洛蒂又跳起來。

「噁心的小畜牲……」克爾比把沒點燃的雪茄塞入嘴內。

有關潔姬發現的那支手機的事，波伊德全告訴了他們。

洛蒂在心中默默數算數字，希望可以平抑心中不斷累積的緊繃感，她開口，「現在克洛伊與密勒特在麥克納利的手中。」

克爾比問道：「他怎麼會有克洛伊的電話號碼？」

「小孩子都會把自己的電話號碼顯示在臉書、推特什麼的，」林區說道：「他們就是不明白這樣會把自己推向多麼危險的情境之中。」她拿起大頭釘，狠狠插入案情偵查室的麥克納利照片的中心點。

「我應該要更小心才是。我一直懷疑有人監視我，監視我家，」洛蒂說道：「要是克洛伊不知道對方是誰，為什麼要回應那條訊息？」

波伊德說道：「如果他使用的名稱是理普連，那就另當別論了。」

林區問道：「現在麥克納利人在哪裡？」

「潔姬是不是和他在一起？」洛蒂說道：「我們為什麼還在這裡？拜託，大家趕快動身吧。」

波伊德在門口攔下她，「我不知道麥克納利的下落，潔姬只有自己一個人，我已經派警察過去拿手機並守著她。」

林區問道：「難道麥克納利跟羅素在一起嗎？待在一條龍庇護中心？」

洛蒂開口，「我記得我叫人去把羅素帶過來。」

「我們帶著搜索票進去了裡面，」克爾比說道：「我留了一組警探在那裡搜索，現在依然進行中。不過，羅素不在那裡，下午兩、三點的時候人就不見了。」

「去過了，那裡也沒有，他的車還停在一條龍庇護中心。」

「查一下他的住家。」

洛蒂愣了一會兒，以指關節敲頭。

「他會不會在聖迪卡蘭醫院？那是歐赫拉打算從卡爾特那裡接手小男孩的會面地點。而且，潔姬說麥克納利的手機裡有歐赫拉的名字。」

「沒錯，」波伊德經過她身邊，走了出去，「準備兩輛車，不要放置警笛，走吧。」

「嗯。」洛蒂不知道自己的精力從何而來，她一整天都沒有吃東西，但依然精神奕奕。

她心想，是恐懼。

擔憂她的女兒，還有那個小男孩。

他們把車停在這棟三層樓的維多利亞式精神病院門口，它的矗立之姿宛若濃霧中的怪獸，他們看不到裡面有任何燈光。

他們四人窩在一起行動。洛蒂好想伸手緊揪胸口，但還是努力按捺那股衝動。

她說道：「這地方看起來好陰森。」

林區說道：「後面有二十世紀初期興建的增擴院區。」

洛蒂、波伊德和克爾比都盯著她。

「多年前我修讀本地史學位，拿到了文憑，」她繼續解釋，「就我的記憶所及，那裡是用來當作開刀房。」

他們走到了主建物側邊，貼近牆面。

波伊德詢問洛蒂，「妳還好嗎？」

「不好。」

他們轉彎，她突然停下腳步。主院區外頭果然冒出一棟長型平房，遠端的窗戶有一道炫目的光。

克爾比說道：「那道亮光似乎是穿透了塑膠啊還是什麼東西。」

林區回他，「是濃霧。」

波伊德開口，「不，我覺得克爾比說得沒錯。」

「保持安靜，」洛蒂提醒大家，「準備使用武器。」她自己已經握住了槍。

門悄聲開了，沒有任何吱嘎聲響。

「不准出聲，」洛蒂低聲交代，「不要使用手電筒，跟我來。」

克爾比問道：「我們不是應該要穿防彈背心嗎？」

「我剛剛說過了，不要發出聲音。」她進入了狹窄的走廊。

挑高的天花板。她的腳邊有貼牆而行的粗大管線，水泥地。一道高大的門擋住去路，它似乎將走廊一分為二，她抬頭，看到頂端有長狀的彩繪玻璃。而在她左側的地面出現傾斜，成了一個黑洞。她沒有理會那裡，直接伸手推動硬木門，不費吹灰之力就將它往內開啟。

她進去之後，靠著牆壁指引前進，她知道三名警探跟在她後面。她一邊走，一邊摸索，發現了某個凹陷處，是一道門。她繼續往前走，二十七個台階，又是一道頂端有玻璃的高門。他們剛剛在外面看到的光，源頭在此。這道門是否有上鎖？她希望不要。

她低聲說道：「我們數到三……」

「數個屁啦！」波伊德踢開大門，「我們是武裝警察！」他大吼之後衝進去，但立刻停下腳步，每個人都一樣。

克爾比驚呼，「天吶……」

「這是……」林區放下手臂，任由手槍垂落身側。

洛蒂睜大雙眼，張嘴，卻講不出任何一句話。她立刻轉身面向波伊德，想要釐清剛剛看到的景象到底是怎麼一回事。

壓克力玻璃的窗戶，上頭的凝血宛若傑克森．波洛克廢棄的作品。白色磁磚地板的水泥縫成了血溝，天花板是一片血色灰泥。她的腳移開鋪滿塑膠布的地板，鞋子已經沾黏了深色殘留物，血，到處都是血。

在L型房間的尾端，放置了兩張醫院鐵床。其中一張空蕩蕩，連床墊也沒有，在日光燈管的映照之下，可以看到床底彈簧的綠色鏽斑。而另一張病床的床單則浸滿了血，淌落地面，成了一灘灘的血池。

她慢慢前行，小心翼翼選擇路徑以免滑倒。慢，慢，越來越慢。她到了病床旁邊，瞠目結舌，拚命把膽汁吞回腹底。

丹恩．羅素。

全身赤裸，只有鑲了金黃色商標的海軍藍色襪子。他整個人趴在床上，一條帆布寬帶壓住了他的上半身，他不需要約束帶，再也不需要了，某隻眼窩軟趴趴陷在頭骨裡面。她的目光移向失血處，遭到切剖的腹部，內臟與腸子在肥肉邊緣懸晃。

她聽到林區在她後面嘔吐。

「千萬不能污染證物……」她講話的聲音宛若成了另外一個人。

克爾比結結巴巴，「這像是……像是……」

波伊德接口，「屠宰場。」

她對自己下令，深呼吸，洛蒂，深呼吸。房內的惡臭害她的喉嚨塞住了，在那一瞬間，她本以為自己會與林區一樣。不過，她的胃裡面並沒有任何東西能夠翻湧。

她持槍，沿著床邊，盡量不要碰到那些臟器，走到了房間底端的角落。

「波伊德！」她大叫，「趕快來這裡！」

波伊德走過來，洛蒂伸出一隻手臂靠著他的背。他們瞪大眼睛。

她開口，「麥克納利？」

頹坐在地、膝蓋貼住胸膛的那個人，正是傑米．麥克納利。油膩的條狀黑髮黏在頸部，整張臉布滿飛濺的血斑，正對空揮舞手術刀。

他大吼，「臭婊子，給我滾！」

洛蒂傾身，但盡量維持安全距離，「我女兒在哪裡？你這個混蛋對她做了什麼？快告訴我！現在就給我說出口！」

「誰？」

「克洛伊。」

「她啊？我沒碰那個小賤貨。」

「我知道你有傳訊息給她，你叫她帶密勒特來找你。」

「這就是那小賤人的名字？」他哈哈大笑，「我有隻貓取過那名字，後來我把那小畜生的內臟全挖出來，真的。」

「就像是你對羅素做的那種事？」

「我沒有，」他悶哼一聲，「妳這女人，雖然是警探，卻笨得要死。」

洛蒂一手持槍，另一手的指甲緊緊陷入掌心。她真想要猛揮過去，把槍口抵著麥克納利的喉嚨，扣下板機。不過，她的外表依然保持冷靜，專業。

「他們在哪裡？安全嗎？我只需要知道我的女兒很安全。」

「我不知道她在哪裡。我把她帶來這裡的時候，她嚇死了，法提昂也讓她有點害怕。」

洛蒂望向波伊德，「法提昂？」

「羅素與歐赫拉的助手，滿口暴牙的大塊頭，挖走羅素器官之後又攻擊我的大混帳。」

她的態度溫和徐緩，完全沒有展露任何情緒。「法提昂在哪裡？」她開始祈禱，親愛的上帝，千萬不要讓他帶走了克洛伊。

「妳就是不肯放棄，是吧？」麥克納利以那隻握住手術刀的手，劃破自己的下巴，留下了刻痕，還露出詭異笑容，「我一直在監視你家，一發現卡爾特沒有帶著那男孩出來，我就猜到妳的小孩子可能已經報警了。我不能告訴歐赫拉我出包，而我幫他把男孩弄到手的最後機會就是透過妳的女兒。」

洛蒂喃喃說道：「我還是不明白歐赫拉為什麼想要帶走密勒特……」

麥克納利依然講個不停，「歐赫拉沒有現身，法提昂開始對丹恩老大下手。根據法提昂的說法，歐赫拉在進行切除時的口頭禪就是時間寶貴。」麥克納利低聲抱怨，「他交給我手術刀，我下不了手，他說他不能白白浪費了一對好腎臟。」

洛蒂說道：「所以這個法提昂殺了羅素……」洛蒂心想，我要保持冷靜，我自己都想要挖出他的心臟。

「他取出腎臟，放入那些冰盒裡面。鎖好之後，等待那位良醫過來，不過，他沒出現，法提昂有了其他想法。」

「像是什麼？」

「痛扁我一頓，把產品帶走。」

「他要把這些……產品……帶到哪裡去？」

「都柏林。搭乘私人專機，帶貨飛到希臘或是義大利，就看高價得標者住在哪裡。」

「我想你現在應該要跟我們一起走，」波伊德的聲音甚至比洛蒂更為冷靜，「你再也不需要那把手術刀了。」波伊德伸手過去，突然奪走麥克納利的刀，然後把這名罪犯的手臂扭到背後，把他拉起來，狠狠摔向牆壁，「你知道嗎？你是個超級人渣！」

麥克納利哈哈大笑，「騎你老婆很爽，你又知道了嗎？」

「閉上你的髒嘴！」波伊德把麥克納利的臉拿去撞牆。

洛蒂把他往後拉，「住手，波伊德，住手！」

麥克納利倒地，斷鼻噴湧鮮血，整個人像是嬰兒一樣蜷縮，他雙手緊緊抱頭以保護自己。

波伊德踢了他一腳，「懦夫。」

「等等，波伊德，你看一下這個。」洛蒂彎身，拿起了麥克納利一直壓在屁股下方的某件衣服。

「梅芙的藍色洋裝。你拿它做什麼？」

「當作誘因討好她。」

「不過，你是從她家拿到這東西。為什麼？」

「我想你們也許會追查到我。」

「為什麼崔西居然會讓你進去她家？」

「妳最好應該去問崔西，是吧？」

洛蒂一臉困惑地看著他，「什麼意思？」

麥克納利搖頭，「警探，妳自以為聰明，就是沒看出來。」

就在這時候，她才注意到他的手臂，細長割傷，全都是刀痕。

她斬釘截鐵，「我想你就是理普連。」

「這是歐赫拉的主意，他給了我這個名字。我必須要向那些膽小鬼展現我們是同一陣線，那是崔西的說法，她想要從她先生那裡騙錢。她向魔鬼出賣自己的靈魂，根本不管她自己的女兒。」

洛蒂與波伊德互看了一眼。

麥克納利哈哈大笑，「啊哈，你們根本不知道，對吧。梅芙為了渴求注意，把自殘的事都告訴了她醉醺醺的媽媽，也告訴了妳的寶貝女兒，還有……」

林區的聲音劃破了整個房間，「老大，趕快過來，我找到他們了，克洛伊與密勒特。」

洛蒂愣住了，手中的藍色真絲洋裝在晃抖。

她低聲問道：「還活著嗎？」

「對！」林區大叫，「兩個都還活著！」

洛蒂發覺自己雙腿一軟，因為如釋重負而差點癱倒在地，波伊德趕緊接住了她。

84

「我沒事，讓我走。」洛蒂掙脫波伊德之後，開始奔跑，在濕漉漉的地面失足滑倒。「逮捕那個混蛋麥克納利！給他上銬！」

她跟在林區後面，回到了走廊，現在，有挑高天花板的鍊掛式日光燈管照映，她經過了自己先前注意的那個下坡，穿過了某道低矮廊道，進入了某個房間。

椅子倒放在桌面，床鋪層層堆得老高，貼住牆面，還有盒子與木箱。有一排紙箱放置在最遠的那面牆。克洛伊抱住睡著的密勒特，坐在地板上。

澄藍色的眼睛，那是亞當的雙眸。她露出慘笑，「嗨，媽媽，抱歉，我惹麻煩了。」

「我要殺了妳，」洛蒂哭著，整個人撲向地板，把女兒摟入懷中，「有沒有受傷？他對妳做了什麼？妳沒事吧？」

「我很好，密勒特也一樣，我們有點嚇到。」

「不准再做出那種事，聽到了沒有？」

「嗯。」

林區站在他們上面，開口說道：「我已經打電話叫救護車，幾分鐘之內就會過來。」

「我不需要去醫院，」克洛伊抬頭，望著洛蒂的雙眼，「我想要回家。」

「妳必須要給醫生好好檢查一下，密勒特也是。」

「我救了密勒特。媽，我救了密勒特。我努力想要修補一切，我很想要好好修補。但要是我搞砸的話，很抱歉，我……」

「沒關係，親愛的，妳做的是妳認為正確的事。」不過，洛蒂知道其實當初克洛伊一頭栽進了死神的懷抱，而不是轉頭逃離。現在重要的是兩人都活著，而且毫髮無傷。她不願意去想克洛伊之後得面對的艱難旅程，現在不是時候，還沒辦法想這些。還有密勒特又會如何？在這種半夜時刻，問題未免也太多了一點。

「該走了，」克爾比說道：「救護車已經到了。」他低聲對洛蒂附耳說道：「還有警司也是。」

洛蒂驚呼，「糟了……」

科索沃，二〇一〇年

母親與妹妹的畫面一直歷歷在目，她們慘遭謀殺的那個場景。不過，他從來不曾動念要為她們的死復仇。

他還記得那天瘋狂醫生約翰·賈夏里和他的兒子傑爾吉對他做了些什麼之後，他醒來時的種種細節。他搗毀了診所裡的一切，不論能不能移動的物品都一樣，他赤手空拳，將一切破壞殆盡。他找到了自己的衣服，穿好後，走出大門，獨自一人。

在他的口袋裡，放有他士兵朋友的徽章。他不知道已經過了多久，但他猜測這名士兵已經回到家鄉與親人團聚。

這些年來，他辛勤工作，重新打造自己的美麗國家。然後，在某個夏日，他看到她站在普利斯提納的某間妓院外面。在太陽之下閃閃發光的黑色長髮，棕色大眼。他記得她，他以前看過她，那天傍晚，當士兵請他拍下那一家人照片的時候，那小女孩坐在地上。

他找她講話，兩人開始當朋友，最後成了戀人。

他對她的愛，超過了他對於愛的所有想像，她是他的世界。他把她從妓院救出來之後，他工作得更努力，那女孩是他每日辛勤工作結束之後的那一道光。

然後，某一天，他走入他們的公寓，開口說道：「我回來了……」

一片空蕩蕩，他每一個地方都找遍了。

他衝向階梯，三步併作一步，直接衝下五層樓，到了大門外喊。

他對著外頭階梯的那些女孩大喊：「妳們有沒有看到她？」

「你的姘頭？」

「她是不是跑走了？」

他直接衝向馬路，無視眾人破口大罵，許多車輛大鳴喇叭，趕緊閃避。他瘋狂環顧四下，她會跑去哪裡？

他過了街角，衝入某條幽暗小巷。有人影出現在盡頭，他朝他們飛奔過去，他一心只想要找到她，卻忘了自己平常對街頭的戒心。

第一記重拳直接把他擊倒在地，第二拳打到他的太陽穴。接下來有人伸腳踢他的臉，還看到細長刀鋒朝他砍過來。

在他昏迷之前，他聽到他們說道：「她已經不在這裡了，被載走，準備當搖錢樹，不准你在審判時作證。」

他不知道自己在那裡躺了多久。他一邊發出呻吟，努力起身，整個人斜靠在牆面。夜之靜默攫住他的心，就連車流似乎也消失無蹤。他循著先前奔跑而來的原路，一路走了回去。

他拖著身子爬到了五樓，推開了他家大門。

屋內的空虛感從角落悄悄飄動，最後落在他的心房之中。

他不會再被人利用。

他會提供證詞。

然後，他會找到她。

第九天

二〇一五年五月十九日星期二

85

洛蒂向克禮根警司完成了簡報，等到克洛伊與密勒特在醫院完成了檢查，她隨即開車前往母親的家。她把密勒特放到睡在她舊床的凱特的身邊，尚恩裹著被子在地板上熟睡，而克洛伊則是直衝客房，幾秒鐘就入睡了。

「媽，我等一下回來，」洛蒂說道：「警探們還在等我，今晚要解決一切。」

「洛蒂，我得要找妳談一談。」她母親站在玄關，阻擋了她的去路。

「難道就不能等一等嗎？」

「是有關凱特的事，她今晚和我聊過了，她說過去這幾個月她一直很不舒服。」

「我注意到了，」洛蒂說道：「她因為傑森的事而悲痛不已。」

蘿絲拉緊睡袍貼胸，「不只如此而已……」

洛蒂焦急翻找鑰匙，「我會帶她去看醫生，好好檢查一下。」

「她已經去看過醫生了。」

洛蒂盯著她母親，「什麼？」

「凱特懷孕了，是傑森的孩子。她已經懷有身孕四個月，一直不敢告訴妳。她——」

「啊！天吶，不會吧。」洛蒂的鑰匙掉在地上，她彎身撿起來，而她母親抓住她的手肘，把她拉到自己面前。

「她請我轉告妳。你現在就去工作吧，我會盯著妳的小孩，然後妳明天和凱特好好談一談，沒問題吧？」

「我……我……好。我準備出門了，我現在無法面對這件事。」

蘿絲說道：「而且妳需要好好睡一覺。」

「我會的，等到這一切結束之後。謝謝妳照顧我的孩子與密勒特，要是沒有妳，我真的不知道該如何是好。」洛蒂傾身輕吻蘿絲的額頭，蘿絲伸手打算擁抱女兒，但洛蒂已經出門了。

他們猛敲梅洛果園街兩百五十一號的大門，敲了又敲。玄關透出一道光，但屋內的其他地方卻籠罩在一片黑暗之中。

「再試一次，」洛蒂吩咐完之後，又走向警車，那裡有兩名制服員警與克爾比站崗，她對他們說道：「麻煩準備破門鎚。」

波伊德奮力把它拿到門口。

「菲利普斯太太？崔西？要是妳不應門的話，我們要攻門了。」

「我馬上過來，拜託，這麼吵吵鬧鬧是在幹什麼？」

「唉呀，終於啊！」洛蒂說道：「我們可以進去吧？妳為什麼沒有在醫院照顧妳女兒？」

「我打電話問過她的狀況了，她昏迷不醒，我留在那裡陪她沒什麼用，所以我待在家裡。」

「難道妳就不能不碰酒嗎？」克爾比拿著破門鎚，回頭走往警車的方向，而洛蒂則斜靠門框。波伊德站在那裡，似乎馬上就要癱倒在地。不過，洛蒂突然腎上腺素爆發，很想要揮拳痛扁崔西．菲利普斯那張醉醺醺的臉。

「現在不需要喝了。謝謝妳找到她，我現在可以回去床上了嗎？」

「穿上外套，我有一些問題要問妳，跟我們去警局。」

崔西破口大罵，「幹，妳這個臭他媽的瘦竹竿……」

洛蒂抓住崔西的肩膀，然後將她的手臂高高扭舉在背後。

「崔西．菲利普斯，我要以涉嫌綁架的罪名逮捕妳，妳不需要開口……」

「幹，賤貨，」崔西大吼，「妳在胡說八道什麼？快放開我。」

洛蒂唸完她的逮捕警語，而波伊德則拿出手銬扣住對方。當他把崔西帶向警車的時候，洛蒂緊盯不放，頻頻搖頭。克爾比開了車門，他們把崔西推入後座。

車子離開之後，洛蒂關上房子的大門，波伊德站在她的身邊。

他問道：「她怎麼會想出這種計謀？」

「她看到了大好機會，可以逼她丈夫為她多年來所承受的『辛苦折磨』付一大筆錢。」

「我還是不明白她怎麼做得出來。」

「我們一早再問她。」洛蒂走入屋外花園步道，引路的是街燈的一抹圓錐黃暈色光。

波伊德說道：「已經是早上了。」

「我說的是真正的早上，等我們小睡幾個小時之後。你有菸嗎？」

蘿絲主動要把自己的床給洛蒂睡，但她婉拒了，她躺在沙發上面，時睡時醒，惡夢連連，最後醒來的時候旁邊有一碗粥、一杯咖啡，還有她母親的哀傷面容。對於凱特懷孕一事，兩人都不發一語。

僅僅睡了三小時，洛蒂恢復精神，但依然疲憊，她趕緊溜出去工作了。坐入辦公桌之後，她喚醒睡眠模式中的電腦，科索沃檢察官貝希姆．梅赫梅迪的電子郵件已經開啟，正在靜靜等候，她仔細閱讀。

波伊德把一瓶健怡可樂放在她的辦公桌上面，「妳一大早看起來累壞了。」

「沒有咖啡啊？」

「妳有可樂，有我在這裡，就算妳走運了。」

「為什麼這麼說？」洛蒂靠在椅背伸懶腰，心不在焉聽波伊德講話。她閱讀電子郵件內容，腦袋已經負載。她拚命要保持忙碌，專心工作，這樣一來，她就不需要想到自己懷孕的女兒。

波伊德說道：「我剛剛才把麥克納利帶回來。一個小時之前，醫生們讓他出院，由我接手照顧。我來照顧？我想要踩爛那畜牲的臉，然後跳個不停，直到他……」

「夠了，我已經可以想像那個畫面。他現在人在哪裡？」

「二號留置室，在妳朋友隔壁。」

「佩托夫奇？靠，波伊德，我們必須要放了他。」

「妳是怎麼推導出這種結論的？」

洛蒂起身，示意叫他入座，「你看看那個。」

波伊德坐下來，盯著螢幕，「誰是傑爾吉・賈夏里？」

「某個名叫約翰・賈夏里的醫生的兒子。這醫生惡名昭彰，在科索沃從事非法摘除器官與人口販運，在普利斯提納開診所，表面是如此，其實骨子裡是屠宰場，時間是在戰爭期間與戰後，你看看這張附加檔案照片。」

她點了一下滑鼠，等待真相大白的那一刻。影像出現的那一刻，波伊德站了起來。

「喬治・歐赫拉？他就是這個傑爾吉？我不懂。」

洛蒂打開拉環，開始喝可樂，「用你的腦袋啊！」

波伊德把袖子捲到肘部，「妳跟我說就好，我現在太累了，腦袋無法思考。」

洛蒂坐在桌子邊緣，雙腿在腳踝處交疊，「傑爾吉・賈夏里就跟他爸爸一樣，都是合格的外科醫生。從電子郵件裡顯然可以看出安德烈・佩托夫奇也是受害者之一，小時候被他爸爸摘除了一顆腎臟。而自此之後到審判的那段期間出了什麼事，我並不知道，但佩托夫奇是檢方指控老賈夏里的關鍵人物——很可能是唯一還活在人世的證人——然後，這老傢伙在審判開始的那一天昏迷死亡。

波伊德說道：「但這個醫生之子為什麼會來到拉格慕林？」

「我認為，丹恩．羅素在科索沃戰爭結束之後的那幾年，曾經與老賈夏里狼狽為奸，這混帳想要把自己的卑劣惡行嫁禍到亞當身上。」一想到羅素曾經暗示過的一切，不禁讓她面色扭曲。「當羅素接管一條龍庇護中心的時候，這些年來可能一直與他保持聯繫的傑爾吉，看到了可以延續父業的大好機會。我想，他現在吃了米莫莎的子彈而無法開口，但到他傷癒之後，他就會證實這一切。」

「我實在不明白，羅素這樣的人怎麼會再次捲入那種勾當？」

「在黑市什麼都可以賣，到手利益高達千百萬歐元，所以可能是因為金錢或是恐懼。也許傑爾吉威脅要公布他先前在科索沃的犯行，或者，他純粹就是一個貪婪畜牲。不管怎樣，他都得到了報應。喬治．歐赫拉可以講話了嗎？」

「我最後聽到的消息是，他還待在加護病房。不過，妳得跟我解釋一下，法蘭克．菲利普斯與這一切的關聯是？」

「克禮根警司告訴我，西班牙警方已經讓菲利普斯同意配合辦案。菲利普斯供應女孩，一開始是性產業，然後是非法摘除器官。部分透過梅利利亞運送到馬拉加，還有的是來自巴爾幹半島與東歐，以陸路進行輸出。等到這些女孩到達之後，羅素把她們與真正的尋求政治庇護者混雜在一起，高明的掩護。」

「但為什麼傑爾吉．歐赫拉要來到……」

洛蒂糾正他，「其實是傑爾吉．賈夏里。」

「當初是什麼原因讓這個殘暴畜生來到拉格慕林？」

「報復。」

「找羅素尋仇？」

「不是。我認為，米莫莎與她的兒子拉格慕林被賣到拉格慕林，傑爾吉一定脫不了關係。她是安德烈．佩托夫奇的女友。佩托夫奇發現她在愛爾蘭，追蹤她的下落，但找不到她的人。佩托夫奇因為腎臟遭切除的創傷而深受昏厥之苦，我想他有一半的時間都搞不清楚什麼是真什麼是假。我想傑爾吉想要惡整他，因為傑爾吉父親當初受審的時候，佩托夫奇本來要提供不利證詞。他打算要虐待與殺死米莫莎，然後嫁禍給佩托夫奇。其他那些女孩遇害的事，傑爾吉已經成功嫁禍到他身上。」

「但是麥克納利想要湊一腳，」波伊德說道：「他知道法蘭克．菲利普斯想要抽身，所以他因為坐吃山空而奮力擠進這個空位，很合理。」

「還有崔西．菲利普斯幫他忙。她計畫讓麥克納利綁架梅芙，然後向法蘭克要錢換回女兒。當我們在馬拉加的時候，法蘭克曾經告訴我們，他的家人受到了威脅，當初我們應該要逼問他講出更多線索才是。」

「如果梅芙身陷危險之中，他絕對不會向我們透露任何風聲，」波伊德說道：「但我不知道是哪裡出了問題。」

「崔西把一切安排得十分妥當，但麥克納利變得貪婪。把梅芙賣給了那個醫生，報復法蘭克·菲利普斯，同時討好傑爾吉。」

「所以她才來警局逼妳找出她女兒。」

「她知道麥克納利黑吃黑搞她，但是萬一她講出了什麼，一定會牽連到自己。」

「而麥克納利成了那個在推特上的理普連男子，」波伊德說道：「誘捕梅芙。」

「對，我想麥克納利的這些舉動，也激發傑爾吉開始殺害那些他偷取器官的女孩，這是誣陷安德烈·佩托夫奇的完美之道，他的致命一擊就是要讓佩托夫奇發現米莫莎與密勒特被埋屍在某條街道的壕溝裡。」

「存活在自我瘋狂世界的變態混蛋。」

「而克洛伊就直接走了進去。她向梅芙透露她自殘的事，在梅芙遭到綁架之後，她成了下一個目標。我想，在傑爾吉的扭曲心態之中，他認為殺死這些女孩等於是拯救了她們。不過，他的動機完全是基於報復。」

「針對佩托夫奇而來。」

「對，他還在這裡嗎？」

「發生了這些事，我們怎麼可能會放走他。」

她說道：「我們得再找他談一談。」

波伊德回她，「我想也是。」

86

「我現在想起來了，有時候會發生那種狀況。一開始是昏厥，然後恢復了記憶。」

「安德烈，你想起什麼了？」

洛蒂啜飲由波伊德為她送來的咖啡，安德烈．佩托夫奇之前婉拒了他們的好意，不想喝東西。他們三人窩在悶熱的問訊室，一起坐在鐵桌上面。

安德烈說道：「我頭痛，離開公寓，因為有人打電話給我。妳問我的是他說了什麼？」

「對，我們查過了通聯紀錄，找你的那個電話號碼持有人，也聯絡了傑克．德爾莫迪以及伊曼．卡爾特。」

「他說我再也不能見到我的米莫莎。」

「安德烈，很遺憾，我必須要告訴你，米莫莎死了。她奮力反抗某個極為邪惡之人，因而身亡。」

他開始發抖，雙手晃個不停，他搖頭，「不！不可能！」

「恐怕真的是如此。」

「為什麼？為什麼會發生這種事？」過了一會兒之後，他繼續說道：「這男人，他說……我再也見不到我兒子。」他痛苦雙眼的眼角開始積淚，他趕忙抹去，吸鼻子，「我沒有兒子。」他舉起雙手，擺出哀求姿勢，「他為什麼要說謊？為什麼？」

洛蒂望著波伊德。

她開口，「可是，安德烈……」

波伊德搖頭，張嘴默聲講話，「我們到外面。」

兩人站在走廊裡。

「我必須要把密勒特的事告訴他。」洛蒂雙臂交疊胸前，整個人貼靠在牆面。

波伊德踱步，站在她面前，「至少要等到DNA確認啊。」

「但他是這個小男孩的爸爸，他必須要知道真相。」

「洛蒂，他現在精神崩潰。他要怎麼照顧一個小男孩？拜託妳務實一點。」

「我們一定得告訴他。」

回到問訊室之後，洛蒂拿起包包，取出在亞當遺物中找到的那張照片，放在桌面。

安德烈仔細端詳，「妳是從哪裡弄來的？這是我拍的，我還記得，當時我還是小孩。為什麼我以前從來沒有看過這照片？」

洛蒂語氣輕柔，「安德烈，我也不清楚……」她將米莫莎一個多星期之前交給她的姓名徽章，交到了他手上。

安德烈在手中來回把玩，撫摸帆布上繪出姓名的緊密綠色針腳。他抬頭望向洛蒂，露出痛苦微笑。

「朋友，軍人朋友，他是好人。」

洛蒂的雙眼盈滿淚水，「你認識亞當？」

「軍人朋友，是他給了我這東西。他告訴我，遇到麻煩就去找他。我把它給了我的米莫莎，我告訴她，萬一我出事的話，去找他就對了。有一天，我下班回家，她人就不見了，而現在她真的走了。」他慘然一笑，「軍人朋友，我永遠忘不了他。」

「將近四年前，亞當過世了，」洛蒂低聲說道：「不過，要是他還在世，一定會幫助妳。」

「妳幫助了我，我說我沒有殺死那些女孩，妳相信了我。妳也幫助了我的米莫莎啊？」

洛蒂搖頭。淚水從她的鼻尖滴到下巴，最後滑落胸膛。

「我努力過了，安德烈，但還是不夠，我救不了她。」她望向波伊德，他點點頭。

「安德烈，我有事要告訴你，會讓你非常開心的事。」

「不可能會有這種事，我的米莫莎走了。」

她忍住啜泣，「安德烈，聽我說，你有兒子，很可愛的小男生，他名叫密勒特。」

安德烈伸手抹去臉頰的淚水，「真的嗎？我有兒子？」

「對，安德烈，你有兒子。」

當洛蒂望著他的時候，他眼眸裡所有的陰鬱痛苦一掃而空，他露出了微笑。

「我有兒子……」

科索沃，二〇一一年五月

安德烈租了純黑西裝，襯衫衣領卡到了脖子的肉。雖然他剛剛剃光頭，在人造光線的照耀之下顯得淨亮，但雙眼卻因為苦痛而顯得暗鬱。他在座位裡不安蠕動，搓揉雙手。他感覺到有人緊盯他不放。他不需要轉身，也知道傑爾吉．賈夏里正在擁擠法庭後面凝視，對方一直在拚命尋索他的蹤跡。

當被告進入法庭時，現場一片寂靜，法官隨後入座，眾人依照指示起身，然後坐下。

安德烈已經準備好要再次歷經創傷，他閉上雙眼，想念她的眼眸，相遇之後讓他深愛的女孩，被人從身邊奪走的那個女孩，等到審判結束，他會走遍天涯海角找到她。

不過，就在準備要開庭之前，被告席卻出現一陣騷動，安德烈伸頭探望。約翰．賈夏里那老頭癱倒，頭部直接撞地，他雙手緊抓胸口，彷彿生息發出了一聲嘶啞長嚎，從他的體內迸裂而出。這個為了骯髒錢財而奪走多人性命的男子就此離世，不需為自己的行為付出任何代價。

當大家奔跑、拿器材、搬運、大吼大叫的時候，安德烈坐在那裡，動也不動，完全沒有流露任何情緒。他不需要提供自己的證詞了，也許現在就可以開始找尋他摯愛的米莫莎。

他坐在原地，除了喧鬧之外，他還聽到大門關上的聲響，他轉頭過去。

傑爾吉已經走了，並沒有等到最後看看父親到底是生是死。

而安德烈這才驚覺傑爾吉只有兩個人生目標，其中之一是追隨他父親的腳步，靠著非法活摘人體器官賺錢；另一個就是要讓安德烈．佩托夫奇痛苦不堪。

後記

一五年五月三十一日

拉格慕林大教堂為了這一場追思彌撒，在黃銅祭壇大門的後方放置了四具白色棺材，三具有銅製名牌，卡爾翠娜、莎拉、米莫莎。

第四具則是腹中還有小孩的無名女屍。在本來應該標示他們姓名的棺木最上方，放置了一個手握白鴿的銀色天使。

安德烈．佩托夫奇把密勒特放在自己的大腿上，坐在最前方的長排座椅，小男孩抱著有鬆軟雙耳的全新小白兔，一手不斷在玩弄玩偶標籤，翻過來又翻過去，一遍又一遍，那雙深色眼眸一直在背後的群眾之中找尋他母親的身影。

洛蒂與她的子女坐在後面那一排。凱特向密勒特伸出手，他對她露出微笑。洛蒂為女兒感到傷心，但現在凱特卻因為公開了自己的懷孕消息而變得開心。克洛伊一直低著頭，密勒特伸手過去，搓揉她的頭，她終於抬頭看他。他對他父親說了些什麼話，安德烈轉身，向克洛伊點頭致意。

洛蒂心想，至少，密勒特現在和他爸爸在一起了。凱特的寶寶不會有爸爸，而她自己的子女們早已失去了他們的父親，不過，安德烈講述了自己與亞當當年在小雞農場的那段時光，讓她的心盈滿驕傲。

會眾的竊竊私語如漣漪飄送而來，拐杖敲擊大理石地板的啪啪聲越靠越近。

梅芙．菲利普斯站在洛蒂的長排座椅旁邊。

「探長，謝謝妳，」她說道：「救了我一命。」

洛蒂站起來，扶住女孩的手肘，幫助她慢慢入座。「梅芙，我不知道妳接下來會怎麼處理，」她低聲說道：「不過，等到他出獄之後，千萬不要跟他住在一起。相信我，他不是好人，無論他有多少錢都一樣。」

梅芙回道：「我以為他送我昂貴衣服就是好人了，看我錯得有多麼離譜。」她在長排座椅上移動身軀，有氣無力。

洛蒂發現波伊德悄悄握住她的手。

她望向教堂廊道的另一頭，發現潔姬正盯著他們。

她捏了一下波伊德的手。

現在，舒暢到位。

明天可能就不一樣了。

派翠西亞寫給大家的信

嗨，各位親愛的讀者：

誠摯感謝各位閱讀我的第二部作品，《被偷走的女孩》。各位願意花寶貴時間浸淫在洛蒂·帕克和她的夥伴的世界之中，讓我銘感於心。對於已經看過洛蒂·帕克系列首作《有人非死不可》的讀者，我感謝各位的支持與評論。

故事中的所有角色以及拉格慕林這座城鎮皆屬虛構，不過，我的寫作卻深深受到各種生活事件的影響。

提出這樣的要求，讓我有點不好意思，但要是各位喜歡《被偷走的女孩》可否在亞馬遜或是Goodreads留下評論？這對我來說意義非同小可。

各位對於《有人非死不可》的精彩評論的確給了我鼓勵，讓我全力以赴寫出了《被偷走的女孩》。

各位可以在我盡量維持更新的部落格找到我，或是臉書或推特也可以。如果想要加入我的郵寄列表，得到我的新書資訊，請點選這裡：

www.bookouture.com/patricia-gibney

再次謝謝諸位，希望大家可以與我一起迎接此一系列的第三部作品。

派翠西亞　敬上

www.patriciagibney.com

臉書patricia.gibney1

推特@trisha460

致謝

撰寫這本《被偷走的女孩》與我的處女作《有人非死不可》相比，是截然不同的經驗。要不是因為一路上有這麼多人的支持與鼓勵，我絕對寫不出來。

首先，我要感謝各位讀者，花時間閱讀《被偷走的女孩》。要是沒有各位，我的寫作終究只是白忙一場而已。對於曾經為《有人非死不可》留下評論的各位，你們的字句賜予了我信心，讓我相信自己的寫作能力。

感謝Bookouture團隊，尤其是我的編輯莉蒂亞、珍妮，以及海倫，謝謝妳們督促我產出《被偷走的女孩》所付出的龐大心力。對於Bookouture其他一路相伴協力的大家，我也一樣感激。

特別謝謝Bookouture的金．納許展現的強大行銷與公關能力，也要感謝她回覆我那些愚蠢至極的電子郵件。妳那種充滿感染力的可愛幽默感，可以讓最無聊的日子也綻放光亮，這位小姐真的厲害。

感謝Bookouture的其他作者，你們是了不起的一群人，互相支援，能夠躋身其中，讓我倍感榮幸。

謝謝曾經閱讀並評論《有人非死不可》的每一位部落客與評論家。

感謝我的經紀人，The Book Bureau的吉兒．尼可，在簽下我之後，又給了我這麼多的鼓勵。

感謝我的作家朋友們，傑克・瓦許、尼亞姆・布列南，還有我的妹妹瑪莉，看過了《被偷走的女孩》初稿之後，給了我寶貴的評論與忠告。

感謝葛萊恩・達里、塔拉、史帕爾林、路易絲・菲利普斯、潔克斯・米勒，以及卡洛蘭・寇柏拉恩德，一路以來一直鼓勵與支持我。

感謝尚恩・林區以及慕林加爾藝術中心的工作人員。

感謝寶拉以及韋斯特米斯郡圖書館的工作人員。

感謝我在韋斯特米斯郡政務委員會的所有朋友。

感謝《韋斯特米斯專題》與《韋斯特米斯深入調查》的訪問與文章。

感謝米德蘭一〇三電台的克萊兒・歐布萊恩的訪問與電台節目。

馬丁・麥克卡貝、約翰・奎恩，以及艾倫・莫瑞，感謝你們對於警務的所有建議，任何錯誤都是我自己的責任。為了要讓故事流暢進行，我擅自改變了諸多警方辦案程序。

感謝大衛・歐麥利帶我到射擊場，而且讓我真槍實彈射擊！我必須迅速回去一趟，目的純粹為了研究！

感謝安朵涅特與喬，我一輩子的好友。

感謝我的母親與父親，凱瑟琳與威廉・華德，還有我的哥哥與姊妹們，謝謝你們堅定不移的支持與信念。

感謝我的婆婆莉莉・吉布尼與夫家的家人，永遠是我的後盾。

感謝我的子女艾斯琳、奧拉，以及卡荷。你們讓我好驕傲，現在，我有了兩個可愛的外孫，黛西與謝伊，每每看到她們的美麗笑容，就會給予我面對現實的力量。

艾登，我親愛的丈夫，從來不曾懷疑我總有一天會成為作家。我懷念你的智慧與忠告，不過，我經常得到感應，你就在我的身旁，指導我也保護我。我真的知道你滿心驕傲，謝謝你成為我生命中的一部分，我想念你，但你永遠在我的心中。

Storytella 213

被偷走的女孩

The Stolen Girls

被偷走的女孩 / 派翠西亞.吉布妮作；吳宗璘譯. -- 初版. -- 臺北市：春天出版國際文化有限公司, 2024.07
面 ； 公分. -- (Storytella ； 213)
譯自 ： The Stolen Girls
ISBN 978-957-741-889-0(平裝)

884.175 113008425

ISBN 978-957-741-889-0
Printed in Taiwan

作　者　派翠西亞・吉布妮
譯　者　吳宗璘
總編輯　莊宜勳
主　編　鍾靈

出版者　春天出版國際文化有限公司
地　址　台北市大安區忠孝東路四段303號4樓之1
電　話　02-7733-4070
傳　眞　02-7733-4069
E－mail　bookspring@bookspring.com.tw
網　址　http://www.bookspring.com.tw
部落格　http://blog.pixnet.net/bookspring
郵政帳號　19705538
戶　名　春天出版國際文化有限公司
法律顧問　蕭顯忠律師事務所
出版日期　二〇二四年七月初版

定　價　610元

總經銷　楨德圖書事業有限公司
地　址　新北市新店區中興路二段196號8樓
電　話　02-8919-3186
傳　眞　02-8914-5524
香港總代理　一代匯集
地　址　九龍旺角塘尾道64號 龍駒企業大廈10 B&D室
電　話　852-2783-8102
傳　眞　852-2396-0050